Maxime Chattam

LORO

Traduzione di Giovanni Zucca

Romanzo

SALANI EDITORE

Titolo originale:
Le conjuration primitive

ISBN 978-88-310-2140-1

Questa opera è frutto della fantasia dell'autore.
Ogni riferimento a fatti realmente accaduti e a persone realmente esistenti
è da considerarsi puramente casuale.

dal 1862

Gruppo editoriale Mauri Spagnol, Milano
www.salani.it

Lo scenario in cui si scrive un libro è quasi altrettanto importante delle parole che lo compongono, perciò ho composto questa storia circondandomi di musica. Ecco i titoli più presenti, che vi consiglio vivamente per la lettura del romanzo:

Prometheus di Marc Streitenfeld.

The Grey sempre di Marc Streitenfeld.

Il silenzio degli innocenti di Howard Shore.

A Faustine, mia moglie.
Scrivere una storia così cupa significa navigare sotto un cielo scuro, sondare zone che ti mettono a disagio. Per capire meglio. L'uomo e la sua civiltà. Il peggio che alberga in noi. Per amare ancora di più tutto il resto.
Nel corso di questa esplorazione, lei è stata la stella che brillava sopra la mia testa. Quella che mi ha indicato come rientrare in porto ogni giorno sano e salvo, senza perdermi lungo la rotta.
Alla mia stella, che mi guida tra gli abissi.

PRIMA PARTE

LUI

1.

L'uomo era solo di passaggio. Ecco ciò che sembrava dire la montagna.

Dalla roccia scaturiva una cresta colossale, alta un migliaio di metri, grigia, venata di striature bianche da cui sfuggivano arabeschi di polvere a ogni folata di vento, un promontorio vertiginoso che dominava la valle, oscurando il villaggio di La Giettaz con la sua ombra permanente, immutabile di fronte alla potenza del sole ancestrale.

La montagna schiacciava il paesaggio con la sua maestosità da milioni di anni, e avrebbe continuato a farlo per almeno altrettanto tempo.

Il villaggio incastonato tra le due pieghe del gigante minerale non era fatto d'altro che da casette di mattoni, assi di legno e ardesia, discendenti da capanne sgangherate, figlie di baracche messe insieme con terra secca e fascine di legna, minacciate da ogni tempesta, maltrattate da ogni inverno o da ogni raffica di vento più forte del normale.

L'intero paesaggio rammentava all'uomo che era solo un viandante sulla crosta terrestre. Non era altro che un parassita vagamente persistente, che di lì a non molto sarebbe stato identificabile solo dai fossili della sua civiltà. La montagna, invece, avrebbe avvertito poco o nulla di quella breve presenza tra le sue gambe e sui suoi lombi.

Nel frattempo, l'uomo aveva lasciato su quella massa tranquilla il suo segno sottile e fugace, un cordone scuro nella luce del mattino, abilmente applicato ai pendii, un fragile filo d'asfalto che dal villaggio serpeggiava fino a metà altezza.

Alexis Timée era alla guida, chino sul volante, le punte delle dita che spuntavano appena dalle maniche del piumino. Il riscaldamento dell'auto a noleggio si era guastato. La pesante sciarpa che portava intorno al collo era un serpente che cercava di soffocare la sua preda. Ogni respiro disegnava una fugace chimera che si disperdeva all'istante nell'abitacolo. Ad Alexis non piaceva guidare in montagna. E le Alpi, sotto quell'aspetto, non erano esattamente una passeggiata.

La piccola Opel Corsa rallentò per percorrere una curva a gomito, poi riprese velocità risalendo la china e affrontando un tornante dopo l'altro. Alexis guidava un po' troppo veloce, facendo rombare il motore quando cambiava marcia in ritardo, come se volesse mettere quanta più distanza possibile tra sé e La Giettaz. Per fortuna non c'era neve a quell'altitudine, quanto meno non all'inizio di ottobre.

I suoi occhi sfiorarono per un attimo la cartellina di cartone che a ogni curva scivolava sul sedile del passeggero.

Il simbolo **e* era stato tracciato a mano, con un pennarello nero dalla punta molto larga, sul rosso della cartellina.

'Rosso come il sangue' pensò Alexis. Anche se non era il momento di farsi venire in testa un pensiero del genere. Meglio concentrarsi sulla strada. L'ingresso della fattoria non doveva essere lontano, se le indicazioni degli abitanti del villaggio erano giuste.

Poco più avanti, a metà di una curva, un sentiero si diramava tra gli abeti, indicato da un minuscolo cartello di legno logorato dalle intemperie. Si riusciva ancora a leggere 'La Mongette'.

Alexis era quasi arrivato.

La Corsa si infilò nei solchi pieni di sassi e si immerse nell'avvallamento in mezzo a un bosco abbarbicato al fianco della montagna, per raggiungere una piccola radura dominata da una vecchia casa colonica di pietra.

Alexis costeggiò la stalla e parcheggiò accanto a una Jeep antiquata. Prima di scendere, si guardò intorno.

Regnava la calma. Nessun vento tra i rami delle enormi conifere. Non un accenno di vita.

Una grossa taccola si posò improvvisamente sul cofano dell'auto, spaventandolo. L'uccello fece due passetti, col becco aperto, e girò la testa come per fissare il giovane con il suo occhietto nero. Il respiro condensato che usciva dalla bocca del poliziotto sembrava affascinare il pennuto. Poi, proprio come era apparso, prese il volo verso un ramo alto.

Alexis afferrò la cartellina rossa e uscì al freddo.

Dal camino della fattoria sgorgava un fumo spesso. Per lo meno non sarebbe andato a sbattere contro una casa deserta.

Vide una tenda muoversi a una finestra, e poco dopo un uomo gli andò incontro.

Vicino ai cinquanta, calvo, gli occhi quasi trasparenti, di un grigio tendente al verde: Alexis lo riconobbe subito.

Richard Mikelis.

Era però molto più robusto di quanto suggerissero le foto. Un fisico da boscaiolo.

«È venuto per le lezioni di matematica?» chiese con

una voce calma e profonda, che sembrava provenire dalla terra stessa.

«Come, scusi?» disse Alexis, confuso.

«Le lezioni per mia figlia Sasha. È lei che le fa?»

Rendendosi conto di essere in borghese, Alexis scosse appena la testa e tese la mano.

Mikelis la strinse. Aveva un palmo calloso, dita piuttosto sottili ma che gli stritolarono le ossa.

«Maresciallo Alexis Timée, Gendarmeria nazionale, Sezione Ricerche di Parigi. Può dedicarmi un momento?»

Mikelis si irrigidì di colpo. Il suo sguardo si fece più tagliente e si piantò in quello del giovane gendarme, che ebbe la sgradevole sensazione di un gancio da macellaio che lo agguantava per immobilizzarlo. Era ipnotizzato. Richard Mikelis aveva qualcosa di magnetico.

«C'entra mia moglie?» chiese senza battere ciglio.

«No no, non è niente che la riguardi di persona, non si preoccupi. È un po'... complicato, diciamo. Posso entrare e spiegarle tutto?»

«Lo sa che non lavoro più né con la polizia né con la Gendarmeria, vero?»

«Sì, è quello che mi è stato detto».

«Allora che diavolo ci fa qui?»

«Ho bisogno di parlarle».

Mikelis incrociò le braccia sul petto e i suoi muscoli possenti si stagliarono sotto gli indumenti. Indossava solo un maglione di lana sopra una T-shirt, ma non sembrava avere freddo.

«Sono venuto da Parigi apposta per vederla» insistette Alexis.

«Ho smesso di fare il consulente. Se mi avesse telefonato, si sarebbe risparmiato il viaggio. Mi dispiace».

«Sapevo che al telefono mi avrebbe detto di no, è per questo che le ho portato il fascicolo».

Gli mostrò la cartellina rossa.

Le pupille grigio-verdi di Mikelis osservarono il fascicolo.

«Forse non ha capito bene, giovanotto: io sono in pensione».

«Lei è il miglior criminologo del Paese, se non dell'intera Europa. Ho bisogno della sua opinione. È molto importante. Mi creda, non la disturberei se non lo fosse. Mi dia il tempo di dirle cosa c'è qui dentro».

Richard trasse un respiro profondo, senza mascherare quanto era irritato.

«Adesso sta diventando seccante, giovanotto. Ho smesso di fare quello che facevo. Ha sprecato inutilmente il tuo tempo».

Mikelis si voltò per rientrare in casa.

Alexis lo chiamò: «So che ha smesso per stare più vicino alla sua famiglia, per dedicarsi ai suoi cari, ma noi brancoliamo nel buio! Abbiamo bisogno di un parere esterno, è una faccenda molto seria! Le chiedo solo qualche minuto, non la pregherò in ginocchio di tornare in servizio, mi basta solo il suo parere...»

Mikelis si fermò e girò su stesso, fissandolo.

«Non si può dare un parere di questo tipo in pochi minuti, non funziona così».

«Posso lasciarle il fascicolo, così lo può leggere quando vuole. E poi mi chia...»

Mikelis alzò una mano, come per intimargli di tacere. «Sono andato in pensione perché questo lavoro ti divora da dentro. Perché per capire la violenza devi lasciare che ti entri dentro, e la violenza si diffonde lentamente, contamina tutto il tuo modo di pensare, colora i tuoi sentimenti, dà una tinta alle tue fantasie, è veleno puro, lo capisce o no? E io non voglio che i miei figli crescano con questo pensiero per la testa».

Alexis annuì, l'espressione seria. «La violenza è contagiosa» disse. «Comunque sia».

Mikelis lo fissò, mettendolo a disagio con quel suo sguardo quasi neutro. «Sì, è contagiosa» ripeté a bassa voce.

Il gendarme agitò il fascicolo davanti a sé.

«È proprio di questo che stiamo parlando. Abbiamo a che fare con un'epidemia. Un'epidemia di un nuovo genere. E lei è l'unico specialista che può aiutarci».

«No che non sono l'unico, si informi meglio. E gli altri, a differenza mia, saranno lieti di darle una mano».

«Non sapranno cosa fare, esattamente come noi».

Mikelis sospirò, stanco della conversazione.

«È una cosa seria» insistette Alexis disperato.

«E cosa le fa pensare che io sia più competente di altri?»

«Il suo passato. La sua esperienza. Lei è il migliore. Non solo perché è una bibbia di conoscenze forensi, lei è in grado di *sentire* l'odore del crimine, di capirlo, per poi parlare la sua lingua. Ho letto tutto il possibile su di lei. Sono io che ho convinto il mio colonnello ad autorizzarmi a chiedere il suo aiuto».

«Inutile che cerchi di lusingarmi, spiacente».

«Conto sulla sua curiosità» rispose subito Alexis. «Quello che ho da mostrarle non l'ha mai visto da nessuna parte». Il gendarme era teso, la sua voce mancava di sicurezza. Raccolse le forze e trasse un respiro profondo prima di aggiungere: «Non siamo rimasti al palo perché è una cosa senza precedenti, ma perché è qualcosa che va troppo oltre quello che siamo».

Mikelis inclinò la testa, incuriosito. Rimase in silenzio per diversi secondi.

La taccola aveva osservato tutta la scena dal suo ramo. Emise un lungo gracidio beffardo, prima di volare via verso la valle.

«Se la Gendarmeria ammette così di essere al palo, dovete essere veramente nella merda» disse infine Mikelis. «Mia moglie tornerà per pranzo, e voglio che lei se ne vada prima che torni».

L'uomo fece un passo indietro, indicando la porta della fattoria.

«Ha un'ora sì e no».

2.

Richard Mikelis posò le due tazze di caffè caldo sulla tovaglia plastificata di percalle bianca e rossa.

Il fuoco scoppiettava nel caminetto, ma non aveva coperto del tutto l'aroma di pane tostato che aleggiava in cucina.

Dalla soglia del soggiorno Alexis osservava la lunga stanza arredata con mobili antichi, le pareti ornate da una quantità di foto di famiglia incorniciate. Richard Mikelis e i suoi figli, una bambina e il suo fratellino, una donna dalla pelle scura e dai lunghi capelli ricci. Foto ovunque. Sulle piste da sci, in spiaggia, a Disneyland, nella foresta, alle riunioni di famiglia: decine di istantanee, come per assicurarsi di non dimenticare nessuno di quei momenti felici.

«Sono i miei totem» disse Mikelis dietro di lui.

«Scusi?»

«Non stava guardando le foto? Sono i miei totem. Per proteggermi dagli spiriti maligni. Questo è il mio bozzolo, il mio nido. Si sieda».

Spinse la tazza di caffè davanti al gendarme.

«Mi sembra che qui sia a suo agio».

«Non rimpiango di aver chiuso bottega» rispose subito Mikelis, «se è questo che intende. Ho ritrovato la pace su questa montagna, con la mia tribù intorno a me. Non voglio portare fin qui i fantasmi del passato. Quindi, adesso mi racconti alla svelta la sua storia, per alimentare la mia curiosità e per far sapere al suo colonnello che l'ho ascoltata, certo, ma che non posso fare nulla per voi. Poi tornerà a valle a prendere il suo treno e trasmetterà il messaggio che, anche nella peggiore delle ipotesi, Richard Mikelis non tornerà al suo lavoro. Mi dica».

Alexis deglutì, le mani intorno alla tazza calda, poi fece per prendere la cartellina rossa, ma l'altro lo fermò seccamente.

«No. Niente foto, niente rapporti. Voglio sentire il caso da lei. Con parole sue».

Il gendarme annuì lentamente. Si mise più comodo sulla panca, stirando diverse vertebre. Stava cercando di decidere da dove cominciare.

«Si attenga ai punti essenziali» lo aiutò Mikelis con voce profonda, come se gli leggesse dentro.

Alexis decise per un resoconto in ordine cronologico.

«La prima vittima è stata trovata nel Seine-et-Marne, sulle rive della Marna, non lontano da un paesino che si chiama Annet-sur-Marne».

«Prima vittima nel senso di 'prima di una serie'?»

Alexis fece segno di sì.

«Era la fine di giugno. Era... molto malridotta. E non a causa dell'acqua, il corpo non era rimasto in acqua. Tracce di numerose sevizie. Torture, stupri, di tutto. Tracce di strangolamento multiple e sovrapposte. Il medico legale in un primo momento ha pensato che l'assassino avesse avuto grosse difficoltà a strangolarla, che avesse tentato tre o quattro volte prima di riuscirci. Ma c'erano anche i segni tipici della rianimazione: ematomi nella regione sterno-costale, lividi sul naso, eccetera. A quanto pare, l'uomo che le ha inflitto tutto questo la mutilava, la violentava e la soffocava fino a quando non era al limite. Poi la rianimava. L'ha fatto diverse volte, finché non è più riuscito a farla riprendere. La vittima si chiamava Cl...»

«Niente nomi. Continui».

Un po' a disagio, Alexis si inumidì le labbra prima di continuare: «La seconda vittima è stata rinvenuta in una foresta vicino a Le Port-Marly, nelle Yvelines, agli inizi di agosto. Un'altra donna, questa volta un po' più grande, trentatré anni. Stesse sevizie, stesso modus operandi, con il desiderio di soffocare e poi rianimare la vittima fino a quando non gli è stato più possibile».

«Il dipartimento 78 non è nella sua zona, lei cosa c'entra?»

«La Sezione Ricerche di Parigi ha giurisdizione nazionale dal 2012. Possiamo essere assegnati a casi segnalati in tutto il Paese, purché siano collegati a una nostra indagine già in corso. Come in questo caso».

«Come avete stabilito il legame tra i due omicidi? La stessa firma criminale?»

«Sì. L'assassino strangola le sue vittime con la biancheria intima mentre le violenta, poi le rianima per violentarle di nuovo poco dopo, e così via. E in entrambi i casi si è introdotto a casa delle sue vittime, dove ci sono segni di lotta, tracce di sangue e di sperma... ma nessun segno di effrazione. Da qui il soprannome che gli abbiamo dato: il Fantasma. E non è tutto. Incide una lettera sulla schiena delle vittime».

Mikelis aggrottò le sopracciglia, sorpreso.

«Scrive una parola man mano che procede?»

«No, è sempre e solo la stessa lettera. Una *e*. Preceduta da un asterisco».

Questa volta Alexis sfilò una foto dalla cartellina rossa e la fece scivolare sul tavolo verso il criminologo.

Incarnato roseo, numerosi nei all'altezza dei reni.

E un rigonfiamento di pelle tagliuzzata sotto le scapole, un solco color porpora come unico inchiostro, con il sibillino messaggio tatuato in profondità nella carne: *e.

«Due vittime in meno di quattro mesi» riassunse Mikelis.

«Due per lui, sì».

Senza lasciare la foto, Mikelis puntò le pupille trasparenti sul gendarme. «Vuol dire che ce n'è un altro?»

«A meno che il tizio non soffra di sdoppiamento della personalità... tra luglio e settembre sono state trovate tre vittime nell'est della Francia, in luoghi isolati. Quest'altro non tiene con sé le sue prede a lungo; le uccide abbastanza rapidamente, con metodi diversi. Solo una è stata strangolata. Questo è una bestia furiosa. Un animale».

«Perché, non lo è anche il primo?»

«Il primo è più metodico. È come se stesse dando seguito a una fantasia di morte preordinata. L'assassino dell'est è un macellaio. È completamente pazzo. Lo abbiamo soprannominato la Bestia».

«Avete repertato il DNA anche di quest'altro?»

«Per il Fantasma, con tutto il liquido seminale che si lascia dietro, abbiamo tutto il necessario per identificarlo, in caso di arresto. Per la Bestia, al contrario, non abbiamo un bel niente. Forse usa il preservativo».

Mikelis fece una smorfia. «Una precauzione che quadra ben poco con il pazzo incapace di controllarsi».

«A meno che l'eiaculazione non ci sia stata... I preservativi sono solo un'ipotesi».

«Al laboratorio di medicina legale non hanno provato a cercare tracce di lubrificante?»

«È stato un esame... difficile. Quando le dico che è una bestia inferocita sto minimizzando, mi creda».

«Con tre vittime avrete almeno trovato qualche pelo pubico, no?»

«No. Non un pelo. Non un capello. Niente».

«Deve aver lasciato qualche traccia, tanto più che parliamo di tre omicidi, non può aver ripulito perfettamente la scena ogni volta».

«Il fatto è che... ogni volta è... è un vero orrore. Sa, lui... lui...»

«Che cosa fa, dunque? Che cosa *gli* fa?»

«Pensiamo che le mangi».

Mikelis lo guardò sbalordito per un breve momento.

«Cosa ve lo fa pensare?»

«Le tracce di morsi. Brandelli di carne strappati via che non riusciamo a trovare. L'individuo ha una bocca enorme. È l'unico indizio che abbiamo, posto che si possa considerarlo un indizio. La bocca più grande che il medico legale abbia mai visto. E una dentatura eccezionale».

«Che cosa significa?»

Alexis deglutì, un po' imbarazzato nel menzionare simili dettagli.

«Denti affilati. Come se avesse dei canini ovunque».

Il criminologo si coprì la bocca con la mano, per riflettere. Aveva mani grandi. La scostò solo per chiedere, in tono quanto mai serio: «State dando la caccia a un vampiro? È questo che pensate?»

«A volte mi chiedo...»

«Avete di fronte un uomo che è una via di mezzo tra uno psicotico e uno psicopatico. Soffre della follia dell'uno, ma ha la meticolosità dell'altro per quanto riguarda le precauzioni. È piuttosto eccezionale, lo ammetto».

«Glielo avevo detto».

Mikelis bevve un sorso di caffè e chiese: «E il legame tra le due serie di delitti?»

«Anche le tre ragazze trovate morte nell'est erano marchiate con la *e*, incisa con un coltello sulla natica sinistra».

Il criminologo rimase per qualche attimo assorto, perso nei suoi pensieri.

«E siete sicuri che il modus operandi sia diverso, che si tratti di due assassini distinti?»

«Tutto lascia supporre che sia così».

«Altre piste?»

«Nessuna per il primo assassino. Per il secondo, invece, oltre alle tracce dei morsi, abbiamo rilevato impronte di pneumatici di un'auto su due delle tre scene del crimine».

«Avete identificato il modello?»

«Siamo riusciti a stabilire il passo, il raggio di sterzata e il tipo di pneumatico. In linea di massima, i nostri tecnici ritengono che si tratti di una Renault Twingo della prima serie».

«Niente tracce di DNA lasciate dai morsi? Almeno la saliva...»

«No... C'è da dire che... è veramente un macello ogni volta. Il medico legale non ha potuto fare nulla, c'è sangue della vittima ovunque, che contamina qualsiasi residuo biologico in minime quantità».

«Quindi avete due serial killer che, per quanto se ne sa al momento, hanno iniziato la loro attività criminale più o meno nello stesso periodo, e che si firmano con lo stesso simbolo».

«Non sappiamo se si aiutino a vicenda, se comunichino tra loro, o se siano solo due pervertiti che si sono lanciati una sfida mentre erano in carcere, prima di uscire, e che ora vivono le loro vite a distanza. Ma un legame tra loro c'è sicuramente».

«Esaminate la casistica americana, penso a gente come Norris e Bittaker, Ottis Toole e Henry Lee Lucas. Oppure più vicino a noi in Germania, il caso Lewendel e Wirtz. E vedrete che i serial killer che agiscono in coppia sono una realtà. Se ne possono trarre delle lezioni».

«Lo so bene. Ma questa volta potrebbero agire non insieme, bensì in parallelo».

«Per dimostrarlo bisognerebbe studiare il caso nei dettagli, per saperne di più».

Alexis lanciò un'occhiata alla cartellina rossa. Doveva prendere quell'ultima osservazione come un incoraggiamento?

Mikelis sembrava attento e partecipe, era giunto il momento di dirgli il resto.

«Non è ancora tutto» continuò il gendarme. «Un mese fa, una delle nostre unità per la lotta alla pedofilia ha trovato diverse foto che circolavano sui forum di Internet: bambini violentati, con una *e rossa dipinta sulla schiena. Due diversi ragazzini. I tre psichiatri che abbiamo consultato sostengono tutti che si tratta di un terzo uomo: troppe differenze, e ben poca compatibilità tra i crimini contro le donne adulte che abbiamo scoperto e gli atti di pedofilia contro questi bambini». Alexis fece una pausa, come per meglio dosare l'effetto, prima di aggiungere gelidamente: «Quindi abbiamo tre criminali in azione, che firmano nello stesso modo i loro crimini».

Mikelis lo fissava imperturbabile, una mano sulla foto della vittima con i nei e l'altra sulla tazza di caffè ormai tiepido.

«La Gendarmeria pensa che si tratti di una rete organizzata e strutturata, o solo di un delirio condiviso tra ex detenuti?»

«Non ne abbiamo idea. Non abbiamo nulla. La pista

delle foto pedofile non ha portato a nulla, annegate com'erano tra centinaia di altre sul web. Impossibile risalire al loro autore».

«Tutto ciò che avete come partenza è questo simbolo, insomma... E i due assassini? State facendo qualche progresso?»

«Stiamo continuando a lavorare sui tabulati delle chiamate fatte e ricevute da tutti i cellulari delle zone in cui sono state rinvenute le vittime, nell'arco di tempo in cui sono avvenuti i delitti: significa decine di migliaia di numeri da confrontare. Stiamo esaminando tutti i video di sorveglianza che siamo riusciti a recuperare nelle aree circostanti, parcheggi, banche, caselli, nella speranza di trovarci qualcosa di significativo, ma è un lavoro immane e finora non ha portato a nulla».

«Nessuna Twingo nei video delle stazioni di servizio o dei bancomat?»

«Li abbiamo spulciati tutti, ma non c'è nulla di utile. E comunque in quelle zone non ci sono molte telecamere, si tratta di zone rurali, con poche attrezzature e troppe direzioni di fuga possibili».

«E niente neanche nel database delle impronte genetiche?»

«No, quello che chiamiamo il Fantasma non risulta. Ho delle impronte di passi nella foresta di Dabo, lasciate vicino al cadavere di una delle ragazze. Scarpe da trekking marca Timberland, ma non abbiamo ancora identificato il modello preciso. Sono un trentasei, e vista la taglia niente ci assicura che si tratti del piede dell'assassino. È tutto ciò che abbiamo».

«Nessun testimone? Per nessuno dei delitti?»

«Neanche uno. Eppure abbiamo condotto indagini di quartiere, abbiamo interrogato tutti, a volte arrivando fino alle stazioni di servizio di tutta la regione. Niente da fare. Sono individui prudenti».

«Già, molto prudenti».

Alexis annuì cupamente. «Sappiamo tutti cosa significa: non si fermeranno. Dobbiamo trovarli in fretta o avremo presto altri cadaveri per le mani. Ecco, questa a grandi linee è la situazione».

Mikelis finì la sua tazza, si alzò e si appoggiò al lavandino. Alexis lo guardò con attenzione, cercando il minimo segno di interesse. Il criminologo sospirò e alzò le spalle: «Non so cosa dirle».

«Deve ammettere che si tratta di un caso senza precedenti. Nemmeno lei si è mai occupato di qualcosa del genere, prima d'ora.

Mikelis piantò lo sguardo gelido negli occhi del giovane gendarme.

«Non reagisco alle sfide. Senta, sono d'accordo, è... Non mi aspettavo una cosa del genere, ma non posso aiutarla. Non si può dare un'opinione in quattro e quattr'otto, ci vuole tempo, bisogna leggere tutto, analizzare tutto nel dettaglio e lasciarsi coinvolgere. Cosa che io non farò».

«Questo lo sapeva già prima di farmi entrare, perché mi ha aperto la porta allora?»

«Perché sono curioso, tutto qui. Le darò i nomi di alcuni esperti competenti, si rivolga a loro. Immagino che la Gendarmeria abbia costituito una squadra speciale per questi crimini».

«Sì. Alla Sezione Ricerche di Parigi, a Porte de...»

«Porte de Bagnolet, lo so. C'è un criminologo molto in gamba a Parigi, uno di cui mi fido, lo chiamo, sono sicuro che vi aiuterà».

Alexis Timée fissò Mikelis.

Il gendarme aveva sperato in qualcosa di più. Che l'accenno all'intera vicenda, alla sua portata, alla sua dimensione eccezionale potesse essere sufficiente a fare uscire il criminologo dal suo rifugio. Non solo per la sua reputazione, ma per le sue reali capacità. Richard Mikelis era straordinario. Un eroe da romanzo, più che un esperto: per le sue conoscenze, il suo impegno, il suo know-how e i suoi successi.

«Noi abbiamo bisogno di lei. Non vogliamo nessun altro».

Il tono di Alexis era secco, categorico.

«In tal caso, ha fatto tutta questa strada per niente. Mi dispiace».

«Non le importa di sapere che tutte quelle persone sono morte e che...»

L'altro lo zittì di colpo alzando un indice. «Non cerchi di fregarmi con la carta dell'empatia, è inutile. E mi risparmi la predica. Le ho aperto la mia porta perché ha fatto tanta strada per venirmi a trovare, ma ora che sa che non posso fare nulla per lei è meglio che se ne vada».

Alexis abbassò la testa. Non era frustrato, ma deluso. Da se stesso. Dalla propria mancanza di spirito combattivo, di capacità di persuasione. Si era convinto che sarebbe bastato presentarsi lì ed esporre gli aspetti anomali dell'indagine perché Mikelis accettasse di unirsi al loro gruppo. Aveva provato e riprovato quel dialogo così tante volte sul TGV da Parigi a Lione che ci aveva creduto davvero.

«Le manderò il nome della persona che ho in mente» aggiunse il criminologo. «È uno bravo, sarà in grado di aiutarvi. Però non si aspetti troppo da lui. Lo sa meglio di me, è la sua indagine che viene prima di qualsiasi altra cosa, è su quella che si basa tutto. Le persone come me non fanno miracoli. Cerchiamo solo di ipotizzare ulteriori angolazioni investigative, nient'altro».

Alexis si alzò e prese il suo piumino.

«Grazie del caffè» disse in un sussurro.

Era sulla soglia quando Mikelis lo afferrò per una spalla.

«Non finga di aver dimenticato qui il fascicolo per sbaglio, io non lo guarderò» disse, piazzandogli la cartellina rossa tra le braccia. «Gliel'ho detto: sono in pensione, con queste storie ho chiuso. Buon ritorno a casa».

Per un attimo ancora, Alexis si sorprese a sperare. Mikelis continuava a insistere sulla pensione. *Stava cercando di convincere se stesso?*

Eppure aveva l'aria di chi ha preso una decisione irrevocabile. La morsa sulla spalla di Alexis si allentò.

Prima di ripartire, il giovane gendarme guardò nel retrovisore. Vide scostarsi la tenda di una finestra. Poteva quasi sentire lo sguardo penetrante del criminologo su di sé.

L'Opel Corsa fece inversione di marcia sul sentiero sassoso e si allontanò dalla fattoria sperduta tra le montagne.

Aveva tentato la sorte con il migliore.

Ora lo sapeva: non potevano contare che su se stessi. Un gruppo ristretto di investigatori della Gendarmeria. Non avrebbero ricevuto nessun aiuto esterno, nessuna assistenza salvifica, nessuna boccata di ossigeno per dare nuova linfa alle indagini.

Un pugno di uomini e donne contro un gruppo di individui anonimi, spinti dal crudele desiderio di firmare i loro crimini con lo stesso simbolo.

*e

3.

Le luci al neon crepitarono, illuminando il piccolo ufficio dove lavorava Alexis Timée. Come ogni mattina, il giovane gendarme accese il computer con un gesto meccanico prima di appoggiare lo zaino al muro e versarsi un bicchiere di succo d'arancia dal cartone nel cassetto della scrivania. Gli piaceva quella routine, era una forma di rassicurazione.

La parete alle sue spalle era ricoperta da una bandiera bianca e blu con lo stemma dei New York Giants, la squadra di football americano per cui tifava con l'entusiasmo di un tifoso un po' troppo accanito, come testimoniavano le foto autografate fissate intorno alla bandiera, il casco accanto allo schermo del computer, il portachiavi, le penne, i sottobicchieri, il tappetino per il mouse e persino la tazza da cui beveva. Un'accozzaglia di oggetti blu, bianchi e rossi contrassegnati dall'eterno logo NY occupava gran parte della stanza che Alexis divideva con due colleghi.

La luce grigia del primo mattino di ottobre filtrava timidamente dalle due finestre con gli avvolgibili alzati. Alexis si vide riflesso nel vetro. I capelli castani, acconciati in sapiente disordine, la perenne barba di tre giorni, gli occhi nocciola e la giacca militare logora sopra un maglione di lana pesante marrone. Quel mattino aveva una faccia orribile. La faccia dello smacco. Della delusione. Guardò oltre il suo riflesso e osservò la facciata dell'edificio di fronte, dall'altra parte di Boulevard Davout, a Porte de Bagnolet, nel XX arrondissement. Una mattina nebbiosa e triste. Una mattina da trascorrere a letto davanti alla tv finché le lenzuola non diventavano troppo calde, il corpo stanco per il troppo riposo. A leggere. A fantasticare sulle successive vacanze.

Una mattinata in cui deprimersi.

Scorse un movimento in basso, nel cortile della caserma, e vide arrivare Ludivine. I riccioli biondi che danzavano a ogni passo erano riconoscibili a cinquecento metri.

Nello stesso momento qualcuno entrò nell'ufficio, e Alexis diede il buongiorno al tenente Dabo, un metro e novantacinque di fisico da rugbista di professione. I suoi occhi erano ancora più neri della pelle. Come tutti gli investigatori della Sezione Ricerche di Parigi – la SR, come la chiamavano –, lavorava quasi sempre in borghese, e quella mattina era in pantaloni da jogging con una pesante felpa con cappuccio, con la scritta 'Eye of the Tiger' ricamata sul davanti. Era la sua preferita e gli stava benissimo, per come metteva in risalto la sua imponente muscolatura.

Segnon Dabo prese posto sulla sua sedia, che cigolò sotto il peso del colosso, e accese il computer, tirando il cavo delle cuffiette per riporre l'iPod.

«Come stanno andando i Giants?» chiese con la sua voce profonda. Alexis non rispose; sapeva che il collega era ancora immerso nella nebbia dei pensieri, e non si ricordava della sua assenza del giorno prima per andare in cerca di Richard Mikelis.

Ludivine entrò con il cellulare in mano, gli occhi azzurri resi gelidi dalla luce spettrale del piccolo display.

«Il giorno che smetterai di convivere col tuo telefono magari ti troverai un ragazzo» disse ironico Segnon a mo' di saluto.

«Ce l'ho già un ragazzo. Anche più di uno...»

«E non si incazzano se continui a twittare invece di parlare con loro?»

Ludivine gli mostrò il medio e mise via l'iPhone quando scorse Alexis davanti alla finestra.

«Alex! Allora? Che dice Mikelis?»

Segnon si ridestò di colpo. «Oh merda, è vero! Allora?»

Alexis scosse lentamente la testa, con aria indispettita. «Dovremo cavarcela senza di lui».

«Perché?» chiese Segnon.

«Ha deciso di smettere con questo lavoro. Definitivamente. Non vuole più essere coinvolto, non gli interessa».

«Gli hai raccontato il caso?»

«A grandi linee».

«E non ha detto niente? Nessun suggerimento?»

«Ci darà il nome di un bravo criminologo che conosce lui».

«Che stronzo!» Ludivine scagliò il piumino sull'appendiabiti.

Alexis fissò brevemente la figura atletica della giovane donna. I jeans attillati che scolpivano un culo mirabile, i seni prominenti sotto il maglione Abercrombie. Gli piaceva guardarla. Ma quella mattina, nemmeno l'avvenenza di Ludivine riuscì a dargli un pizzico di conforto.

Nei sette mesi di lavoro in comune i due si erano cercati e avevano vagamente civettato, e in certi momenti di stanchezza era capitato che si accasciassero l'uno addosso all'altra, ma tra loro non era mai successo nulla di più.

«E voi, avete fatto qualche progresso ieri?» chiese Alexis.

«Ho completato il lavoro sui numeri di telefono» rispose Ludivine, legandosi i capelli sulla nuca.

«Tutti quanti?»

«Tutti quanti. Cinque giorni d'inferno».

Per ogni omicidio, i gendarmi avevano ottenuto da tutti gli operatori telefonici tutti i numeri che avevano attivato le celle nelle vicinanze della scena del crimine, nelle ventiquattro ore precedenti l'omicidio. Centinaia di migliaia di numeri che dovevano poi essere inseriti in Analyst Notebook, il software di ausilio alle indagini utilizzato dalla SR. Tutti i nomi che comparivano nei verbali, tutti i veicoli, gli indirizzi e i numeri di telefono erano stati raccolti e riuniti in questo modo, e il software garantiva che venissero evidenziati i numeri che comparivano più volte. Se all'uomo nel corso di lunghi mesi di indagini poteva sfuggire qualcosa, la macchina per contro era infallibile.

Alexis fece una smorfia di ammirazione. La sua collega non era rimasta con le mani in mano.

Svuotò in un sorso la tazza di succo d'arancia e abbracciò la stanza con un'occhiata. Aveva bisogno di concentrarsi. Per superare le speranze malamente deluse del giorno precedente. Erano dieci giorni che ragionavano sulla possibilità di fare appello a Mikelis, fino a farla diventare un'ossessione, fino a quando Alexis era dovuto andare a battersi con i suoi superiori per convincerli a far partecipare alle indagini un civile in virtù delle sue eccezionali capacità e della sua straordinaria competenza, per far fronte all'emergenza delle vittime che si accumulavano senza che la SR sapesse in che direzione indagare. Tutto quello, alla fine, per niente.

Segnon stava già leggendo le sue e-mail, in mezzo alle tante foto della moglie e dei due figli che aveva disposto ovunque, le braccia appoggiate su pile di scartoffie accatastate da settimane e settimane. Il colosso era rassicurato dal disordine. Accumulava e raccoglieva tutta la posta non aperta, i DVD dei film che si era fatto recapitare in ufficio senza mai trovare il tempo di guardarli, i fumetti che adorava ma che non aveva mai neanche sfogliato, gli imballaggi vuoti di Amazon; un muro policromo si frapponeva tra lui e la realtà violenta su cui lavorava ogni giorno. Una forma di protezione, un bozzolo.

Lo spazio di Ludivine era l'esatto contrario. Nessun oggetto personale, perfettamente ordinata, il piano verniciato della scrivania ben visibile. Accasciata, a braccia conserte, la giovane donna fissava Alexis, la chioma dorata spinta in su dallo schienale della sedia fino ad avvolgerle il viso dalla pelle così bianca. Riccioli ribelli, come rovi in un giardino che invadevano il sentiero principale, davanti alla bocca, attorcigliati intorno ai freddi occhi azzurri. Lo stava osservando. In attesa del seguito.

Alexis coordinava la squadra e faceva da collegamento con gli altri due uffici del piano superiore, che stavano lavorando insieme a loro sul caso **e*.

Un gruppo di tre gendarmi setacciava il web, alla ricerca di forum più o meno clandestini in cui quel simbolo potesse avere un qualche significato. L'altro gruppo raccoglieva tutti i rapporti e i verbali dei potenziali testimoni interrogati negli ultimi tre mesi: addetti alle stazioni di servizio, gente che abitava nei pressi delle scene del crimine, parenti delle vittime – tutto il materiale, varie migliaia di fogli, veniva raccolto ed esaminato nei minimi dettagli e archiviato man mano sul database secondo i possibili criteri di ricerca ritenuti pertinenti, soprattutto nomi di persone, ma anche nomi di luoghi, aziende, scuole, eccetera.

E in tutto questo, non avevano neanche l'ombra di una pista da seguire.

Avevano analizzato i fascicoli di tutti i pervertiti rilasciati dall'inizio dell'anno, poi avevano ripetuto la procedura con gli istituti psichiatrici. Avevano inviato circolari a tutte le stazioni della Gendarmeria e ai commissariati di polizia del Paese, per assicurarsi che qualsiasi informazione su stupratori o maniaci sessuali venisse fatta pervenire alla SR. Per il momento, non avevano nulla di concreto. Niente di niente.

O meglio, avevano la bacheca.

Avevano le vittime.

Cinque cadaveri.

Alexis si girò verso la parete in fondo alla stanza.

Era interamente rivestita di sughero. Centinaia di documenti spillati gli uni accanto agli altri. Mappe di ogni scena del crimine stampate da Google Maps; foto delle vittime da vive, perché lì nessuno pensava di essere in una serie tv e non si appendevano le immagini macabre degli omicidi, nessuno aveva voglia di lavorare tutto il giorno con simili orrori davanti agli occhi; annotazioni a caratteri grandi per ricordare l'età, la professione e il luogo in cui ogni vittima aveva vissuto, e infine brevi cronologie. Ai piedi di quello scenario funebre erano impilati tutti i fascicoli utili, i rapporti autoptici, i verbali, i riassunti degli esami di laboratorio...

«Hai controllato nello schedario dei crimini sessuali se c'è gente con precedenti che ha la patente per i mezzi pesanti?» chiese Alexis alla gendarme, che lo stava fissando.

Le tre scene del crimine della Bestia si trovavano tutte

entro il raggio di una trentina chilometri dall'autostrada A4, il che aveva portato Alexis e i suoi colleghi a considerare l'ipotesi di un camionista. Sapeva bene che erano due le professioni e i mestieri ricorrenti tra gli assassini seriali, due i lavori che quella particolare categoria di criminali sembrava prediligere. Due settori professionali agli antipodi: sedentario e socializzante il primo, itinerante e solitario il secondo.

Medico e camionista.

«Oggi Segnon e io spulciamo tutto. Ma continuo a pensare che non sia la strada giusta. Tracce di pneumatici per auto, Alexis, non è un camionista. È certamente un individuo molto mobile, che non esita a farsi un sacco di chilometri al volante per trovare la sua preda».

«Secondo me non è un caso che l'A4 sia il filo conduttore dei suoi omicidi. La conosce bene, o ci si sente al sicuro, oppure... boh, non lo so. È comunque una strada che vale la pena di esplorare. Non trascuriamo nulla. Vorrei anche recuperare l'identità di tutto il personale dell'autostrada nei tratti prossimi ai delitti, e inserire anche loro nel software. Non si sa mai. Io continuerò a visionare i filmati delle aree di servizio autostradali e dei benzinai. Non dirmi che non c'è manco una Twingo vecchio modello che si è fermata lì!»

«E se allargassimo la cronologia?» disse Segnon.

«Cioè?»

«Finora ci siamo concentrati su numeri di telefono e video relativi alle ventiquattr'ore intorno agli omicidi, ma se i medici legali avessero sbagliato di un giorno? Prova a pensarci: e se fossimo impantanati perché è dall'inizio che continuiamo a cercare nelle fasce orarie sbagliate?»

Alexis attraversò l'ufficio e battè col dito sulla foto di una delle vittime della Bestia.

«Agna Prenow. Si ritiene sia morta nella notte tra il 16 e il 17 luglio. La famiglia ha denunciato la scomparsa nel tardo pomeriggio del 16, la cugina l'ha vista per strada intorno alle 18:00 ed è l'ultima testimone. Un ragazzo ha trovato i resti di Agna la mattina del 17, mentre andava a scuola. Per lei non c'è possibilità di errore».

Il gendarme fece un passo di lato e indicò un'adolescente un po' rotondetta con la frangia che le ricadeva sugli occhiali. La foto, l'ingrandimento di una banale fototessera, era sbiadita.

«Sophie Ledouin. I suoi genitori hanno cenato con lei la sera del 22 agosto. È uscita per andare a dormire a casa di un'amica intorno alle 21:00. È stata ritrovata solo dieci giorni dopo, grazie ad alcuni escursionisti. Nel suo caso, il medico legale è stato abbastanza categorico: la decomposizione era molto avanzata. Vuoi rivedere le foto? C'erano così tanti vermi che sembrava si muovesse ancora. Aveva addosso centinaia di pupe, e c'erano già stati diversi cicli di schiusa. Quella settimana faceva caldo, ma secondo l'entomologo ci volevano almeno otto-dieci giorni per avere un numero così elevato di larve e perché il corpo fosse in quelle condizioni. Per lei, abbiamo ampliato la cronologia a quarantotto ore».

Alexis fece un altro passo indietro e indicò la terza e ultima vittima della Bestia.

«Armelle Calet. Nel suo caso è vero che i tempi sono meno precisi. Un'amica ha detto di averla vista battere vicino alla foresta il pomeriggio del 14 settembre, poi più nulla, fino al ritrovamento dei suoi resti. Ma anche in questo caso, il medico legale è abbastanza certo che la morte risalga con ogni probabilità al 15, non più tardi. Non ricominceremo da capo per perdere altri dieci giorni, solo perché non ci fidiamo della nostra Scientifica».

«Perché ci concentriamo solo sulla Bestia?» chiese Segnon. «Perché non sull'altro, sul Fantasma?»

«Due crimini in un'area urbana e nessuna traccia. È fin troppo prudente. È sicuro di sé, non lascia nulla al caso».

«Sì, ma in una città abbiamo più chance di trovare un testimone, prima o poi!»

«Sarà, io non ci credo più. Abbiamo fatto tutto il possibile a livello di indagini. Sono convinto che se c'è qualcosa da scoprire è sul fronte della Bestia. Lui si lascia trasportare dagli impulsi, non si controlla bene come l'altro. Dovrà per forza commettere qualche errore».

L'espressione di Segnon rivelava tutti i suoi dubbi.

«Speriamo, perché al momento stiamo nuotando in un oceano infestato di squali e non vedo neanche l'ombra di una nave che ci venga in soccorso, *captain*!»

«Arriverà, Segnon, arriverà. Il nostro uomo non è un genio con un culo così. Deve aver sbagliato qualcosa. C'è sempre un errore. Sta lì da qualche parte, proprio sotto il nostro naso, dobbiamo solo tenere gli occhi aperti e non mollare».

Ludivine sbirciò Alexis tra i suoi riccioli biondi. Non aveva battuto ciglio dall'inizio della conversazione.

«Vedi? Stai impostando il lavoro proprio come avrebbe fatto Mikelis» gli disse, con un sorriso complice. «In fondo, non abbiamo perso nulla».

Alexis alzò le spalle. Navigava a vista in quel mare di violenza, procedendo poco per volta, senza sapere realmente dove si trovava né dove stava conducendo i nove gendarmi che lavoravano a tempo pieno sul caso. Mikelis, invece, conosceva l'oceano meglio di chiunque altro.

No, a pensarci bene, lui *era* l'oceano.

La sua mente era un filtro da cui passava ogni molecola d'acqua, ogni brandello di violenza. Mikelis parlava la lingua della violenza. E come quei maestri di scacchi che sono sempre in anticipo di diverse mosse, aveva una visione d'insieme dei delitti, dominava la scacchiera. Quella era la sua forza.

Alexis sospirò e si accasciò sulla sedia. Lui, invece, non sapeva neanche giocare a scacchi.

Poco prima delle 18:00, i tre gendarmi alzarono lo sguardo dagli schermi dei computer o dai fascicoli sentendo dei tonfi di passi affrettati nel corridoio. La porta si spalancò sulla faccia da ragazzino di Lionel Teixa, uno degli investigatori della SR.

«Ehi, venite a vedere la BFM nella sala tv! Sbrigatevi!»

I tre balzarono in piedi e raggiunsero i colleghi in un ampio stanzone, di fronte al televisore appeso alla parete.

Le immagini scorrevano rapide.

Il marciapiede di una stazione. Figure in preda al panico. I lampeggianti dei veicoli dei pompieri che illuminavano la scena in bianco e rosso. Facce sconvolte dalla paura, dall'ansia e dall'incomprensione. Immagini angoscianti. E una voce maschile fuori campo, distaccata, come per bilanciare quello che vedeva accadere sotto i suoi occhi, che insisteva sulle parole come se fossero così importanti da riuscire a sdrammatizzare l'orrore: '*... ancora le ragioni del gesto. Secondo le prime testimonianze, l'uomo, in realtà forse un adolescente, portava una felpa col cappuccio calato sul volto, e diverse persone dicono di averlo visto andare su e giù nervosamente mentre aspettavano il treno, poco prima di spingere sui binari tre persone, tra cui una donna con un passeggino. Va detto che, secondo vari testimoni, il ragazzo avrebbe lasciato un graffito sul muro della stazione poco prima di compiere il suo folle gesto. Ricordiamo che, stando all'ultimo* *conteggio, l'adolescente ha ucciso quattro persone, tra cui un neonato, prima di gettarsi sotto il treno in arrivo sul binario adiacente*'.

Segnon lanciò un'occhiata a Lionel Teixa.

«È tremendo, ma tu perché...»

«Guarda!»

L'immagine si spostò per mettere a fuoco il muro della stazione.

Un simbolo era stato tracciato con la vernice spray sui mattoni. Grande, almeno un metro di diametro. Un asterisco seguito da una lettera.

**e*

Il colosso si lasciò cadere su una sedia.

«Cazzo... ma è un'epidemia!»

4.

Niente più sirene né luci lampeggianti. Solo la luce crudele dei neon lungo i binari e quella più livida, quasi gialla, dei lampioni della stazione.

I camion dei pompieri bloccavano l'accesso principale, con l'aiuto di cordoni in plastica frettolosamente legati da un lampione all'altro per impedire il passaggio.

Alexis, Segnon e Ludivine mostrarono i loro tesserini al poliziotto di guardia all'ingresso, che ebbe un attimo di esitazione. Non era abituato a vedere personale militare nel suo territorio, tanto meno dei gendarmi in borghese.

«Sezione Ricerche di Parigi» spiegò semplicemente Alexis. «Il suo comandante dovrebbe sapere del nostro arrivo, è stato avvertito».

Ludivine tirò su il piumino e vi affondò il mento, per proteggersi dal freddo. Il vento di ottobre premeva contro il poliammide nero.

L'uomo li fece passare senza ulteriori formalità mentre si avvicinava un ispettore della Giudiziaria, un tipo sulla trentina mal rasato, capelli a spazzola e bomber nero.

«Siete quelli della SR di Parigi? Gentile da parte vostra far visita alla macelleria».

«Grazie per l'ospitalità» rispose Alexis.

«A quanto pare voi avete una spiegazione per il gesto di questo pazzoide?» disse l'ispettore, aprendo la porta della stazione.

«Vi hanno informati male. Ma siamo interessati ai graffiti che ha lasciato prima di buttarsi sotto il treno».

La piccola stazione di periferia era in subbuglio. Nell'aria aleggiava un miscuglio di odori – caffè, disinfettante industriale e sudore. Psicologi, psichiatri e infermieri dell'unità di emergenza medico-psicologica stavano accudendo una decina di uomini e donne ancora in stato di shock, tra cui un giovane dall'aria stravolta che continuava a scuotere la testa. Alcuni vigili del fuoco erano raccolti intorno a un termos fumante su un tavolo di fortuna. Alcuni funzionari di polizia si univano a un gruppo di giornalisti locali, le macchine fotografiche al collo come pass per la stampa, e a svariati esponenti politici del Comune e della Regione.

L'ispettore fendette la piccola folla e guidò i tre militari all'uscita, prima di indicare il muro tra la porta e una delle finestre della biglietteria.

**e*

Non più grande del poster di una rivista.

Dipinto con una bomboletta spray rossa. Ad altezza d'uomo.

Come una firma.

«Qualche testimone lo ha sentito dire qualcosa?» chiese Ludivine.

«No. I vigili del fuoco hanno subito preso in carico i più traumatizzati, intanto che i nostri colleghi cercavano di raccogliere il maggior numero di testimonianze possibile, ma per il momento tutto quello che è emerso è che era un adolescente e che era molto agitato».

«Lo avete identificato?» chiese Segnon.

«Non ancora. Ci vorrà un po' di tempo».

Il poliziotto si voltò verso i binari e fissò un alone bianco più in là, luminoso come il sole di mezzogiorno. Potenti fari portatili su alti treppiedi sporgevano oltre i marciapiedi, posizionati in basso sulla massicciata. I fari delineavano le ombre dei vigili del fuoco al lavoro, chini sui binari. Alcuni erano lividi in volto, altri più indietro barcollavano come se stessero per svenire. Due pompieri deposero una coscia su una coperta di sopravvivenza stesa sul bordo del marciapiede. C'erano altre parti di carne, alcune avvolte in una pellicola scura. Brandelli di vestiti.

«Il ragazzo ha preso bene la mira» disse l'ispettore. «Di solito chi si butta sotto un treno ha gli arti mozzati, ma se ti piacciono i puzzle li ricomponi alla svelta. Questo qui però si è preso il treno dritto in faccia. Un effetto bomba. E il resto è finito sotto le ruote. Il corpo è come rivoltato. Lacerazioni multiple, la pelle all'interno e la carne all'esterno...»

«Direi che basta così, grazie» lo interruppe Segnon.

Ludivine indicò altri quattro soli che splendevano su un altro binario. «E le altre vittime?»

«La madre e il suo bambino li hanno identificati grazie ai documenti, per un'altra è stato un parente che era qui in stazione. All'ultima ci stiamo ancora lavorando».

Alexis gli diede il suo biglietto da visita, su cui aveva scarabocchiato il numero di cellulare.

«Inoltrerò una richiesta per via ufficiale, ma se potesse mandarmi una copia di tutto quello che scoprite, nomi, dati, rapporti, ci farebbe guadagnare un po' di tempo».

L'ispettore annuì.

«Su cosa state indagando, di preciso? E questo simbolo cos'è? Un gruppo anarchico?»

«Non lo sappiamo, ma lo hanno trovato addosso a una serie di cadaveri».

Il poliziotto sbarrò gli occhi.

«Davvero? Vuol dire che... il ragazzo, qui, ha già colpito altre volte?»

«Sì, è possibile» rispose Alexis in tono amichevole, per fare in modo che l'altro gli mandasse tutto il materiale di cui disponeva, ma senza sbilanciarsi a dire o fare qualcosa di troppo.

Segnon puntò l'indice verso una telecamera di sicurezza.

«Avete recuperato i video?»

«Sì, stasera ce li guardiamo per bene davanti a una pizza appena sfornata. Ma se vi interessa, abbiamo già una ripresa dell'intera scena».

I tre gendarmi lo fissarono.

«Okay. Direi che vi interessa. Seguitemi dentro».

L'ispettore li condusse nel retro della stazione, in un ufficio che puzzava di chiuso dov'erano accalcate una mezza dozzina di persone, la maggior parte delle quali al telefono. Si fece dare un iPhone e lo mostrò ai gendarmi.

«È di un ragazzo di diciannove anni, gli è sembrato che l'altro ragazzo avesse un'aria strana e ha cominciato a filmarlo mentre faceva quel graffito davanti a tutti».

Il piccolo schermo si animò. Apparve una figura in pantaloni mimetici e felpa nera, con il cappuccio calato sulla testa da cui spuntava la visiera di un cappellino. La figura era di spalle e tracciava il suo misterioso disegno sotto gli sguardi attoniti dei pendolari, che non osavano dire nulla. Non appena terminata l'opera, l'adolescente con la felpa lasciava cadere la bomboletta spray e si infilava nella scala del sottopassaggio più vicino. Il video si interrompeva lì.

Deluso, Alexis stava per ringraziare comunque il poliziotto, ma questi selezionò un secondo video premendo il dito sullo schermo.

«Il testimone ha visto riapparire il graffitaro sul marciapiede di fronte e ha ripreso a filmarlo. Ora viene il bello».

Due binari paralleli separavano il ragazzo con l'iPhone dal ragazzo incappucciato. La banchina opposta era affollata. Il graffitaro fissava l'orizzonte, in attesa del treno. Dondolava la gamba sinistra, a dimostrazione del suo nervosismo. La faccia era in gran parte nascosta dal cappuccio, ma i gendarmi riuscirono a scorgere il mento e la bocca. Il ragazzo si mordeva il labbro.

Un piccolo timer nero con le cifre gialle segnava le 17:12.

Le persone intorno al ragazzo sembravano non accorgersi di lui, immerse nei loro pensieri, lo sguardo sul cellulare, sulle pagine di un libro o di una rivista, o rivolte a qualcuno con cui chiacchieravano. Tutti che cercavano di ammazzare la noia come potevano, senza prestare la minima attenzione all'individuo che stava per sconvolgere le loro vite.

L'adolescente non riusciva proprio a stare fermo. Andava avanti e indietro lungo il binario, tenendo d'occhio il treno in arrivo e osservando la gente intorno a sé. Muovendosi, la visiera del cappellino sembrava puntare ora l'uno ora l'altro, a turno. Come un dito minaccioso, in cerca di qualcuno di cui decretare la condanna.

«A che ora è successo?» chiese Alexis.

«La collisione? Con il treno delle 17:14».

D'un tratto il ragazzo prese a camminare più lentamente mentre osservava i viaggiatori. La fotocamera lo seguì, ruotando leggermente. L'immagine a volte era sfocata, ma relativamente stabile, e l'autofocus era veloce a correggere.

Il graffitaro si fermò alle spalle di una donna anziana, che si appoggiava a un pilastro d'acciaio. Dopo aver esaminato le persone che le stavano intorno, lui proseguì il suo cammino.

«Sembra che cerchi qualcuno in particolare» commentò asciutta Ludivine.

All'improvviso, il ragazzo si fermò. Esitò, dietro due bambini sui dieci anni che chiacchieravano spensierati. Voltò la testa a destra e a sinistra. Intorno ai due allegri chiacchieroni si era formata una piccola bolla. Erano un po' isolati dagli altri.

'Due prede ideali' pensò Alexis. 'Non stanno in mezzo alla gente. Ci vuol poco a spingerli giù'.

Il piccolo orologio sullo sfondo segnava adesso le 17:13.

Il graffitaro si sfregò la faccia, prima di riprendere la sua strana camminata. Passò lentamente dietro una donna che dondolava un passeggino con gesto meccanico, proprio accanto a un tizio sulla trentina che sembrava uscito da una rivista di moda, con enormi cuffie per ascoltare la sua musica, lontano dal mondo. In quel momento, l'adolescente per poco non cadde a terra quando un uomo in giacca e cravatta sgomitò per passargli davanti senza tanti riguardi, per prendere posizione sul bordo della banchina.

Il graffitaro si raddrizzò e la sua visiera ruotò lentamente verso la nuca dell'uomo con la cravatta. Un quarantenne o poco più, che era chiaramente di fretta.

Il cappuccio si girò prima a destra, poi a sinistra e tornò a posizionarsi dietro la schiena dell'uomo.

17:14.

Alexis percepì un brivido collettivo tra i presenti, mentre in sottofondo cresceva lo sferragliare di un treno in avvicinamento.

Il ragazzo incappucciato si avvicinò all'uomo in giacca e cravatta, fino a trovarsi a pochi centimetri da lui.

Il rumore della locomotiva e lo stridio delle ruote d'acciaio sulle rotaie crebbero di volume, saturando l'altoparlante del telefono.

All'improvviso, l'uomo che era di fretta spiccò un balzo. Proiettato in avanti, aprì le braccia come se stesse cercando di volare, e il suo volto si trasformò in una maschera di stupore e terrore.

L'adolescente col cappuccio afferrò immediatamente la donna accanto a lui e spinse anche lei sui binari. In un attimo, sbilanciata, la donna cadde in avanti trascinando con sé il passeggino, dal quale caddero sulla massicciata una forma bianca e delle copertine, mentre risuonavano le prime urla.

Il tizio alla moda si era appena accorto che c'era qualcosa nel mondo, al di là delle sue cuffie e della sua musica, quando il graffitaro lo prese per le spalle facendogli perdere l'equilibrio.

Nello stesso momento la madre del bambino si rialzò, urlando. Non ebbe il tempo di precipitarsi verso il suo piccolo. Un'enorme sagoma scura spuntò dalla destra del display. L'uomo in giacca e cravatta spalancò la bocca, poi la locomotiva gli andò addosso.

E lo travolse in un lampo.

Dopo toccò alla donna, urtata così brutalmente che ad Alexis parve smembrarsi all'istante. Quanto al modaiolo con le cuffie, il treno gli sfasciò tutte le ossa che aveva in corpo prima che toccasse terra e lo rispedì sul marciapiede, come una pallina che rimbalzava solo una volta, e poi non più.

Un attimo dopo il treno aveva invaso quasi tutto lo schermo, e il frastuono attutiva parte delle urla della folla.

Il cellulare cadde a terra, la videocamera fissa sul cemento e sulla punta di una scarpa da ginnastica bianca e logora.

Tutto era precipitato in pochissimi secondi. Il graffitaro aveva agito con precisione e grande determinazione. Senza esitare un attimo. Prima che qualcuno potesse anche solo tentare di fermarlo.

L'ispettore mise la mano sullo schermo per riprendersi il cellulare.

«Va avanti ancora parecchi minuti prima che al ragazzo venga in mente di spegnerlo, ma non c'è più niente di interessante».

Alexis guardò Ludivine e Segnon. Segnon fece una smorfia. «Tremendo» disse.

Il poliziotto annuì e aggiunse: «Secondo i testimoni, subito dopo l'adolescente si è girato ed è andato a buttarsi sotto il treno in arrivo sull'altro lato del marciapiede. Nessuno ha potuto fermarlo».

«Qualche testimone lo ha visto arrivare in stazione? A piedi, in auto?» chiese Alexis.

«Non che io sappia. Avremo tutti i rapporti entro domani, credo. Poi, quando li avremo fatti passare…»

«Pensa che ci vorrà molto?» disse Ludivine con una parvenza di sorriso, per non sembrare troppo sarcastica.

«Con questo fatto orribile che è successo i media ci staranno addosso, per non parlare del prefetto, quindi no, faremo in fretta, non si preoccupi».

«Se non è chiedere troppo, possiamo avere un rapporto sui video che avete sequestrato qui in stazione?» intervenne Segnon.

Il poliziotto annuì nuovamente. Sul suo volto cominciava a trasparire una certa irritazione.

«La cosa più importante per noi, adesso, è scoprire chi era il graffitaro» concluse Alexis.

Il poliziotto sventolò il biglietto da visita.

«Ho il suo numero e la sua e-mail, vi inoltro tutto non appena avrò le informazioni. Non può dirmi qualcosa in più su quei cadaveri con lo stesso disegno?»

«Al momento non abbiamo granché, in mano». La menzogna era venuta naturale ad Alexis. «Se può esserle utile, la aggiornerò non appena ne sapremo di più. Grazie per la collaborazione. Aspettiamo sue notizie domani. E buon lavoro!»

Alexis gli diede una pacca amichevole sulla spalla e guidò il terzetto verso l'uscita.

«Cosa ne pensi?» chiese Ludivine.

«L'adolescente col cappuccio era un pazzo furioso» rispose al volo Segnon. «Scommetto che ha un fascicolo in qualche ospedale psichiatrico!»

Ludivine fissò Alexis, che non rispose.

«A cosa stai pensando?» insistette la gendarme.

«Non mi convince. Tutta questa storia non mi convince per niente. Avete visto con quanta cura ha scelto le sue vittime, no? Prima ha pensato all'anziana, poi ai due bambini, e alla fine è stata la donna col passeggino ad attirarlo».

I tre gendarmi passarono oltre uno dei cordoni di plastica e attraversarono la piazza, diretti alla loro auto.

«E ancora di più l'uomo che gli è passato davanti» disse Segnon.

«Non ne sono sicuro. Quello lo ha spinto giù per fargliela pagare. Ma credo che la donna col passeggino avesse un significato».

«Forse aveva problemi nel rapportarsi con donne e bambini».

Alexis scosse la testa, con un'espressione dubbiosa.

«Non credo che sia questo. Guardiamo cosa fa prima di ucciderli. Fa un graffito sul muro con lo spray davanti a tutti. Come se volesse mandare un messaggio al mondo intero. Se guardiamo alla scelta delle vittime, c'è qualcosa in loro che fa pensare alla... famiglia ideale. Lui va a colpire le basi: una donna e il suo figlioletto, l'uomo d'affari e il figo. Un padre di successo, una madre perfetta e i figli ugualmente perfetti».

«Pensi che volesse colpire là dove fa più male?»

Ludivine annuì decisa. «Credo che Alex abbia ragione. Il ragazzo ci ha messo il suo tempo per scegliersi le vittime. Non voleva persone qualunque. Se l'è presa con i punti più sensibili della società, là dove fa più male».

«Dobbiamo indagare la galassia dei movimenti radicali?» disse Segnon. «Estrema sinistra ed estrema destra? Anarchici? Domani chiederò alla DCRI informazioni su questi gruppuscoli. Vero è che non gli abbiamo chiesto se il simbolo *\e* a loro dica qualcosa».

«Glielo chiederemo».

«Mi sembri turbato» sostenne Ludivine. «È il video che ti ha sconvolto?»

Alexis aprì la portiera della Peugeot 206 e si fermò lì.

«È per come le cose si accumulano. Prima due tizi che massacrano in giro per tutta la Francia, poi le foto pedofile e ora questa... cosa. Il colonnello vuole mantenere il riserbo sulla vicenda per non avere tra i piedi i politici e i media, e a me sta bene, ma la situazione ci sta sfuggendo di mano. Tutte le gendarmerie devono occuparsi del caso. Abbiamo bisogno di esperti, di risorse e di personale supplementare. Quello che sta succedendo è spaventoso. E di questo passo ne succederanno di peggio, ve lo dico io!»

Segnon era dall'altro lato dell'auto.

«Vuoi che facciamo pressione sul colonnello?»

Alexis esitò, poi accennò col mento alla stazione.

«Stiamo già facendo pressione per recuperare tutto il possibile sul ragazzo. Il suo computer, il suo telefono, tutto».

«La giudiziaria non sarà d'accordo».

«Questo è un problema del colonnello, lasceremo che se ne occupi lui con il giudice istruttore. Il graffitaro della strage è la nostra priorità. Deve per forza aver imparato a disegnare quel simbolo da qualche parte, o da qualcuno. Voglio che scopriamo cosa significa. Cercavamo un modo per entrare nel mondo di questi pazzi e l'abbiamo appena trovato».

Alexis diede un'ultima occhiata al piazzale, illuminato dai lampioni con le loro lampadine giallastre. In lontananza, diverse sfere di luce bianca brillavano al di sopra del tetto della stazione.

Il gendarme pensò a come doveva risaltare il colore del sangue nel bagliore dei riflettori. Quasi scintillante.

Nella sua breve carriera Alexis aveva già visto molti orrori. A volte vere e proprie follie. Ma la gratuità di queste ultime era troppo anche per lui.

Rivide il volto di quella madre che aveva capito che era troppo tardi. Per lei e per il suo bambino. Il suo grido disperato. Il video non era riuscito a rendere l'impatto della motrice sulla carne, ma Alexis non aveva difficoltà a immaginarlo. Brutale.

Doveva esserci molto odio in quel ragazzo, per voler fare così male al mondo. Un odio totale. Assoluto.

L'odio della morte. E non solo la sua.

Un odio tagliente. Definitivo.

Un culto fanatico della distruzione. Del dolore.

In modo che il mondo soffrisse con lui.

Alexis trasse un respiro profondo, mentre si metteva al volante. No, non si trattava di follia, a pensarci bene. Il ragazzo aveva calcolato la sua mossa. Voleva scioccare. Voleva colpire la società.

Era una vendetta.

Alexis chiuse bruscamente la portiera.

5.

C'era gente che parlava in lontananza.

Voci morbide e sicure. Gradevoli.

Diventavano più forti.

Alexis aprì le palpebre con difficoltà; gli sembrava che nel sonno si fossero ristrette, diventando troppo piccole per i suoi occhi. Le sfregò, con un grugnito, come per ripristinarne l'elasticità. Un risveglio difficile. Intontito. Ancora avvolto nel confortante calore del piumone, le guance come sonda per capire quanto facesse freddo in casa.

Era rimasto sveglio fino a tardi. Non riusciva a spegnere la luce. Alexis aveva i suoi periodi di ansia. Quelli in cui temeva il momento in cui avrebbe posato la testa sul cuscino al buio, in cui sarebbe rimasto a tu per tu con la realtà e con la sua solitudine. Era proprio in quei momenti di presunto relax che il peggio tornava a farsi sotto. Insidioso. Dapprima le banalità che inquinavano la vita quotidiana: i problemi di soldi, lo scarico che perdeva da due mesi, almeno altrettanto senza neanche una telefonata a sua madre per sapere come stava, le e-mail degli amici senza risposta, la sua condizione di eterno scapolo, già trent'anni e né moglie né figli in vista… Poi, una volta spazzato via tutto questo, una volta liberata la mente dalle contingenze della vita reale, nel semi-torpore, nell'anticamera del sonno, nell'oscurità che scendeva sull'anima, arrivavano i morti.

Simili a ombre lontane, quasi timide, si avvicinavano lentamente, sfiorando la consapevolezza.

E quando le loro sagome si facevano strada fino in fondo tra i suoi pensieri, era troppo tardi. Alexis non riusciva più a addormentarsi. Rivedeva le persone di cui aveva scoperto i cadaveri, o analizzato le vite sotto ogni profilo, le morti violente che tornavano a tormentarlo in un momento di fragilità.

Alexis lo aveva scoperto con un po' di esperienza: i fantasmi esistono. Si annidano nell'interstizio tra la veglia e il sonno. Quel mondo intermedio in cui la mente cosciente scivola nell'inconscio, quel margine sottile e incontrollato in cui l'uomo riesce ancora a intravedere le cose quando non è più in grado di controllare i suoi pensieri. E i fantasmi si nutrono della solitudine dei vivi.

Alexis odiava addormentarsi da solo. Eppure gli piaceva la sua vita da single che lavorava fino a tardi, usciva a bere con i colleghi il resto del tempo oppure leggeva fumetti, giocava ai videogiochi e, soprattutto, si godeva le partite di football americano su Internet. Ma nonostante tutto ciò, aveva ancora bisogno di addormentarsi con qualcuno, per scacciare i fantasmi. Alexis ai sonniferi preferiva la compagnia di una ragazza incontrata in un locale, e a volte pagava anche per una escort che se ne andava non appena lui prendeva sonno. Tutte quelle donne di cui dimenticava i nomi già all'alba avevano contato a modo loro, al di là del piacere fugace. La loro umanità per qualche momento era stata un rifugio sicuro. Si abbandonava al calore dei loro corpi come a un ansiolitico naturale. Anime come cura omeopatica per la malinconia.

Le voci alla radio parlavano di politica americana. Di elezioni.

Alexis si raddrizzò, stirando le braccia.

Quella mattina non c'era nessuno nel suo letto. Ecco perché aveva dormito così male. C'era una sorta di rassicurazione che veniva dalla notte dei tempi, nel tepore dell'altro durante il sonno.

Andò subito in bagno a farsi una doccia, per lavare via gli ultimi brandelli di sonno dalla pelle, e scartò l'idea di radersi con un gesto della mano sullo specchio appannato.

Con un caffè fumante in una tazza dei New York Giants, Alexis osservò il XX arrondissement al risveglio. Le luci alle finestre come altrettante palpebre che si aprivano su un nuovo giorno.

Sabato mattina, inizio ottobre.

Non ci sarebbe stato nessun fine settimana per lui, né per nessuno dei suoi colleghi della Sezione Ricerche. Non con quello che era successo il pomeriggio del giorno prima alla stazione di Herblay, una tranquilla cittadina di periferia che era appena balzata agli onori della cronaca. Non dopo cinque crimini seriali, le foto pedofile e ora un quadruplice omicidio seguito da un suicidio.

Avrebbero passato la giornata a tormentare i poliziotti della Giudiziaria per farsi dare l'identità del graffitaro, mentre il colonnello a capo della SR avrebbe incontrato il giudice istruttore, rovinandogli il fine settimana finché non avesse ottenuto il caso per i suoi.

Alexis viveva in un edificio di nove piani nel cuore della caserma. Un palazzo dall'aria poco invitante che ospitava cinquantaquattro famiglie di gendarmi, una sorta di scatola chiusa soffocante. Uscendo dalla hall, attraversò il cortile per entrare nella sede della Gendarmeria, dove aveva il suo ufficio al primo piano.

Ludivine era già davanti ai due schermi del suo computer, uno aperto sulle finestre dei vari social network, mentre sull'altro stava leggendo gli ultimi dispacci emanati dall'FBI.

«Ma tu non dormi mai?» disse Alexis, tendendo il pugno chiuso.

Ludivine lo salutò battendoci contro il suo.

«I fannulloni dormono» rispose, senza staccare gli occhi dagli schermi.

«Le persone troppo ansiose non dormono».

«A giudicare dalle tue occhiaie, hai una collezione di ansie».

Lui scosse il capo, infastidito.

«Sempre l'ultima parola, eh? Allora, qualche novità nella notte?»

«Zero. Ho già richiamato l'ispettore che abbiamo visto ieri. Tre messaggi in un'ora. Spero avrà capito che è urgente».

La massa di Segnon riempì la soglia. Mostrò loro una busta formato A4.

«Sei già qui anche tu?» disse Alexis stupito.

Anche il colosso aveva le borse sotto gli occhi.

«Ero al piano di sopra con Cyril. È arrivato il rapporto dell'odontologo forense sui morsi che la Bestia ha inflitto alle sue tre vittime».

«Hanno trovato tracce di DNA intorno alle ferite?» chiese subito Alexis.

«Niente di utilizzabile».

Segnon tirò fuori una serie di fogli color rosa e li sventolò. Alexis li riconobbe senza nemmeno bisogno di leggerli. Moduli Interpol per l'identificazione delle impronte dentali. Schede standard. Rosa per i morti. Per i vivi, nei casi di persone scomparse, erano gialli.

«Il tecnico ha ottenuto un'impronta di morso che combacia in tutti e tre i crimini. È sempre la stessa mascella».

«Non che avessimo chissà che dubbi in proposito» disse Ludivine.

Senza lasciare il fascio rosa, Segnon sfogliò le pagine di un rapporto costellato da diagrammi a penna.

«Però, ed è qui che la cosa si fa interessante, il tizio dichiara, cito testualmente: 'La curvatura dentale possiede una forma a U la cui topografia palatale non corrisponde a nulla di conosciuto'».

Gli altri due si guardarono, incerti.

«Significa che l'assassino ha una deformità? Un labbro leporino?» chiese Ludivine speranzosa.

Alexis appoggiò una natica all'angolo della scrivania della collega. Forse la fortuna aveva deciso di sorridere loro. Una malformazione dei denti era meglio di un tatuaggio o di una cicatrice sul corpo, era una vera e propria impronta. Avrebbero inviato una circolare a tutti i dentisti del Paese e a tutti gli ospedali, e c'erano molte probabilità che prima o poi la cartella medica del paziente saltasse fuori.

Segnon riprese, ma il suo sguardo era cupo: «Tenete a freno l'entusiasmo e state a sentire: 'La disposizione dei denti, così come l'accumulo di denti carnivori (incisivi e soprattutto canini), suggeriscono un'origine animale, anche se la mascella si presenta di dimensioni molto grandi e con una forma atipica, più vicina nelle sue caratteristiche di base a quella dell'uomo che a quella di un animale, per quanto anche in questo caso dobbiamo essere cauti prima di trarre conclusioni, perché l'insieme è veramente unico'. Poi entra in dettagli più tecnici. 'Potrebbe trattarsi di un misto di macrodonzia (forse legata a un caso di gigantismo ipofisario), geminazione e duplicazione, anche se l'accumulo è...'»

«Vieni al dunque, è un uomo o una bestia che morde?» sbottò Ludivine, che amava la concretezza e la chiarezza.

«Ovviamente può essere solo un uomo. Non vedo come possa portarsi dietro un animale e costringerlo a mordere. E perché dovrebbe fare una cosa del genere?»

«Non sarebbe mica il primo squilibrato che...»

Segnon li interruppe, per finire il suo resoconto: «Il medico conclude suggerendo di esaminare i pazienti che si sono sottoposti a chirurgia dentale estetica. Pare sia di gran moda in certi ambienti dark. Si fanno montare denti finti di forma strana, oppure si fanno limare i denti veri per farli somigliare a zanne, e nei casi più estremi c'è gente che si fa intagliare tutti i denti per farli somigliare a quelli degli squali. Il tecnico dice che questo fenomeno è particolarmente in voga in Inghilterra e in Germania, molto meno in Francia. E comunque rimane scettico sulla probabilità che si tratti di una mascella umana, per via dell'insolita topografia palatale, a meno che non siamo di fronte a una deformità fuori del comune».

«Mi sembra una pista interessante» disse Alexis, prendendo i fogli rosa. «Mandiamo tutto a tutti via fax. Una bocca così è abbastanza eccezionale perché un dentista o una clinica ne abbiano tenuto traccia da qualche parte».

«Lasciamo perdere l'ipotesi di un animale?» disse Segnon.

«Come ci lavoriamo? Che tipo di animale cerchiamo?»

«Non lo so, per questo potremmo chiedere l'aiuto di un veterinario o di qualche scienziato, non pensate?»

Ludivine scosse la testa. Era d'accordo con Alexis.

«Secondo te un individuo perverso che ha elaborato tutta una complessa fantasia per cui uccide, e poi gli piace così tanto che lo rifà, metterebbe in mezzo un animale, qualunque possa essere? Perché dovrebbe farlo? Per costringerlo a mordere le sue vittime? Non ti pare un po'... stupido?»

«Però sappiamo che alle ragazze sono stati asportati grossi frammenti di carne. E a me sembra meno folle pensare che sia una bestia a divorarle, invece che un uomo con una bocca così deforme!»

«No, basta, non regge proprio» disse Ludivine. «Non abbiamo mai avuto casi di esseri umani che coinvolgono animali selvatici nelle loro fantasie omicide».

«Ci può sempre essere una prima volta» obiettò Segnon.

«Pensa alla logistica? Portare con sé l'animale, quale che sia – e ovviamente non è un cagnolino, semmai un orso o un leone, viste le dimensioni dei morsi – e poi costringerlo a obbedire, a mordere, il tutto senza lasciare alcuna impronta sul terreno e neanche un pelo sulla scena? Anche i geni del crimine, per quanto machiavellici, hanno i loro limiti. Non siamo in un film, Segnon».

Alexis alzò il fascio di fogli rosa.

«Per il momento ci concentriamo sugli esseri umani. Mandiamo l'impronta della mascella a tutti i dentisti e ai reparti di odontoiatria di tutti gli ospedali».

Segnon alzò le mani in segno di resa.

«Il capo sei tu. Io faccio il rapporto».

Tornò alla sua scrivania per riassumere la relazione dell'odontologo forense e aggiungerla alle note sulle indagini.

Posò la mano sul mouse, e subito gli venne da aprire Firefox invece che il dossier sul caso.

Apparve la pagina di ricerca di Google.

Era più forte di lui.

In pochi istanti Segnon arrivò sul sito web del Museo Nazionale di Storia Naturale.

6.

Joseph Selima.

La comunicazione dell'identità del graffitaro arrivò a fine giornata con una telefonata dell'ispettore della Giudiziaria.

Vent'anni. Disoccupato. Senza fissa dimora. Precedenti per una serie di furti, aggressioni, possesso di stupefacenti e resistenza aggravata contro le forze di polizia. Unico indirizzo conosciuto, quello della struttura psichiatrica in cui Selima era stato più volte ricoverato.

Il ragazzo soffriva di paranoia, disturbi del comportamento e a volte attacchi di delirio. Il più recente si era concluso con la morte di quattro persone e il suicidio dello stesso Selima, pensò Alexis.

Dopo aver inutilmente cercato il suo nominativo in ogni possibile schedario informatizzato, Alexis si alzò in piedi.

«Dove vai?» chiese Ludivine.

«A Neuilly-sur-Marne, nel reparto psichiatrico dov'è stato ricoverato Selima».

«Di sabato sera?»

«Se mi do una mossa, posso arrivare prima della Giudiziaria e avere subito qualche informazione di prima mano sul soggetto. Potrebbe aver lasciato lì qualche effetto personale».

Segnon sospirò, prima di alzarsi a sua volta.

«Ci vado da solo» disse Alexis. «Tu torna a casa dai tuoi, che per oggi hai già fatto abbastanza».

Ludivine agguantò il piumino.

«Visto che non ho un marito che mi aspetta, vengo con te».

La sera era calata rapidamente, come se il sole stesso non volesse indugiare all'orizzonte in quel periodo dell'anno. Sempre quella fase intermedia, pensò Alexis. Sospesa tra la coscienza e il sonno, tra il giorno e la notte. Territorio di fantasmi che nemmeno la natura ama prolungare inutilmente.

I due gendarmi si lasciarono guidare dai cartelli. L'unità psichiatrica di Neuilly-sur-Marne era definita eufemisticamente 'Istituto pubblico di salute mentale di Ville-Evrard'. Alexis parcheggiò la 206 senza contrassegni della Gendarmeria davanti a un edificio beige un po' vecchiotto con alte finestre bianche. L'illuminazione irregolare dei lampioni dava alle tegole del tetto una tonalità rossastra quasi inquietante.

Il posto era immerso in un silenzio sinistro. Non un suono, non un'ombra in lontananza, anche se Alexis quasi si aspettava di sentire delle urla, non appena si fosse avvicinato a quello che considerava un manicomio, o almeno un luogo che ospitava diverse centinaia di pazienti in cura per patologie complesse. Non gli piacevano per niente gli ospedali e ancor meno tutto ciò che aveva a che fare con le malattie mentali. Era un ambito che lo metteva a disagio, di fronte al quale si sentiva impotente.

Per prima cosa andarono alla reception per chiedere indicazioni, poi, dopo aver declinato le loro generalità almeno una mezza dozzina di volte, riuscirono finalmente a parlare con un medico che aveva avuto in cura Joseph Selima.

«Questa storia ci si ritorcerà contro» disse il dottor Galène, dopo che i due gendarmi gli ebbero spiegato la situazione. «Non appena un paziente combina qualche disastro, si accusano gli psichiatri e gli ospedali psichiatrici di non fare il loro lavoro. Ma non sono io che faccio le leggi. Non posso certo trattenere qualcuno a tempo indeterminato contro la sua volontà!»

«Ci parli di Selima» disse Ludivine.

«Senta, viste le cose orribili che ha fatto, sono più che disposto a darle informazioni in via ufficiosa, ma non firmerò alcun verbale, intesi? Non è possibile accedere alle cartelle cliniche senza una richiesta scritta del tribunale».

«Intesi» disse Alexis.

Il dottor Galène li condusse verso una stanzetta chiusa a chiave piena di scaffali e scatole di medicinali, e richiuse la porta alle loro spalle.

«Selima, mi ricordo bene di lui» disse, abbassando la voce, «è un ragazzo molto chiuso».

«Era» lo corresse Alexis.

«Sì, è vero... era. In totale contrapposizione rispetto al sistema, una famiglia violenta che non vedeva da almeno quattro anni, da quello che ne so, un povero ragazzo abbandonato, senza risorse, affetto da un disturbo della personalità, antisociale...»

«Ne parla come se fosse una vittima» disse Alexis.

«Una vittima? Certo, vittima della sua stessa patologia. Da quel poco che ha acconsentito a confidarmi, ha avuto una vita veramente di merda. Ora, non mi fraintendete, Joseph Selima non era certo un angelo, neanche ai miei occhi: mentitore, impulsivo, irresponsabile, privo di empatia, senza rimorsi... in poche parole, il sociopatico per eccellenza».

«L'avete avuto a lungo qui in istituto?» chiese Ludivine.

«Diversi ricoveri di qualche settimana».

«Per ordine del tribunale?»

«La prima volta, sì. Poi veniva di sua spontanea volontà. Credo che stare qui gli piacesse. Voglio dire... nella misura in cui a qualcuno può piacere ammettere che ha bisogno di aiuto per curare una malattia mentale. Qui trovava ascolto, qualcosa che altrove non riceveva. Si fermava giusto il tempo di rimettersi in sesto e poi se ne andava dall'oggi al domani».

«Aveva contatti con altri pazienti?» chiese Alexis.

«No, se ne stava per conto suo. A Joseph non piaceva parlare. Con me era diverso, avevamo finito per creare una parvenza di rapporto, si fidava di me, più o meno. Ma ero uno dei pochi».

«E il resto del personale? Non fumava una sigaretta di tanto in tanto con le infermiere, magari cercando di rimorchiarle?»

«Forse non vi è chiaro chi era Joseph Selima. Stiamo parlando di un solitario. Nel vero senso della parola. Uno capace di stare dieci giorni senza vedere nessuno, senza neanche aprire bocca. E questo non gli dava fastidio, anzi! Non era per niente il tipo del seduttore, né uno di quelli che puntano sulla simpatia. Se voleva una sigaretta, la chiedeva e basta. Era cresciuto in un ambiente familiare privo di amore, in cui i rapporti consistevano in cinghiate e urla, il che dà un'idea del personaggio».

Ludivine intervenne a sua volta: «Sa se aveva qualche conoscente fuori di qui?»

«Non ne parlava. Viveva alla giornata, capisce, non era

tipo da pianificare il futuro. Bazzicava uomini e donne, ma non aveva amici, se è questo che vuole sapere. Credo che me lo avrebbe detto se li avesse avuti».

Alexis fece per aggiungere qualcosa, ma Ludivine lo anticipò: «Quando è stato qui l'ultima volta?»

«All'inizio dell'anno, credo. Otto o nove mesi fa. È rimasto qui dieci o quindici giorni, non ricordo con precisione».

«Com'era?» disse Alexis.

«Stanco. Allo stremo. Selima veniva qui una o due volte l'anno, quando non ce la faceva più».

«Di cosa avete parlato? Ha manifestato pensieri oscuri o propositi omicidi in quel periodo?» chiese Ludivine.

«Aveva sempre pensieri oscuri. Quanto agli impulsi omicidi no, non ne ha parlato. Ma il suo giardino segreto era vasto e fitto come l'Amazzonia!»

«E da allora non ha più avuto sue notizie?»

L'incontro si stava gradualmente trasformando in un interrogatorio. I due gendarmi moltiplicavano le domande senza dare tregua al dottor Galène, che cominciava a spazientirsi.

«No, nessuna» disse con un sospiro.

«Sa di cosa viveva?» chiese Alexis.

«Di lavoretti occasionali pagati in nero, e sicuramente, detto tra noi, anche di qualche furto con scasso. Era evidente che non aveva grosse necessità, a parte gli spinelli che si fumava, però non ha mai toccato droghe pesanti, e su questo gli credo. Per quanto ne so, non aveva né affitto né bollette da pagare».

«E dove viveva?»

«In una casa occupata a Saint-Denis. Almeno, questo è quello che mi ha sempre detto».

«Ha l'indirizzo?»

«Dovrei averlo in una delle mie trascrizioni, posso trovarlo e se mi lasciate una mail, la segreteria vi manderà...»

«Sarebbe meglio averlo adesso» insistette Alexis, con aria decisa.

Lo psichiatra fissò il giovane gendarme.

«Stiamo indagando su una serie di omicidi» riprese Alexis. «Joseph Selima potrebbe aver avuto rapporti con gli assassini. Ogni minuto conta, finché i colpevoli sono ancora in circolazione».

Galène inspirò a fondo, col sibilo dell'aria nelle narici.

«Farò quello che posso. Andate ad aspettarmi nella hall».

Solamente un cartello per esibire la propria identità. Nessuna demarcazione tra i suoi confini e quelli delle città vicine. Una città in mezzo alle altre, senza personalità. Una città simile a un bambino privato di attenzioni in mezzo a una grande famiglia, condannato a crescere senza affetto. Strati di quotidianità assemblati senza coerenza e senza un collante, senza desiderio né amore, l'unico cemento di una costruzione duratura. Facciate vetuste striate dal tempo, edifici dalla pittura scrostata con gli infissi tarlati, alte torri moderne e splendenti per quanto prive di ogni bellezza, una serie di casermoni stretti gli uni contro gli altri, lotti vuoti e desolati dove spuntavano solo rifiuti e rottami.

Una *cité* della Seine-Saint-Denis come le altre.

Alexis vedeva sfilare le finestre davanti ai suoi occhi, i loro riflessi come un film interminabile proiettato sui vetri della piccola Peugeot. Il senso di appartenenza dei bambini che vivevano lì era una cosa su cui si interrogava spesso. Crescevano in quei quartieri degradati e sviluppavano un forte attaccamento per le gabbie in cui erano rinchiusi, pronti a battersi per il loro territorio. Più mancavano cose, e più amavano le loro zone – e ce ne voleva, per ridursi a tanto. La banda finiva per diventare la loro famiglia. Una compensazione. Per esistere. Per sentirsi vivi. Per essere parte di un clan. Non c'erano più genitori in quei palazzoni che dessero a quei ragazzi l'essenziale, prima che i ragazzi se lo andassero a cercare nella violenza?

'Che cliché trito e ritrito' si disse Alexis, scuotendo la testa.

Il suo lavoro a volte gli dava le vertigini. A volte ragionava per scorciatoie semplicistiche, e certe sere finiva anche per spaventarsi. Si ritrovava a chiedersi come si sarebbe ridotto, con il passare degli anni. Con il crescere della fatica. Con il peso della stanchezza. Scelte comode, a base di capri espiatori accettabili; fermati con facce adatte a finire sui verbali, accanto a quelle di Marianna e della Repubblica. Certo, non bisognava neanche, per contro, dimenticare la responsabilità dell'individuo, ma insomma... Non prendere la via d'uscita più facile. Era come stare sull'orlo di un precipizio, sentire la vertigine che prende il sopravvento, il vuoto che ti risucchia, e lasciarsi precipitare giù perché è più semplice, perché non c'è bisogno di lottare, non ci sono battaglie da combattere, solo la scelta più elementare – lasciarsi andare. Riposare nel vuoto. Arrendersi. Dopo una vita di lotte, a cercare di andare oltre il manicheismo primario dei partiti politici, dei media e delle opinioni dei consumatori, andare invece nella direzione più semplice.

Era su questo che contavano i partiti estremisti. Sulla stanchezza, sull'abbandono. E a volte Alexis temeva che il suo lavoro lo avrebbe spinto a questo radicalismo superficiale. A forza di costeggiare la violenza, prima o poi finivi sommerso. In fondo capiva bene Richard Mikelis, che aveva lasciato perdere tutto, rinunciato a ciò per cui era così portato. Per preservare se stesso. Per amore della sua famiglia. Per conservare quel poco di amore dentro di sé che la violenza non aveva inaridito.

Ludivine rallentò, per svoltare in un vicolo fiancheggiato da edifici a due piani in pessimo stato. Superarono magazzini di lamiera arrugginita, poi l'auto si fermò davanti a dei grossi blocchi di pietra posti di traverso alla strada. Una ventina di metri più avanti, al centro di un terreno incolto disseminato di volantini marci, carrelli da supermercato sventrati, vestiti laceri e rottami di auto corrosi, si ergeva un edificio pieno di crepe, con gli ingressi sbarrati da tavole di legno coperte di graffiti.

I due gendarmi avevano deciso concordemente di effettuare quella che nel loro gergo era definita una 'perquisizione alla messicana'. L'indagine sulla strage della stazione era di competenza della polizia, quindi la Gendarmeria non aveva l'autorità per occuparsene direttamente, ma né Ludivine né Alexis avevano intenzione di lasciar perdere una pista che avrebbe potuto avvicinarli ai loro assassini. Se mai avessero trovato qualcosa, erano ancora in tempo per inoltrare una richiesta seguendo le vie ufficiali per tornare sul posto in piena legalità.

I fari della 206 non riuscivano a raggiungere l'edificio, e lasciavano intuire solo una forma malandata.

«Mi sono già capitati dei sabati sera da paura, ma questo promette molto bene» disse Ludivine per sdrammatizzare.

I due gendarmi scesero dall'auto, scrutando i dintorni per assicurarsi che non ci fossero pericoli in vista, e cominciarono ad avvicinarsi alla casa occupata.

«Posso dire una cosa orribile, che solo la mia collega può ascoltare senza guardarmi male?» chiese Alexis, senza aspettare una risposta. «Pensare che Joseph Selima ha vissuto parte della sua vita qui mi aiuta a capire il suo bisogno di uccidere, prima di andarsene da questo mondo».

Il tono era quello di una battuta di cattivo gusto, ma alla fine non era sicuro se stava scherzando per nascondere il suo disagio o se invece lo pensava davvero.

«Tu speri di trovare qualcosa di suo?» disse Ludivine. «Secondo me ti illudi. In un posto così non puoi lasciare niente per più di qualche ora».

Una volta vicini all'edificio, Alexis prese una piccola torcia dalla tasca della giacca per ispezionare le assi inchiodate alle finestre e alla porta. Cominciarono a girare intorno al fabbricato, con Ludivine che lanciava rapide occhiate alle loro spalle per controllare che non ci fosse nessuno nascosto nell'erba alta che li circondava. Il vento di ottobre era crudele, scivolava sul terreno e saliva da sotto, freddo e spudorato, cercando di infilarsi sotto i vestiti, in cerca di pelle da lambire, di corpi da raffreddare.

Di colpo Alexis prese Ludivine per un braccio, per bloccarla.

«Hai sentito?»

«Cosa? Il vento?»

«No... Qua dentro. Credo di aver sentito delle voci».

Dalla casa occupata si udivano scricchiolii a ogni colpo di vento. Il rumore di fondo della città, in lontananza, non facilitava l'ascolto di eventuali suoni all'interno. Alexis si avvicinò fino ad accostare l'orecchio contro una delle finestre sbarrate.

Rimase così per un lungo minuto, con la collega alle spalle che sorvegliava i dintorni, tutt'altro che tranquilla.

«Allora?» chiese Ludivine.

«Non sento più niente».

Alexis cominciò a tastare le assi per vedere se c'era un varco da qualche parte, e dopo pochi attimi scoprì un'intera sezione che si apriva quanto bastava per far passare una persona.

«Sei armato?» chiese Ludivine.

Lui annuì, battendo un colpetto all'altezza dell'anca.

Dentro aleggiava un fetore di urina misto a un odore ancora più pungente, che ricordava la candeggina. I due gendarmi lo identificarono subito: era crack. Il suo odore era inconfondibile.

Il fascio di luce della torcia proiettò una palpebra d'argento in mezzo all'oscurità, esplorando un mondo di rifiuti, di macerie, di materassi sventrati e luridi, con le schegge di vetro delle tante bottiglie di birra o vinaccio rotte che riflettevano ovunque la luce.

Un arazzo di graffiti ricopriva ogni parete, tanto da formare un labirinto dai significati inestricabili, frammenti di schizofrenia addossati gli uni agli altri. Alexis non sapeva bene cosa pensarne. In certi punti gli affreschi erano coperti di striature marroni, in altri da schizzi rossi, tracce che sembravano di sangue, disegnando strani geroglifici che richiamavano scene di violenza.

Il fetore acido degli escrementi saturava l'aria.

Quel mondo putrido si rivelava poco per volta nel solco della torcia, mostrandosi per un attimo prima di tornare nell'oscurità mentre Alexis girava su se stesso.

Il pavimento del piano di sopra scricchiolò. Un filo di polvere cadde dal soffitto come una pioggia inquinata.

Ludivine posò la mano sul calcio della pistola. Alexis, percependo il suo nervosismo, le afferrò il polso.

«È troppo buio. Lasciala dov'è, per il momento. Una

sbavatura è l'ultima cosa di cui abbiamo bisogno qui, stasera».

Si infilò per primo in quello che sembrava un corridoio e si avvicinò alla scala. Prima ancora di alzare la torcia verso l'alto, si fermò e si chinò, cercando di scorgere o almeno di sentire qualcosa.

Con un clic spense la torcia, facendoli piombare nell'oscurità.

Ludivine gli si avvicinò subito.

«Ma cosa stai...»

Si interruppe. Dalla cima dei gradini veniva un lieve chiarore. Luci tremolanti.

Fiamme.

Salirono lentamente, cercando di far cigolare i gradini il meno possibile ma senza riuscire a essere del tutto silenziosi, e sbucarono su un ampio pianerottolo dove si aprivano cinque stanze prive di porte.

In quella di fronte ai due gendarmi ardevano delle candele. Alexis teneva in pugno lo sfollagente telescopico. Pronto a ogni evenienza, avanzava con la massima cautela.

Brandelli di cartoni e asciugamani sporchi erano ammassati su un ampio pezzo di gommapiuma che faceva da letto, circondato da una mezza dozzina di candele accese. I muri erano coperti dallo stesso linguaggio criptico del pianoterra, e il pavimento era ugualmente ingombro di rifiuti.

Nella stanza c'era meno puzza di feci, ma l'odore di candeggina era molto più pronunciato.

Al centro del letto di fortuna c'erano delle pipe da crack, insieme a tutto il necessario per il consumo.

Alexis notò un mucchietto di indumenti e uno zaino logoro. Indicò a Ludivine quei pochi oggetti.

Nessuno dei due si accorse della figura che si rialzava da terra alle loro spalle.

Capelli lunghi e sudici, intrecciati in dreadlock da rasta.

Viso spigoloso, mascella allungata, naso a punta.

Le labbra screpolate dell'uomo si aprirono per rivelare una bocca di denti spezzati e anneriti. Una sostanza scura gli incorniciava la bocca, come un rossetto sbavato da ogni parte.

Occhi sbarrati dalla follia. Due globi bianchi che spiccavano nel viso in penombra. Lineamenti deformi. Sembrava la parodia di un essere umano.

Le sue mani si aprirono sopra i due poliziotti.

Al posto delle dita aveva delle siringhe.

Aghi come artigli. Lunghi e lucenti nella luce danzante delle candele.

Sorrideva. Una bocca troppo grande. Lo sguardo di uno squilibrato.

Di un clown impazzito.

7.

Il tintinnio delle siringhe, mentre il clown pazzo agitava le dita tutto esaltato, mise Alexis in allarme.

Lo vide con la coda dell'occhio mentre la mano irta di aghi si alzava in aria per colpire.

Il gomito del gendarme centrò la bocca del clown con una tale violenza da far risuonare schiocchi secchi, come di porcellana in frantumi. L'uomo si accasciò su se stesso, sputando un rivolo di sangue denso misto a bava in mezzo al quale caddero diversi pezzi di denti.

Alexis notò le siringhe fissate alle dita con strisce di cerotto marrone. Non volendo correre rischi, lo bloccò con una chiave al braccio e lo ammanettò dietro la schiena. Non ci volle molto, superati la sorpresa e lo shock, perché l'uomo cominciasse a urlare. Cercò anche di divincolarsi, ma Alexis lo immobilizzò contro il muro, stando attento a non farsi ferire.

«Non ti muovere!» gli ordinò il gendarme.

Ludivine aveva di nuovo la mano sul calcio della pistola e sorvegliava nervosamente gli altri due ingressi della stanza.

L'uomo ricominciò a urlare a squarciagola. Un urlo da folle. L'urlo di un animale prigioniero che sente la morte vicina. Così acuto da trapanare i timpani.

«Silenzio!» disse Alexis. «Vuoi smetterla?»

Ma la voce del clown si stava già incrinando.
«Questo è in pieno delirio» gridò il gendarme, indicando le pipe da crack.
«Attenzione, Alex, credo che ci sia qualcun altro. Non può essersi fatto tutta quella roba da solo!»
«Non lo escluderei. Hai visto in che stato è?»
Di colpo le grida si trasformarono in lacrime. Singhiozzi profondi e disperati.
«Ti vuoi calmare, sì o no? Stammi a sentire, vogliamo solo qualche informazione su un ragazzo che stava qua. Mi ascolti?»
Alexis scosse il drogato per la collottola e gli spinse la faccia contro il muro, premendo abbastanza forte da provocare uno shock e farlo uscire dal suo delirio, in modo che lo ascoltasse.
«Voglio sapere di Joseph Selima. Poi ti lascio andare. Okay?»
L'altro continuava a piangere.
«Che cazzo» sbottò Alexis.
«Non otterremo nulla da lui. Ammanettalo a una di quelle tubature, così possiamo perquisire questo buco».
Il gendarme lo tirò verso il muro e lo attaccò con una fascetta di plastica autobloccante a due tubi di ferro che correvano lungo il pavimento.
Poi gli diede qualche buffetto sulla guancia per attirare la sua attenzione.
«Il nome Joseph ti dice qualcosa? Joseph Selima?» chiese Alexis, alzando la voce per coprire i singhiozzi.
A quelle parole, qualcosa si rovesciò nella stanza accanto e qualcuno si mise a correre.
Una figura apparve sul pianerottolo.
In un attimo, Ludivine le fu alle calcagna.
«Ludi...» gridò Alexis per trattenerla.

Inutile. La giovane gendarme era già schizzata fuori, svelta di gambe e di riflessi. Riuscì ad afferrare il cappuccio della felpa della persona in fuga proprio mentre raggiungeva le scale e lo strattonò con forza. La persona stoppata di botto si voltò e sferrò un pugno a casaccio. Era un uomo. Ludivine parò il colpo con il braccio e rispose con un destro al volto.

Nello slancio alzò la gamba e piantò il ginocchio nei genitali dell'aggressore, che si piegò in due per il dolore. La gendarme rincarò la dose con l'altro ginocchio, mancando di poco il fegato e colpendo il bacino.

Un attimo dopo Ludivine estrasse le manette e immobilizzò l'individuo, chiudendogliele intorno ai polsi prima di farlo inginocchiare.

Ansimava, più per effetto dello stress che dello sforzo fisico in sé. Qualche ciocca di capelli biondi era sfuggita all'elastico che teneva insieme il suo chignon improvvisato, e le ondeggiava davanti al viso come un metronomo. Si stava a poco a poco calmando.

Alexis era sulla soglia, a bocca aperta per l'ammirazione e lo stupore. Era successo tutto così in fretta. Sapeva che la collega era una sportiva e praticante di arti marziali, ma aveva dato prova di una maestria superiore a ogni aspettativa.

La giovane donna stava cominciando a rendersene conto, e a sentirne l'emozione. Lo si vedeva dai suoi occhi, dal modo in cui respirava e deglutiva.

«Tutto a posto?» le chiese lui.

Lei annuì, senza guardarlo in faccia.

«Almeno... non andrà da nessuna parte... senza prima aver parlato con noi» disse, ancora senza fiato.

Alexis prese l'uomo per il mento, per costringerlo ad alzare lo sguardo. La luce della torcia gli fece sbattere le palpebre, e cercò di sottrarsi. Sui venticinque, capelli rasati ai lati, una parvenza di cresta in cima, orecchini, tatuaggi sul collo. Era magro all'inverosimile, con le ossa sporgenti intorno alle orbite.

«Dove stavi andando così di fretta?»

Il giovane tossico non rispose, cercando di sfuggire alla luce accecante.

«Perché volevi scappare? Hai qualcosa da dirci?»

Ludivine si accovacciò per mettersi alla sua altezza.

«È il nome di Joseph Selima che ti ha spaventato?» chiese, con un tono meno aggressivo.

Le pupille nere scivolarono su di lei. Dietro di loro, nella stanza, il clown pazzo continuava a singhiozzare.

«Lo conosci?» insistette Ludivine.

«Non abbiamo nulla contro di te» riprese Alexis. «A noi interessa solo sapere di Joseph. Poi sei libero».

«Non voglio andare in un centro di riabilitazione» borbottò il giovane con voce roca.

«Capiti bene, perché noi avremmo di meglio da fare che portartici» rispose Alexis. «Dicci di Joseph e noi ce ne andiamo».

Il ragazzo deglutì a fatica. Lo zigomo cominciava a cambiare colore e a gonfiarsi.

«Come ti chiami?» chiese Ludivine.

«Fred. Ma mi chiamano Pitbull».

«Tu lo conosci Joseph, vero?»

Dopo una breve esitazione, Pitbull annuì.

«Veniva spesso a stare qui?»

«Sì».

«Cosa puoi dirmi di lui? Che tipo era?»

«Uno che fa paura».

«Allora ti rassicurerà sapere che è morto» gli disse Alexis. «Si è ammazzato ieri».

Il giovane punk non parve toccato dalla notizia, tirò su col naso.

Intorno a loro, la casa occupata scricchiolava sotto gli assalti del vento, che fischiava alle finestre.

«Perché ti faceva paura?» chiese Ludivine.

«Lui... lo è diventato così, a dire il vero».

«Perché, prima com'era?»

«Era abbastanza tranquillo. Ma negli ultimi tempi è diventato sempre più... strano, ecco».

«Vale a dire? Che cosa faceva?»

«È più quello che diceva. Prima facevamo due chiacchiere di tanto in tanto, organizzavamo qualche...»

Il punk si morse il labbro. Stava parlando troppo.

«E organizzavate qualche lavoretto insieme, certo» aggiunse Alexis. «Ma non ti preoccupare, di quelli non ce ne frega niente. A noi interessa Joseph, come ti ho detto. Allora, che cosa ha fatto per metterti tanta paura?»

Pitbull aveva difficoltà a sbottonarsi. La sua era la diffidenza tipica del tossicodipendente. Alexis capì che doveva forzargli un po' la mano.

«Senti, puoi vuotare il sacco e dirci tutto quello che sai, e restare qui a dormire in pace, senza noi intorno, oppure ti sbatto in cella per quarantotto ore senza niente da fumare. Vediamo in che stato sarai domani sera? Credimi, chiuso tra quattro mura senza la tua solita dose ti metterai presto a piagnucolare, come quell'altro schizzato qua dentro».

Fu la paura della crisi di astinenza, di non avere più una dose sottomano a sbloccare il lucchetto – il pensiero di non potersi fare andava al di là di qualunque amicizia, di qualunque paura, di qualunque segreto. Pitbull divenne un fiume in piena.

«Be', lui è cambiato. Prima non era un chiacchierone,

ma era simpatico. Di lui ti potevi fidare. Insomma, più o meno... Comunque, più della media degli scoppiati che ronzano qui intorno. Ma ultimamente è cambiato. Non parla più. E se parla, è per insultare. Non si fa più le canne con noi. È diventato... non so, sicuro di sé. E poi... è pieno di odio. Odio quello vero, eh. Più di quello che qui proviamo un po' tutti... Capisci che è a un passo dal fare qualcosa di tremendo. Dite che si è ucciso? Sul serio? La cosa un po' mi sorprende. Pensavo che avrebbe fatto ben di peggio! Tipo... rapire dei bambini da una scuola, o roba del genere».

«Perché, te ne ha parlato?»

«No, ma le rare occasioni che parla, è per dire cose... che fanno paura. Senti, io sono un *anarchico*, non ho mica paura di dar fuoco al sistema! Ma lui... lui odia proprio la gente. Dovreste vederlo!»

«Sai cosa gli è successo, per farlo diventare così?» chiese Ludivine.

«La gente che bazzica associazioni. Ha conosciuto dei tipi balordi, ve lo dico io».

«Chi sono?»

«Non lo so, non ne parla mica. So solo che qualche mese fa ha conosciuto un tizio, e che sono diventati culo e camicia. È quel tizio che gli mette in testa quelle cose brutte».

Tra Ludivine e Alexis passò uno sguardo d'intesa.

«Sai come si chiama?» chiese il gendarme.

«No».

«L'hai visto di persona?»

«No. Io non ho visto un cazzo di nessuno. Joe non ne parla. Tranne che all'inizio, ma poi non ha più detto niente. So solo che si vedevano spesso».

«Dove si sono conosciuti?»

«Ma io che ne so, io non so niente, ve l'ho detto» strillò il tossico. «Non so un cazzo di niente!»

Con un gesto fulmineo Alexis lo afferrò per un orecchio.

«Fai il bravo e rispondi alle domande. Che se ho il dubbio che non mi racconti tutto ti porto in cella, e lì vedrai come ti calmi».

«Ti ho detto tutto quello che so! Non so un cazzo! Joe è pericoloso! Frequenta gente pericolosa!»

Intuendo che c'era dell'altro, Alexis decise di scuoterlo un po'. Gli premette il pugno sullo zigomo dolorante e alzò la voce: «Perché parli di gente pericolosa al plurale? Credevo che ci fosse un solo uomo. Che cos'altro ti ha detto Joseph?»

Pitbull prese ad ansimare, strofinando nervosamente il mento contro la spalla.

«Hai voglia di farti, vero?» disse rabbioso Alexis. «Prima mi dici quello che sai, prima noi ce ne andiamo da qui. E poi, di cos'hai paura? Joseph è morto!»

«Sono in tanti» mormorò il tossico.

«Cosa?»

«Joe è soggiogato da Loro. Ne sono sicuro».

«Perché dici questo?»

«Parla sempre di Loro».

«Ma loro chi?

«Non lo so! Non fa mai i loro nomi! E... e mi ha fatto promettere una cosa».

Pitbull esitò. Alexis gli scoccò un'occhiata minacciosa.

«In realtà non era una promessa. Era più un avvertimento».

«A che proposito?»

Il tossico tentò a fatica di deglutire. Alzò quelle pupille buie verso i due gendarmi, come in cerca di aiuto.

«Mi ha detto che... che se non lo facevo, Loro mi sarebbero venuti a prendere. Per farmi del male».

«Cosa dovevi fare? E chi ti veniva a prendere?»

«Dovevo... custodire la luce».

Pitbull cercò di alzarsi, ma le manette lo ostacolavano. Alexis lo prese sottobraccio per tirarlo su. Poteva sentire ogni osso della gabbia toracica del giovane.

Il punk andò lentamente verso una stanza vicino alle scale e indicò una massiccia asse di legno appoggiata al muro.

«Bisogna spostarla» disse.

Alexis la spostò e scorse le giunture di una porta priva di maniglia, resa quasi invisibile dai graffiti. La tirò verso di sé con la punta delle dita e vide apparire quello che una volta era stato un bagno. Le piastrelle erano state asportate quasi per intero, la vasca era nera di sudiciume e al posto del wc e del lavandino c'erano dei buchi nel muro.

Decine di candele ardevano lentamente, riscaldando la stanza.

Ce n'erano ovunque. Sul pavimento, su ogni spigolo o sporgenza.

E dove prima doveva esserci stato uno specchio, ora c'era una parete giallastra.

Con dipinto un enorme simbolo rosso.

*e

La voce di Pitbull si alzò, tremolante, sopra l'urlo del vento: «È un culto. Joe mi ha ordinato di tenere le candele accese fino alla fine. Altrimenti, Loro sarebbero venuti a farmi del male. È un maledetto culto, cazzo. E Loro sono i suoi fedeli. Pazzi fanatici».

8.

I bambini gridavano rincorrendosi, con le loro armi giocattolo in mano. Sembrava che il freddo non li sfiorasse nemmeno. Giocavano alla guerra, nonostante i rimproveri dei genitori, come se fosse più forte di loro. Quasi un bisogno naturale, che sfogavano invadendo il viale principale del Jardin des Plantes, nel cuore di Parigi, in una domenica mattina che il sole d'autunno non riusciva a scaldare.

Laëtitia Dabo, alta, con i capelli biondi raccolti indietro da una fascia, cinse con un braccio Segnon, suo marito.

«Perché devi sempre farti venire in mente delle cose un po' balorde?»

«Balorde?» ripeté il colosso, con la sua voce profonda.

«Sì, tipo mangiare un gelato in pieno inverno, o portare i bambini al parco quando fa un freddo cane. Quando l'ho proposto io, tre settimane fa, c'era bel tempo, ma tu hai detto che era un posto noioso».

«Solo gli sciocchi non cambiano mai idea. Guardali, è evidente che avevano bisogno di sfogarsi!»

Nathan e Léo, gemelli di sangue misto, correvano in mezzo ad altri bambini sotto i dieci anni. Un intero clan si era formato in maniera del tutto naturale. Le bambine erano andate per i fatti loro, per trovare giochi più di loro gusto. I maschietti gridavano, ridevano, si scambiavano oggetti vari e pistole di plastica, a volte si abbracciavano da buoni amici, prima di andare allegramente ad accopparsi sotto l'occhio vigile delle bambine, intente a scambiarsi consigli sulle loro bambole o su come preparare il pranzo.

I pacifisti e le femministe avevano ancora tanto lavoro da fare, per cambiare comportamenti che si erano gradualmente radicati nei geni degli esseri umani, pensò Segnon osservando la scena. Il gendarme si chiese se l'uomo era nato violento, istintivamente portato per la guerra e pronto a uccidere, da cui la sua fulminea ascesa al vertice della catena alimentare, o se era diventato violento man mano che si inciviliva, per marcare il territorio, per sottomettere gli altri, diventando sempre più avido man mano che scopriva i concetti di proprietà e potere. La violenza era intrinseca alla specie umana o era frutto di un'evoluzione comportamentale? Era pur vero che nessuna specie vivente finora aveva mai condotto una guerra di massa, in cui un gran numero di individui si contrapponevano gli uni agli altri per sterminarsi a vicenda, pur appartenendo alla stessa specie.

Segnon fu distolto dai suoi pensieri dalla vista di Laëtitia che si era messa a parlare con una signora seduta vicino a lei. Erano almeno dieci minuti di chiacchiere assicurati.

Era il momento giusto. Infilò la mano sotto il cappotto e sentì la cartellina di cartone contro il petto. Si chinò verso la moglie.

«Tesoro, vado a cercare un bagno, dai tu un occhio ai bambini?»

La baciò sulla fronte e si allontanò in fretta.

A volte si rimproverava di essere così codardo con

lei. Di non dirle tutto. Ma le reazioni di sua moglie non erano sempre prevedibili. Una piccola bugia ogni tanto, purché non fosse niente di grave, non aveva alcuna conseguenza. E in ogni caso lei non avrebbe mai capito, se lui le avesse detto tutto. Era già abbastanza un problema che fosse stato così poco presente negli ultimi tempi, ma se avesse approfittato del tempo con i suoi per fare gli straordinari, pur senza trascurare i bambini, Laëtitia non glielo avrebbe proprio perdonato.

Grazie al sopralluogo virtuale su Internet trovò facilmente la strada tra i vialetti, lungo gli edifici del Museo di Storia Naturale. Si era preparato tutto. Una breve nota esplicativa, le fotocopie del fascicolo, gli appunti dell'odontologo forense e soprattutto la copia dell'impronta della mascella tracciata dal tecnico del laboratorio.

Segnon era prossimo alla meta: la galleria di anatomia comparata. Riconobbe la vecchia facciata di pietre rosse, simile a quella di una chiesa. Si affrettò a entrare nell'atrio e, dopo aver mostrato il tesserino da gendarme, chiese alla reception dove poteva lasciare un fascicolo per uno degli studiosi del museo. Una signora minuta dai capelli così neri da tendere al blu gli fece cenno di seguirla e lo condusse in un passaggio chiuso al pubblico.

«Non troverà nessuno qui, di domenica» disse la donna.

«Ecco perché sto cercando un casellario, o una persona a cui poter affidare questa busta per il professor Dobaguian. È lui il miglior esperto nello studio degli scheletri, e soprattutto delle mascelle degli animali, giusto? Così mi hanno detto ieri al telefono».

«Lei. Il professore è una donna. Senta, io non ne so niente. Ecco, guardi» disse la signora minuta, fermandosi davanti al banco di un'altra reception dove c'era un uomo che indossava un camice. «Questo signore è un gendarme, ha una busta per la professoressa Dobaguian, la prendi tu?»

«La sua assistente è nel suo studio, se vuole» rispose l'uomo. «Su, al primo piano».

Segnon guardò l'ora. Probabile che Laëtitia cominciasse a chiedersi dov'era finito. Che il tempo stesse per scadere. Sospirò e chiese di essere accompagnato da lei.

Tra parquet che scricchiolavano a ogni passo e scaffali carichi di collezioni coperte di polvere, la maggior parte delle quali ancora più antiche dell'edificio stesso, il gendarme si trovò faccia a faccia con una donna assorta nell'esame di una pila di fogli spillati insieme. Aveva a malapena trent'anni, capelli legati in un'approssimativa coda di cavallo, e portava un camice sopra i jeans e un maglione pesante a collo alto. Gli occhiali dalla massiccia montatura non nascondevano la moltitudine di lentiggini sparse sul suo volto pallido.

Nell'aria fluttuava un sentore di legno antico e di cera.

Segnon si presentò brevemente e le mostrò la cartellina.

«Ieri ho parlato al telefono con qualcuno del museo, che mi ha detto che la professoressa Dobaguian è la persona più qualificata per aiutarmi a identificare l'animale a cui appartiene questa mascella».

«Da quando la Gendarmeria si occupa anche di animali?»

«Riguarda un'indagine piuttosto complicata».

L'assistente osservò Segnon sopra gli occhiali e tese la mano. Sfogliò rapidamente il fascicolo e si fermò sulle foto di alcune ferite. Il suo volto si incupì di colpo.

«Che cos'è questa? Qualcuno che è stato aggredito?» Passò alla pagina successiva, dove le fotografie erano più grandi. L'entità della carneficina era chiaramente visibile. Sangue ovunque. Carni squarciate. Brandelli di pelle. Una coscia. Sicuramente umana, non c'erano dubbi.

«Mio Dio...» mormorò la giovane studiosa.

«Mi dispiace, forse non avrei dovuto includerle, ma pensavo che potessero essere utili...»

Le pagine successive mostravano immagini a infrarossi, diagrammi dentali e, da ultimo, una ricostruzione sommaria della mascella dell'assassino.

La ragazza ebbe un sussulto.

«Cosa c'è?» chiese Segnon preoccupato.

«Sarebbe questo il suo *animale*?» disse, battendo il dito sul disegno della ricostruzione.

«Sì. Perché?»

Lei scosse il capo.

«È un *hoax*, vero?»

«Un cosa?»

«Una bufala. Uno scherzo. C'è qualcuno che la prende in giro, dico bene?»

«Ma perché?»

La giovane donna lo fissava con aria seria. «È davvero una cosa grave?» chiese.

«Altroché se lo è» disse Segnon.

L'assistente alzò le sopracciglia.

«Il fatto è che non credo proprio che una mascella così esista, ecco perché. Non presenta alcuna caratteristica nota. Ma forse mi sbaglio...»

Studiò di nuovo il disegno.

«Potrebbe essere un uomo?» chiese Segnon. «Con una grave deformità?»

«A questo livello siamo ben oltre la deformità. Questo qui è un mostro!» disse la studiosa, con un filo di ironia. «Senta, potrei sbagliarmi, sottoporrò il caso alla professoressa Dobaguian, che ha una competenza ben più ampia della mia, e sarà lei a farle sapere qualcosa al più presto. Le va bene?»

«Benissimo, grazie».

Lo accompagnò alla porta dello studio.

«È proprio sicuro che non sia una bufala, vero?»

«Più che sicuro. Come avrà intuito dalle foto, si tratta di un'indagine su reati gravissimi».

L'assistente incrociò le braccia sul petto. Il suo volto esprimeva forte perplessità. «A prima vista, non somiglia a nulla che io conosca. Sono specialista di anatomia comparata dei mammiferi, e viste le dimensioni e la natura dei danni provocati, direi che si tratta appunto di un mammifero. Solo che non ho mai visto una mascella con questo tipo di conformazione».

«Cosa può essere, allora?»

Lei fece una smorfia, per indicare che era proprio lì che voleva arrivare.

«Una scoperta di importanza mondiale! Una specie unica. Ma con simili dimensioni, se vuole la mia opinione, è assolutamente impossibile. Quindi c'è qualcuno, da qualche parte, che si è preso gioco di lei e dei suoi colleghi».

Segnon strinse i denti.

«Addirittura?»

«A meno che non sia uno di quelli che credono ancora allo yeti o a frottole del genere».

Il gendarme sbuffò, chiaramente irritato. La salutò con un breve cenno del capo e ripartì di gran carriera lungo il corridoio dal parquet scricchiolante. Tanto casino per niente.

Il suo cellulare trillò per segnalare che aveva appena ricevuto un SMS.

‘Sarà Laëtitia che mi vuole crocifiggere’.

Era Alexis.

‘Ci sono novità. Facciamo il punto nel primo pomeriggio con tutta la squadra. Se riesci a venire…’

Stavolta, non c’erano dubbi: Laëtitia lo avrebbe ucciso con le sue mani.

9.

Claire Noury, ventotto anni, aveva il fascino intenso di certe persone dal fisico ordinario, ma che in una stanza si fanno notare subito per la loro presenza. Il tipo di donna che cattura lo sguardo, che piace più per la sua unicità che per i lineamenti in sé. Sei ore di sport alla settimana per scolpire il suo corpo da bambola, una dieta sana e la massima attenzione nella scelta dei vestiti la rendevano la ragazza più ammirata e desiderata nella piccola azienda dove lavorava come contabile.

Single, era reduce da una relazione durata tre anni con un ragazzo conosciuto su Internet. La loro storia era partita alla grande prima che, a poco a poco, le maschere della seduzione cadessero e le loro vere personalità si scontrassero. E la convivenza si era rivelata ben più difficile di quanto non avesse lasciato presagire l'impegno di entrambi durante il primo anno. Un anno di lenta caduta. Poi un altro anno ancora a non dirsi la verità, a tentare la via più facile, quella di chiudere gli occhi perché non si trova il coraggio. Infine Claire aveva preso una decisione e lo aveva lasciato, giurando che non ci sarebbe più ricascata. Nelle future relazioni si sarebbe mostrata fin dall'inizio com'era normalmente, senza lasciarsi incasellare dai desideri dell'altro. O la si prendeva per quella che era, o niente.

Claire era una persona abitudinaria. Ogni mercoledì approfittava dell'orario elastico in vigore in azienda per prendersi il pomeriggio libero e andare ad aiutare la sorella maggiore che aveva due figli, Alice, di cinque anni, e Tom, di tre. Lei interpretava il ruolo della zia che ti coccola, e a fine giornata non era insolito trovarli tutti e tre accasciati sul divano davanti alla tv, che dormivano alla grande.

Era stato mentre si allontanava dalla casa dalla sorella che Claire aveva avuto l'incontro che le aveva cambiato la vita. Qualcuno l'aveva seguita fino a casa.

O almeno così si pensava.

La domenica mattina seguente, due escursionisti per poco non inciamparono nella gamba di Claire mentre passeggiavano lungo le rive della Marna. Una gamba scultorea. Modellata con cura in anni di sport.

La giovane donna era nella stessa posizione di quando stava sul divano della sorella con i due nipoti: accasciata, le braccia aperte per accoglierli.

Ma invece di Alice e Tom, c'erano insetti che brulicavano sulla sua pelle. Dediti a celebrare un festino di sangue e carne.

Claire aveva le palpebre socchiuse, lo sguardo spento, la mascella inferiore leggermente pendente e la punta della lingua che sporgeva con nonchalance sopra i denti, tra labbra stranamente scure. Gli zigomi erano tumefatti, così come l'arcata sopraccigliare destra e il mento, la cui punta mostrava dei graffi. Da lontano, Claire assomigliava a una di quelle cantanti dark troppo truccate.

Il mascara come firma della violenza. Ombretto per gli occhi applicato a pugni. Fard naturale, frutto di una pelle tempestata di colpi.

I seni erano quasi blu, come lo sterno, come se fosse stata presa a calci al petto per ore e ore.

Quel ventre ben piatto per il quale aveva lottato così tanto mostrava decine di piccole chiazze cremisi, pizzicotti così brutali che avevano segnato la pelle fino a farla sanguinare.

Sei unghie delle mani su dieci rovesciate. Si era dibattuta come una leonessa. Al punto da spellarsi i gomiti, le ginocchia e il dorso delle mani.

Il suo sesso spalancato, violaceo, era un nido di grassi artropodi. Una ventina di ferite superficiali, prodotte dalla punta di un coltello a doppio taglio, le costellavano le cosce. Nessuno dei colpi era stato inferto in profondità, solo quanto bastava a perforare la pelle, recidere i vasi sanguigni superficiali e intaccare il muscolo. Ma dopo lunghe e inerti ore a disseccarsi, senza circolazione sanguigna, senza vita, le ferite sembravano bocche aperte. L'intero suo corpo sembrava un'unica supplica, un'implorazione alla vita di andarsene e liberarlo dalla sofferenza.

E finalmente il suo desiderio era stato esaudito, a costo di un interminabile sforzo.

Ne era prova il solco che formava una linea profonda intorno al collo. Anzi, *più* solchi sovrapposti, a ben guardare, perché era stato fatto più volte.

Ancora e ancora. Il nylon affondava sempre di più, stringendosi intorno alla gola fino a bloccare il flusso di sangue, fino a creare una morsa sulla trachea per interrompere il flusso d'aria. Il nylon si era allentato più volte, permettendo ogni volta ai polmoni di riempirsi parzialmente, quanto bastava perché un po' di ossigeno penetrasse nel flusso sanguigno fino al cervello. Sebbene il nylon fosse stato stretto intorno alla gola fino a due centimetri di profondità, non aveva potuto bloccare completamente la respirazione.

La morte per strangolamento richiedeva tempi molto lunghi. L'agonia si protraeva di solito per quasi dieci minuti, prima che si verificasse l'irrimediabile.

Su Claire si erano accaniti a prolungare il gioco... per poterla rianimare e poi ricominciare. Come per negarle il diritto al sollievo. Un gioco sadico che consisteva a spingerla ad arrendersi. Così che finalmente capisse che non poteva più sperare in nulla di meglio della morte. E che l'attendesse con ansia. Probabilmente terrorizzata anche nell'istante in cui stava per accoglierla con tutta se stessa. E quando pensava che era finita, la pressione sulla cassa toracica e la respirazione bocca a bocca la rianimavano e la riportavano indietro.

Per soffrire ancora.

E così via, fino a quando non aveva più ripreso conoscenza, fino a quando ogni cellula del suo corpo era stremata al punto da arrendersi, da non rispondere più agli stimoli. Non erano stati il cuore o il cervello ad arrendersi. Era ciò che di più piccolo aveva in lei. Dovevano aver spinto il suo fisico oltre ogni limite perché cedesse. Una morte infinita. Un'interminabile eco di disperazione e dolore.

Claire era morta più volte.

Era anche la meno straziata tra le vittime del Fantasma.

Cinque metri di parete erano ricoperti di foto e appunti provenienti dalle tre unità della Sezione Ricerche della Gendarmeria. Le foto delle vittime: le due del Fantasma da un lato, le tre della Bestia dall'altro.

Claire Noury, ventotto anni, era la prima della lista sul lato del Fantasma. Rinvenuta morta domenica 24 giugno nella Seine-et-Marne.

Nadia Sadan il 6 agosto, nelle Yvelines.

Torturate, violentate, strangolate con la loro biancheria intima, rianimate fino allo stremo e oltre. Calvari che erano andati avanti per ore, cinque, dieci o forse anche il doppio.

In entrambi i casi l'assassino si era introdotto nelle case delle vittime, come evidenziato dalle tracce di lotta. Ma non c'erano segni di effrazione sui serramenti. Anzi, tutto era stato poi richiuso a chiave.

Nell'est della Francia, per la Bestia, era un'altra storia. Aggressioni fulminee.

Agna Prenow: 16 luglio.

Sophie Ledouin: 22 agosto.

Armelle Callet: 14 settembre.

I soccorritori intervenuti sulla prima scena del crimine avevano allertato la Gendarmeria locale, spiegando che non sapevano se ci fossero una o più vittime. Era come se al loro interno fosse esplosa una bomba. E le due successive non erano in condizioni migliori.

Tutte assassinate in un raggio di circa duecento chilometri.

Ognuna a meno di mezz'ora dall'autostrada A4.

L'unico legame tra le tre ragazze.

Ma tutte e cinque avevano lo stesso simbolo inciso sulla pelle.

*e

Il volto del colonnello Aprikan era teso.

Sulla cinquantina, le guance infossate, sguardo grigio venato di tristezza, taglio di capelli militaresco, capelli argentei e il fisico asciutto di un atleta che praticava la maratona, era l'unico in sala riunioni a indossare l'uniforme.

Di fronte a lui, sei dei nove gendarmi che lavoravano al caso aspettavano il suo via.

Quando tutti si furono accomodati, dopo aver dato

uno sguardo di sconforto e ripugnanza alla parete delle vittime per poi riacquistare il distacco dei professionisti, il colonnello fece cenno ad Alexis di iniziare.

Tre gruppi si dividevano il lavoro investigativo, ma il gruppo di Alexis era incaricato di coordinare l'intera squadra. Chiamata Om-mult, che stava per 'omicidi multipli', tutti i suoi componenti l'avevano ribattezzata 'Squadra Puzzle', in riferimento allo stato delle vittime. Alexis Timée si stava giocando una posta molto grossa sul caso. Lo sapeva meglio di chiunque altro. Gli veniva affidata una responsabilità che non aveva mai portato prima in vita sua. La spiegazione stava sia nella sua formazione all'Istituto di Criminologia di Losanna, sia nel suo eccellente stato di servizio. Alexis analizzava e capiva rapidamente. Era l'incarnazione di una nuova generazione di gendarmi, cresciuti a computer e console per videogiochi, a loro agio nel gestire più compiti contemporaneamente, veloci nell'apprendimento, abili nell'uso delle nuove tecnologie, curiosi e desiderosi di migliorare costantemente. Il profilo di quelli che in altri tempi sarebbero diventati ingegneri, informatici, psicologi o chirurghi. Alexis era l'incarnazione stessa del poliziotto 2.0, un trentenne che agli occhi dei superiori è interessato a tutto, uno che era lì per vocazione e non per caso, bravo in tutto e pronto a obbedire quando veniva il momento.

E disposto inoltre, in caso di necessità, a servire da parafulmine senza fare troppe storie. Non si poteva mai sapere...

Il gendarme si schiarì la voce, poi con una calamita fissò su una lavagna la foto di Joseph Selima fornita dall'istituto psichiatrico.

«Lui è il graffitaro omicida-suicida della stazione di

Herblay. Joseph Selima, vent'anni. Avete un breve dossier su di lui negli appunti. C'è tutto quello che abbiamo trovato, poca roba a parte i suoi precedenti. Quello che ci interessa è ciò che abbiamo appena scoperto sulle persone che frequentava. Risulta che Selima fosse legato a un gruppo di persone che somiglia a una specie di setta. Forse setta è esagerato, ma sta a noi scoprirlo. Secondo l'unico testimone che siamo riusciti a scovare, Selima frequentava queste persone sempre più spesso».

«Da quanto tempo lo faceva?» chiese Magali, una mora con i capelli raccolti.

«Dall'inizio dell'anno, a quanto pare. Selima era diffidente, e il nostro testimone non è mai riuscito a vedere in faccia nessuno. Selima non si incontrava con loro nella casa occupata».

«Qual era la motivazione che li riuniva?» chiese Franck, uno spilungone sui cinquanta con un taglio a spazzola e sottili baffi grigi.

«Non ne abbiamo idea, ma sappiamo qual è il loro emblema...»

Alexis prese un pennarello Veleda e tracciò sulla lavagna il simbolo che ormai tutti conoscevano: **e.*

«Inutile dire» proseguì, «che adesso queste persone ci interessano molto. Di loro non sappiamo altro. Selima campava di furtarelli e di un po' di elemosina, e non aveva soldi, quindi non doveva andare lontano per incontrarli. Dovremo contattare i colleghi della zona, fare domande e lavorare su qualunque spunto ci passi per la testa. I nuovi amici di Selima ci porteranno a...»

Passò lo sguardo sulle foto di tutte le vittime.

«Cosa stiamo cercando, di preciso?» chiese Magali. «Un gruppo mafioso? Tre mentecatti che uccidono in nome dell'apocalisse in arrivo?»

«In tutta la storia della criminologia non ci siamo mai imbattuti in qualcosa del genere, quindi lo ripeto: non ne abbiamo idea. Due serial killer, almeno un pedofilo, adesso un assassino schizofrenico. Nessuno ha mai visto riunita questa gamma di personalità. Di solito sono individui solitari, paurosi. Ma da quanto abbiamo potuto vedere nel rifugio di Selima, c'è anche un elemento... spirituale, diciamo. Quasi religioso. A cominciare da quella specie di altare con tutte le candele accese intorno, per onorare il simbolo che conosciamo. Non passano all'atto insieme, ma li accomuna una sorta di devozione per questa lettera. Condividono qualcosa. Sta a noi scoprire di cosa si tratta».

«Loro non condividono qualcosa. Loro comunicano».

Una voce profonda, impressionante per calma e sicurezza di sé. Veniva dalla soglia della sala riunioni.

Massiccio, le braccia incrociate su un petto muscoloso, il cranio rasato a zero, l'uomo aveva uno sguardo penetrante. Freddo. Tagliente. Uno sguardo capace di indagare nella mente fino a mettere a nudo l'interlocutore.

Alexis lo riconobbe all'istante.

Richard Mikelis.

10.

C'erano nei suoi occhi tutti i comandamenti del mondo, tutte le convinzioni, una forza primitiva, come se fossero direttamente collegati al cervello rettiliano. Due iridi così grigie che a volte passavano per bianche, ipnotiche, inquietanti, in contrasto con le pupille di tenebra così intense da assorbire la luce, due pozzi senza fondo direttamente collegati agli abissi dell'uomo.

Richard Mikelis scrutò uno per uno tutti i gendarmi presenti. Qualcuno non riuscì a tenere il passo di quell'acutezza, e di colpo trovò interessante la punta delle proprie scarpe. Poi il criminologo venne avanti. Attraversò la stanza con un'andatura pesante, i muscoli che tendevano l'abito, ogni passo ben calcato sul linoleum per assicurare l'equilibrio alla sua massa in movimento.

Mikelis si bloccò davanti al colonnello Aprikan e gli tese la mano. Il colonnello Aprikan, colto di sorpresa da quell'entrata in scena, esitò un attimo prima di stringerla. Poi Mikelis si mise di fronte ad Alexis.

I due cerchi d'argento sembravano brillare dall'interno, fissandolo con tale forza che il giovane gendarme pensò per un attimo che lo avrebbero marchiato come un ferro rovente.

Alexis non riuscì a leggervi nulla, non riuscì a capire se si trattasse di rabbia fredda o di profonda eccitazione.

«Non pregano nessuna divinità della violenza, se è a questo che state pensando» proseguì Mikelis, rivolto al suo pubblico. «Non credo si tratti di questo. Si parlano. Appartengono allo stesso clan. Secondo i rapporti della Scientifica, le ferite a forma di **e* sanguinano poco o niente quando vengono prodotte, segno evidente che il cuore non batteva più. Lesioni post mortem, dunque. Relativamente nette. In entrambi i casi. Sia il primo che il secondo assassino lasciano la firma all'ultimo momento. Una volta che è finita, una volta che l'adrenalina è scesa, una volta che la fantasia malata è stata soddisfatta. La firma non fa parte del loro schema personale, è un accessorio. Accettano di metterla così come cancellano le impronte digitali, per fare un esempio. Non fa parte del loro desiderio, della loro fantasia. È una sorta di obbligo autoimposto».

Aprikan si rivolse ad Alexis.

«Pensavo che non avesse consultato il fascicolo» disse a bassa voce.

Il giovane gendarme alzò le spalle, senza sapere cosa dire, mentre Mikelis si avvicinava alla parete delle vittime. Indicò alcune delle foto dei corpi martoriati.

«In più» disse, «in ogni delitto il corpo è stato trovato in una posizione ben precisa. Con la **e* in evidenza. Che si tratti della schiena o delle natiche della vittima, è quasi sempre la prima cosa che si nota».

Magali, una delle poche persone a suo agio con l'intrusione di Mikelis, disse: «Non mi è chiaro. Se la firma è un di più, perché la mettono così tanto in evidenza? Non crede che sia per far ammirare il loro marchio? Un'esibizione di orgoglio?»

«In generale, quando un assassino vuole essere ammirato, semina il maggior numero di elementi possibile.

Parla con la stampa, contatta i parenti della vittima o la polizia, mette in scena un vero e proprio spettacolo con i cadaveri. Non è questo il caso. Né per l'uno né per l'altro. I morti vengono lasciati in condizioni terribili, ma non vengono messi in scena. Gli assassini si limitano a incidere il simbolo nella loro carne come ultimo gesto e a dileguarsi».

«Ancora non capisco: perché lasciare il simbolo in evidenza, allora?»

«Non è rivolto a noi. È solo perché prima di sparire devono farci qualcosa. Hanno bisogno di un po' di distanza per avere una visione d'insieme. E hanno bisogno che la **e* sia visibile».

«Qual è la sua ipotesi?»

«Fanno una foto. Date un'occhiata».

Mikelis indicò le date di morte delle cinque donne.

«Il Fantasma è il più calmo dei due, e si introduce nelle case delle sue vittime. È uno che rischia, è così sicuro di sé che non esita a introdursi nelle abitazioni di coloro che sta per uccidere. È talmente convinto della propria superiorità che va a cercarle dove vivono, dove è più difficile. Quest'uomo ha un'elevata considerazione di sé, potete starne certi. È molto meticoloso, forse maniacale nella sua routine quotidiana. Gli piace pianificare. Verificare tutto. Controllare tutto. Non credo provi collera nei confronti di queste donne, loro non sono altro che uno strumento del suo piacere. Lui le reifica totalmente».

Mikelis allungò il braccio per posare un dito massiccio sulla foto di una giovane donna dai capelli rossi, poi su un'altra immagine, un ammasso di carni squarciate e sangue.

«La Bestia, invece, vive solo nella pulsione. La sente nascere, si prepara, ma quando il bisogno lo travolge lui perde il controllo. Attacca come un predatore rabbioso. È preso dalla distruzione totale, dall'odio per queste donne, per l'umanità. La Bestia probabilmente non perde tempo in sopralluoghi, si concentra solo sull'azione. Colpisce donne isolate, giovani e fragili. Bersagli semplici. Non è abbastanza sicuro di sé per fare di più. È uno che esita. Come potete notare, i profili di questi due uomini sono piuttosto diversi. Eppure, entrambi arrivano a incidere questo misterioso simbolo sul corpo delle loro vittime. È un modo per rivolgersi l'uno all'altro. Credo che scattino una foto prima di andarsene, quando hanno fatto tutto quello che volevano fare. Immortalano la scena, con questo piccolo ammiccamento che si mandano a vicenda. Ecco perché il segno è così in bella mostra».

Nella sala era sceso il silenzio. Il lontano brusio del traffico li raggiungeva a malapena. Tutti gli occhi erano puntati su quell'uomo carismatico dallo sguardo inquietante.

Mikelis indicò col dito le date di ogni crimine.

«Il Fantasma ha aperto le danze il 24 giugno con Claire Noury. La Bestia ci ha messo più tempo a decidersi, ma il 16 luglio comincia a colpire anche lui. Il 6 agosto è di nuovo la volta del Fantasma. La Bestia torna in azione il 22 agosto. Giocano a ping-pong. L'uno risponde all'altro».

«Però è ancora la Bestia che gioca, il 14 settembre, con Armelle Callet» disse Alexis. Nella sua voce c'era un accenno di sfida. Quella di chi si sente messo alle strette, colto di sorpresa nel suo stesso territorio.

Mikelis rispose senza il minimo cenno di aggressività, solo con la sua naturale sicurezza: «O nel frattempo c'è stato un altro omicidio da parte del Fantasma che non avete individuato, oppure la Bestia si è fatta prendere dal gioco e sta cercando di anticipare la sua controparte. Un po' come l'allievo che vuole superare il suo maestro il più velocemente possibile, per liberarsi della sua tutela». Lo sguardo del criminologo si fissò su quello di Alexis, con un ghigno appena percettibile sulle labbra. «In ogni caso, non passerà molto prima che il Fantasma torni a colpire, se non l'ha già fatto. Hanno un ciclo breve, uccidono ogni mese o giù di lì, l'ebbrezza del gesto prenderà il sopravvento».

«È un bene per noi» annunciò Segnon, che era appena entrato nella sala. «Più sono ebbri di violenza, più commetteranno errori. Li prenderemo».

Mikelis osservò il colosso nero mentre si sedeva, senza battere ciglio.

«È possibile» disse. «Ma ciò significa un numero ancora più alto di vittime. Siete pronti a questo? Ad aspettare che altre donne subiscano lo stesso destino? Sua sorella? Sua moglie? O magari sua figlia?»

Segnon aggrottò le sopracciglia, incrociando le braccia sul petto. Rivolse ad Alexis un cenno interrogativo, per sapere chi era quel ciarlatano.

Il colonnello Aprikan fece un respiro profondo e indicò Mikelis. Il tono era in linea con il fisico, asciutto e sobrio.

«Avrete sicuramente riconosciuto Richard Mikelis, il grande criminologo» disse. «Alexis ha chiesto di avere la sua collaborazione, viste le sue competenze e la sua esperienza, e data la natura complessa e delicata dell'indagine, e io l'ho autorizzato. Grazie per averci concesso il suo aiuto, professore».

Magali soffiò sulla frangia per scostarla, e così attirò lo sguardo di Mikelis. «Riesce a pensare a qualcosa che possa riunire questi uomini?»

«Due serial killer? No, non ancora. È piuttosto raro,

e di solito le coppie di assassini operano insieme, mai a distanza. Non sembra sia così nel nostro caso. Il modus operandi del Fantasma è davvero troppo singolare e sicuro di sé, per doversi occupare anche di un aiutante o di un osservatore. Di solito, gli assassini sono un po' come i gatti quando fanno i loro bisogni: non gli va di essere osservati. Per complicare le cose, sembra che nel cerchio ci sia un pedofilo, stando alle foto trovate dai vostri colleghi. E adesso quel giovane dalle 'tendenze suicide'. Ho visto il tg, venerdì sera».

Alexis lo fissò. Si chiese se era per quello che si era deciso. Per la morte insensata di una donna e del suo bambino. E di due uomini la cui unica colpa era stata trovarsi nel posto sbagliato al momento sbagliato. O c'era qualcos'altro? Un pensiero maturato negli ultimi giorni? Forse anche lui aveva piantato un seme che era germogliato nella mente del criminologo, distillando il dubbio tra le sue apparenti certezze da pensionato?

«Quattro individui» ricordò Ludivine raddrizzandosi sulla sedia, «che devono essersi necessariamente incontrati, in qualche momento, per elaborare i loro piani. Ma dove? In carcere? In un ospedale psichiatrico? Sul web? È qui che siamo nel buio, senza neanche una pista».

«Avete fatto ricerche approfondite su Internet? Avete considerato i forum?» chiese Mikelis. «Sono l'ideale per riunire menti tormentate che condividono le stesse ossessioni».

«Ci sta lavorando un intero gruppo, che segue anche il versante della pedofilia. Ma c'è così tanto da esaminare in rete che ci vuole una quantità di tempo incredibile».

«Avrete già ripescato anche tutti i dossier sui colpevoli di reati sessuali rilasciati nell'ultimo anno o giù di lì, presumo».

«Siamo arrivati fino a un anno e mezzo» disse Alexis.

«I media non sanno dei due assassini e del pedofilo» aggiunse Aprikan. «Ma il giovane della stazione ha scatenato un putiferio tale che sono entrati in gioco anche i politici. La direzione generale della Gendarmeria, quindi, chiede risultati rapidi. Se ha qualche idea nuova da sottoporci, siamo tutt'orecchi».

Mikelis, che stava studiando le foto delle vittime, scosse il capo. «Ho potuto dare un'occhiata ai fascicoli grazie ai miei contatti, ma non sono ancora entrato nei dettagli. Per il momento ho solo una visione d'insieme a grandi linee. Avete individuato una priorità investigativa?»

Aprikan guardò Alexis.

«Cosa intende dire?» chiese quest'ultimo.

«Un'area da approfondire».

«Stiamo usando tutto quello che abbiamo».

L'indice del criminologo si spostò sulla **e*.

«Vi confesso che non ho mai visto nulla di simile. Da quanto ho capito, il ragazzo ha dipinto con lo spray questo simbolo prima di commettere la strage. Non potendo inciderlo sulle vittime, ha fatto di meglio: si è rivolto al mondo intero. È un simbolo di odio. Di violenza. Questi uomini si uniscono sotto quel simbolo come se fosse una bandiera che esprime la loro rabbia. Non credete che dobbiamo indagare in questa direzione?»

«Ci abbiamo provato. Ma in rete non è saltato fuori niente».

Mikelis alzò le sopracciglia per la sorpresa. «E per questo simbolo non avete fatto quello che avete fatto con i cadaveri, quando siete venuti da me?»

«Vuol dire contattare uno specialista? In quale branca?»

«Tutte, maledizione! Provate con gli storici, gli psicologi, i matematici! Con chiunque, perché credo proprio che per scovare questi assassini dovremo capire chi sono e perché agiscono così. Capisco che vi siate concentrati soprattutto sulle piste che avevate, sugli indizi concreti, seguendo i metodi di indagine convenzionali, ma dovete allargare la visuale».

«In che modo? Ci faccia un esempio» disse Ludivine, un po' irritata.

«Voi guardate il simbolo unicamente come se fosse il punto che hanno in comune, ma è sicuramente molto di più. Per loro significa qualcosa. Probabilmente è un nome. E finché non sapremo con esattezza cosa significa, per noi sarà l'incarnazione di ciò che c'è di peggio di questi uomini. La cristallizzazione del loro passaggio all'atto».

Il criminologo prese un pennarello e diede un'identità al disegno. Sotto la **e* apparvero delle lettere.

«È il segno del male» lesse Mikelis a bassa voce.

11.

Iniziò a piovere all'improvviso. Nel giro di pochi minuti, un tappeto di nuvole grigie coprì il cielo e si stese su Parigi. La luce che filtrava annunciava la fine del giorno, e l'acquazzone pomeridiano divenne l'anticamera della notte, tanto che nessuno vide scendere il crepuscolo. La città iniziò a brillare, mentre la gente per le strade si affrettava a rientrare nei propri rifugi, avvolgendosi in plaid e scaldando cioccolate calde e tè per far correre via quella domenica di ottobre.

Alla Sezione Ricerche, Mikelis rimase a lungo a discutere a quattr'occhi con il colonnello Aprikan, prima di andare nell'altra ala del comando, a bussare alla porta dell'ufficio che Alexis condivideva con i colleghi.

«Ho promesso a mia moglie che sarei rimasto solo pochi giorni» disse.

Il giovane gendarme annuì.

«Sono contento che abbia cambiato idea».

«Io no».

Una replica secca, tagliente come uno schiaffo.

Ludivine e Segnon si guardarono.

«Cosa le ha fatto cambiare idea?» chiese Alexis. «Il fatto che sia un caso pressoché unico?»

«È per le vittime. Lo faccio sempre per le vittime. Venerdì sera, quando ho saputo che quel disgraziato ragazzo aveva spinto quattro persone sotto un treno prima di uccidersi, ho capito che ce ne sarebbero state molte altre».

«Speriamo tutti che non sia così» disse subito Ludivine.

Gli abissi di tenebra argentei si spostarono su di lei.

«Questa gente ha un grosso vantaggio su di noi. Molto grosso. Loro hanno sete di sangue. Ci saranno altre vittime. Noi dobbiamo essere preparati a questo».

«*Noi*?» ripeté Alexis.

«Noi, sì. Per un po'. Io vi do la mia opinione e vi lascio fare il vostro lavoro».

Alexis allargò le braccia in segno di benvenuto.

«Questa è casa sua. Siamo pronti ad accogliere qualunque spunto ci darà».

«Io lavoro a modo mio. Leggo tutto quello che vi arriva da qualunque fonte, senza restrizioni, elaboro le mie sintesi, vi faccio delle proposte, poi dipende da voi accettarle o meno. Al colonnello sta bene».

«Allora sta bene anche a me. Ce l'ha un posto per dormire?»

«Non si preoccupi, mi sono trovato un albergo proprio dietro l'angolo, in rue de la Py».

Mikelis voltò loro le spalle per andarsene. Sulla soglia aggiunse: «Sono ricorso ai miei contatti per avere i dossier dei cinque omicidi, e ho richiesto anche un elenco di tutte le morti sospette registrate tra il 22 agosto e il 14 settembre, per scoprire se il Fantasma può aver colpito senza che il caso arrivasse fino a voi. Ma non è emerso nulla».

«Pensa che da qualche parte ci sia una vittima ignorata che si sta decomponendo?»

Il criminologo esitò, poi lanciò un'ultima occhiata in tralice al giovane gendarme.

«A differenza dell'altro assassino, lui non nasconde le sue vittime. Quindi no, non credo. Credo che la Bestia abbia voluto giocare d'anticipo. Per dimostrare che non ha più esitazioni. Dobbiamo quindi aspettarci che il Fantasma colpisca ancora. E molto presto. Il colonnello invierà una circolare urgente a tutte le gendarmerie e le stazioni di polizia del Paese, in modo da essere allertati in via prioritaria per casi di morte violenta che rientrino nel modus operandi di questo pazzo. Cerchiamo di non perdere terreno».

E su quelle parole se ne andò.

Non appena scomparve, Segnon spinse la porta con la punta del piede.

«Che cos'ha nella testa 'sto tizio?» disse, l'aria perplessa. «Non vi sembra che faccia un po' di scena?»

«Stai scherzando?» ribatté Ludivine. «Altro che un po', sta interpretando in pieno il suo personaggio!»

Alexis non si unì alla loro ironia. «È il migliore nel suo campo» disse poi, con tono pieno di rispetto. Ed è proprio perché sente nell'aria anche la minima particella di violenza che è così. Lui non vede il mondo come lo vediamo noi».

«Questo è poco ma sicuro» disse Ludivine. «Non è assolutamente come noi! Okay, per stasera ci fermiamo qui. Io ho bisogno di una pausa. Posso offrirvi una pizza?»

«A me no, grazie» rispose Segnon. «Se stasera non torno a casa per cena mia moglie mi taglia le palle».

Ludivine e Alexis rimasero faccia a faccia.

«Quando penso che la mia vita è una merda» disse lei, «che sono una solitaria, che ho paura di diventare un giorno una vecchia inacidita, penso a te e mi rassicura sapere che ci sono persone così, là fuori. Quindi tocca a te offrirmi la cena, adesso. Ma dopo non si scopa, chiaro?»

E gli fece una smorfia irresistibile.

Ludivine sapeva essere di una franchezza disarmante.

Erano seduti in un cubicolo con le panchette rivestite di skai, in un ristorante che odorava di fritto, con un brano country disturbato da scariche elettrostatiche che sembrava venire da lontano.

«Come mai sei entrata nella Gendarmeria?» chiese Alexis. «Non me l'hai mai detto».

Ludivine quasi si strozzò con la cannuccia della bibita.

«Qui? Adesso? Davvero lo vuoi sapere?»

Lui alzò le spalle.

«Perché da bambina ho visto mio padre ucciso sotto i miei occhi, e ho giurato a me stessa che avrei portato la giustizia in questo mondo malato» disse lei all'improvviso.

Alexis deglutì a fatica. Non si aspettava di sentirsi dare una risposta del genere tra un boccone di hamburger e l'altro; aveva immaginato una storia banale e aveva fatto la domanda più per curiosità che per educazione.

Ludivine lo fissò come se fosse arrabbiata perché aveva toccato quel tasto. Poi il suo volto si distese e scoppiò a ridere.

«Dovresti vedere la tua faccia! No, non è vero! Non tutte le ragazze che fanno lo sbirro hanno dei conti da regolare col mondo! Sono sempre stata una sportiva, volevo lavorare sul campo, mi piace che le cose siano chiare, mi piacciono le indagini sui delitti, tutto qui. A vent'anni uno zio mi ha parlato della Gendarmeria, ed è diventato un mio obiettivo. Niente di speciale».

«Te ne sei mai pentita?»

«No. Amo il mio lavoro. Detesto il fatto che i nostri superiori ci condizionino quando ci si mette di mezzo la politica, ma a parte questo mi sembra una figata. Le scartoffie sono una palla, la maggior parte del tempo lavoriamo su delle stronzate, perché il grosso degli omicidi è questione di soldi o di sesso, ma comunque mi interessa molto. E poi di tanto in tanto saltano fuori certe storie anche abbastanza divertenti. Non c'è di che lamentarsi».

Ludivine aveva sciolto i capelli e i suoi riccioli biondi ondeggiavano avanti e indietro sul suo bel viso. Una traccia di ketchup era diventata un effimero neo all'angolo delle sue labbra. Alexis non riusciva a staccarne gli occhi.

«E tu?» chiese all'improvviso.

«Oh, io... Non molto originale neanch'io. Tipo *Il silenzio degli innocenti*, *Seven*, è una cosa che avevo dentro fin da ragazzo. Dare la caccia ai *bad guys*. Capire perché l'uomo può essere capace del peggio».

«Hai anche seguito dei corsi di formazione scientifica di alto livello, a Losanna».

«All'inizio pensavo di diventare tecnico della scena del crimine. Ma quando mi sono reso conto che nella vita reale non indagano sul campo, sono passato alla SR».

«Fratelli? Sorelle? Non parli mai della tua famiglia».

«Figlio unico».

«E i tuoi genitori?»

«Mia madre vive a Colombes, in periferia. E mio padre è in una casa di riposo. Ha l'Alzheimer. Sono più di sei mesi che non vado a trovarlo. Non ci riconosce più, delira tutto il tempo, mi fa una pena tremenda. Per quanto mi riguarda, è come se fosse già morto».

Ludivine si lasciò andare sulla panchetta, con una patatina in mano.

«Mi dispiace, scusa, non lo sapevo».

«Non è grave. Ne parlo senza problemi. È la vita. Sappiamo da otto anni che è malato, perciò abbiamo avuto il tempo per prepararci».

«Come mai non hai una ragazza? Sei bello, sei abbastanza simpatico, hai uno stipendio fisso... che segreto nascondi?»

«Potrei farti la stessa domanda».

«Ma io non sono single! Io ne ho due, di fidanzati!»

«E a loro sta bene?»

«Mi pare di sì».

«Forse perché non sanno l'uno dell'altro?»

«Può darsi...»

Ludivine fece il broncio come una bambina, con aria dispiaciuta.

«Perché lo fai?» le chiese. «Perché ti complichi la vita così?»

«Con due uomini, non sono in balìa di nessuno».

La risposta fu diretta e spontanea. Alexis lo percepiva dal tono della collega. Ludivine non era tipo da confidarsi con nessuno, ma era contenta di lasciarsi scoprire, purché qualcuno mostrasse un interesse sincero per lei.

«Non vuoi un legame?»

«Non prima di essere sicura di chi sono, l'uno o l'altro».

«Mi fa pensare a una ragazza che ha sofferto per le storie precedenti, che non vuole più scoprirsi, che ha dato troppo».

«Un classico assoluto. Grazie per avermi ricordato che sono così terribilmente banale».

«Chi non lo è? Dài, racconta. Hai dato tutta te stessa a un tizio, e lui ti ha tradita?»

«*Due* tizi».

«Ahia. Andiamo sul pesante».

Ludivine sospirò e si guardò intorno, nel ristorante c'era gente che chiacchierava, qualcuno rideva, altri per nulla, anzi sembravano quasi irritati, e qualcuno cenava da solo.

«Il primo amore» disse Ludivine, «è durato sei anni, prima che mi accorgessi che andava a letto con un'altra. Mi tradiva da un sacco di tempo. Fin qui, niente di molto... Va be', okay. L'altro invece sembrava l'amore della mia vita. Tutti ne abbiamo avuta una, no, di grande storia d'amore così? Una di quelle che ti segnano per il resto della vita. E tutte finiscono male, naturalmente, altrimenti che storie d'amore sarebbero? Siamo stati insieme per cinque anni. Una cosa seria. Ci credevamo davvero. Avevamo pianificato la nostra vita, disegnato la nostra futura casa, scelto i nomi dei figli che avremmo avuto, e lui mi aveva chiesto di sposarlo. Poi si sa com'è: lo stronzo si scopava la mia migliore amica, di tanto in tanto».

«Che cosa squallida».

«Dillo a me. A loro due ho dato tutto. Ma proprio tutto. Adesso, quindi, sto molto più attenta. Con due uomini, mi prendo il tempo che ci vuole per conoscerli, per scoprire chi sono davvero prima di perdere la testa un'altra volta. Perché ho un cuore impulsivo. Mi innamoro così, come un semaforo che passa dal rosso al verde».

«È da molto che non hai una storia seria?»

«Quasi due anni».

«Non sei ancora uscita dalla fase 'odio gli uomini, perché sono tutti delle merde'? Sei pronta ad amare di nuovo?»

«Be', almeno adesso so come ragionate. Non amo più con tutto il mio candore, amo con intelligenza, con moderazione. Amo con la testa».

«Questo non è mica amore. E smettila con i luoghi comuni, gli uomini non sono mica tutti uguali. Sembri un'adolescente. Non siamo tutti delle merde!»

«Non è che siete delle merde, è il sistema che è una merda. A noi ragazzine ci tirano su con il mito del principe azzurro, dell'uomo sincero, l'uomo ideale, il cavaliere senza macchia e senza paura. Voi, invece, siete biologicamente programmati per scoparvi qualunque cosa si muova».

«Ti do una notizia: anche noi possiamo essere persone civili».

«Sei mai stato infedele?»

«Non posso dirtelo».

«Lo vedi?»

«Non hai capito. Mai avuto storie lunghe, quindi non ho avuto modo di...»

«Cioè? Qual è stata la tua storia più lunga?»

«Due anni».

«Merda».

«Esatto».

«Quanti anni hai?»

«Trentuno il mese prossimo».

«Porca miseria. E perché non ha mai funzionato?»

«Mi stanco. Le donne che ho conosciuto e di cui mi sono innamorato si sono rivelate diverse da quello che erano, tempo un anno o un anno e mezzo».

«E sarei io l'ingenua? È il gioco della seduzione, è uguale per tutti. Te lo deve dire l'*istinto* cosa c'è in una ragazza, quando cominci una storia».

«Si vede che ho un istinto del cazzo».

«E comunque non ti pesa?»

«Vivere da solo?»

Alexis fece un respiro profondo, pensoso.

Di suo, di fronte a una donna, e per di più carina, avrebbe voluto rispondere che era ovvio, certo che aveva bisogno di qualcuno accanto, di costruirsi un'esistenza a due. Ma poi pensò alla sua vita quotidiana, e la risposta fu meno ovvia. Non c'era nessuno a cui rendere conto dei suoi orari di lavoro. Poteva rimanere alla sua scrivania fino all'una di notte, se voleva, tutte le volte che voleva. La sera aveva le sue piccole routine: un po' di tv, la console dei videogiochi per rilassarsi nelle giornate difficili, i pasti pronti al microonde, le serate a leggere a letto... Nel complesso, Alexis era un solitario. Un solitario vero. Vedeva sempre meno i suoi amici, e stava bene così.

«Tutto sommato, direi di no» disse. «Mi ci trovo bene».

«E non scopi con qualcuna, di tanto in tanto?»

«Al momento no, è da un po' che non capita. A volte aggancio qualcuna su Internet, ma non sono mai storie che vanno lontano».

Ludivine inarcò le sopracciglia. «Siamo due casi umani» disse.

I due gendarmi si guardarono in silenzio. L'uno studiava l'altra. Con due mezzi sorrisi sulle labbra.

All'improvviso, Alexis si sporse in avanti sul tavolo e passò il pollice sull'angolo della bocca della collega, che per un attimo sembrò terrorizzata.

«Avevi un po' di ketchup lì» le disse sottovoce. «Mi stava dando fastidio».

«Ah».

Ludivine lo guardò tornare a sedersi, con l'aria un po' turbata.

«Temevo che mi volessi baciare» disse.

Seguì un silenzio imbarazzato.

Una volta fuori, il freddo li spinse ad avvolgersi nei cappotti e ad avvicinarsi.

«Senti Alex, se una sera mi viene una botta di depressione, posso venire a casa tua?»

«Certo. Per te ci sarà sempre un barattolo di Häagen-Dazs nel freezer».

«Che gentile che sei».

La prese per le spalle e gliele strofinò con fare cameratesco.

Si incamminarono verso gli edifici della caserma e Ludivine aggiunse: «Non vorrai mica approfittare dell'occasione per scoparmi, vero?»

La domanda lo colse di sorpresa. Alexis rimase senza parole e si limitò a balbettare: «Be', io... no».

Gli diede un bacio sulla guancia e si avviò verso l'edificio dove alloggiava, e lui la guardò allontanarsi.

C'era in Ludivine una sottile miscela di fragilità e a volte di sicurezza, persino di aggressività, che lo inteneriva. Si erano in più occasioni girati intorno anche bisticciando, ma senza mai andare oltre più di tanto, senza fare sul serio. E in quel momento, Alexis si trovò a pensare che tra loro poteva crescere un rapporto. La sua migliore amica. Sua sorella. L'idea gli piaceva molto.

Poi, mentre saliva i gradini della palazzina, si rese conto che stava tornando a casa da solo. Con i suoi libri, i suoi film, le sue piccole comodità.

E un letto grande e freddo. Il vuoto tra i muri. Tra i minuti. Tra i pensieri.

E si trovò a rimpiangere quello che aveva detto.

Forse, in effetti, la solitudine non gli piaceva così tanto.

Ma lui sapeva come placarla.

Fece crocchiare le nocche. Sarebbe stata una notte breve.

L'entusiasmo scattò verso l'alto.

Non vedeva l'ora di cominciare.

12.

Émilie si ridestò di colpo.

La tv era ancora accesa e mostrava immagini di guerriglieri armati nel cuore di una foresta. Si chinò a guardare la sveglia. Era quasi l'una di notte.

Si era addormentata, come al solito, davanti a uno di quei reportage della domenica sera.

Il posto accanto a lei era vuoto.

Jean-Philippe non era ancora salito.

Il solito esagerato. Ogni volta che si sedeva davanti alla tv al piano di sotto, veniva a letto a orari impossibili.

Émilie si alzò e andò nel bagno accanto alla stanza da letto, per togliere le mutandine e la maglietta e indossare la camicia da notte. Guardò stancamente lo spazzolino da denti, poi rinunciò. Era già abbastanza tardi, e in ogni caso non aveva intenzione di lasciarsi avvicinare quella notte. Avevano fatto l'amore la sera prima, mentre Isabelle era fuori, e dopo ventun anni di matrimonio era passato molto tempo dall'ultima volta che avevano fatto sesso per due giorni di fila.

Émilie passò nel corridoio. La porta della stanza di Isabelle era chiusa. Un filo di luce si accendeva e spegneva a intermittenza tra la moquette e il battente.

'Isa, hai visto che ora è?'

Si chiese se entrare e dirle di spegnere le luci e andare

a letto, ma decise di no. Ormai aveva diciassette anni e spettava a lei assumersi le proprie responsabilità.

E sua madre aveva dovuto imparare a tagliare il cordone, a prendere le distanze. A interferire di meno. Probabile che sua figlia fosse su Facebook con gli amici, con la tv in sottofondo e le cuffie sulle orecchie. In quei momenti non c'era nulla da fare. Le amicizie sui social avevano completamente sostituito i rapporti familiari. Qualsiasi autorità fosse rimasta a Émilie, ormai era stata spazzata via. Contro il virtuale era una battaglia persa. I genitori non avevano alcuna presa su quel mondo, con cui Isa era sempre in contatto. Che fosse sul suo computer o sul suo telefono, *quel* cordone non veniva mai tagliato.

Émilie tornò indietro e seguì la U del mezzanino verso le scale.

Al piano di sotto, la luce del soggiorno e il mormorio del televisore arrivavano fino all'ingresso. Jean-Philippe doveva essere accasciato sul divano, ipnotizzato dai pixel, incapace di addormentarsi del tutto, ma già troppo intontito per trovare il coraggio di salire le scale.

I passi di Émilie sulla moquette erano silenziosi, più silenziosi della morte, pensò, immaginando lo spavento che gli avrebbe fatto prendere.

Entrò in soggiorno, scoprendo che il programma era lo stesso che l'aveva svegliata.

«Senti un po', perché non vieni a letto? Stiamo guardando lo stesso...»

Il divano era vuoto.

'Che schifoso! Si sta abbuffando!'

Un anno che continuava a lamentarsi che era ingrassato, che non aveva più la stessa linea di prima. Émilie ne aveva abbastanza; lo aveva messo a dieta ferrea da tre settimane. Si voltò e filò in cucina prima che lui la sentisse e facesse sparire ogni prova della propria colpevolezza.

La pioggia batteva con violenza contro gli ampi bovindi che si affacciavano sulla notte, le gocce scivolavano giù come migliaia di volti che la imploravano di aprire.

'Chissà perché mi viene in mente una cosa del genere?' si chiese Émilie, scacciando quella sinistra immagine dalla sua mente. 'Basta guardare reportage che parlano di polizia e violenza prima di mettersi a dormire!'

Per poco non gli andò addosso sulla soglia della cucina.

Émilie soffocò un urlo.

«Mi hai spaventata!»

Per prima cosa sentì che aveva l'alito cattivo. Un fetore acido.

Alzò la testa e il suo cuore si fermò di colpo.

Non era Jean-Philippe.

Nella mezza penombra tra le due stanze non riuscì a distinguere i lineamenti dell'uomo, solo i riflessi delle lampade sulle pupille e sullo smalto dei denti. Ma non era la figura di suo marito. E quello non era il suo odore.

L'uomo sorrideva.

Il suo cervello si mise subito alla ricerca di una spiegazione, pensando a qualcosa di plausibile, e soprattutto di rassicurante.

'Un amico di Jean-Philippe?'

Émilie non riusciva a ragionare. Era tardi e lei era ancora mezza addormentata. Non aveva nessuna voglia di discutere con lui.

«Non dormi?» chiese l'uomo.

Émilie non sapeva se quella familiarità fosse un buon segno o meno. Cosa stava succedendo?

Aveva uno sguardo gelido. C'era qualcosa di strano nei suoi occhi. Come se fossero vuoti.

'Jean-Philippe che riceve ospiti di notte senza dirmelo? No, non è...'

«Di solito, a quest'ora tu dormi e tuo marito guarda la tv qui al pianoterra, sul divano. Non scendi mai al piano di sotto. Strano, vero? Strano che cambi abitudini proprio la sera che vengo io».

A Émilie stava salendo la pressione. Respirava con affanno. Il suo cuore batteva sempre più forte. Troppo forte. Così forte che pensava che le avrebbe squarciato il petto per uscire.

«Ma lei...» balbettò, «lei è...»

Il sorriso dell'uomo si allargò, rivelando i denti un po' ingialliti.

Il suo sguardo restava vuoto.

Disperatamente vuoto.

In quel momento Émilie capì di essere nei guai. Ma nei guai sul serio.

Si sentì assalire dal panico.

Poi il suo sguardo fu attratto da qualcosa di insolito alle spalle dell'uomo, una massa inerte. Accanto al frigorifero.

Un corpo giaceva sul pavimento di piastrelle grigie, che avevano appena cambiato.

Riconobbe il marito dai vestiti.

Poi vide tutto il sangue. Jean-Philippe era immerso nel sangue. La gola squarciata. Un enorme buco nerastro e violaceo. Le palpebre erano semichiuse e la pelle del viso era così bianca... Non era quasi più lui. Un avatar di suo marito. Un manichino, a cui mancava la vita per essere credibile.

Tutto il corpo di Émilie cominciò a tremare. Espulse l'aria a brevi ansiti, simili a convulsioni.

«Mi sono occupato di lui così noi possiamo restare soli. Tutti e tre».

A queste parole, un lampo le attraversò la mente. L'intruso sapeva che Isabelle era in casa. Era venuto per entrambe.

Un brivido le attraversò il corpo. Terrore e disgusto.

Senza sapere da dove venisse tanta forza, spinse via l'uomo e si precipitò in salotto. Le scale. Chiudersi in stanza a chiave con sua figlia. Chiamare la polizia. Urlare. Fino a farsi scoppiare i timpani. Finché qualcuno dei vicini non sentiva.

'Corri! Corri!' latrò una voce dentro di lei. 'Salvati la vita! Salva la vita di tua figlia!'

Perché era questo. Le loro vite in pericolo. Non potevano esserci dubbi.

Si lanciò di scatto tra il tavolo da pranzo e un tavolino, così rapida che l'ambiente intorno a lei scomparve. La sua visuale si restrinse, per mettere a fuoco solo le scale.

Émilie volava. Solo le punte dei suoi piedi entravano in contatto con il suolo, per un istante brevissimo.

In quella corsa c'era tutta la rabbia del mondo. La rabbia della madre che protegge i suoi piccoli. Dell'animale messo alle strette. L'istinto di sopravvivenza.

Vedeva l'ingresso avvicinarsi.

E i suoi sensi ripresero a funzionare, tutti insieme, tutti nello stesso momento.

Sentì che non ce l'aveva alle calcagna. Lui non stava correndo. Lo avrebbe distanziato. Era rimasto sulla soglia della cucina. Lo aveva preso in contropiede.

'Corri, corri! Più svelta, dài! Per il tuo bene! Per Isa!'

I gradini. La massiccia porta del piano di sopra. Il telefono. Le finestre per avvertire i vicini. Era tutto a portata di mano. Lassù, in cima alle scale.

'Forza, che ci sei!'

Sentì un clic metallico, simile a una molla che scattava.

Poi qualcosa le si conficcò nella schiena, un bruciore come una puntura d'insetto.

E poi esplose la luce bianca. Mentre tutti i suoi muscoli si irrigidirono brutalmente. Uno spasmo dalla testa ai piedi che le mozzò il respiro e le bloccò le gambe.

Émilie si sentì cadere. Percepiva delle scariche inondarle il corpo, come onde in cui stava annegando. Soffocava.

L'ombra dell'uomo calò sopra di lei.

Si chiuse lentamente, assorbendo ogni luce al suo passaggio, ricoprendola come un sudario.

Impugnava una specie di strana pistola, con un lungo filo metallico a spirale all'estremità della canna.

L'uomo si spostò esattamente sopra di lei.

«Non gridare» le disse, con voce priva di emozioni. «Lasciami il piacere di fare una sorpresa a tua figlia».

La voce non tradiva alcuna pulsione, tanto meno eccitazione. Era vuota come lui.

Émilie voleva alzarsi. Voleva urlare. Poteva ancora trattenerlo. Dare a Isabelle la possibilità di scappare.

Tese il braccio, ma niente. I muscoli non le obbedivano più.

L'uomo si accovacciò per guardarla meglio.

Agitò piano la sua strana pistola davanti al viso di Émilie.

«Ora tu sei il mio burattino» disse. «Farai quello che voglio io. Tutto ciò che voglio io».

E premette di nuovo il grilletto.

Émilie inarcò la schiena, l'intero corpo scosso dallo shock.

Era impossibile. Era un incubo.

Una domenica sera in famiglia. Andava tutto bene. Stavano per andare a letto. Non poteva succedere una cosa del genere. Non adesso. Non così. Non così in fretta. Aveva una settimana piena di impegni, un sacco di cose da fare. Persone da vedere. Amore da dare, amore da prendere. Una vita da vivere.

Émilie si rifiutava di crederci.

Poi, tra due spasmi, vide l'uomo accarezzarsi l'inguine.

Émilie voleva piangere, ma non ci riuscì.

Non riusciva più a controllare il suo corpo. Non aveva neanche più accesso alle sue lacrime.

13.

La Peugeot della Gendarmeria si fermò di fronte al Panthéon.

Il cielo grigio sfilava veloce sopra la cupola, come se avesse fretta di andare a sorvolare un'altra zona.

Alexis, Segnon e Ludivine uscirono nello stesso momento e si diressero verso un arco di pietra che proiettava la stessa antica solennità che caratterizzava l'enorme piazza.

Il professor Ecland aveva dato loro appuntamento nel luogo in cui faceva ricerca: la biblioteca di Sainte-Geneviève.

I gendarmi lo avevano contattato di prima mattina, su consiglio di Richard Mikelis. Ecland insegnava all'Università Panthéon-Sorbonne ed era uno storico di grande prestigio. Era il primo specialista di una lunga lista che avevano stilato con cura quella stessa mattina.

Quando entrarono al primo piano della vasta biblioteca Alexis rimase fermo sulla soglia, sbalordito dall'imponenza del luogo.

La sala era lunga ottanta metri e alta quindici. Il soffitto a volta, la lunghezza stessa, la pietra dei muri e la forma delle finestre a ogiva le davano l'aspetto di una cattedrale. I libri erano ovunque, a mo' di altari e vetrate, i loro dorsi multicolori come risposte a tutte le domande del mondo. Le parole e la conoscenza come sole divinità.

Al centro, una serie di tavoli e sedie di legno, dominati da globi verdi, accoglieva l'equipaggio affamato di conoscenze che navigava su quello strano vascello in viaggio nel tempo.

Uno dei bibliotecari indicò Ecland a Segnon, che lo trovò chino su una pila di vecchi libri. Aveva una corta barbetta e un paio di occhialini da lettura sulla punta del naso.

Li guardò per un attimo con sospetto.

«Mi aspettavo dei gendarmi in uniforme» ammise, stringendo mollemente la mano a tutti e tre. «Cosa posso fare per voi? Mi pare di capire che è una faccenda urgente».

Alexis era ben contento di andare al nocciolo della questione senza l'impiccio di noiosi preliminari, così estrasse dalla tasca della giacca un foglio di carta.

«Stiamo cercando una spiegazione per questo».

Tese il rettangolo stropicciato con il simbolo **e* disegnato al centro.

Ecland si aggiustò gli occhiali e fissò il disegno per un lungo momento. Il respiro gli sibilava tra le narici. Le sue dita si agitavano, mentre pensava.

«Come mai credete che io sia in grado di aiutarvi?» disse infine.

«È un segno conosciuto in qualche epoca antica?» chiese Ludivine.

«Nell'antica Grecia, magari» aggiunse Segnon, «o magari è un emblema romano?»

Ecland alzò lo sguardo per osservare i tre gendarmi con un'espressione divertita.

«Non avete idea di cosa possa significare, dico bene?

Lo state chiedendo a me come potreste chiederlo al macellaio o al dottore, vero?»

«Siamo messi così» ammise Alexis. «Lei ci può aiutare?»

Ecland strinse le labbra.

«Vedrò di informarmi, ma così a prima vista non mi ricorda nulla che io conosca. Mi rincresce».

I tre gendarmi si guardarono, delusi. Alexis sospirò.

«Siete partiti dall'essenziale?» chiese Ecland.

«Che cosa intende dire?»

«Be', è una lettera dell'alfabeto, no? Avete consultato un linguista, tanto per cominciare?»

Alexis, Ludivine e Segnon si scambiarono lo stesso sguardo colpevole.

Al professore sfuggì una risatina.

«Più le cose sono evidenti, meno saltano agli occhi, amici miei» disse, chinandosi a scrivere sul retro del pezzo di carta. «Ecco, è il nome di un collega della Sorbona. È un linguista, che conosce a fondo la storia delle lingue e della scrittura. Andate a parlarci, e ditegli che vi mando io».

Meno di un'ora dopo, Segnon aveva lasciato i colleghi per rispondere a una telefonata dal Museo di Storia Naturale, mentre Alexis e Ludivine aspettavano che l'anfiteatro si svuotasse degli ultimi studenti.

«Hai due occhiaie fino alle ginocchia» disse la giovane donna. «Hai dormito stanotte?»

«Male».

Alexis non era di buon umore, o comunque non in vena di parlare del suo stato d'animo. Ludivine lo intuì e passò a tutt'altro: «Non credi che stiamo perdendo tempo? Dovremmo essere in ufficio, a lavorare su piste concrete».

«Quali, per esempio?»

«Non lo so. Ma francamente, cosa speriamo di scoprire su questo simbolo? Mikelis lo chiama 'Segno del Male', ed è già abbastanza inquietante così. A cosa ci serve saperne di più?»

«Non c'è niente di più solitario di un serial killer, eppure ne abbiamo almeno due che ci sfidano, firmando con questa lettera. Lo stesso vale per il pedofilo e il ragazzo della stazione. Se riusciamo a scoprire il significato di questa lettera, forse riusciremo a capire come si sono conosciuti. E come risalire fino a loro».

«Ti ricordi cosa ha detto il punk della casa occupata, di quelli che frequentava Selima?»

«Ha parlato di 'Loro'».

«Come se avesse paura, di questi 'Loro'. E senza neanche conoscerli. Selima deve avergli messo addosso una fifa blu. E siccome dubito che il graffitaro spendesse soldi che non aveva in un Internet café, a chattare su un forum, vuol dire che aveva conosciuto qualcuno. Forse il Fantasma, forse la Bestia. Forse tutti e due. Avranno parlato del significato della **e.* Quanto bastava per fargliela adottare. È una rivendicazione. Uno slogan. Ma quale? Dobbiamo scoprirlo».

Si avvicinarono al professor Carrion, prima che uscisse da una porticina sul lato opposto della sala.

Alexis gli mostrò il tesserino e senza ulteriori indugi gli spiegò perché si trovava lì.

Carrion era un uomo basso e tarchiato, con la barba fatta malamente. Aveva lo stesso odore dei suoi vestiti: sapeva di vecchio e di polvere. Ascoltò attentamente le parole del gendarme e prese il foglio con la punta delle dita, prima di restituirlo.

«Significa qualcosa per lei?»

Il linguista annuì.

«Sì, non mi è ignoto».

Prese un pezzo di gesso e iniziò a disegnare il simbolo sulla lavagna.

«È una radice indoeuropea».

Le facce di Alexis e Ludivine tradivano la domanda inespressa di entrambi.

«Mi riferisco al linguaggio preistorico che è all'origine delle lingue europee e asiatiche» spiegò il professore. «Così è più comprensibile? Non sapevate che prima delle lingue c'era una protolingua?»

«Non mi ero mai posta la domanda» ammise Ludivine.

Il professore espresse il suo rammarico con una smorfia. Poi riprese: «La maggior parte delle lingue del mondo sono evoluzioni di lingue antiche, che in pratica hanno tutte un antenato comune. In passato si parlava di lingue, o dialetti, che avevano tra loro molte somiglianze, che provenivano dallo stesso punto di partenza. Quindi quella che mi state mostrando è una radice antica di questa lingua originale. L'asterisco che precede la lettera *e* è abbastanza chiaro in proposito».

«E questo radicale significa qualcosa?» chiese Ludivine.

«Sì, può significare 'questo', 'quello' o 'questo qui'. Per esempio, nel protogermanico ha dato **ains*, e più tardi il tedesco *eins* o l'inglese *one*».

L'insegnante, che sembrava prendere molto sul serio la sua spiegazione, aveva trascritto ogni parola alla lavagna.

«Questo?» ripeté Alexis, scambiando uno sguardo deluso con Ludivine. «E non può voler dire nient'altro?» insistette. «Penso soprattutto al francese».

«Al contrario, può significare molte cose! In latino, questa radice ha dato *is*, *id*, *ecce*, con suffisso in *-nus*. E la troviamo in espressioni latine come *unus*» il professore si prese il tempo di scrivere tutto, tracciando ogni lettera con attenzione, «che ha dato *unio*».

«Cosa significa in francese?»

«È da lì che viene la nostra parola 'unione'».

Stavolta i due gendarmi si scambiarono sguardi più attenti. La semantica cominciava ad assumere un senso.

«Unione?» insistette Alexis.

«Certo» annuì il professore con una punta di orgoglio, come se fosse il padre di questa scoperta. «In sintesi, e se ci limitiamo alla lingua francese, la vostra **e* è l'antica radice della parola 'unione'».

«La genesi dell'unità. Dell'unione» dedusse Alexis. «Può essere che sia questo il legame? Sono uniti da ciò che c'è di più essenziale ai loro occhi?» Pensava ad alta voce, elencando le sue deduzioni via via che gli venivano in mente. «La violenza. Sono un branco. Un'antica scuola dedita alla caccia».

«Alla morte» lo corresse Ludivine. Stava fissando la lavagna.

Quel 'Loro' aveva trovato un senso.

«Rappresentano l'unità primaria. L'unione tra i predatori».

«Non possono essere solo in due o tre» pensò Alexis ad alta voce.

Ludivine annuì.

«Hai ragione. Unione significa un gruppo di individui. Un sacco di individui».

I due gendarmi si fissarono.

«Puntano a diventare tanti» disse lei. «A riunirsi, per essere forti. Vogliono reclutare altre persone».

«Forse l'hanno già fatto».

14.

Una pioggerella irregolare ma insistente infradiciava ormai da diverse ore vestiti e vegetazione, e cominciava a saturare grondaie e canali di scolo, fino a formare pozzanghere in ogni buca, in ogni fenditura lungo il bordo della strada.

L'auto stava attraversando la periferia sud-ovest di Parigi. Quartieri eleganti e discreti, vecchi muri di pietra e cancellate di acciaio dietro i quali svettavano alberi ad alto fusto. I tetti di dimore d'epoca, manieri e ville più moderne erano quasi invisibili. Una periferia agiata che viveva ripiegata su se stessa, dove tutto era nascosto, il centro città arretrato rispetto alle principali arterie di comunicazione, le belle case perse in mezzo ai parchi che le circondavano. Anche gli abitanti sembravano in qualche modo mimetizzati: le strade erano quasi deserte.

Alexis guidava veloce, con il lampeggiante in azione, e Ludivine che azionava la sirena a ogni incrocio. Raggiunsero Louveciennes. Il cuore cominciava a stringersi nel petto, i palmi delle mani erano umidi. Entrambi si aspettavano il peggio. Nessuna eccitazione preliminare, nessuna speranza di scoprire nuovi indizi che potessero condurre al Fantasma.

Non in quelle circostanze.

Il cancello era aperto, con due poliziotti di guardia

per controllare l'andirivieni. Per fortuna, sui marciapiedi non c'erano gruppi di curiosi che cercavano di vedere qualcosa; in strada non c'era anima viva.

La Peugeot percorse lentamente il pavé del giardino verso la casa bianca e grigia quasi interamente ricoperta di scandole di legno, certamente progettata da qualche bravo architetto. Moderna e spaziosa, aveva tutte le caratteristiche della tipica casa familiare in stile americano.

Davanti al garage erano parcheggiati tre veicoli della polizia, altri cinque della Gendarmeria, tra cui il furgone del Nucleo Indagini Criminali, e l'auto del medico legale.

I tergicristalli stridevano a ogni passaggio, sgombrando il vetro dal velo acqueo che cercava di nascondere la scena, come se non dovesse esistere.

La loro collega Magali li aspettava sul portico, a braccia conserte. Cupa in volto, lei di solito così vivace e gioviale. Quando Alexis e Ludivine si avvicinarono, non si spostò, bloccando l'accesso alla casa.

«Non avete ancora mangiato, vero?»

«È così brutta?» disse Alexis.

«I colleghi di zona ci hanno visto giusto. Appena scoperta la carneficina, hanno capito che si trattava di qualcosa di grave e hanno allertato la Giudiziaria di Versailles che, vedendo i corpi e soprattutto il modus operandi, ha subito pensato a noi. Date le similitudini tra i fatti, il procuratore di Versailles ci ha affidato il caso».

«Quanto tempo è passato dalla scoperta dei corpi?»

«La donna delle pulizie li ha trovati intorno alle nove di questa mattina. I nostri uffici sono stati contattati meno di due ore dopo».

«Quante vittime?»

«Tre. Tutta la famiglia».

«Quelli dell'identificazione hanno finito?»

«Sì, stanno scattando qualche altra foto, ma il terreno è libero. C'è anche il coordinatore».

Il coordinatore delle operazioni forensi, chiamato in breve *Coop*, era lo specialista che fungeva da collegamento tra i tecnici dell'Identificazione Forense, i vari laboratori e le perizie scientifiche che emettevano e gli investigatori veri e propri. Sulla scena del crimine il Coop fungeva insieme da guida e da interprete.

Magali si fece da parte per lasciarli passare. L'interno era spazioso e arredato con gusto: morbidi tappeti su parquet in Wengé, pareti verde pastello o tinta cammello, boiserie, modanature e stipiti bianchi immacolati. Tutto era curato nei minimi dettagli, dai mobili in legno esotico alle decorazioni tribali che testimoniavano i numerosi viaggi in Africa e in Asia, e su ogni parete foto incorniciate di vacanze, della coppia, della figlia, in ogni occasione possibile.

I vetri delle foto erano in frantumi. Tutti. E le foto erano decine.

Alexis notò anche che c'erano libri dappertutto, sugli scaffali e nelle nicchie. Ed erano tutti romanzi polizieschi.

Magali indicò un tavolino rovesciato nel corridoio e un portariviste il cui contenuto si era riversato ai piedi delle scale. Le copertine di *Elle*, *Biba*, *Marie Claire Maison* e *Les Années Laser* apparivano come un messaggio drammatico su ciò che era accaduto lì poche ore prima.

Sul tappeto era collocato un marcatore giallo da scena del crimine con il numero 3, accanto a una mezza dozzina di chiazze color ruggine che contrastavano con la tonalità crema della lana.

«È probabile che la donna sia stata aggredita qui» disse Magali. «Ci sono tracce di lotta e un po' di sangue. Poi è stata trascinata al piano superiore, ci sono graffi in diversi punti sui gradini e i tecnici hanno appena confermato che ha schegge di parquet sotto le unghie».

«Il suo corpo dov'è?» chiese Ludivine.

«Al primo piano, nella camera da letto».

«Perché i vetri di tutte le cornici sono in frantumi?» disse Alexis. «Sembra troppo metodico per essere una conseguenza della colluttazione».

«È così in tutta la casa. Non c'è una sola foto intatta» disse una voce stranamente calma alle loro spalle.

Philippe Nicolas, il coordinatore forense, andò a salutarli. Capelli neri lucidi di gel, riccioli tirati indietro, elegante giacca di pelle, pullover di cachemire, Ray-Ban appesi allo scollo a V e jeans attillati, Philippe Nicolas sembrava a suo agio, come se fosse in un bar sulla spiaggia in una sera d'estate per rimorchiare.

«Ne ho viste, di scene del crimine orrende, ma questa è appena entrata nel mio pantheon personale» disse, con la faccia di uno che non aveva voglia di scherzare. «Il resto è di là».

Li condusse nella cucina, dove lampeggiava il flash di una macchina fotografica.

Due tecnici in tenuta blu stavano scattando una nuova serie di fotografie complementari. Procedevano con la massima cura, come se stessero camminando su un campo minato, controllando dove mettevano i piedi a ogni passo, minimizzando ogni contatto con l'ambiente intorno.

Quattro faretti su treppiedi inquadravano la stanza, immergendola in una luminosità bianca spietata, di quelle che non risparmiano nulla, che scoprono tutto, che non ammettono pudori: una verità medica, tecnica, crudele.

I due tecnici si muovevano intorno a una pozza rossa che ricopriva più di tre metri quadrati delle piastrelle del pavimento, una pozza al cui centro la luce sembrava riflettersi su uno specchio ormai opaco. Lavoravano attenti a non avvicinarsi troppo all'uomo che giaceva sulla schiena, la gola spalancata, lucida come una costata appena uscita dalla vaschetta e tagliata in due. Il sangue si era asciugato sulla pelle, mentre al suolo sembrava più denso, quasi appiccicoso. Scuro, di un color bordeaux tanto più inquietante perché illuminato a giorno.

«Il padre» disse Nicolas. «L'ipotesi più probabile è che sia stato ucciso per primo. Quasi sicuramente colto di sorpresa, niente tracce di lotta, niente sevizie. È stato semplicemente eliminato perché non desse fastidio. Come si fa con una zanzara».

Le palpebre della vittima non erano completamente chiuse, e dalla soglia della cucina Alexis scorse le pupille che brillavano fiocamente sotto la luce intensa dei riflettori. Occhi che guardavano, ma non vedevano più. Che non avrebbero visto mai più. Si erano fermati sul volto della morte, per sempre fissi sulla figura che avrebbe distrutto le loro esistenze.

Le dita delle mani erano accartocciate. Si era aggrappato alla vita. Si era rifiutato di andarsene. Aveva fatto tutto il possibile per respingere il nulla. Eppure, mentre il sangue scorreva via, doveva aver capito che non c'era rimedio. Che stava combattendo contro una chimera. La vita scivola fuori dal corpo come una bruma che nessuno può trattenere. E la sua si era gradualmente vaporizzata in quella cucina una notte d'autunno, mentre sua moglie e sua figlia stavano per essere massacrate a pochi passi da lui. Alexis sapeva che in caso di emorragia, man mano che il sangue fuoriesce, dal corpo svanisce anche il calore e il freddo si fa sentire sempre di più. L'uomo era morto tremando di freddo sulle piastrelle di casa sua, capendo un po' alla volta che il morso che affondava sempre più nella sua carne non avrebbe lasciato la presa, che erano le fauci del vuoto a richiudersi su di lui mentre agonizzava.

Ludivine prese il collega per il braccio e lo tirò indietro. Lui si accorse che il Coop era già tornato al piano di sopra.

«Tutto okay?» disse lei.

Alexis annuì.

«Non ci riesco proprio, a liberarmi dell'empatia» disse a bassa voce.

«Lo so. Sto cominciando a conoscerti. Ma è anche per questo che riesci a *percepire* le cose sulle scene del crimine, che riesci a metterti al posto delle vittime e dei colpevoli, e quindi a scoprire piste da indagare».

Lei gli prese la mano, la sua era calda, e lo tirò verso le scale.

Al piano superiore regnava un'agitazione ancora maggiore. Luci potenti si irradiavano da due stanze opposte e le ombre si mescolavano alle voci, alle lampadine e al crepitio delle comunicazioni radio.

«Il medico che ha certificato i decessi ha notato qualcosa di particolare nei corpi?» chiese Ludivine, lasciando la mano del collega.

«Visto com'erano ridotti, ha detto solo 'cazzo'» disse Magali.

«Abbiamo un'idea della cronologia dei fatti?» chiese Alexis.

«La signora delle pulizie li ha trovati alle nove» intervenne il Coop, «e i corpi non erano ancora freddi quando è arrivata qui la Giudiziaria. Ho controllato il cellulare della ragazza. L'ultimo SMS che ha mandato risale alle 23:47 di ieri, ed era tutto normale. È successo tutto durante la notte. Il vostro collega, il criminologo calvo, pensa che sia successo sul tardi».

«Mikelis è qui?»

Magali indicò la camera da letto.

«Di là, con Franck. Benjamin è nell'altra stanza».

Il gruppo di Magali era presente al completo. Un terzetto efficiente e versatile, composto da tre generazioni di gendarmi, ciascuno con le proprie competenze e i propri punti di forza. Ad Alexis piaceva lavorare con loro.

Si avvicinarono alla soglia della camera padronale. Dentro erano in due. Franck, il cinquantenne coi baffi, prendeva appunti, osservando la scena del crimine. Più in là, la figura calva di Mikelis sovrastava il letto e ne analizzava ogni centimetro, gli occhi grigi e mobili che scivolavano da un punto all'altro, da un indizio all'altro, mentre il suo cervello cercava di dare un senso a tutto ciò che vedeva.

Era una stanza molto spaziosa, arredata con gusto in toni caldi, pareti ocra, cassapanche rivestite di velluto e cuscini marroni ovunque. E parecchie mensole piene di libri. Ancora gialli e polizieschi. Ce n'erano anche su uno dei comodini, accanto a una bottiglia d'acqua e a un portagioie. La signora era un'accanita lettrice di gialli, si rese conto Alexis.

La madre era lì, stesa su un copriletto rosso.

Rosso di tutto il sangue di cui era imbevuto.

Giaceva nuda, il viso affondato tra le coperte e le caviglie legate con lacci di plastica alla struttura del letto. L'inizio di una profonda ferita alla gola era visibile tra due pieghe del copriletto.

Era stata sgozzata, né più né meno come il marito.

Inciso in profondità nella pelle, il simbolo andava da una scapola all'altra.

**e*

La radice indoeuropea. L'origine delle origini della parola.

Incisa su una donna morta.

Più che una firma, il segnale di un'adunata.

Un segnale per l'Unione.

Le iridi grigie si posarono su Alexis.

«Ve lo avevo detto: questo individuo è sicuro di sé» disse Mikelis, con la sua voce profonda e ferma. «È appena passato allo stadio successivo: una famiglia intera».

I faretti dei tecnici erano ancora al loro posto, così come una dozzina di marcatori di indizi gialli e neri. Alexis entrò nella stanza, facendo attenzione a non calpestare le macchie di sangue.

«E aveva ragione anche dicendo che sarebbe passato all'atto molto presto» commentò.

Il giovane gendarme osservò attentamente l'ambiente circostante, alla ricerca di segni che potessero spiegare come si erano svolti gli omicidi: oggetti rovesciati o in frantumi, abiti strappati sul pavimento o graffi sulle pareti, ma in un primo momento non vide nulla, finché il suo sguardo non cadde su una fascetta di plastica legata intorno a una barra della testiera del letto. Poco più in là ce n'era un'altra. Entrambe usate evidentemente per immobilizzare la vittima legandola ai polsi.

«È riuscita a estrarre le mani dalle fascette?»

«Pare proprio di sì».

I polsi della donna erano tumefatti, mentre diversi tagli profondi segnavano la parte inferiore delle mani. Si era strappata la pelle intorno, fino a scarnificarsi. Le fascette erano Serflex, nodi scorsoi usati dalle forze dell'ordine americane, che una volta posizionati non si possono sciogliere, salvo tagliarli con un paio di forbici robuste.

«Ma non è riuscita a liberarsi le caviglie» aggiunse Mikelis. «E non perché non ci abbia provato».

Si era dibattuta talmente tanto che le caviglie si erano squarciate intorno al malleolo, ma le fascette non avevano ceduto.

«Ci sono anche graffi di unghie, è abbastanza evidente che si è mutilata da sola» disse il criminologo.

«È stata lei a ferirsi così alle caviglie?»

«Credo che se le avessero lasciato un'ora in più si sarebbe tagliata tutti e due i piedi usando le unghie».

«Dice sul serio? Ma... perché avrebbe dovuto?»

«Ci arriveremo».

«Le ha tagliato la gola?»

«Fin quasi all'osso. Non serve il medico legale per confermarlo, basta avvicinarsi».

Alexis preferì restare a distanza. Non credeva che uno sguardo ravvicinato su una gola squarciata potesse aiutare la sua indagine. L'odore del sangue cominciava già a fargli girare la testa. Era pungente, simile a quello del ferro, lo aveva già sentito in molte occasioni e lo riportava immancabilmente allo stesso ricordo: il mattatoio che aveva visto da bambino. Gli avevano detto più volte che gli odori si fissano insieme ai ricordi, e che si ripresentano alla memoria con le immagini su cui si sono fissati, per quanto lontane, per associazione. Era un qualcosa che si era intrecciato ai suoi sensi, il tatuaggio dell'esperienza sull'esistenza.

«Ha usato un taser» disse il criminologo, indicando due minuscole ferite in mezzo alla schiena con un livido intorno.

«Questa è una novità. E poi di solito non uccide così. Si è trovato a corto di tempo?»

Mikelis scosse il capo.

«Al contrario, aveva tutte le intenzioni di prendersi il tempo che gli serviva».

«Non l'ha torturata come le vittime precedenti» osservò Ludivine dalla soglia. «Siamo sicuri che sia lui? Che sia il Fantasma?»

Franck alzò finalmente lo sguardo dal suo taccuino.

«Nessun segno di effrazione. E la donna delle pulizie è assolutamente certa che la porta fosse chiusa, quando è arrivata. Quel bastardo si è assicurato di chiudere bene a chiave!»

«Nessuna idea su come sia entrato?» disse Alexis.

«No. Come nei due casi precedenti».

«Claire Noury e Nadia Sadan avevano un allarme a casa?» chiese Mikelis.

«Sì, ma non fornito dalla stessa azienda, abbiamo controllato. E non avevano neanche lo stesso provider di Internet. In teoria il Fantasma avrebbe potuto spacciarsi per un addetto di EDF, per entrare in casa. Abbiamo interrogato i vicini, ma nessuno ha visto furgoni di nessun tipo nel corso della giornata».

«Forse gli è sfuggito» aggiunse Ludivine.

La replica di Mikelis fu immediata: «Dubito che il nostro uomo si sia presentato qui di domenica sera, e per di più a tarda ora, fingendosi un dipendente di una qualsiasi società. No, usa un altro metodo. Qualcosa che funziona giorno e notte, nel weekend come durante la settimana. Un metodo ben collaudato. Gli estratti conto delle carte di credito? Per vedere se qualcuna delle vittime è stata da un fabbro per le serrature?»

«Fatto, ma non ne abbiamo cavato niente» disse Alexis.

«Dev'esserci per forza un punto in comune tra loro. Qualcosa di cui lui si serve per introdursi nelle case. Oppure riesce a farsi aprire senza destare sospetti, e poi prende le chiavi e sparisce. Per andarsene ha un suo metodo che dobbiamo scoprire al più presto».

«Non porta via le chiavi delle vittime» disse Ludivine. «Ogni volta abbiamo trovato i relativi mazzi, e i famigliari confermano che non c'erano chiavi mancanti».

Mikelis annuì, pensoso.

«Cos'è quel sangue vicino ai suoi piedi?» chiese Alexis.

Il criminologo si fece da parte. Lo scendiletto presentava delle macchie purpuree. Accanto c'era un marcatore con il numero 7.

«I tecnici hanno prelevato un campione» disse Nicolas. «È poco probabile che sia il sangue della vittima, è sul lato opposto a quello dove giace e non ci sono segni di gocciolamento. Probabile che sia dell'assassino. Potrebbe essersi ferito nella colluttazione».

«È lei che ha le schegge del parquet sotto le unghie?»

«Sì, lo stesso legno del pianoterra e delle scale. A quanto pare l'ha neutralizzata di sotto, e poi l'ha trascinata qui».

«Voleva violentarla nel suo letto?»

Mikelis puntò l'indice quasi controvoglia sull'inguine della vittima, di fronte a lui. «Non credo sia stata violentata» disse senza guardarla. I suoi occhi inquietanti si spostavano sempre più lungo i bordi del letto.

«Come fa a esserne sicuro?»

«Sulle vittime precedenti ha eiaculato ovunque. È uno che persegue il piacere, si struscia sul loro corpo, ha bisogno di contatto. È anche un conquistatore, spande il suo sperma. E mentre le stupra le tortura sistematicamente. A lei ha tagliato la gola e basta».

«Come possiamo essere sicuri che sia davvero lui?» chiese il gendarme.

Mikelis lo fissò con quello sguardo freddo.

«Le suggerisco di dare un'occhiata alla stanza di fronte. Se vuole sapere com'è l'interno della testa di un serial killer mentre agisce, il signore è servito. Stavolta non si è trattenuto su nulla. Si è messo in mostra totalmente, in tutto quello che è. Tutta la sua smania, tutta la sua devianza all'opera. Così si renderà conto come mai una tenera madre era pronta a tagliarsi entrambe le caviglie con le sue unghie, pur di liberarsi».

Alexis deglutì. Stava cominciando a immaginare il peggio.

«Inoltre» aggiunse Mikelis, «e questo le piacerà, per la prima volta ci ha lasciato un messaggio».

15.

Le lettere erano variopinte, realizzate con piume sintetiche color giallo pulcino, smeraldo, fucsia, lapislazzulo e vermiglio.

Erano incollate al centro della porta, a mezza altezza.

ISABELLE.

Benjamin, un quarantenne dai capelli radi, era di spalle e osservava il tecnico dell'Identificazione Forense intento a scattare foto.

La camera da letto era proprio come il nome sulla porta: colorata ed evanescente, con veli di mussolina appesi alle pareti, mobili rosa e oro, specchi incorniciati e decine di oggetti decorativi dalle forme e dai toni atipici. Era la camera di un'adolescente in piena fase di cambiamento, che non aveva ancora del tutto rinunciato alla bambina che era in lei, ma stava comunque cercando di diventare donna.

Un'adolescente a cui era stato brutalmente imposto il mondo degli uomini. Nel peggiore dei modi.

La maggior parte dei soprammobili erano sparpagliati, fatti a pezzi, i veli strappati, macchiati da una pioggia di gocce cremisi. Le foto incorniciate erano state tutte fatte a pezzi, una per una, con una furia insolitamente meticolosa. L'armadio era aperto, le due ante fracassate e appese per miracolo ai loro cardini contorti, i vestiti strappati dalle grucce e umidi di urina, il cui lezzo si sentiva dal pianerottolo.

La moquette era striata da una quantità di strisce scarlatte, lunghe più di mezzo metro, graffi di colore sulla purezza bianca. Ogni flash della macchina fotografica strappava riflessi d'argento ai fiumi di sangue.

Il letto al centro della stanza attirò subito tutta l'attenzione di Alexis.

Il sangue aveva impregnato a tal punto la traversa che in alcuni punti si erano formate pozzanghere che delimitavano una creatura mostruosa.

Una creatura con quattro arti dalla forma vagamente umana.

Una creatura femminile.

Le cosce spalancate sul sesso esposto. Dal suo corpo fuoriusciva una sostanza vischiosa rosa pallido.

'Sperma e sangue' disse la mente di Alexis.

Tanto. Dell'uno come dell'altro. La ragazza sanguinava e l'assassino godeva.

La carnagione di Isabelle sembrava abbronzata, scurita dall'ocra dei suoi fluidi corporei essiccati. Il suo sangue la ricopriva dal bacino alla punta dei piedi, come una pellerossa, l'interno si era fatto involucro dell'esterno. Ferite all'addome e alle gambe, ematomi su cosce e braccia. E il torace talmente illividito dai ripetuti tentativi di rianimazione che ormai tendeva al nero.

Ma tutti i presenti nella stanza sapevano che non erano stati i soccorritori a cercare di salvarla.

L'assassino si era accanito sulla ragazza. Aveva cominciato a strangolarla, poi, mentre la vita stava per lasciarla, le aveva praticato la rianimazione bocca a bocca e dei massaggi cardiaci finché non si era ripresa. Per violentarla e infierire di nuovo.

Per strangolarla.

Fino alla morte.

O fino alla vita. O semmai fino all'inferno dei vivi.

Un reggiseno viola stretto intorno alla gola di Isabelle era il monito del suo calvario.

I suoi capelli castani erano diventati bruni per due terzi della lunghezza, per effetto di una tintura di sangue.

Il viso, in gran parte oscurato dalle ecchimosi, la rendeva irriconoscibile rispetto alle foto del pianoterra.

Le sue labbra erano bluastre, quasi nere. La punta della lingua emergeva appena da un grumo giallastro di bava secca. Due perle striate di carminio sporgevano dalle orbite oculari, al centro di ciascuna un diaspro pallido. Vista da lontano, la ragazza ricordava una caricatura o un personaggio dei cartoni animati, con quegli occhi così enormi. La pressione esercitata più volte sulla sua gola era stata tale da farli quasi schizzare fuori dalle orbite. I vasi sanguigni erano esplosi in buona parte della sclera, scurendo uno sguardo già deforme.

«Senza avvicinarmi, ho già contato ventidue coltellate allo stomaco e alle cosce» disse Benjamin, a mo' di saluto.

Il tecnico dell'Identificazione Forense alzò la macchina fotografica e il flash catturò il soffitto.

Centinaia di finissime goccioline rosse, disposte in un'oscena galassia.

Alexis si ricordò di colpo che viaggiare nello spazio significava viaggiare nel tempo. Lì era la stessa cosa. Qualsiasi specialista che si fosse dato il tempo di osservare quelle costellazioni sarebbe stato in grado di tornare indietro nel tempo. La disposizione delle tracce di sangue, le dimensioni, la direzione presa dalle code delle gocce – tutto questo avrebbe svelato informazioni preziose sulla velocità degli schizzi e sulla loro origine.

Come in un gioco per bambini, bastava unire i puntini fino a far apparire gradualmente un'immagine precisa dell'aggressione.

Il flash successivo fece scintillare la cascata di strass di un quaderno posato sulla scrivania.

«È il suo diario?» chiese Alexis.

«Direi di sì» rispose Benjamin.

Era ancora chiuso con un lucchettino di metallo. L'assassino lo aveva ignorato. Eppure era in bella vista, impossibile non notarlo, e non poteva essere stata quell'insignificante protezione a fermarlo. Conteneva tutta l'intimità di Isabelle, i suoi sentimenti, pensieri, paure e desideri, forse le sue innocenti fantasie. E lui non l'aveva toccata. Ciò che lei pensava, ciò che lei era nel profondo, non aveva per lui alcuna importanza. Era solo un guscio vuoto. Uno strumento per il suo piacere. Per dare via libera ai suoi impulsi.

Aveva maltrattato il suo nuovo giocattolo fino a farlo in piccoli pezzi senza neanche aver letto le istruzioni.

Alexis si disse di non aver usato la parola giusta.

L'assassino non giocava. Lui voleva fare del male.

Voleva distruggere.

Un bambino cresciuto nel modo più sbagliato, che non provava alcun piacere a giocare con i suoi giocattoli. Era contento solo quando li rompeva.

Mikelis aveva pienamente ragione: eccola, la testa dell'assassino. Proprio sotto i loro occhi.

Il tecnico in tuta di protezione si voltò verso i nuovi arrivati e li salutò.

«C'è anche questo» disse, puntando un dito guantato su un tratto di parete vicino alla porta, che Alexis non riusciva a vedere senza entrare nella stanza. «Venite pure, abbiamo controllato tutto».

Il gendarme si fece avanti e scoprì uno specchio ovale sopra una cassettiera, dai cassetti tutti aperti. Ne usciva un ammasso disordinato di biancheria intima che sembrava essere stata rovesciata.

Le mutandine e i reggiseni multicolore erano chiazzati qua e là da un liquido biancastro.

«È sperma?» chiese Ludivine.

«Ci scommetto quello che vuole» disse il tecnico. «Abbiamo prelevato i campioni per il DNA».

Alexis alzò lo sguardo.

Si vide allo specchio. La solita barba di tre giorni, le pupille castane, i tratti tirati di chi dorme poco e male.

Sopra il suo volto, scritte col sangue, c'erano poche parole: IL VOLTO DELLA VIOLENZA.

Alexis Timée era quel volto.

Le occhiaie violacee gli conferivano un'aria malvagia. Un uomo corrotto dai propri incubi. Da un momento all'altro, sembrava che la morte potesse uscire dal suo sguardo per riversarsi sul mondo.

Il Fantasma aveva fatto centro. Era riuscito a toccare gli animi. A provocarli. Facendosi beffe degli investigatori alle loro spalle.

La voce profonda di Richard Mikelis ruppe il silenzio sceso sulla stanza: «Il messaggio è chiaro, non vi pare?»

Alexis sussultò.

«Lui… ce l'ha con il mondo intero…» balbettò.

«Per lui siamo tutti colpevoli. La sua violenza è la nostra, noi ne siamo responsabili, la società *è* violenta».

«Già» disse Ludivine, con aria fiacca, «questo conferma quello che già sapevamo: non si fermerà».

Mikelis allargò le braccia.

«Qui siamo di fronte a molto di più, qui esprime tutto il suo pensiero. Quello che lui è nel profondo. Estremamente freddo, una furia immensa racchiusa in un guscio di autocontrollo impressionante, una totale assenza di empatia, un erotismo abnorme visto che si è eccitato e ha eiaculato ovunque, e probabilmente più volte. Ritengo non sia in grado di godere in nessun altro modo, non fino a questo punto. Sono tentato di credere che viva da solo, che non sia il genere di assassino che si nasconde dietro la maschera del buon padre di famiglia, del vicino di casa ideale. È talmente divorato dal suo odio e dalla sua ossessione di controllo totale che può vivere soltanto da solo, e la sua sessualità è troppo deviata per simularne una normale al fianco di una donna. Odia le immagini di famiglia, come dimostrano tutte le foto rovinate, odia i riflessi della felicità altrui. Ha un grosso problema con il concetto di gioia. Ha colpito quella che per lui è una famiglia ideale, una famiglia felice. Ci stiamo avvicinando a ciò che lui è dentro. Un uomo danneggiato, decostruito da un'infanzia devastata, da un clima di costante violenza. E adesso sta esplodendo. Le prime due vittime erano la liberazione, lo sfogo iniziale. Ora colpisce ciò che lo tocca davvero, facendo i conti con i suoi problemi e lasciandosi andare al piacere».

«È un possibile indizio sulla sua età?» disse Alexis.

Mikelis si voltò verso il gendarme.

«Direi di sì. È abbastanza maturo da controllarsi perfettamente, ma c'è così tanta rabbia in lui che non può essere riuscito a contenerla per decenni e decenni. Direi tra i ventisette e i trentacinque anni, comunque poco più che trentenne. Ha elaborato le sue fantasie per molto tempo, poi gli sono esplose tra le mani. Ha avuto la necessità di passare all'atto. I suoi bersagli sono persone che, in qualche modo, gli ricordano la sua infanzia, la sua famiglia, o meglio quello che la sua famiglia non è stata. Probabilmente è bianco. Ha distrutto le foto, non gli specchi. Non è disturbato dal suo aspetto. È sicuro di sé, forse pensa anche di essere bello. Probabile che si compiaccia nel mantenersi in forma, nel costruirsi un fisico seducente per ingannare meglio il mondo. Uno sportivo che scolpisce il suo corpo se ne serve anche per avere prestazioni migliori con le sue vittime, e lo sport forse gli permette di dare sfogo ai suoi impulsi quando la tensione è troppo alta e il suo piano di attacco non è ancora pronto. È sicuramente forte, non ha avuto difficoltà a prendere il sopravvento sull'intera famiglia. Un culturista, probabilmente».

Un lungo fischio di ammirazione, dalla soglia della stanza di Isabelle. Era Philippe Nicolas, il Coop.

«Quindi il profiling funziona anche nella vita reale? Non solo nelle serie tv?»

Mikelis lo ignorò e si rivolse ad Alexis: «Avete trovato peli pubici dell'assassino, sulle prime due scene?»

«Sì, e dei capelli il cui DNA corrisponde a quello del seme. Il nostro uomo è castano».

«È un individuo molto intelligente, capace di pianificare le aggressioni e di trovare un modo per entrare nelle case dei suoi bersagli. Vuole essere a casa loro. Potrebbe portare le vittime in qualche luogo appartato, a casa sua o in un covo affittato allo scopo, per non correre rischi di essere sorpreso, ma le vuole violentare in casa loro. Vuole penetrare completamente le sue vittime e *nelle* sue vittime. Nei loro corpi, ma anche nelle loro vite. Cova deliri di onnipotenza. Loro smettono di essere perché sono alla sua mercé, nelle loro case. Ha il controllo assoluto su di loro».

«E questo cosa significa?» chiese Ludivine.

«Che sta cercando qualcosa. Qualcosa che va oltre il

piacere, che va al di là dell'uccidere. Per lui essere nelle loro vite, nelle loro case, è importante».

«Perché?»

«Non sono ancora in grado di dirlo. Fa parte della sua fantasia, sta a noi svelarla e comprenderla».

«Ha appena detto che è così intelligente, eppure lascia tracce del suo DNA ovunque» disse Alexis.

«Perché è narcisista fino al midollo. È un modo per marcare il suo territorio, per firmare il suo crimine, per appropriarsi delle sue vittime contaminandole davvero, e anche perché la sua fantasia è tutta fisica. Non può usare un profilattico perché lo taglierebbe fuori dall'altra persona, dal controllo, dal piacere finale. È così arrogante che se ne sbatte se abbiamo il suo DNA, sa che non potremo mai risalire a lui. Il che ci conferma che non è mai stato arrestato per qualche reato grave, e quindi non è schedato nei nostri database delle impronte genetiche».

«Ero convinta che i serial killer fossero criminali che crescevano, che seguissero una sorta di escalation» commentò Ludivine. «Che commettessero reati via via più seri prima di arrivare poi all'omicidio, qualcosa come... come una spirale discendente verso l'irrimediabile».

«Per la maggior parte di loro è così. E il nostro uomo ha sicuramente commesso qualche reato: può essere che da adolescente si sia introdotto nelle case dei vicini per rubare, che si sia anche reso responsabile di oltraggio al pudore o peggio, di qualche stupro... Ma non si è mai fatto beccare, oppure all'epoca era minorenne e il suo DNA non è stato inserito negli archivi».

«Ha ucciso Claire Noury di mercoledì sera e Nadia Sadan di lunedì» riprese Alexis, prestandosi alla ricostruzione del profilo psicologico. «Non ha un lavoro? O svolge un mestiere o una professione con orari e modalità flessibili, di cui può approfittare per i suoi scopi?»

«Non può vivere senza un soldo» replicò Mikelis. «Per il veicolo che usa, qualunque sia. Per comprarsi una certa tranquillità. Al tempo stesso, non credo riesca a sottostare all'autorità di un capo. O è un lavoratore autonomo, cosa che trovo difficile da credere, perché di solito sono attività che richiedono un sacco di tempo e di scartoffie, il che sarebbe dispendioso proprio in termini di tempo rispetto alle sue altre... *esigenze.* È più probabile che faccia un mestiere che gli lascia una certa libertà, come un fattorino che fa le consegne, cosa che gli permetterebbe anche di individuare le sue potenziali vittime. Dovreste controllare gli estratti conto di tutte le vittime. Assicurarvi che non ci sia qualche ditta che ha fatto consegne a tutte loro, che non abbiano comprato da venditori a domicilio, cose di questo genere».

«Su questo stiamo già indagando» disse Alexis, «ma finora senza risultati».

«Forse ha difficoltà a tenersi un lavoro per periodi lunghi» aggiunse il criminologo, «anche se a mio parere è furbo quanto basta per fare un po' di scena, perché sa di aver bisogno di un reddito regolare per concentrarsi su ciò che ama di più: uccidere. Per quanto riguarda i giorni in cui uccide, magari si è preso un giorno di permesso per l'indomani, o era semplicemente in ferie, ma non credo che sia abbastanza sintomatico per trarre delle conclusioni».

Benjamin si grattò il cranio e i pochi capelli che c'erano rimasti.

«Va tutto benissimo, ma... in concreto?»

Mikelis lo fissò intensamente. Il gendarme sostenne il suo sguardo, come se ne andasse della sua virilità.

«Maschio, capelli scuri, intorno ai trenta» esordì il criminologo, «atletico, robusto, sicuro di sé, probabilmente non brutto, forse anche abbastanza bello. Vive solo, è soggetto ad attacchi di rabbia feroce quando gli saltano i fusibili, odia la felicità degli altri, è furbo e totalmente egocentrico, ha un'attività relativamente solitaria; se i vostri colleghi dell'Identificazione Forense riescono a darci qualche pista concreta con degli indizi, una volta che avremo davanti una lista di potenziali sospetti saremo in grado di restringere rapidamente il campo al colpevole, per andare sul concreto. Avete un ritratto psicologico del nostro uomo. Quanto basta per definirlo meglio e soprattutto metterci nei suoi panni. Pensare come lui».

Benjamin inarcò le sopracciglia.

«Questa parte del lavoro è tutta sua, non è roba che fa per me».

«È solo così che possiamo stare un passo avanti all'assassino. Per anticiparlo. Per fermarlo prima che uccida di nuovo».

Il cellulare di Alexis prese a squillare.

Un attimo dopo squillò quello di Ludivine, quasi in contemporanea.

Alexis lesse il nome di Segnon sul display.

«È Aprikan» disse Ludivine.

La voce di Segnon riecheggiò così alta che sembrava fosse nella stanza: «Alexis, mi senti? Abbiamo un grosso problema».

Ludivine, che aveva appena parlato con il colonnello, era impallidita.

«Segnon, mi dici che succede?» chiese Alexis.

«Lo ha fatto di nuovo».

«Grazie tante, lo so. Siamo sul posto. Questa volta le vittime sono tre».

«No, amico mio, non è il Fantasma».

Ludivine fissò Alexis e annuì.

E lui capì. Le sue palpebre si chiusero.

Trasse un respiro profondo quando le parole di Segnon gli giunsero alle orecchie: «La Bestia. Ha ucciso. Ieri sera».

16.

Segnon li aspettava nell'ufficio della squadra, al primo piano della caserma nel XX arrondissement. Aveva già fissato sulla bacheca di sughero le foto uscite da poco dalla stampante.

«Le ho appena ricevute via e-mail» disse il collega.

«Ieri sera, hai detto?» ricapitolò Alexis entrando.

«Nei dintorni di Cracovia, in Polonia».

«Come mai siamo stati avvertiti così in fretta?» Ludivine era stupita.

«Un puro colpo di fortuna. Uno dei poliziotti della zona è il referente locale dell'Interpol, e poco tempo fa ha letto il messaggio che abbiamo fatto girare, quello con il simbolo. Quando ha visto il corpo della vittima, ha riconosciuto il modus operandi e lo stesso disegno, la *ℯ».

Alexis si avvicinò alle foto.

Si capiva che era una donna dalla faccia, e anche da un seno. Il resto era una massa di carni lacerate, aperta dalla gola fino al sesso, nient'altro che un caos vermiglio, come se nel suo stomaco fosse esplosa una granata.

«Hanno qualche indizio, dei testimoni?»

«Non ancora. Tomasz, il mio contatto, mi tiene comunque informato».

«Abbiamo un profilo della vittima?» disse Ludivine.

«A quanto pare era una prostituta. Lavorava sempre

nella stessa zona, la periferia industriale di Cracovia. È stata trovata al limitare di una foresta, nei pressi di un paesino a circa quindici chilometri da lì».

«C'è qualche autostrada, nelle vicinanze?»

Segnon si sedette al computer, e dopo qualche clic su Google Maps girò lo schermo verso i colleghi.

«La E40, a otto chilometri di distanza».

«Stai pensando a un camionista?» chiese Ludivine.

«Le sue tre vittime francesi si trovavano tutte a meno di trenta chilometri dall'autostrada A4 in direzione est. Se la prendi e prosegui un po', puoi arrivare fino a... Cracovia» disse Alexis.

«Mando una segnalazione specifica ai colleghi tedeschi» disse Segnon, riprendendo a digitare. «Per quanto ne sappiamo, può darsi che questo figlio di puttana abbia colpito anche in Germania e nessuno ha fatto due più due».

«La segnalazione all'Interpol è in rete già da un po'» disse Ludivine.

«Ma tu le leggi sempre tutte con attenzione? Io mica sempre».

Lei inclinò la testa di lato, come a riconoscere che aveva ragione.

Alexis osservò di nuovo la mezza dozzina di foto. Dopo quello che aveva appena passato a Louveciennes, la carta lucida creava una distanza dalle sue emozioni e dalla sua empatia che era la benvenuta.

Sebbene la violenza estrema avesse deformato la silhouette del corpo, Alexis notò che la ragazza era di costituzione robusta. Proprio come le tre vittime precedenti. Da parte della Bestia c'era una costante nella scelta delle vittime: le preferiva in carne. Formose. Questa volta la **e* era stata incisa sulla fronte. Bene in evidenza.

Il gendarme batté il dito sul primo piano di una coscia da cui era stata strappata una grossa quantità di carne. Nella ferita dalla forma arrotondata, sotto una pellicola di grasso corporeo giallastro, penzolavano filamenti di muscolo.

«Cristo, sembra il morso di uno squalo!»

«In effetti sì» disse Segnon, staccando le dita dalla tastiera per lasciarsi andare contro lo schienale.

«Qualche riscontro da parte dei dentisti e dei reparti di stomatologia degli ospedali, per le impronte dentali del soggetto?»

«Negativo» disse Segnon.

«Il tecnico aveva fatto riferimento a una pratica in voga negli ambienti dark, soprattutto in Germania, che è quella di farsi sagomare i denti a punta» disse Ludivine.

Alexis osservò attentamente la ferita. Tutta la carne era stata rimossa. C'era voluta una pressione notevolissima. Una mascella umana non avrebbe potuto causare simili danni.

«Ho i miei dubbi che si tratti di questo» mormorò.

Non aveva dato credito all'ipotesi di Segnon che ci fosse di mezzo un animale, ma di fronte a quel nuovo orrendo delitto dovette riconsiderare la realtà: nessun uomo era in grado di provocare una ferita del genere con i denti, era impossibile. La parte asportata era troppo grande, e chi l'aveva asportata avrebbe dovuto avere la bocca più grande del mondo. E la mascella più potente del mondo.

«Segnon, credo che dovremo riesaminare la tua idea» disse Alexis, «quella dell'animale».

Il colosso si spostò sulla sedia, a disagio.

«Be'? Cos'è, adesso non ci credi più?»

Il gendarme sospirò.

«Il fatto è che mi sono mosso in autonomia» disse. «Ho chiesto, e la risposta è stata chiara: l'impronta di quella mascella non corrisponde a nessun animale conosciuto».

«Come, scusa?» chiese incredula Ludivine.

«A differenza vostra, non volevo lasciar perdere così, di primo acchito. Mi sono messo in contatto con il Museo di Storia Naturale e ho approfittato della domenica in famiglia per andarci. E niente, direi che sono stati granitici: l'impronta non corrisponde a *nessun* mammifero censito. Ne ho ricevuto conferma stamattina».

Ludivine sbottò: «Che cavolo vuol dire? Uno dice che non è un animale, l'altro che non è un essere umano, quindi cos'è?»

Segnon allargò le braccia. «Nessuno lo sa!»

«Qualcuno sta prendendo una cantonata» insistette la gendarme. «Non abbiamo trovato né peli né impronte di animali su nessuna scena, quindi io credo che sia un uomo, con una grave deformazione della mascella. Spiegherebbe anche perché da bambino si sia sentito rifiutato, la sua conseguente frustrazione e la sua psicologia instabile. E adesso sta sfogando tutta la rabbia repressa. Suona un po' ovvio, lo so, ma spesso è così che funziona. Cosa ne pensi, Alex?»

«Può essere...» Aveva un'aria assorta.

«A cosa stai pensando?» chiese Segnon.

«Visto che non riusciamo a capire come faccia a mordere così, ragioniamo su cosa ci rivelano di lui questi morsi».

«Esattamente quello che stavo dicendo» brontolò Ludivine. «Ma tu non mi ascolti!»

Alexis la ignorò. «Ha un bisogno divorante dell'altro, di *assorbire* la sua vittima. Non dimentichiamo che si porta via parti del corpo della vittima, interi brandelli che non abbiamo più ritrovato».

«Perché se li mangia...» disse Segnon a bassa voce.

«È solo un'ipotesi» replicò Ludivine. «Non abbiamo alcuna prova che sia così».

«Ma come ipotesi regge» riprese Alexis. «Le condizioni dei cadaveri la dicono lunga sul suo stato d'animo. È furioso. Vuole distruggere anche le sembianze femminili delle sue vittime. Le devasta finché non ne rimane più nulla. Spacca loro le ossa a furia di botte, le squarta, dà sfogo a una barbarie che a questo punto diventa un linguaggio».

«Se la prende solo con le donne e di solito non le stupra, anche se ne mutila i genitali. È davvero l'immagine femminile che lo calamita» disse Ludivine, seguendo il filo del ragionamento.

«Esatto. E ora, perché le morde? Perché le mangia? Per sentirsi meno solo? Gli assassini che si danno al cannibalismo sono per lo più individui estremamente soli, che inghiottono l'altro per poterlo avere dentro di loro. Ciò che mi sorprende è lo scarto tra la sua frenesia incontrollata nel momento dell'atto e la meticolosità che li circonda: si assicura che non ci siano testimoni nei dintorni, si preoccupa di sfuggire alle telecamere di sorveglianza della zona, si lascia dietro pochissime tracce, niente DNA, non un capello né un pelo, o la sua pelle sotto le unghie delle sue vittime, niente».

«Uno dei medici legali ha rilevato minuscole lesioni sotto le unghie di una delle ragazze. Pensa siano state raschiate, per rimuovere qualsiasi traccia compromettente» disse Ludivine. «Se non è sangue freddo questo...»

«Comunque ci sono le tracce di pneumatici e l'impronta di una scarpa» disse Segnon.

«Vale a dire un bel niente!» sbottò Alexis, tutto preso dal gioco della deduzione e innervosito perché intuiva che forse c'era qualcosa che avevano sotto gli occhi, senza riuscire a stabilire cos'era. «Nello scenario di distruzione che crea intorno alle sue vittime, dovrebbe perdere qualche capello, magari ferirsi anche lui, invece no! Non eiacula nemmeno!»

«Forse usa un preservativo» disse Ludivine.

«Ne dubito. Il suo rapporto con loro è estremamente carnale, lo dimostra il fatto che le morde. Ha bisogno di sentirle. Credo che la dimensione sessuale del suo atto non stia nella penetrazione e nel godimento in sé, semmai nell'esplosione di emozioni nel momento dell'uccisione».

Poi Alexis aggrottò le sopracciglia.

«Che succede?» disse Segnon.

Il gendarme corse alla sua scrivania.

«Abbiamo i referti dell'autopsia da qualche parte?»

Segnon gli porse dei fascicoli in cartelline color crema. «Eccoli qui, tutti e tre».

Alexis si inumidì l'indice e sfogliò le pagine a tutta velocità, per trovare quello che stava cercando. Dopo qualche esitazione si fermò su un paragrafo del rapporto del medico legale, sul quale batté con la punta del dito. Poi cercò nel referto della seconda e della terza vittima.

«Presentano tutte la cassa toracica sfondata, ma dall'interno! Costole incrinate, a volte rotte... gabbia toracica allargata al massimo! La pelle squarciata!»

«Dove vuoi arrivare?»

«Non è un caso che uccida donne di grossa taglia. Ne ha bisogno».

«Spiegati» disse Ludivine.

Alexis si alzò in piedi, in preda all'emozione.

«Le mangia per sentirsi più vicino a loro, si struscia addosso a loro, le morde perché non può farne a meno. Vi è mai successo, da innamorati, di essere così presi dall'altra persona da desiderare quasi di entrare *dentro* di lui o di lei? È quello che fa la Bestia. Ma lui lo fa letteralmente. Le apre e le svuota per infilarsi *dentro* di loro. Ci si rannicchia meglio che può. Ed è inevitabile, anche se lo fa solo con una parte del suo corpo, che le devasti».

«*Dentro?*» disse Ludivine, trasalendo per il disgusto.

«Ma perché?» chiese Segnon. «Neanche un pazzo, un maniaco entra... *nella* sua vittima, non così, è completamente aberrante!»

«È la sua costruzione. Distrugge l'immagine femminile, probabilmente in risposta a ciò che gli ha fatto subire sua madre. Ma allo stesso tempo cerca di rivivere la sua nascita, di nascondersi dal mondo nel grembo di una donna, di sfuggire alla realtà, o forse di rinascere per avere una seconda possibilità. Dal nostro punto di vista cartesiano è una follia totale, ma è la risposta della sua mente ai suoi traumi infantili. La sua psiche è sprofondata nelle paludi della violenza durante la sua costruzione, quindi oggi è instabile, corrotta fin dalle fondamenta, marcia, e lo fa vivere su una base che non può non essere instabile. Si è costruito un suo modo di ragionare che gli ha permesso di sopravvivere a tutto questo, ma che non è adatto al modo di ragionare nostro, della nostra società».

«Porta il trentasei di scarpe» disse Segnon. «Porta scarpe piccole perché è piccolo anche lui. Per questo riesce a... a entrare dentro».

«Se è così piccolo, deve avere un metodo ingegnoso per aver ragione fisicamente delle vittime» aggiunse Ludivine.

«Siamo di nuovo alla discrepanza tra preparazione e

follia sanguinaria al momento dell'atto. Dopo il delitto, recupera il sangue freddo con incredibile rapidità».

Nella stanza calò un silenzio attonito. Nessuno dei tre poteva impedirsi di immaginare la Bestia che si infilava a forza nell'addome aperto delle sue vittime. Una ginnastica abietta e mostruosa, dall'esito inevitabile, durante la quale il 'costume' di carne e pelle, troppo piccolo, veniva lacerato sempre di più.

E la frustrazione dell'assassino che ogni volta si ripeteva. Una *quest* impossibile.

Da qui il bisogno di ricominciare. Ancora e ancora, nella speranza di riuscire un giorno a *essere* una di quelle donne. Al riparo. Nascosto dal mondo. Al sicuro, protetto. Pronto a ritornare a quello stesso mondo, sì, ma lavato dai suoi traumi e dalle sue pulsioni. Un uomo migliore.

Segnon prese le foto.

«E ora passa all'atto in contemporanea con il suo socio».

Alexis annuì.

«Si sono accordati. Non ci credo neanche morto, che sia un caso».

«Ma per loro cos'è? Un modo per farsi beffe di noi?»

«Il Fantasma ci ha lasciato una specie di messaggio» disse Ludivine, «questa volta volevano andare in scena insieme, non sono più in competizione tra loro».

«E il Fantasma ha colpito una famiglia intera» aggiunse Alexis. «Questo è il suo crimine che più ci parla di lui. Non solo i due killer si coordinano, ma ci avviciniamo sempre di più alle loro personalità. Al motivo per cui sono quello che sono, alla ragione della loro devianza».

«Temi un'escalation?» chiese Ludivine.

«È già cominciata».

Segnon si raddrizzò sulla sedia e batté le mani.

«Sentite, e se avessero ucciso nello stesso momento? Voglio dire, *esattamente* nello stesso momento? Per essere in totale sincronia, si sono...»

«Si sono telefonati» completò Alexis. «Bravo, bella pensata. Contattiamo tutti gli operatori telefonici. Voglio un elenco di tutti i numeri che hanno attivato la cella vicino alla casa di Louveciennes ieri sera. Cerchiamo tutte le chiamate per la Polonia, in entrata o in uscita».

Alexis fissò di nuovo le foto delle vittime.

Immaginò un uomo magro, di bassa statura, spinto da un desiderio di morte che decuplicava le sue forze con l'adrenalina. Lo vide spogliarsi e infilarsi nel busto spalancato di una di quelle poverette, le cui viscere erano sparse di lato. Lo vide contorcersi in modo da entrare con le spalle, sentì lo scrocchiare dell'intera colonna vertebrale della vittima, le sue costole che scricchiolavano e poi si rompevano sotto la pressione di quel corpo estraneo che cercava di entrare.

Come faceva a non lasciare al loro interno nemmeno un pelo o un capello? Non potevano essere sfuggiti all'esame autoptico, se c'erano. Non per tre volte di fila.

E che razza di mascella aveva la Bestia, per straziare i corpi a quel modo?

Non c'era niente di chiaro. Non ancora.

Le risposte sarebbero arrivate quando lo avrebbero ammanettato con le mani dietro la schiena.

Quando lo avrebbero arrestato.

La Bestia e il Fantasma. Non erano mai stati così vicini a identificarli.

Era solo questione di giorni.

Forse anche di ore.

17.

La squadra di Magali si era unita a quella di Alexis per rifare il punto con i dettagli aggiornati, mentre Ludivine e Segnon seguivano l'arrivo delle decine di liste inviate dagli operatori telefonici. I due gendarmi li inserivano nel software Analyst Notebook, che analizzava i numeri di cellulare in cerca di riferimenti incrociati. Decine di migliaia di numeri. La casa di Louveciennes era molto vicina alla Route Nationale 186 e allo snodo di Rocquencourt, punto di raccordo tra la A13 e la A12. Uno dei settori più trafficati dell'area a ovest di Parigi. Erano molte le celle che coprivano la zona e molti automobilisti dovevano averle attivate anche solo passando, il che non facilitava i controlli incrociati.

I sei gendarmi ragionavano sui dati nella stessa stanzetta dove aleggiava l'aroma del caffè. Su Parigi era scesa la sera, le luci della città avevano preso il posto del sole autunnale. Benjamin si alzò e andò a stiracchiarsi vicino alla finestra, passandosi le dita tra i pochi capelli con cui andava verso i cinquanta.

«Con tutta la nostra tecnologia informatica, non mi dirai che i nostri genietti non riescono a trovare esattamente il numero che ha chiamato o è stato chiamato dalla Polonia, o no? Cos'è, dobbiamo spulciare tutto quanto a mano?»

«Una volta convertiti gli elenchi» lo corresse Segnon, «non devo far altro che una ricerca per nominativo, non è la fine del mondo».

«Parla per te. Perché Bouygues tocca sempre a me?»

Ben mostrò un fascio di fogli. Di tutti gli operatori telefonici, solo uno inviava i suoi file non in formato Excel bensì in PDF, che doveva essere convertito per poi procedere manualmente a correggere le interruzioni di riga che puntualmente comparivano nel file convertito. Un'operazione lunga e noiosa. Ludivine aveva cominciato stampando tutte le pagine del PDF inviato da Bouygues Telecom e le aveva passate a Benjamin e Franck, mentre lei e Segnon finivano di inserire i dati degli altri operatori direttamente in Analyst Notebook.

«Tutti i numeri con prefisso 0033 vanno messi da parte» disse Franck con voce priva di inflessioni come un automa. «E se ne becchi uno con il prefisso 0048, hai vinto il primo premio. Più siamo, prima finiamo».

«Sono due ore che ci smazziamo 'sta roba» sbuffò Benjamin, tirando fuori una sigaretta. «Ci vediamo fra cinque minuti».

Magali soffiò sulla frangetta come al solito e si chinò verso Alexis.

«Il cognome di famiglia delle vittime è Eymessice, giusto?»

«Sì».

«E il nome del marito?»

«Jean-Philippe».

«Sicuro?»

«Sono sicuro, Magali. Perché?»

«A Louveciennes mi risultano due Eymessice».

«Ci abitano anche i genitori di lui. Aprikan è stato a casa loro nel pomeriggio per informarli di quello che è successo e per fargli qualche domanda. Ripeto: perché?»

«Perché siamo qui tutti concentrati su numeri di cellulare che non parlano con nessuno, e mi è venuto in mente di cercare il numero degli Eymessice sulle pagine bianche».

Alexis si diede una manata sulla fronte.

«Siamo veramente dei coglioni. Ai numeri fissi non abbiamo neanche pensato».

La gendarme bruna gli scoccò un sorriso.

«Sono clienti Orange. Faccio subito la richiesta».

Magali chiamò il tecnico di turno dell'operatore e si fece inviare via e-mail un elenco dettagliato delle chiamate dal telefono fisso di casa Eymessice.

Le ci vollero meno di due minuti per sventolare la pagina appena stampata.

«Ci siamo!» esultò. «Una chiamata all'01:29 della scorsa notte, a un numero con il prefisso 0048. Quel lurido bastardo ha chiamato dalla casa delle sue vittime!»

Alexis, impaziente, le strappò di mano la pagina.

«Per caso ha chiamato un cellulare francese laggiù?!»

«Negativo. Sembra più un numero locale».

«Chiamo il giudice istruttore per chiedergli una rogatoria internazionale con la massima priorità. Abbiamo bisogno che i polacchi ci dicano a chi o cosa corrisponde quel numero. E soprattutto che non tocchino nulla, finché non siamo sicuri che si tratta della Bestia».

«E se lo agguantiamo troppo presto, se il Fantasma lo viene a sapere e leva le ancore, noi ci facciamo la figura dei coglioni» disse Ludivine.

Alexis saltò sul suo cellulare.

«Brava Magali, ottimo lavoro. Ora tocca al giudice darsi una mossa».

«E noi, intanto?» chiese Segnon. «Staremo mica qui a girarci i pollici!»

«Noi ci concentriamo sul Fantasma. Prendiamo tutto quello che abbiamo sul massacro di Louveciennes, lo vagliamo, lo analizziamo. Voglio sapere tutto, fino al minimo dettaglio».

«Senza i referti dell'autopsia né quelli del laboratorio, non è che possiamo fare chissà cosa» disse Franck.

Ludivine guardò l'orologio.

«Sono quasi le otto, Alex».

Lui sospirò e si arrese.

«Okay. Forza, tutti a casa. Del giudice mi occupo io. Riunione generale domani, in tarda mattinata».

Tutti si alzarono, indossarono piumini e cappotti e uscirono. Tutti tranne Ludivine, che rimase sulla soglia.

«Hai intenzione di passare la notte qui?»

«Perché, adesso ti preoccupi anche di dove dormo?»

«Mi preoccupo solo per la tua salute. Dovresti staccare. Ti prendi una pausa per la serata, che può farti solo bene, e domani avrai le idee più chiare».

Alexis annuì.

«Hai ragione».

Ludivine lo fissò per qualche secondo, poco convinta. Poi batté il palmo della mano sullo stipite.

«La vita è la tua, fa' come ti pare».

La guardò allontanarsi. Gli piaceva, quando assumeva un ruolo materno. Solleticava il suo ego e lo confortava.

Chiamò l'ufficio del giudice istruttore per richiedere la commissione rogatoria internazionale urgente, e aveva appena riattaccato quando gli squillò il cellulare.

«Timée? È lei il responsabile della squadra Om-mult, vero?»

Alexis ci mise qualche secondo per riconoscere la voce calorosa di Philippe Nicolas.

«Sì, certo. Mi dica».

Il Coop fece una risatina secca.

«Ha appena vinto una notte in compagnia dei morti, mio caro».

«Che vuol dire?»

«Che deve venire a darmi il cambio. All'istituto di Medicina Legale di Garches».

«A quest'ora?»

«I corpi sono arrivati a fine giornata. Ho chiesto la priorità per le autopsie, e uno dei medici qui ha accettato di farla questa sera stessa. Occorre la presenza di qualcuno dei vostri per procedere alle constatazioni e mettere i sigilli ai campioni prelevati, e io non posso trattenermi».

«Arrivo subito».

«Un'altra cosa: quel tizio pelato con lo sguardo strano è qui anche lui, e insiste per assistere alle autopsie. Cosa devo fare?»

«Mikelis. Me ne occupo io».

«Ha un'aria bella inquietante, il suo amico».

«Lo lasci entrare, io parto immediatamente».

«Sa cosa mi hanno detto di lei, Timée? Che quando ci sono di mezzo dei morti non si tira mai indietro. Lei è malato, giovanotto. Malato. Lei e il pelato sembrate proprio fatti l'uno per l'altro. Forza, si sbrighi, che non possono aprire i cadaveri finché non è qui. E non si fa aspettare un'intera famiglia, quando è morta».

Alexis era fuori dall'ufficio prima ancora che il Coop avesse terminato la frase.

18.

L'ospedale Raymond-Poincaré di Garches aveva un che di angosciante alla luce del giorno, con i suoi due enormi edifici bianchi simmetrici collegati da un'ampia passerella dalle ampie finestre, ma di notte le alte vetrate illuminate dall'interno somigliavano a decine di occhi puntati sul visitatore, come quelli di un insetto gigante che punta la sua preda.

Alexis impiegò quasi un quarto d'ora per trovare la strada, vagando da un corridoio deserto a una scala scarsamente illuminata, mostrando il tesserino da gendarme a ogni sanitario di turno, prima di arrivare finalmente in una stanza nel seminterrato dove Mikelis lo stava aspettando, con una pila di fascicoli sulle ginocchia.

«Scusi il ritardo, mi sono mezzo perso».

«Nessuno le ha spiegato il trucco?» disse il criminologo, fissandolo con uno sguardo neutro.

«Quale trucco?»

«Se cerca l'obitorio di un ospedale, chieda dove stanno le cucine, sono sempre lì accanto».

«Dice sul serio?»

«Certo».

«Non è strano?»

«Forse, nel subconscio degli architetti, c'è l'idea che sia in cucina che all'obitorio si maneggia la carne!» disse

Mikelis, con un velo di ironia. «A meno che non sia un modo per ottimizzare i lavori in fase di costruzione. Se fai una cella frigorifera per gli alimenti, ci vuole poco ad aggiungerne una dall'altra parte del muro per i cadaveri. È pronto?»

«La seguo».

Mikelis condusse il gendarme verso la sala accanto, come se fosse lui il responsabile del caso. Entrarono in un locale lungo e freddo, dov'erano disposti diversi tavoli da autopsia in acciaio inossidabile. Tre di essi erano occupati da corpi umani, due dei quali ricoperti da teli bianchi con la sigla dell'ospedale. L'ultimo, quello di Émilie Eymessice, moglie e madre di famiglia, era esposto completamente a nudo sotto la luce cruda delle lampade chirurgiche.

L'uomo che andò loro incontro aveva folti baffi neri e occhiali dalla montatura massiccia, e indossava cuffia e camice da sala operatoria.

«Sono il dottor Levy. Aspettavamo solo voi per cominciare. Lì ci sono le mascherine e il balsamo al mentolo».

Alexis non si fece pregare per spalmarsi sul labbro superiore una buona dose di pomata che gli avrebbe anestetizzato le narici. Non voleva sentire odore di morte per tutta la notte. Notando che Mikelis non la metteva, posò il vasetto.

«Ci è abituato?»

«No, la puzza la sento quanto lei, ma l'odore è già un indizio».

Alexis non aveva fatto il callo alle autopsie. Non gli erano mai piaciute. Troppo metodiche. Quel modo di tagliare e svuotare lentamente un essere umano, esaminando ogni dettaglio della sua anatomia, lo metteva fortemente a disagio.

La donna che aveva 'conosciuto' all'ora di pranzo giaceva lì senza più alcun pudore, senza più vita. Ed era già impressionante di suo. La sua pelle era di un rosso vermiglio anomalo, a causa di tutto il sangue che aveva imbrattato la parte superiore del corpo dopo la morte. Solo i capezzoli avevano mantenuto il loro colore rosa chiaro. C'erano anche tracce bianche qua e là, nei punti in cui il corpo era rimasto appoggiato sul materasso. Come un macabro dalmata al contrario, scuro con macchie chiare.

Alexis notò il pube finemente depilato, e preferì eludere la domanda sul perché il suo sguardo si fosse soffermato lì. E poi c'era il sorriso orrendo che le apriva la gola da un orecchio all'altro e che attirava lo sguardo a tal punto che il suo viso sembrava non avere più importanza. Eppure era stata bella. Una donna che si prendeva cura di sé, atletica, il ventre piatto e i tricipiti ben definiti. Capelli castano chiaro, di media lunghezza.

Alexis si rese conto che la stava guardando in faccia per la prima volta.

Palpebre chiuse, labbra sigillate.

Le mani erano avvolte in sacchetti di carta, fissati con nastro adesivo all'altezza dei polsi per non rischiare di perdere quello che aveva sotto le unghie. Al gendarme tornarono subito in mente le fascette di plastica fissate al letto e guardò le ferite alle caviglie, una delle quali più profonda dell'altra. In un gesto disperato, aveva iniziato a mutilarsi nella speranza di riuscire a liberarsi.

Il medico legale tirò il filo del microfono appeso al soffitto e premette il pedale che controllava la registrazione audio.

«Lunedì 8 ottobre, sono le ore...» scosse il braccio per liberare l'orologio dalla manica, «21:37, e procediamo con l'autopsia della signora» uno sguardo al modulo fissato a un portablocco di plastica su un carrello di acciaio inox, «Eymessice Émilie, di anni quarantaquattro, rinvenuta morta presso il suo domicilio questa mattina. Secondo i primi rilievi effettuati sulla scena del crimine, l'ora del decesso è collocabile tra mezzanotte e le due, forse le tre, del mattino».

Prese un flacone e un lungo cotton fioc che inserì nell'ano del cadavere, passando il braccio tra le cosce, quindi rigirò il bastoncino prima di estrarlo e riporlo nel flacone, che richiuse.

«Non ha mai assistito a un'autopsia prima d'ora?» chiese il medico, davanti allo sguardo incredulo di Alexis.

«Sì, ma non ho mai visto nulla di simile».

«Be', io lavoro alla vecchia maniera. Detesto quelle sonde che si infilano nel fegato per prendere la temperatura, è traumatico, e può complicare le cose per dopo, quando apri. Io passo dalle vie naturali, ed è per questo che faccio un prelievo: nel caso ci siano state violenze sessuali anali, è preferibile prendere il campione ora».

E così dicendo inserì nell'ano un termometro.

«La temperatura sulla scena del crimine era normale? Al di sotto dei 23 °C?»

«Sì» disse Alexis.

«La vittima era nuda, vero?»

«Esatto».

«E sdraiata in lunghezza, non raggomitolata su se stessa, giusto? Perché un corpo raggomitolato conserva bene il calore e questo falsa i risultati, se non se ne tiene conto applicando dei correttivi».

«Era sdraiata a pancia in giù, quasi in linea retta».

«Corrisponde al *livor mortis*, infatti».

Una volta che il cuore si era fermato, tutto il sangue

era defluito per effetto della gravità verso la parte inferiore del corpo disteso, concentrandosi nella faccia, nel petto, nei fianchi e nella parte anteriore delle gambe. La posizione del corpo sul materasso aveva impedito ai vasi sanguigni di riempirsi per intero nei punti in cui la carne era sottoposta alla pressione di un qualche materiale, e tutte quelle zone adesso erano bianche, circondate da chiazze violacee, il che dava al corpo quel bizzarro aspetto da dalmata al contrario. Si trattava del *livor mortis*, che si caratterizzava per fissarsi rapidamente. Quando un corpo veniva trovato in una posizione che non corrispondeva a quei segni, diventava evidente che era stato spostato dopo che era sopravvenuta la morte.

Con la mano libera, il medico legale prese un foglio di carta sul quale Alexis riconobbe i nomogrammi di Henssge, quelle strane curve che permettevano di fare un rapido calcolo per determinare l'ora del decesso. Quando fu pronto, il dottor Levy riportò la temperatura anale sulla scala di destra. Poi applicò alcune piccole correzioni e tracciò una linea retta verso la temperatura della stanza. Alexis lo vide tracciare altre due linee e annuire.

«È morta circa venti ore fa, questo corrisponde; inoltre il *rigor mortis* è al massimo, credo».

Il medico legale girò intorno al corpo per valutarne le condizioni generali, poi prese un paio di guanti in lattice.

«Alla vecchia maniera» commentò Mikelis a bassa voce.

«Cosa intende?» disse Alexis, che non capiva.

«Niente sottoguanti antitaglio».

«Esatto» disse Levy. «La palpazione diventa praticamente inutile, se hai su quei cosi».

«Non si taglia mai?» chiese il gendarme.

«Durante l'autopsia userò tre o quattro bisturi, è chiaro che di tessuti ne taglio una quantità! E capita che mi tagli anch'io, un paio di volte all'anno. Fa parte del mestiere. Ma così, almeno, sento dove metto le mani, in che stato hanno gli organi, ed è meno scivoloso che con i guanti in rete».

Alexis guardò stupito Mikelis, che invece rimase impassibile.

Il dottor Levy cominciò passando un pettine tra i capelli della donna morta e raccolse tutto quello che poteva in un contenitore di plastica, che depose su uno sgocciolatoio vicino. Poi tagliò con cura i sacchetti di carta intorno alle mani e si mise a raschiare sotto le unghie, usando un altro contenitore per raccogliere le particelle che ne cadevano.

Il patologo prese una mano e la esaminò. Solo i polsi erano contusi e macchiati di sangue secco, e alcune unghie erano spezzate.

«Non ha sangue sulle mani» commentò Alexis. «Ma non era più legata quando le ha tagliato la gola».

«Sì, ce n'è un po' lì» disse Levy, mostrando l'indice destro della vittima.

«Quello non conta, dovrebbe avere le mani piene di sangue per quando ha cercato di proteggersi la gola, di trattenere i fiotti...»

«Ha usato di nuovo il taser quando ha dovuto ucciderla» disse Mikelis. «Per immobilizzarla. Il che spiega perché non ha potuto difendersi e nemmeno portarsi le mani alla gola».

La sua voce era profonda, i suoi occhi così chiari che sembravano essere altrove, occhi da un altro mondo, che auscultavano i morti, che guardavano la violenza nascosta nel passato. Mikelis era in quell'obitorio, ad assorbire le informazioni che emergevano dall'autopsia, ma la sua mente era nella villa di Louveciennes la sera prima, a ricostruire passo dopo passo gli omicidi.

Levy alzò prima l'uno e poi l'altro braccio della vittima, indicando una serie di ecchimosi che descrisse dettagliatamente al microfono, poi andò ad allargarle le cosce per ispezionare i genitali.

«All'apparenza, nessun segno esteriore di violenza sessuale, lo verificheremo più tardi sezionando la vagina. Aiutatemi a girarla».

I tre uomini presero il cadavere e lo rovesciarono su un fianco, per esaminarne la schiena. Alexis l'aveva già constatato su altre scene del crimine: il peso dei cadaveri era assurdo. Era come se ogni chilo morto pesasse il doppio di quando era vivo.

Da dove si trovava, bastava inclinare la testa per scorgere il simbolo misterioso tra le scapole.

«È stato prodotto con una lama sottile, molto probabilmente una ferita post mortem. Non c'è stato spargimento di sangue e neppure sgocciolamento» commentò il patologo. Poi descrisse con minuzia i segni di tagli vicino alle vertebre, scattò alcune foto e di nuovo con l'aiuto degli altri due fece tornare il corpo della signora Eymessice sulla schiena. «Sembra che le abbia conficcato dei piccoli ami nella superficie dell'epidermide» proseguì, «e questo più volte, ogni volta con un principio di ustione».

«Segni lasciati da un taser?» chiese Alexis.

«Molto probabile».

Levy si armò di un bisturi e senza esitazioni conficcò la lama nella coscia fredda e risalì verso l'alto, agendo sull'impugnatura di acciaio. Si aprì un sottile canaletto cremisi, prima che le dita del medico legale scavassero e tirassero su entrambi i bordi per trasformare il solco in una spaccatura aperta. Tutta la carne della coscia era ben visibile sotto le potenti luci. Prima una sottile pellicola gialla, poi la polpa dai toni più o meno rosa fino al rosso scuro.

«Nessuna lesione interna al livello delle gambe» dettò il medico al microfono.

Ripeté l'operazione sulle braccia, poi diede il via all'incisione del busto, partendo appena sotto il mento e scendendo fino al pube.

Non scorreva una goccia di sangue. C'era solo la carne nella quale il patologo affondava il bisturi per farsi strada attraverso i primi strati di pelle.

Mikelis e Alexis assistettero per oltre un'ora e mezza al progressivo sventramento del corpo, organo dopo organo, ognuno dei quali veniva sezionato per consentire prelievi di campioni. Il dottor Levy svuotò via il sangue con un mestolo, raschiando il fondo della cavità addominale, prima di dedicarsi alla testa di Émilie Eymessice, che aprì come un pomodoro ripieno per esaminare la massa grigiastra nei minimi dettagli. Con il cuoio capelluto sollevato e rovesciato sul viso, i capelli piovevano giù a mascherare i suoi lineamenti, come se la donna morta non volesse essere riconosciuta in quella terribile fase in cui il suo cervello, che aveva contenuto i suoi pensieri, le sue fantasie e la sua memoria, veniva sezionato a strisce sottili.

Alexis cominciava ad avere freddo.

Il medico legale non aveva trovato ulteriori elementi. Era stata colpita con il taser, probabilmente al pianoterra dove aveva cercato di lottare, prima di essere trascinata al piano superiore – fase durante la quale si era strappata diverse unghie sui gradini – e poi legata al letto con le fascette Serflex. A quel punto il Fantasma doveva essersi spostato nella stanza della ragazza per dare sfogo ai suoi istinti peggiori. Le urla della figlia dovevano aver ridestato dal suo stato di intontimento la madre, che a prezzo di pochi millimetri di pelle e carne si era liberata le mani dalle fascette che la immobilizzavano, ma poi l'assassino era tornato da lei, per colpirla di nuovo con il taser prima di tagliarle la gola indisturbato.

Infine, il killer le aveva inciso sulla schiena il simbolo della *Loro* unione, aveva scattato una foto ed era svanito nella notte, avendo cura di chiudersi tutto alle spalle.

«Avete notato che non ha firmato il suo *vero* crimine?» disse Mikelis.

«Perché ha inciso il segno sulla madre e non sulla figlia?» domandò Alexis.

«Esatto. A lui interessa davvero solo la figlia, è su di lei che si scatena, è con lei che raggiunge l'orgasmo, è lei quella che massacra seguendo le sue fantasie di morte, però mette la firma sulla madre».

«Perché la figlia non è degna di ricevere il simbolo?»

«Al contrario, credo che sia per pudore. Non vuole confondere le cose. La ragazza è sua, è il suo giardino segreto. Ma deve comunque rispettare il vincolo cui è tenuto. Deve incidere il segno. Così lo fa su un corpo che non lo coinvolge più di tanto, che non rivela ciò che lui è dentro. Firma perché lo deve fare, non perché vuole».

«Come se avesse... un obbligo?»

«Qualcosa del genere, sì».

«Come si fa a... vincolare in questo modo un serial killer?»

Mikelis alzò un indice ammonitore.

«Se troviamo la risposta a questa domanda, troviamo anche lui. Sono sicuro che non lo fa per una convinzione radicata, ma perché deve farlo. E dopo questo triplice omicidio, c'è da scommettere che ha preso gusto a fare questa distinzione: gli servono almeno due vittime, una per soddisfare le sue pulsioni, l'altra per assolvere il suo dovere. Sono costretti a uccidere, Alexis. Qualcuno, da qualche parte, ha trovato un modo per reclutare dei serial killer e piegarli alla propria volontà».

«È folle. È aberrante».

Gli occhi gelidi del criminologo penetrarono quelli del giovane gendarme, che si sentì rabbrividire di angoscia.

«È ancora peggio, è teoricamente impossibile. Non si può plasmare qualcuno o imporgli una fantasia a livello profondo in modo che la faccia propria, come se fosse *sua*. Ho pensato che il Fantasma, grazie alla sua padronanza di sé, fosse la forza trainante del duo, che fosse lui ad avere un ascendente sull'altro, a organizzare tutta questa messa in scena, ma ora ho la prova che anche lui, a sua volta, è soggetto a una volontà esterna».

«Quindi è la Bestia che comanda a bacchetta questo circo degli orrori?»

«No, lui è troppo impulsivo. Non ne ha le capacità».

«Un... terzo, allora? Il pedofilo?»

«I pedofili raramente hanno un profilo da leader. Sono complessati, solitari, vivono nel loro angolo, lontani dagli altri, dalle occasioni di incontro e di raduno. Ci possono essere delle eccezioni, è ovvio, ma se avessimo a che fare con una di queste io credo che avrebbe inondato il web con le sue foto, in modo da farci sentire la sua presenza, il suo potere, la sua presa sul sistema. Ma i suoi colleghi che indagano in rete hanno trovato solo poche foto, direi pochissime. È come se anche lui agisse per dovere, non per desiderio. No, credo che ci sia un quarto personaggio nel giro. Il burattinaio, quello che tira i fili dietro le quinte. È per lui che si stanno unendo. È lui che punta all'unione primordiale intorno al suo ego, è lui che li ha riuniti per mettere le loro fantasie morbose e malate al servizio di una causa comune. È lui che li recluta, che li addestra a essere più che cauti».

Alexis fissava il corpo di Émilie Eymessice, sbocciato davanti a lui come un fiore da un incubo. Nonostante il balsamo al mentolo nelle narici, sentiva bene il fetore rancido della morte, con l'inizio del processo di putrefazione.

Non c'era più nulla di umano in lei. Solo le gambe, con le cosce squarciate, e le braccia spalancate le conferivano un vago aspetto umano. La testa era scomparsa sotto il cuoio capelluto rovesciato, la parte superiore del cranio mancante, l'addome aperto, la pelle divisa in due lembi spalancati che rivelavano l'interno di un sacco umano vuoto e luccicante, la cui struttura non era più fatta che da ossa, costole, vertebre e tessuti purpurei.

C'erano in giro uomini che provavano piacere nel contemplare un simile spettacolo, un campo di terrore mietuto dalle loro fantasie più perverse.

'Il mondo non potrà mai essere un luogo nobile finché ospiterà simili creature' pensò Alexis.

Il medico legale batté le mani di colpo. «Non battiamo la fiacca, signori, ce ne sono ancora due, compreso il corpo ridotto peggio».

19.

Era molto presto quella mattina, o molto tardi, a seconda che uno si fosse appena alzato, o non fosse ancora andato a letto.

Alexis entrò in ufficio massaggiandosi le tempie. Era stanco. Era sempre stanco. Notti interminabili.

La stanza profumava di caffè e Alexis notò subito che faceva quasi freddo. La sua bandiera dei Giants pendeva libera da un lato, svolazzando nella brezza. La finestra era socchiusa.

Ludivine era seduta alla sua scrivania.

Alexis si bloccò. Vide subito il sorriso osceno che le deformava la gola.

Una bocca terrificante, enorme, le labbra macchiate di rosso vivo. Una bocca che aveva vomitato litri di sangue sulla camicetta della gendarme.

I suoi grandi occhi azzurri erano aperti sul nulla. Fissavano un punto scomparso, visibile solo ai morti.

Alexis si precipitò su di lei e tutti i suoi muscoli si contrassero contemporaneamente, in preda a un flusso di panico.

Voleva urlare, ma nessun suono gli uscì dalla bocca. La afferrò e la strinse a sé. Ludivine era bollente.

Più calda della vita.

Si gettò sul telefono per chiedere aiuto. Nessun segnale di linea. Senza sapere bene perché, corse alla finestra e la spalancò per gridare nel cortile, ma di nuovo nessun suono gli uscì dalla gola.

La strada era silenziosa. Non c'era alcun rumore. Non c'era più nessuna luce accesa negli alti palazzi in lontananza.

L'intera città era paralizzata.

Una mano si posò sulla sua spalla, e Alexis sussultò.

Ludivine era in piedi di fronte a lui. Il sangue colava ancora dall'orrendo squarcio che le apriva il collo in due.

«Fermali» disse con voce impastata, soffocata dal sangue. «Fermali, prima che ci uccidano tutti!»

Lui voleva urlare, ma non ci riuscì.

Ludivine lo strinse a sé con forza prodigiosa e lo baciò. Il sangue cominciò a scorrergli nella bocca e Alexis cercò di divincolarsi, ma la giovane donna ci metteva tutta la sua energia.

La lingua di lei si fece strada nella sua bocca e cominciò a gonfiarsi, sempre di più, fino a riempirla per intero, fino a soffocare Alexis.

Lui cercò di respingerla, invano.

Lo stava penetrando per intero, lo stava invadendo.

Lo avrebbe ucciso. Lo avrebbe fatto implodere.

Alexis aprì le palpebre all'improvviso, con il respiro affannoso e la fronte madida.

Erano quasi le nove.

Lasciò ricadere la testa sul cuscino per un breve momento. Esausto.

Gli incubi continuavano a ripetersi, notte dopo notte.

Di solito si attaccava alla console per stordirsi con i videogiochi fino allo sfinimento, fino a crollare sul divano per non dover affrontare il vuoto del suo letto, il vuoto della sua vita, il momento in cui spegneva la lampada del comodino e si immergeva nell'oscurità, faccia a faccia con se stesso, per cercare di dormire. Ma quella notte era rientrato alle quattro, che era quasi mattino, dopo aver assistito alla meticolosa dissezione di tre persone morte. Si era gettato sul materasso senza nemmeno spogliarsi completamente.

Una doccia. Aveva bisogno di una doccia. E di vitamine. Per reggere. Per rimanere lucido.

D'un tratto decise di fare una promessa a se stesso. Una volta conclusa tutta quella storia, si sarebbe preso quindici giorni di ferie e sarebbe partito. Per qualche isola paradisiaca in mezzo all'Oceano Indiano, per dimenticare, per recuperare. Per cercare di ritrovare il sonno. Sarebbe partito in compagnia di una ragazza. Non importava quale, bastava che fosse bella. Per farci sesso. E non rimanere da solo la notte, quando le luci si spegnevano.

Era appena uscito dal bagno quando squillò il cellulare.

«Alex, dove sei?»

La voce di Ludivine. Per un breve istante, sentirla fu un sollievo. L'incubo gli aveva lasciato addosso una sensazione bizzarra.

«Sto arrivando, scusa, ma ieri notte ho fatto un po' tardi con Mikelis...»

«Dobbiamo andare subito nell'Oise».

«Che succede?»

«Hanno ricominciato».

Il cuore di Alexis saltò un battito. Il mondo si fermò per il tempo necessario a fargli giungere l'informazione al cervello, anche se lui si rifiutava di accettarla.

«Stanno andando troppo in fretta» disse Alexis, riprendendosi. «Di solito passiamo giorni, se non settimane, a studiare i rapporti, a mettere insieme le piste. Di solito abbiamo il tempo di seguirle. Ma loro hanno accelerato le cose, a questa velocità ci superano».

«Lo so. Non sappiamo se ci sono state vittime, per il momento i gendarmi del posto hanno trovato solo il disegno».

«La **e*?»

«Sì, con delle candele. Una specie di… rituale, o qualcosa del genere. Io e Segnon siamo in partenza, tu ci raggiungi?»

«Sarò lì tra cinque minuti, aspettatemi. E Mikelis?»

«Segnon lo ha appena chiamato in albergo, sta arrivando».

Era quasi un'ora che erano partiti da Parigi, con Ludivine alla guida. Avevano appena superato un basso crinale e si stavano avvicinando a Chantilly, quando un cartello indicò loro che dovevano svoltare a destra, lungo un sentiero che si addentrava nella foresta. Percorsero ancora quasi un chilometro su una stradina ombreggiata, sempre più circondati dagli alberi.

«Siamo sicuri che qui ci sia un ospedale?» chiese Alexis. «Così isolato in mezzo al niente?»

«Affermativo» rispose Segnon. «Siamo diretti al centro di cura e riabilitazione per bambini del Bois-Larris, gestito dalla Croce Rossa».

«Per bambini? Qua in mezzo? Chissà come saranno entusiasti, poveretti!»

L'auto rallentò in prossimità di una tenuta circondata da un alto muro di pietra. Dietro il cancello d'acciaio si scorgevano diversi edifici d'epoca in mattoni rossi, con tetti spioventi e strette finestre nere. L'architettura ricordava un maniero anglo-normanno, con numerosi annessi e l'edificio principale che svettava sugli altri poco più avanti.

«Prosegui» disse Segnon a Ludivine, «c'è un ingresso diretto un po' più avanti, da quello che mi hanno detto».

Dopo qualche centinaio di metri la strada finiva in un piccolo parcheggio sterrato, di fronte a un complesso più moderno aggiunto alla costruzione originale nel corso del tempo. Era facile distinguere i due edifici non originali, uno relativamente recente con le facciate in metallo e vetro in netto contrasto con il corpo principale, l'altro invece vecchio di svariati decenni ma non antico.

Alexis trovò subito sgradevole il luogo. Non gli erano mai piaciuti gli ospedali, ma quello in particolare, sperduto nel cuore della foresta, vetusto e spaventoso come una casa stregata, non gli trasmetteva alcuna sensazione positiva.

Un furgone Trafic della Gendarmeria era in attesa davanti alla passerella che portava all'ingresso.

Un gracchiare di corvi accolse i tre investigatori non appena chiusero le portiere. Alexis ne individuò due, sui rami sopra di loro, grossi come galline. Scuotevano le testoline a scatti, per studiare meglio il paesaggio.

'Già, in cerca di qualcosa da mangiare! Una bella carogna, un cadavere'.

Alexis fece un respiro profondo per levarsi dalla testa i suoi pensieri cupi.

Furono accolti da due gendarmi della brigata di Chantilly.

«Il danno ci è stato segnalato questa mattina intorno alle 07:50» disse il primo. «Ci siamo recati sul posto per constatare il danno e redigere un verbale, e il mio collega ha subito riconosciuto il simbolo che ha segnalato la SR».

Il secondo militare, basso di statura sotto una chioma rossiccia, annuì timidamente.

«È all'esterno?» chiese Alexis.

«Sì, nel parco, ora vedrete».

«Avete perlustrato i dintorni?» chiese Ludivine.

«Sì, come ci ha chiesto al telefono, abbiamo immediatamente sondato tutto il perimetro, senza trovare niente di particolare».

«E all'interno, nell'ospedale?» chiese Alexis.

«Il personale medico non ha notato nulla».

Videro arrivare un'altra auto, che rallentò fino a fermarsi dietro di loro. Richard Mikelis scese dalla sua macchina a noleggio e si accodò al gruppo, senza dire una parola. Intanto era arrivata ad accoglierli una giovane donna in camice bianco, che li precedette all'interno della struttura. Sembrava un po' a disagio.

Attraversarono la parte moderna dell'ospedale, stranamente silenziosa, prima di passare davanti a diverse aule dove gli alunni ascoltavano attentamente i loro insegnanti.

«Vi occupate solo di bambini?» chiese Alexis all'infermiera.

«Sì, dai tre ai sedici anni».

«Di cosa soffrono, in generale?»

«Siamo specializzati nella cura di paralisi e lesioni cerebrali, disturbi ortopedici, e nella rieducazione dei disturbi cognitivi».

«I ragazzi qui ci dormono anche?»

«Certo, sono ricoverati qui».

«Quanti ne ospitate, al momento?»

«Poco meno di cento. Siamo quasi al massimo della capienza».

«Avremo bisogno di una lista completa dei degenti» intervenne Mikelis.

«Credo siano informazioni protette dal segreto professionale, o no?»

«No, perché noi non vogliamo sapere perché sono qui, è una cosa diversa».

Il tono del criminologo era imperativo, e l'infermiera non osò contraddirlo.

«E anche una lista di tutto il personale che lavora qui».

Stavolta l'infermiera annuì come una scolaretta in aula che ubbidisca al maestro.

Dopo aver sceso varie rampe di scale, uscirono all'aperto in un vasto parco e costeggiarono per un tratto l'edificio principale, poi l'infermiera si fermò davanti alla porta d'ingresso.

«Ecco, è qui».

Ai due lati della porta di legno, sulla pietra appariva lo stesso identico disegno: **e.*

Un tratto abbastanza netto, per un diametro di circa cinquanta centimetri.

Rosso. Un rosso scuro, con segni di sgocciolatura.

«Chiamate i ragazzi dell'Identificazione Forense» ordinò Alexis, non appena vide i simboli.

«Pensi che sia sangue?» chiese Ludivine.

«Fa bene a pensarlo» replicò prontamente Mikelis, indicando le due grosse mosche indaffarate a bottinare su quel rosso. «Sangue poco ossigenato. Forse non più fresco. Perché non quello della ragazza di Louveciennes?»

«Chiediamo un confronto del DNA» disse Alexis.

«Ma davvero credete che sia... sangue?» domandò l'infermiera con uno sguardo angosciato.

«A che ora sono stati scoperti i disegni?» rispose Alexis.

«Ehm... verso le sette e un quarto, più o meno. Eravamo piuttosto occupati, quindi è passato un po' prima che chiamassimo i gendarmi. E poi... sì, è un danno, certo, ma non è come se avessero rotto una finestra. Abbiamo chiamato perché uno degli insegnanti ha riconosciuto il disegno del pazzoide che l'altro giorno ha spinto quei poveretti sotto un treno».

«Siete sicuri, lei e gli altri, che ieri qui non c'era niente?»

«Sicurissimi. Passiamo spesso di qui. A fine giornata era intatto. Poi si chiudono i cancelli e i bambini vanno a letto, può essere stato solo qualcuno che è venuto da fuori. Qualcuno che ha scavalcato il muro».

«Avete telecamere di sorveglianza da qualche parte?» chiese Segnon.

«No».

«E nessuno ha notato niente di insolito?» aggiunse Ludivine.

L'infermiera, sotto tiro da ogni parte, fece un no con la testa.

Ludivine la prese per un braccio, con un sorriso amichevole che voleva essere rassicurante.

«Venga con me, cerchiamo di capire insieme come avere quelle liste di nomi che ci servono, d'accordo?»

Fece l'occhiolino ad Alexis.

Gli uomini potevano parlare più liberamente.

Alexis si voltò. Chiunque fosse deciso a entrare nel parco non avrebbe avuto difficoltà a farlo.

«Non ci sono cadaveri, a quanto pare. Perché richiamare la nostra attenzione?» si chiese a voce alta.

«Vogliono marcare questo posto» suggerì Segnon.

«A che scopo? Fa parte dei loro scambi? È un modo per mandarsi un messaggio?»

«Il simbolo non sarebbe così in vista, se fosse un messaggio tra loro» disse Mikelis. «No, loro volevano proprio che lo trovassimo. Una forma di rivendicazione?

Marcare il territorio, come dice Segnon? O una falsa pista per sviarci? Forse uno di loro è stato ricoverato qui, da bambino».

«Non sono stupidi, non si sognerebbero mai di farci sapere che questo posto ai loro occhi è importante!» esclamò Alexis.

«Perché no?» insistette il criminologo. «Agli assassini a volte piace che si sappia da dove vengono, cosa hanno vissuto. Gli piace uccidere in luoghi che ricordano loro qualcosa, anche se ciò significa rivelare un po' della loro personalità. Spesso sono ben contenti di comunicare qualcosa. Vi rammento che è quello che ha fatto il Fantasma a Louveciennes».

«Sarebbe troppo bello se fosse passato per questo istituto» sospirò Segnon.

«Ci saranno migliaia di bambini negli archivi. Migliaia. Quante possibilità abbiamo di trovare proprio quello giusto?»

«Affinando la ricerca in base al profilo psicologico che ha tracciato per noi. Selezioniamo solo i nominativi di età compresa tra i venticinque e i quarant'anni, per stare un po' più larghi, e controlliamo se hanno precedenti penali. Sarebbe un buon inizio. Ma non credo certo che sarà così facile. Il Fantasma è molto furbo. Non correrebbe questo rischio».

Mikelis fissava i due disegni rossi.

«Ve lo ripeto, non sottovalutate il potere della violenza. A volte porta a commettere atti insensati. Proprio come le fantasie. Obbediscono a leggi profonde che sfidano la logica e il buon senso. Questo luogo deve avere un significato, per voler marcare così il territorio. Ricordate il senso di questi simboli. Loro vogliono unire. Vogliono mettere insieme tanti simili a Loro».

«Quindi c'è qualcuno tra il personale dell'istituto a cui potrebbero essere interessati?» disse Alexis.

«Può essere. Ma questo sì, sarebbe un po' troppo facile. Al momento, soprattutto dopo il gesto folle di Joseph Selima, si rendono conto che questo simbolo lo conoscono più o meno tutti. Sembra più una provocazione. E poiché non fanno niente a caso, non hanno scelto questo ospedale senza un motivo».

Mikelis si rivolse quindi ai due gendarmi del posto. Non si erano persi una sillaba della conversazione, e li guardavano con occhi sbarrati.

«Questo posto, che voi sappiate, è sempre stato solo un ospedale per bambini? Non è mai stato un ospedale psichiatrico, per caso?»

«Non ne ho idea» rispose subito il primo. «Bisognerebbe chiedere...»

Fu interrotto dal collega coi capelli rossi. «Lo è diventato negli anni Cinquanta. Prima di allora era rimasto inutilizzato per quasi un decennio».

«Così tanto? Un posto così bello? Lei sa anche il perché?»

Il gendarme sospirò. «Per quello che era successo qui dentro».

Mikelis e Alexis si guardarono, intrigati.

«Cioè?» disse il criminologo.

«È un pezzo di storia di cui la gente di qui non parla se non malvolentieri. Tutti preferiscono dimenticare. La maggior parte dei documenti poi è andata distrutta, come in tanti altri posti del genere, e i vecchi nel dubbio tengono il becco chiuso sull'argomento. Neanche su Internet ci sono molte tracce».

«Di cosa stiamo parlando, si può sapere?» Alexis bruciava dalla voglia di scoprirlo.

«Del tempo di guerra. Di quando in tutta Europa erano nati dei centri *Lebensborn*. Ce n'era solo uno in tutta la Francia. Ce lo avete proprio qui davanti».

Mikelis fece un passo indietro e guardò il maniero. Il suo volto si fece ancora più scuro del solito.

«Cos'è un *Lebensborn*?» chiese Alexis.

Mikelis serrò i denti prima di rispondere a mezza voce, in tono tagliente: «Un luogo che ha assistito ai peggiori esperimenti in campo riproduttivo. Ancora fino agli anni Settanta molti pensavano che si trattasse solo di voci, di dicerie. Nessuno voleva credere che una cosa come il *Lebensborn* fosse mai diventato realtà. Questo getta una luce completamente nuova sull'operato dei nostri assassini».

«Io non capisco» insistette Alexis. «Cosa diavolo erano, questi posti, e chi li gestiva?»

«Li gestivano i nazisti, amico mio. Perché lo scopo dei *Lebensborn* era la crescita e la diffusione della razza ariana».

20.

Seduti intorno a un tavolo di un pub con tazze di caffè caldo, Mikelis, Alexis, Ludivine e Segnon trascorsero un po' di tempo a parlare dei *Lebensborn* nazisti. Luoghi destinati a favorire la riproduzione della razza ariana, per assicurarle di poter dominare il mondo per altri mille anni. I soldati tedeschi più valorosi si recavano in quei centri per ingravidare donne dei Paesi occupati, selezionate secondo precisi criteri e giudicate ideali e pure. Dopo il rapporto venivano poi impiegate come madri surrogate, i cui bambini venivano cresciuti in seno alle SS, per farne delle piccole reclute perfette.

Ma si sosteneva anche che in quelle strutture 'mediche' fossero state tentate sperimentazioni ben più sinistre. Tentativi, prove. Su gemelli. Su tre gemelli. Su animali fatti accoppiare con esseri umani. Trapianti contro natura. Amputazioni anomale. Accoppiamenti spregevoli. Un cupo campionario della follia.

Le donne che entravano nei *Lebensborn* ben di rado lo facevano di loro spontanea volontà. Molte di loro non ne erano mai uscite, e se sì di certo non indenni.

I nazisti stessi avevano distrutto la maggior parte della documentazione dei loro macabri esperimenti. E tra chi era sopravvissuto a quelle cliniche da incubo, quasi nessuno voleva ricordare ciò che aveva visto o, peggio ancora, subìto. Era come una pagina di storia talmente atroce da non meritare di essere scritta o raccontata. Non c'erano testimoni. Nessun ricordo. Nessun appunto. Non appena i *Lebensborn* erano stati chiusi e smantellati dopo la partenza dei nazisti, gli abitanti delle zone in cui sorgevano ci avevano tirato sopra una riga. Per quasi trent'anni erano rimaste solo le voci. Fino a quando non era stato portato alla luce ciò che non avrebbe dovuto esserlo. Fino a quando non erano state trovate delle prove. Fino a quando non erano state interrogate le persone giuste, e certe lingue si erano sciolte.

Non era ancora stata fatta pienamente luce su quelle strutture, tutt'altro. Permanevano nei meandri bui della Storia, simili a case infestate da ricordi che non si doveva andare a smuovere senza un motivo, e senza precauzioni.

«Il Bois-Larris era l'unico di questi posti esistente in Francia?» insistette Alexis.

«Sì» disse Mikelis. «E non credo sia una coincidenza che i nostri uomini siano venuti a dipingere il loro simbolo su questi muri, ieri notte».

«È stato il Fantasma» disse Ludivine. «La Bestia è probabilmente ancora in Polonia, o in viaggio da qualche parte tra Cracovia e l'est della Francia. Scommetto quello che volete che c'è il sangue degli Eymessice, su quel muro».

I gendarmi avevano aspettato che arrivassero sul posto i tecnici dell'Identificazione Forense per scattare una serie di foto e prelevare dei campioni, prima di andarsene a loro volta dall'ospedale.

«È più che probabile» disse Mikelis cupamente.

«Ma perché la sede di un *Lebensborn*?» fece Segnon, riflettendo ad alta voce. «Sono seguaci delle teorie naziste?»

«Sicuramente di quelle relative a una razza superiore» rispose Mikelis, «che mi sembra rispecchino le loro azioni. Radunano gli uomini più forti e li federano sotto lo stendardo della violenza. Cercano gli individui 'superiori', il meglio, quelli in cima alla piramide alimentare. Gli autentici predatori».

«Secondo lei, quindi, è improbabile che tra loro e il Bois-Larris esista un qualche collegamento diretto?» disse Ludivine. «È una scelta unicamente simbolica?»

«Secondo me sì. Ma come emblema mi sembra molto forte!»

«Setacceremo comunque tutta la lista del personale» disse Alexis, «e anche l'elenco dei bambini ricoverati qui in passato e che ora hanno tra i venticinque e i quarant'anni. Non si sa mai. La vicenda di questo ospedale non è molto conosciuta. Non ho idea di come possano averla scoperta gli assassini, se non trovandosi per qualche ragione lì».

«Temo che sia una perdita di tempo» disse Mikelis. «Quel luogo è un emblema, un simbolo, e nient'altro».

«E se fosse qualcuno di queste parti?» disse Ludivine. «Magari solo il Fantasma».

«Brava Ludivine» replicò Alexis. «Mi sembra piuttosto probabile. Vi ricordo che la prima vittima, Claire Noury, è stata trovata nel 77, ma viveva nell'Oise, cioè molto vicino a qui. L'assassino l'ha assalita a casa sua, poi ha rimosso il cadavere per disfarsene più lontano. Mi fa pensare che fosse un tentativo maldestro per confondere le tracce. Era la sua prima volta».

Mikelis annuì e aggiunse: «Capita spesso che un assassino seriale colpisca per la prima volta non lontano da casa. Non è ancora abbastanza sicuro di sé da avventurarsi in un ambiente sconosciuto. È più che probabile che viva qui nei dintorni, o che sia cresciuto qui. Ma dubito che sia direttamente collegato all'ospedale».

Alexis si alzò in piedi e si stiracchiò.

«È ora di tornare in ufficio. Dovrebbero essere arrivati i rapporti del medico legale, e abbiamo qualche centinaio di nomi da passare al setaccio. Il giudice ha inviato la rogatoria internazionale ai nostri amici polacchi proprio stamattina. E ho buone speranze che oggi riescano a individuare il numero di cellulare della Bestia. Non vorremo mica perdercelo, no?»

L'ufficio. Il cuore di ogni indagine. Pochi metri quadrati in cui il più delle volte si giocava il tutto per tutto. I controlli incrociati, le analisi, le deduzioni, talora persino gli interrogatori. Il cuore del loro lavoro.

Stavano tornando a casa, e Alexis si sentiva rassicurato.

La foresta, e quell'antica dimora gravida di storia, lo avevano turbato.

Segnon si occupò di inserire i dati dei rapporti del medico legale nel software Analyst Notebook, mentre Ludivine e Alexis passavano in rassegna i nominativi del personale del Bois-Larris per verificare se avessero precedenti penali.

Alexis controllava il telefono ogni quarto d'ora, poi chiedeva a Segnon se aveva novità da Tomasz, il suo contatto presso la polizia criminale di Cracovia. Ogni volta il colosso lo guardava con aria sconfortata, e per dargli un contentino controllava la sua casella di posta elettronica, prima di scuotere la testa con lo stesso sguardo dispiaciuto.

«Non appena avranno notizie si faranno vivi, vedrai» continuava a ripetere.

I tre investigatori passarono il pomeriggio a verificare le fedine penali dei nomi che scorrevano sotto i loro occhi. Alexis salì controvoglia al piano di sopra per fare rapporto al colonnello Aprikan, prima di tornare di corsa al suo computer.

Sentiva che erano vicini. Che la loro morsa si stava gradualmente stringendo. Gli assassini a cui davano la caccia non erano macchine. Commettevano errori. Erano lì da qualche parte, sotto i loro occhi, in attesa di essere smascherati.

Mikelis dal canto suo aveva preso possesso di un altro piccolo ufficio, con una copia di tutti i rapporti accumulati dall'inizio delle indagini, e li stava esaminando pagina per pagina, ingurgitando una quantità impressionante di informazioni.

L'intero piano era avvolto in un silenzio da sala studio. Solo il lontano brusio della strada, fuori dalle finestre, ricordava loro che il mondo esisteva ancora.

Scese la sera. I corpi erano anchilosati. I colli irrigiditi, le schiene doloranti, le articolazioni percolanti. Gli occhi dei gendarmi cominciavano a vedere doppio sui loro schermi.

Poco prima delle diciannove, Alexis si rivolse a Segnon: «Abbiamo inserito in Analyst Notebook tutti i fornitori di servizi di cui si sono servite di recente le prime due vittime del Fantasma?»

«Sì. Tutti quelli individuati grazie alle fatture pagate, e anche quelli di cui abbiamo trovato i biglietti appiccicati ai frigoriferi o nelle agende».

«E il software non ha evidenziato nessun collegamento?»

«Nessuno».

«Chiederò gli estratti conto degli Eymessice, per fare lo stesso controllo. Non si sa mai. Ci dev'essere per forza un tratto in comune tra le vittime, da qualche parte».

«Però, in generale, la caratteristica tipica dei serial killer è che scelgono vittime senza alcun collegamento tra loro. Non è forse per questo che è così difficile agguantarli?»

«Certo, Segnon, ma il Fantasma approccia le sue vittime con un modus operandi ricorrente. Gli entra in casa senza bisogno di trafficare con le serrature. I tecnici dell'Identificazione Forense ci assicurano che non sono state forzate».

Per Alexis quello era un punto focale. Il Fantasma era un abitudinario. Forse non sceglieva le sue vittime a caso, ma solo quelle a cui aveva facilità di accesso.

A poco a poco, uomini e donne della Gendarmeria lasciarono gli uffici. Anche la Sezione Ricerche aveva diritto a un po' di riposo.

Segnon si alzò e si infilò il giubbotto.

«Per oggi ne ho abbastanza» disse.

Ludivine stava per seguire i suoi passi, poi scoccò un'occhiata ad Alexis e scosse la testa.

«Ti stai facendo coinvolgere troppo» lo rimproverò, con un sorriso tenero. «Dirigere la squadra non vuol dire che devi sacrificare la tua vita alle indagini».

«Non ho nessuno che mi aspetta».

«Nemmeno io».

«Hai due fidanzati, te lo sei dimenticato?»

Lei rispose con un'alzata di spalle. «Vado a casa e mi scaldo qualcosa al microonde da mangiare davanti alla tv» disse. «E mi farà star bene. Dovresti fare lo stesso anche tu».

«Vai, vai» disse Alexis. «Io mi fermo ancora un attimo, ma tra un'ora al massimo sarò sul divano a sbafarmi una pizza».

Ludivine esitò, poi si chinò sulla scrivania del collega per deporgli un bacio in fronte.

«Se vai avanti così ci resti sotto» gli sussurrò.

Rimasto solo, Alexis tornò agli elenchi di nomi che avevano avuto dall'ospedale. Ne avevano già vagliati circa tre quarti. Tutti i ragazzi che avevano soggiornato al Bois-Larris e che ora avevano tra i venticinque e i quarant'anni. Nessuno di loro corrispondeva al profilo tracciato da Mikelis e solo due avevano la fedina penale sporca, ma per delle sciocchezze. Alexis cominciava a pensare che avevano solo perso tempo, come aveva previsto il criminologo.

«È ancora qui?» La voce sulla soglia era inconfondibile. «Non dorme proprio mai?»

«Potrei farle la stessa domanda».

«Io qui non ho nessuno, lo sa. Solo pagine e pagine da leggere. Mia moglie e i miei figli sono rimasti sulle Alpi».

'Non avere nessuno'. Parole che si stavano trasformando in un ritornello. Come se esistere comportasse per forza la necessità di essere in due. 'Da soli si vive e basta, in due si può costruire qualcosa'. Un ritornello che Alexis era stufo di sentire.

Eppure, in fondo a lui, quelle parole trovavano un'eco. L'eco del desiderio. Del vuoto.

«Le mancano molto?» chiese, per distogliere la conversazione da se stesso.

«Certo che sì».

Dopo un silenzio un po' imbarazzato, Mikelis chiese: «E lei non ce l'ha, una famiglia?»

«No».

«Farebbe meglio a darsi da fare, Alexis. Da solo, prima o poi si farà inghiottire da questa palude di merda».

«La violenza?»

«La violenza, sì. È come una piaga da decubito, una volta che ce l'hai addosso non guarisce più, anzi peggiora. La famiglia è la miglior cura che esista».

«Infatti qualcuno se la fila in pensione prima del tempo». Una replica troppo rapida e al limite dell'aggressivo. Alexis abbassò la testa. «Mi scusi, non volevo...»

«No, ha ragione. La famiglia rimette in ordine le priorità. La scelta era tra lasciarsi divorare a poco a poco da questa malattia della società e vivere più sereno vicino alla mia famiglia, e io ho scelto. Qualunque uomo sano di mente dovrebbe fare lo stesso».

«E chi resterebbe a fare il nostro lavoro?»

«Vuole diventare un martire?»

«No, però il lavoro va fatto».

«Non conceda tutto ciò che ha a questa eterna ricerca. Altrimenti, quando verrà il suo momento di andarsene da questo ufficio non avrà più niente di suo, né niente dentro di lei, che ne valga la pena».

«È per questo, allora, che ha cambiato idea? Le mancava la ricerca?»

Mikelis guardò freddamente Alexis.

«Mentirei se dicessi che non è così. Lo sappiamo entrambi che la violenza è come una droga. Torni per farti una dose e te ne penti subito. Ma è più forte di noi, no?»

Il gendarme annuì.

«Vada a dormire, Alexis. Il sonno è ancora la miglior difesa contro ciò che sta braccando».

Il criminologo stava per andarsene, quando l'uomo più giovane lo chiamò: «E cosa stiamo braccando, per la precisione?»

Mikelis era girato di tre quarti. Il suo sospiro veniva da lontano.

«Ciò che c'è dentro ciascuno di noi fin dall'alba dei tempi, e che ci ha permesso di arrivare dove l'umanità è adesso. Una cosa che la civiltà ci ha insegnato a controllare, per poi col tempo metterla a tacere. Fino a dimenticarla, nel profondo di noi stessi».

Lanciò un breve sguardo ad Alexis. Un ghigno crudele sulle labbra.

«La bestialità primordiale» disse, prima di andarsene. «La nostra anima di predatori».

21.

Alexis premette il campanello una seconda volta.

Nel vano della porta socchiusa Ludivine aveva un'espressione sorpresa. I capelli biondi erano sciolti e le ricadevano davanti al viso.

«Alex? Che cavolo ci fai qui? I polacchi hanno già risposto?»

Lui scosse la testa e assunse la sua migliore aria da Droopy: bocca triste, sguardo disperato e guance cascanti.

«Posso sprofondarmi sul tuo divano con te?»

Gli occhi azzurri della giovane donna lo studiarono per un attimo.

«Parleremo di lavoro?» chiese.

«Assolutamente no. Giuro».

La porta si aprì.

«Niente Häagen-Dazs nel freezer, mi dispiace».

Alexis le mostrò la scatola di cioccolatini.

«Agli antidepressivi ho pensato io».

«Non sono in divisa, quindi ti avverto: guai se fai battute!»

Ludivine indossava pantaloni da pigiama color rosa, con la parola PINK cucita sulla gamba, sotto una camicia a scacchi stile boscaiolo.

«Wow, che sexy!» disse lui, con un lieve fischio.

«La casa è un puttanaio, fai finta di niente. Non aspettavo visite».

L'ingresso era in ordine per gli standard di Alexis, che passando davanti alla cucina notò di sfuggita un sacco della spazzatura sul pavimento e qualche piatto sporco da lavare.

«Dovresti vedere casa mia» disse sottovoce, più che altro a se stesso.

Lo condusse nel piccolo soggiorno, che era agli antipodi rispetto alla sua postazione in ufficio, fredda ed essenziale: poster di vecchi film anni Cinquanta, tra i quali appariva qua e là il terra di Siena della carta da parati, e mensole cariche di ninnoli che occupavano l'ampia porzione di una parete.

«Non sapevo che eri una fan dei film in bianco e nero».

«Mi piace come recitavano gli attori di allora».

«Ma sei una vera cinefila» disse Alexis, scoprendo una fila di libri sul cinema ben allineati. «Non ne parli mai!»

«Perché dovrei?»

«Io sono sempre lì che la meno coi Giants!»

«Ah è vero, il lunedì mattina sappiamo tutti se il giorno prima hanno vinto o perso!»

«Mi piace condividerlo con voi...»

«Ecco. Io invece non voglio condividere quello che mi piace. È mio. E solo mio».

Alexis annuì, anche se con una punta di rammarico. Più conosceva la sua collega e più gli piaceva. Era molto meno fredda di quanto a volte lasciasse apparire.

Scavalcò un vassoio da microonde sul tappeto e tirò fuori una bottiglia di Monbazillac da sotto la giacca kaki, posandola sul tavolino.

«Hai dei calici da vino?»

«Vuoi farci ubriacare?»

«Voglio che ritroviamo il sorriso».

«E abbiamo bisogno dell'alcol per questo?»

Lui fece un'alzata di spalle. «Cosa stavi guardando?» chiese, voltandosi verso la televisione.

«Una serie americana, niente di che».

«Non hai anche tu ogni tanto l'impressione che più sono i canali, meno sono i programmi che vale la pena vedere? È come se le varie reti dicessero: vi diamo già una quantità di cose, vorrete mica che ci preoccupiamo anche della qualità...»

«Un ragionamento un po' da vecchio, no?»

Lei gli passò un cavatappi e andò a recuperare due bicchieri, che lui riempì per tre quarti dopo aver stappato la bottiglia.

«Ti avverto, Alex, se mi sbronzo mi metto a raccontarti tutta la mia vita!»

«Se mi sbronzo, sono pronto ad ascoltarti».

Si accomodarono sul divano e in meno di un'ora diedero fondo alla bottiglia, mentre facevano zapping tra i canali e chiacchieravano di film, di sport e di storie d'amore passate.

Poi, quando i silenzi tra una frase e l'altra cominciarono ad allungarsi, Alexis le prese la mano e si chinò verso di lei.

«Non farlo» sussurrò Ludivine.

Lo guardava con i suoi grandi occhi azzurri, bella come un'adolescente timida.

«Dimmi di no e me ne vado senza insistere».

Alexis aveva avuto voglia di vita. Da solo alla scrivania, circondato dal racconto di tutti i delitti di cui stavano analizzando ogni dettaglio, si era sentito invadere dall'angoscia. E di conseguenza da un desiderio di vita, di calore umano. Ben diverso da quello che poteva offrirgli una splendida escort da ottocento euro a notte. Aveva bisogno di condividere. Di un'illusione d'amore in cui credere.

E l'immagine di Ludivine si era fatta prepotente. Durante il tragitto verso casa sua non aveva pensato di andare a letto con lei, non con la sua collega, no, era impossibile, ma solo di passare buona parte della notte insieme, magari dormendo sul suo divano... Tenendosi per mano. Raccontarsi tutto e poi alzarsi all'alba, stanchi ma insieme.

Era lì, sotto il suo sguardo, così bella.

Ludivine deglutì e arricciò il nasino.

«Mi hai fatta ubriacare apposta per saltarmi addosso, vero?»

«No, per trattenermi dal saltarti addosso appena arrivato» disse lui, in tono scherzoso, chiedendosi se non c'era del vero.

«Che scassacazzi che sei».

Fu lei ad afferrargli la nuca e ad attirarlo a sé. Il primo bacio fu lento, sensuale e dolce.

Si guardarono. Sorridevano, come due adolescenti che stavano per fare una cazzata e lo sapevano.

E il secondo bacio fu carnale, intenso, erotico.

Si sfilarono gli indumenti con foga per lanciarli in giro per il soggiorno, le labbra che si cercavano, le lingue che guizzavano, i denti che mordicchiavano dolcemente il collo, le spalle e i seni. Quando le fece scivolare la mano sotto la cintola del pigiama, Alexis riaprì gli occhi con aria maliziosa e mormorò: «Niente mutandine?»

«Te l'ho detto, non aspettavo visite...» disse lei, con finto pudore, spingendolo a baciarla.

Gli morse il labbro e gli conficcò le unghie nella schiena.

La pelle di lui contro quella di lei, ardente e sensibile

come quella dei neonati. I seni di Ludivine erano grandi, perfettamente tondi, caldi e induriti dall'eccitazione.

Si cercavano, si stuzzicavano, si coprivano di baci, si abbracciavano con foga, le dita che giocavano con il sesso dell'altro per accendere ancora di più il desiderio, per scoprire i loro corpi, per imparare a conoscersi.

Poi Alexis la penetrò, liberando in un colpo di reni tutta la tensione che si era accumulata sul filo dei minuti. Si fusero, si respinsero, si dimenarono, finché Ludivine, con un movimento del bacino, lo fece girare e gli fu sopra a sua volta. Gemevano, i loro umori si scioglievano, il sudore a cementare i corpi, le dita quasi una protezione contro la realtà, per stringersi l'un l'altra, i fianchi che lottavano mentre cambiavano posizione, prima delicatamente, poi selvaggiamente.

Rotolarono sulla moquette, Alexis fece girare Ludivine sul ventre e la prese con vigore crescente così, una mano a stringerle i capelli, per schiacciarla al suolo. Ansimavano.

La sua vagina era una guaina delicata che affilava sempre più la lama dell'orgasmo, fino ad arroventarla.

Il calore saliva al centro dei loro corpi. Una sfera diffusa vorticava sempre più veloce, creando archi di elettricità sempre più lunghi e intensi.

Ludivine serrò i pugni e le sue grida si fecero più acute, il suo respiro più affannoso, le sue gambe si irrigidirono e la sua bocca si contorse in una smorfia di totale abbandono.

Alexis era più teso che mai, galvanizzato dal piacere della sua compagna, la testa che girava per l'euforia e l'alcol, e di colpo l'intero universo gli esplose intorno, brutalmente, in poderosi fiotti, il cosmo si diffuse dall'estremità del suo essere e inondò l'origine del mondo. Un breve momento in cui l'uomo, disincarnato, si trasfigurava. Alexis lo aveva da sempre saputo. L'estasi era divina.

Dio era nel godimento.

Era una certezza.

Alexis avvertì una presenza calda sul braccio, dall'altra parte del letto. Non era a casa sua. Non aveva sognato. Era reale. Lui e Ludivine. Alzò la testa e le palpebre si aprirono lentamente.

Il decoder della tv indicava l'ora.

02:43.

Perché si era svegliato? Era un altro incubo?

Era ancora un po' intontito dal sonno. Però intravedeva immagini lontane, una reminiscenza di emozioni inquietanti che fluttuavano ai margini della sua coscienza.

Sì, aveva fatto un incubo. Nonostante la presenza di Ludivine.

Il ricordo di tracce di sangue. Molto sangue.

In una casa.

E all'improvviso, vide la luna cadere da una grande vetrata su un dipinto. Un dipinto di fluidi umani.

Un'opera di carne. Un cammeo di porpora e vermiglio, il cui senso apparteneva unicamente al suo autore.

Una sorta di *action painting*.

L'anima di Francis Bacon nel corpo di Jackson Pollock.

Ognuno poteva vedervi l'intento artistico che più desiderava. I colori e i movimenti da essi indotti come uniche guide. Un'arte non figurativa ma istintiva, legata al cervello rettiliano, alla caratteristica più antica e primordiale dell'uomo: i suoi gesti.

E poi Alexis spalancò gli occhi.

Era lì, di colpo, nel cuore della notte, come se fosse ovvio.

24.

La 206 priva di contrassegni di Alexis rallentò quando il GPS gli indicò che era a meno di un chilometro dalla sua destinazione.

Aveva appena attraversato la foresta di Saint-Germain-en-Laye e si stava avvicinando ad Achères-Grand Cormier, che per quanto ne sapeva era solo una stazione sperduta in un'enorme area di smistamento ferroviario, circondata da alberi. C'erano giusto alcune case e una manciata di piccoli edifici, che giustificavano le rare fermate dei treni. Un luogo isolato, dimenticato dall'urbanizzazione, senza un solo negozio e con appena un centinaio di abitanti, per lo più ferrovieri che lavoravano nell'area di smistamento, e una strada nazionale che sovrastava il tutto da un viadotto di cemento tanto brutto quanto inaspettato in mezzo a una foresta.

Alexis voleva vedere.

Contemplare il covo del Male.

Non si era mai trovato faccia a faccia con un assassino di quella specie, e non si illudeva: era un fatto abbastanza eccezionale nella vita di un gendarme da poter essere la prima e l'ultima volta che gli accadeva. Non voleva farselo sfuggire. E, in quanto responsabile del caso, non voleva mandare tutto all'aria saltando a conclusioni affrettate.

Eppure, dentro di sé, sapeva che Victor Mags era il loro uomo e che tutto si incastrava alla perfezione.

Ma diffidava delle certezze e della cecità autoinflitta.

E più di ogni altra cosa, voleva vederlo con i suoi occhi. Vederlo e *sentirlo*.

Alexis non coltivava pulsioni suicide, neanche da un punto di vista professionale, non aveva nessuna intenzione di fare l'eroe e tentare di arrestarlo da solo. Il Fantasma era pericoloso. Probabilmente anche armato.

Spettava al GIGN intervenire. Lui, Ludivine e Segnon sarebbero rimasti nelle retrovie a seguire l'operazione, ma avrebbero lasciato il posto in prima linea agli specialisti del reparto d'assalto della Gendarmeria.

Insomma, era andato lì solo come esploratore. Per non correre rischi e scatenare i mastini nel posto giusto, contro l'uomo giusto.

Achères-Grand Cormier corrispondeva all'immagine che se ne era fatto: una pustola industriale deserta in mezzo al nulla, incastrata tra chilometri e chilometri di campagna, e come unica fonte di distrazione le prostitute ai lati della statale, all'imbocco dei sentieri. Le ragazze aspettavano i clienti, per lo più camionisti che rendevano rumorosa la strada con il loro incessante passaggio, sedute su tronchi rovesciati o al riparo dietro la vegetazione, segnalando la propria presenza con una busta di plastica piena di preservativi appesa a un ramo. Strani frutti, per lo più bianchi, che si agitavano al passaggio di ogni autotreno, pronti a cadere come fossero troppo maturi. Un frutteto dove si raccoglievano solo squallidi piaceri.

Il Fantasma aveva scelto bene il suo covo.

Per lo più puttane dell'Est Europa, i cui protettori non correvano certo dai gendarmi in caso qualcuna scomparisse. Victor Mags andava lì a sfogarsi? Era il suo parco giochi?

Si era trasferito all'epoca del suo primo delitto. Probabilmente spaventato, voleva allontanarsi dalla zona in cui aveva 'sbagliato'. Conosceva la zona, che non era lontana dall'ospedale del Bois-Larris, e aveva avuto bisogno di prendere una certa distanza, di rassicurare se stesso.

Aveva scelto Achères-Grand Cormier per l'isolamento? Un punto di passaggio perenne, un vuoto, con intorno tante ragazze facili da rapire e far sparire. Anche se alla fine la Gendarmeria locale avesse cominciato a guardare più da vicino quelle sparizioni, quante migliaia di veicoli passavano di lì ogni giorno? Quanti treni merci transitavano lì sotto? Prima che potessero risalire fino a lui, il Fantasma avrebbe avuto ampio agio di trasferirsi di nuovo.

Alexis seguì le indicazioni del GPS, uscì dalla statale e imboccò una stradina stretta, incuneata tra i binari della ferrovia e la foresta.

Passò davanti a diversi capannoni grigi, tristi oltre ogni dire. Facciate screpolate. Finestre luride. Minuscoli giardini incolti. Vestiti stesi nell'umidità e nel freddo sui fili che correvano davanti ai treni.

Neanche un'anima in vista.

Nemmeno una macchina parcheggiata.

C'era da chiedersi se Grand Cormier non era in realtà un paesucolo fantasma.

La strada proseguiva oltre le ultime case, la banchina trasformata in una discarica, ricoperta di sacchi della spazzatura, frigoriferi arrugginiti, parti di motori e telai di finestre divorati dai vermi.

Il GPS indicava che mancavano ancora duecento metri alla destinazione finale.

Fu allora che Alexis scorse il tetto di un edificio all'estremità del paesino. Decise di passarci davanti senza rallentare.

Il Fantasma viveva lì, in una vecchia casetta dalla vernice sbiadita e dalle persiane in acciaio ossidato semichiuse, un pianoterra rialzato da un seminterrato sottostante.

Da quello che riuscì a cogliere di sfuggita, Alexis notò che il giardino era in uno stato deplorevole, invaso da rovi ed erbacce alte.

Aveva visto un'auto sul retro.

Lui era lì.

Alexis controllò il cellulare. Il segnale era buono, nessun problema da quel lato.

Proseguì per mezzo chilometro e parcheggiò ai piedi di un modesto magazzino della SNCF, non lontano da una torre di manovra che dominava lo smisurato panorama dei binari che si moltiplicavano nell'area di smistamento. In lontananza notò una figura che camminava tra due edifici scuri, con una borsa in mano.

Dopotutto c'era un po' di vita anche lì.

Ma il Fantasma era tranquillo. Nessuno che lo disturbava, nessuno che lo spiava. Poteva andare e venire senza che nessuno se ne accorgesse.

Un treno passò dall'altra parte della distesa, sputando fragore metallico.

Alexis non voleva accontentarsi. Non aveva fatto tutta quella strada per andarsene senza il suo trofeo: la certezza che fosse davvero lui. Gli sarebbe bastata un'occhiata, per saperlo.

Era qualcosa che sfiorava il territorio delle leggende.

Il cacciatore e la preda che si riconoscevano all'istante, senza dire una parola.

'Devo solo fare in modo che *lui* non mi veda!'

Era essenziale.

Il gendarme si avvicinò alla casa di Victor Mags, e quando fu molto vicino si insinuò nel sottobosco, avanzando poi abbastanza lentamente finché non trovò un punto di osservazione a meno di dieci metri dalla tana del mostro. Da lì si vedeva un lato della casa, con una porticina e due finestre opache.

Una Volvo station wagon era parcheggiata di fronte a un'autorimessa di legno in pessimo stato.

Per un attimo Alexis si chiese cosa ci facesse lì. Da solo. Nascosto tra gli alberi, a spiare l'inquietante covo di quello che poteva essere un serial killer.

Un uomo capace di uccidere brutalmente cinque persone, solo per il proprio piacere, per esercitare il proprio potere e giocare a essere Dio, perché la sofferenza e la paura degli altri erano le sue uniche fonti di godimento.

La foresta intorno ad Alexis era viva, con il fruscio del vento tra i rami, gli animali che strisciavano invisibili e il brulicare di tutti quegli insetti che ne costituivano il tappeto naturale. Una volpe emise un guaito soffocato in lontananza. Il gendarme credette di riconoscere il grido che aveva sentito spesso in campagna, d'estate, quando era solo un ragazzino.

Si rigirò l'iPhone in tasca. Era nervoso.

Fino a quando sarebbe rimasto così? Quanto tempo si sarebbe concesso prima di arrendersi, prima di cedere?

'Il tempo che ci vorrà. Solo per vedere. Solo per sapere'.

Un altro treno passò in lontananza, ma non così lontano da impedire che il martellamento metallico delle ruote sulle rotaie coprisse tutti i suoni circostanti.

Poi la natura riprese il sopravvento con i propri suoni.

Da lì non si sentiva nemmeno il traffico sulla statale. La strada era troppo lontana, troppi alberi in mezzo.

La volpe guaì di nuovo, più vicina ad Alexis, ma il suono era sempre ovattato. Anche gli animali sembravano manifestarsi con precauzione, in quel luogo.

L'iPhone cominciò a squillare e Alexis sobbalzò, affrettandosi a metterlo all'istante sul silenzioso.

Guardò la casa. Nessun movimento. Non lo aveva sentito nessuno.

Un SMS.

Ludivine.

'Cosa diavolo fai?'

Le dita volarono sulla tastiera: 'Avvisa il colonnello, in allerta il GIGN. Forse ho roba grossa'.

Quindici secondi dopo Ludivine richiamò. Alexis rifiutò la telefonata e inviò un altro messaggio.

'Non posso parlare'.

'Cosa diavolo fai??? DOVE SEI?'

Alexis esitò. Aveva detto troppo, non poteva aspettare ancora.

Mandò l'indirizzo dove si trovava.

'Victor Mags. Penso sia lui'.

'Sei lì?'

'Sì'.

Alexis attese per più di due minuti la risposta di Ludivine.

'NON MUOVERTI! ARRIVIAMO'.

A quel punto poteva solo pregare di non essersi intestardito a seguire come un cieco una falsa pista.

Nel giro di due ore, una ventina di gendarmi in tenuta d'assalto avrebbe preso posizione tutt'intorno, con un elicottero pronto a intervenire, e l'intero quartier generale della Gendarmeria sarebbe stato avvertito, e messo in stato d'allerta.

Doveva tenere duro ancora per un paio d'ore.

Solo un paio d'ore.

25.

Alexis guardò l'orologio. Era intorpidito, mani e piedi gelati. Ormai era più di un'ora che stava di guardia nel suo nascondiglio.

I treni che passavano sembravano il ticchettio di un'abnorme lancetta dei secondi dal ritmo irregolare. Lo aiutavano a rimanere sveglio. Non aveva dormito quasi per niente, e non riusciva neanche a ricordare quand'era stata la sua ultima vera notte di sonno.

La volpe era silenziosa da un po' e c'era solo qualche scoiattolo rosso che frugava tra le foglie morte, a caccia delle ultime provviste per l'inverno.

Alexis controllò di nuovo l'orologio, come se bastasse ad accelerare lo scorrere del tempo. Ora che aveva avvertito la cavalleria, non vedeva l'ora che arrivassero e prendessero in mano la situazione.

Se tutto andava bene, gli uomini del GIGN sarebbero stati lì entro un'ora. Forse anche meno. Ludivine lo avrebbe avvertito non appena fossero stati tutti in posizione. Alexis avrebbe potuto lasciare il suo posto di osservazione improvvisato e raggiungerli, per lasciare che procedessero all'arresto.

Per il momento, gli bastava assicurarsi che il sospettato non lasciasse la casa.

Perché era in casa, su quello non c'erano dubbi. Alexis

aveva visto più volte apparire e sparire una luce da una finestrella del seminterrato.

'Se mi sono sbagliato, se è tutto un film che mi sono fatto io e Victor Mags non c'entra nulla, mi manderanno a fare i controlli con l'alcol test fino alla pensione. Altro che SR'.

Gli venne voglia di una sigaretta. La prima dopo cinque anni. Aveva smesso dopo il cancro del nonno, una promessa fatta a un uomo in fin di vita, il genere di giuramento impossibile da infrangere. Ce l'aveva messa tutta per riuscire a smettere. Alexis non era un tipo da mezze misure, se decideva di fare una cosa la faceva e basta. A volte era eccessivo, ma era il suo modo di impegnarsi: pienamente, fino in fondo, senza lasciare nulla di intentato. Cerotti e ipnosi, tutto quanto. Vai. E aveva funzionato, eccome se aveva funzionato. La nicotina adesso gli faceva schifo.

Ma in quel preciso momento, avrebbe ucciso anche solo per un tiro da una Marlboro.

La volpe si fece sentire di nuovo.

Un guaito un po' diverso, al tempo stesso vicino e ovattato, come se provenisse dai meandri di una tana, subito coperto dal rombo di un treno merci che si allontanava di buon passo, come se volesse fuggire dal grigiore di quel luogo il più in fretta possibile.

Alexis, che di animali non ne sapeva granché, cominciò a dubitare che fosse davvero una volpe. Dopotutto, le sue scarse conoscenze in materia risalivano all'epoca dell'adolescenza. Non era mica una donnola, magari?

'A questo mi sono ridotto? A farmi i quiz sui versi degli animali? Evviva'.

Non era mai stato di quelli che si complicano la vita inutilmente.

Era inconsapevole? Cosa gli ricordavano quei lamenti?

Non ce la faceva più, aveva bisogno di sgranchirsi le gambe.

Si rimise in piedi.

In quel preciso momento, la porta laterale di fronte a lui si aprì per rivelare la figura atletica di un uomo di alta statura.

Alexis si bloccò.

La luminosità era calata, e lui era nascosto dal fogliame. Se l'uomo non stava scrutando proprio quel punto della foresta, avrebbe potuto passare davanti al giovane gendarme senza vederlo.

Alexis sentiva il cuore battergli in gola.

Aveva la bocca secca.

Victor Mags aveva i capelli scuri e la barba incolta. Una faccia comune, ma un taglio di capelli moderno: ciuffi sapientemente disposti e un fisico imponente, che gli dava un certo fascino. Nonostante il freddo, indossava solo una maglietta bianca sopra i jeans e pesanti scarponi da lavoro.

Passò tra Alexis e la casa e attraversò il giardino, con passo strascicato, per andare a ritirare la posta dalla cassetta delle lettere. Non trovando nulla, estrasse dalla tasca posteriore un pacchetto di sigarette e se ne accese una, lanciando un'occhiata verso l'area di smistamento che si estendeva più in là, di fronte alla sua modesta proprietà.

Era passato troppo in fretta, Alexis non era riuscito a guardarlo bene, a vedere bene l'espressione dei suoi occhi, troppo preoccupato dal rischio di farsi scoprire.

Mags fumava tranquillo, lasciando vagare i pensieri.

'Che cazzo stai facendo, eh? Ti sei appena svegliato? Stai pensando al tuo lavoro di notte? Ai giri che farai, in cui potrai individuare le tue prossime vittime? Cosa passa per la testa di un assassino come te in questo momento?'

Victor Mags gettò via la sigaretta consumata a metà e tornò indietro.

Passò a cinque metri da Alexis.

E il gendarme non riuscì a vedergli gli occhi, ma le mani sì.

Dita grosse e lunghe.

Tutte rosse.

Come incrostate.

Mags rientrò in casa sbattendo la porta.

Poteva essere sangue?

Tanto da esserne ricoperto fino ai polsi?

Alexis deglutì. Non sapeva più che cosa pensare.

La situazione gli sfuggiva di mano.

La volpe guaì di nuovo. Sempre quello strano verso, così vicino eppure così soffocato.

E questa volta il gendarme capì.

'Viene dalla casa!'

Un guaito che in realtà non lo era.

Un grido. Umano, non animale.

Alexis si sentì accapponare la pelle.

Non aveva riconosciuto il grido di un essere umano! Era un urlo, un richiamo, un gemito! Una donna, probabilmente legata e imbavagliata, che soffriva così tanto da gridare attraverso il bavaglio, un suono acuto, spezzato e distorto dagli spasmi di dolore e dal terrore, fino a sembrare un guaito animale.

Il respiro di Alexis era pesante.

Gli tremavano le mani.

Tirò fuori il suo iPhone e lo fissò, come se si aspettasse di veder comparire sullo schermo le risposte ai suoi dubbi. Poi inviò un messaggio a Ludivine: 'Dove siete? Fate presto!!!'

Nessuna risposta.

Si allontanò di qualche metro e provò a chiamare, incapace di aspettare. Gli rispose la segreteria telefonica. Provò con Segnon, ottenendo il medesimo risultato. Non dovevano essere molto lontani.

«Oh cazzo… cazzo» mormorò Alexis.

Non sapeva davvero cosa fare.

Se in quella casa c'era una donna e quel bastardo la stava torturando, doveva intervenire.

'No. Spetta a quelli del GIGN. Stanno arrivando!'

Una vocetta fastidiosa cominciò a stridere dentro di lui. Non parole intelligibili, ma un suono lamentoso e beffardo. Era la coscienza che gli stava parlando. E metteva in discussione tutto il suo essere, tutte le sue convinzioni.

Alexis era in preda al dubbio. Se quella donna fosse morta prima che la Gendarmeria riuscisse a intervenire, non se lo sarebbe mai perdonato. Lo avrebbe accompagnato ovunque, come un fantasma.

'Non posso entrare lì!'

Era solo, armato soltanto della sua pistola d'ordinanza.

Il guaito filtrò di nuovo dalla casa.

E di nuovo il frastuono di un treno in lontananza. Carico di aggressività.

Era così evidente, adesso, che Alexis non si capacitava del fatto di non averci pensato prima.

Strinse le dita intorno all'impugnatura della SIG Sauer Pro.

'Cosa sto facendo?'

Le gambe si stavano già muovendo verso la casa di Mags.

Non poteva più aspettare.

Per questo era entrato nella Gendarmeria. Per salvare vite umane.

Il cuore gli batteva all'impazzata.

Alexis estrasse la semiautomatica.

Calibro 9 millimetri.

Quindici cartucce nel caricatore.

Non si era mai augurato tanto che una cosa così piccola potesse fare più danni possibile.

La sua vita e quella di una sconosciuta erano lì, tra le sue dita.

Impossibile tornare indietro.

Si ritrovò quasi suo malgrado davanti alla porta.

Ed entrò.

26.

La casa sapeva di chiuso, era pervasa da uno sgradevole miscuglio olfattivo di polvere, umidità e muffa.

Alexis era entrato dalla porta della cucina. Un tavolo in fòrmica piccolo – da cui nel tempo erano saltate via diverse schegge di vernice e resina – occupava il centro della stanza. Sopra erano ammassati i resti di un pranzo e diversi giornali spiegazzati. Alexis individuò subito l'articolo che doveva aver suscitato l'interesse del Fantasma.

«Nessun commento della Gendarmeria nazionale sul triplice omicidio di Louveciennes».

Se c'era bisogno di una prova a conferma del fatto che il colpevole era proprio Victor Mags, Alexis l'aveva appena trovata.

Nella stanza non c'erano luci accese, e in quel tardo pomeriggio d'autunno il chiarore proveniente dall'esterno, reso ancora più scarso dalla sporcizia incrostata sui vetri delle finestre, era appena sufficiente per orientarsi.

Il pavimento era un vecchio parquet in legno massiccio.

Un punto a suo sfavore.

Se scricchiolava a ogni passo, Alexis si sarebbe fatto scoprire subito.

La SIG Sauer che impugnava sembrava pesare una tonnellata.

Cercava di mantenere la calma, inspirando dal naso ed espirando dalla bocca. Calmarsi per ritrovare il sangue freddo, la lucidità di fare la scelta giusta al momento giusto.

C'erano due vite in gioco, si ripeté. Compresa la sua.

Avanzò piano, sollevando appena il piede, e pregò che le assi del pavimento non scricchiolassero. Raggiunse la soglia del soggiorno, immerso anch'esso nella semioscurità, e ruotò su se stesso da destra a sinistra, poi in senso inverso, spazzando con la semiautomatica tutti gli angoli sospetti. Non c'era nessuno.

Respirava a fatica. Non riusciva a calmarsi.

Il soggiorno era decisamente spartano: un divano in pelle col rivestimento spaccato in più punti, dai quali veniva fuori la gommapiuma dell'imbottitura, e gettata di traverso una coperta dai colori sbiaditi che doveva risalire agli anni Settanta, una poltrona ridotta altrettanto male accanto al caminetto, un tavolino basso, scaffali pieni di riviste accuratamente disposte in modo che i bordi formassero un rigoroso allineamento monocromatico. Niente foto, niente quadri, nessuna decorazione alle pareti. Niente tappeti o soprammobili per dare al luogo una parvenza di anima.

Sul lato opposto si aprivano due porte sul resto della casa.

'Dove sei, bastardo? Dove ti nascondi?'

Alexis pensò alla finestrella del seminterrato, dove aveva visto più volte accendersi la luce mentre sorvegliava la casa.

Se il loro pazzo era uno di quelli a cui piaceva allestire un covo in cui rinchiudere le sue vittime, una prigione in cui torturarle e violentarle in santa pace, allora sì, c'era da scommetterci che avrebbe sfruttato lo scantinato, lontano da sguardi indiscreti.

Ed ecco di nuovo quel guaito a scatti, spezzato. Alexis sussultò. Era molto più vicino adesso, e il gendarme ci sentì dentro tutta la sofferenza del mondo. Un lamento che aveva ormai ben poco di umano, in cui sembrava esprimersi solo l'animalità. Ciò che stava passando quella poveretta era ai confini del tollerabile, al punto che le mancava il respiro mentre urlava, a rischio di soffocare.

'E i gemiti vengono da qui sotto, per forza' pensò Alexis.

Il gendarme si guardò intorno, cercando l'ingresso alla cantina, poi tornò sui suoi passi e notò una porticina, che prima aveva scambiato per un ripostiglio.

La pressione della scarpa bastò a strappare un gemito al pavimento.

Si irrigidì, una goccia di sudore gli colò lungo la schiena.

In lontananza stava passando l'ennesimo treno. Era quasi rassicurante: al di là di quelle mura, la vita non si era fermata.

La bocca della SIG Sauer faticava a rimanere in linea di tiro sulla porticina.

Alexis si avvicinò, allungando la sinistra verso la maniglia.

La porta si schiuse piano, rivelando una scala stretta e ripida, a malapena illuminata da una lampadina tremolante.

Gli sembrò di sentire un respiro affannoso provenire dal basso, poi un gemito soffocato.

'È qui sotto. È ancora viva'.

Non riusciva a decidersi a scendere i gradini. Il cuore gli batteva all'impazzata, come se volesse schizzargli fuori dal petto, respirava a fatica, la fronte madida di sudore, le mani umide sul calcio zigrinato della pistola, le gambe tremolanti. Non era affatto sicuro di essere in grado di agire. Nemmeno di parlare, farsi riconoscere e minacciare Victor Mags con la sicurezza necessaria a farlo mettere in ginocchio, le mani dietro la nuca. Non era nemmeno sicuro di mantenere l'autocontrollo sufficiente per ammanettarlo.

Alexis era terrorizzato.

Avrebbe premuto il grilletto, se avesse dovuto?

Non ne aveva la forza. Non in quel momento.

Guardò fuori, verso la strada ancora disperatamente deserta. Dal telefono nessuna vibrazione, Ludivine non aveva ancora ricevuto il suo SMS.

'Quella donna è qui sotto, a morire lentamente. Se non scendo in...'

Sentì un nodo alla gola.

Respinse le emozioni. Non voleva cedere. Inspirò a fondo, finché i polmoni non furono saturi di ossigeno, e senza più pensarci si costrinse ad appoggiare un piede sul primo gradino.

Poi sul secondo.

La pistola puntata verso il fondo della scala, la sicura disinserita, l'indice lungo la canna, pronto a scendere sul grilletto al minimo dubbio.

Alexis cercò di controllare il respiro, di essere il più silenzioso possibile. Stava scendendo, era quasi arrivato.

Con la testa sfiorò la lampadina, ne sentì il calore contro il cranio, mentre la sua ombra si proiettava davanti a lui, allargandosi giù in basso sul cemento.

Si fermò, immobile.

Se Victor Mags era girato verso la scala della cantina, doveva per forza averlo visto.

Il gendarme deglutì a fatica, gli occhi fissi sulla linea di mira della SIG Sauer.

Nessun rumore.

Trattenne il respiro.

Poi, visto che non succedeva nulla, Alexis si decise a proseguire.

Il bruciatore di una caldaia entrò in funzione. Il bagliore della fiamma a gas lo fece sussultare. Infilò l'indice nel ponticello e cominciò a premere il grilletto. Fortunatamente, la doppia azione richiedeva una corsa del dito più lunga per far partire il colpo e Alexis riuscì a controllarsi prima di sparare. Questione di pochi grammi di pressione, una reazione istintiva.

'Che cazzo!' Un urlo silenzioso nel petto.

C'era quasi. Erano lì, proprio lì, da qualche parte in quel labirinto sotterraneo, abbastanza vicini perché il respiro affannoso della donna fosse già percepibile. Alexis riusciva a sentirla.

Non poteva più aspettare.

Piroettò su se stesso e si lanciò fuori dal vano scala, puntando la SIG Sauer in ogni possibile direzione nella stanza.

A parte una caldaia nuova e un congelatore, non c'era un bel niente.

Soltanto una porta socchiusa, di fronte a lui.

Fece quattro cauti passi in quella direzione, le braccia irrigidite più dal nervosismo che dal peso della pistola.

Si appiattì contro il muro. Inspirava ed espirava dal naso, per ridurre il rumore al minimo. L'azione gli impediva di porsi domande o di perdere lo slancio. Doveva agire, senza esitazioni.

Si sporse leggermente in avanti, per vedere cosa c'era oltre la porta.

Tende di velluto rosso, che foderavano le pareti come in un cinema d'altri tempi. Un tavolo di ferro. Catene che scendevano dai piedi.

Una forma stesa sul tavolo. Pelle nuda, zebrata di sangue.

Gambe divaricate da un sistema di carrucole che pendevano dal soffitto. Una donna immobilizzata come per una visita ginecologica, braccia e gambe legate.

Da quello che gli riuscì di vedere era bruna, sui vent'anni, con tatuaggi sulle cosce e sul ventre e un bavaglio che le copriva la parte bassa del viso. Gli occhi ridotti a due fessure, arrossate da troppe lacrime e botte.

Le erano stati praticati tagli ovunque, sottilissimi, sicuramente a colpi di rasoio, che si imperlavano di sangue a ogni sussulto di quel corpo straziato.

La donna era ancora viva.

Poi Alexis notò l'attrezzatura fissata alla parete dietro di lei: seghe di varie dimensioni per tagliare ogni genere di materiale, cacciaviti, bisturi, martelli, corde, speculum di varie dimensioni, lubrificanti, un cacciavite elettrico, morse, forbici, cesoie, manette, Super Glue, una pinzatrice, grossi chiodi, filo spinato, fili elettrici scoperti collegati a una batteria... da dove si trovava, il gendarme riusciva a vederne solo una parte. L'intero armamentario era in parte disposto su un banco da lavoro di legno ormai logoro, in parte appeso a chiodi piantati in un pannello di truciolato dov'era disegnata l'impronta di ogni strumento, per sapere dove riporlo dopo l'uso.

La sola vista di tutti quegli strumenti allineati, e il pensiero dell'uso morboso e depravato che ne veniva fatto, gli diede la nausea.

Aveva nel mirino la prigioniera di Victor Mags e l'essenziale della situazione era chiaro, ma il torturatore rimaneva invisibile, probabilmente da qualche parte dietro la porta.

Alexis doveva agire. Non poteva più aspettare. L'assassino poteva uscire allo scoperto da un momento all'altro, magari per dare il colpo di grazia alla sua prigioniera.

Alexis sentì crescere il panico.

Doveva reagire. Passare all'azione. Subito. Smettere di pensare.

Diede un calcio alla porta e fece un salto, brandendo la SIG Sauer.

Nessuno.

Fu colto da un senso di vertigine. Ruotò in tutte le direzioni.

Victor Mags doveva essere lì, da qualche parte.

Non c'erano altri accessi.

Alexis respirava a scatti.

Le pareti ondeggiavano intorno a lui.

Le tende di velluto rosso scuro si gonfiavano.

Era nella tana dell'assassino. Nella proiezione materiale della sua follia depravata.

La ragazza sul tavolo emise tre gridolini soffocati nel tentativo di alzarsi, perdendo sangue da tutte le ferite.

La peggiore era forse quella che deformava il suo sesso. Un incubo a occhi aperti. Il gendarme si sentì sprofondare nel delirio.

Di colpo si rese conto che lei stava cercando di dirgli qualcosa. Vide le palpebre tumefatte alzarsi a fatica, gli occhi accennare verso una direzione.

Era tutto troppo veloce.

'Girati e spara!'

Ebbe solo il tempo di scorgere la figura massiccia che emergeva dalle tende rosse.

Victor Mags, con un grembiule di plastica trasparente coperto di chiazze purpuree.

Un revolver in pugno.

La luce esplose insieme ai timpani di Alexis.

Il primo proiettile lo centrò alla spalla. Il gendarme lasciò la pistola, che cadde a terra. L'impatto lo sbatté contro il tavolo.

Si aggrappò al braccio della ragazza, che urlava sotto il bavaglio.

Un suono lontano, un secondo sparo.

Il secondo proiettile gli fece male. Molto male.

Alexis sentì il dolore nei lombi. Come un tizzone ardente nella pancia. Il calore bruciante si diffuse immediatamente al resto del corpo, salì al cervello e gli incendiò i pensieri.

Solo allora si rese conto che stava urlando.

Un terzo proiettile gli trapassò la coscia destra, facendolo cadere giù, seduto sulle natiche.

Mags si avvicinò, per appoggiare la canna del revolver sulla fronte del gendarme.

Un volto senza alcuna espressione. Né rabbia, né sorpresa, né estasi. Solo uno sguardo freddo. Vuoto. La bocca chiusa, il battito regolare delle ciglia, come se stesse pulendo le verdure per la cena.

Piantò gli occhi scuri in quelli di Alexis e a bassa voce, senza odio o aggressività, disse: «Figlio di puttana. Sei in casa mia».

Il gendarme si sentiva come impalato in più parti del corpo. Il dolore era atroce. Gemeva, sbavava e strizzava gli occhi, travolto dal panico. La faccia impassibile del killer lo colmò di terrore. Il terrore di morire. Non c'era via d'uscita. Alexis non voleva morire. La rifiutava, la morte. Non così, non lì. Era pronto a tutto, a supplicare, a umiliarsi, a soffrire, qualsiasi cosa pur di essere risparmiato.

Ma Victor Mags non provava alcuna emozione. Per lui era come schiacciare uno scarafaggio che aveva osato entrare nella sua dispensa.

Un altro lampo di luce intensa. Un'altra detonazione.

L'impatto ravvicinato ridusse il cranio di Alexis in frantumi, il suo cervello in poltiglia. Il proiettile rimbalzò sul pavimento e si perse. Come la vita di Alexis Timée.

Il suo ultimo respiro rimbalzò nel seminterrato umido e buio.

Il suo corpo rimase seduto ancora per un momento, poi scivolò all'indietro.

E tutto il suo sangue si riversò fuori.

27.

Il minivan sfrecciava sull'autostrada, con la sirena che ululava e le luci che lampeggiavano frenetiche. Ludivine si chinò di nuovo in avanti per sbirciare il tachimetro.

Centotrentasette chilometri orari.

Non stavano andando abbastanza veloci, pur tenendo conto del traffico intenso, dei rallentamenti e delle curve.

«Quanto manca?» chiese all'autista.

«Venti, venticinque minuti».

Fin dalla partenza, non aveva mai staccato il telefono dall'orecchio. Adesso stava facendo il punto della situazione con la squadra di Magali, che era partita prima e aveva preso una strada diversa, mentre lei e Segnon erano con il colonnello Aprikan per ricongiungersi con l'unità del GIGN pronta a intervenire.

«Siete arrivati, Magali?»

«Abbiamo appena parcheggiato all'ingresso della strada. Non riesco a vedere Alex e non risponde al telefono, tu l'hai sentito?»

«No, ma...»

Ludivine si rese conto che non aveva più riagganciato da quando erano partiti da Parigi. E Segnon, nella fretta, aveva lasciato il cellulare in ufficio.

«Ti richiamo» disse, chiudendo la telefonata. E subito vide apparire sullo schermo una chiamata persa.

Era di Alexis.

Poi un SMS: 'Dove siete? Fate presto!!!'

Era stato inviato meno di venti minuti prima.

Ludivine premette il tasto di chiamata.

Nessuna risposta. Sentì scattare la segreteria.

«Alex, vedo solo ora il tuo messaggio. Non muoverti, hai capito? Magali, Franck e Benjamin sono lì, ti stanno cercando. Richiamaci».

Provò altre tre volte a richiamarlo, ma senza successo.

Arrivati ad Achères-Grand Cormier, all'imbocco della strada che portava alla casa di Victor Mags, i tre minivan in colonna si fermarono accanto alle due auto della Gendarmeria già parcheggiate.

«Sempre dritto, a meno di un chilometro» disse Magali, dal finestrino della macchina di Segnon. «Abbiamo bloccato l'accesso».

«Alexis?» chiese subito Ludivine.

«Niente. Non sei riuscita a parlarci?»

«No. Alex, cazzo, dove sei finito?»

Il colonnello Aprikan, sul sedile del passeggero, agitò la mano con aria irritata. «Ci ha fatto tirare fuori tutta l'artiglieria e non è nemmeno qui a spiegarci il perché?»

«Mi fido di lui, colonnello. Se ha chiesto l'intervento del GIGN, è sicuramente per un buon motivo».

«E io cosa faccio? Ordino l'assalto alla casa di un civile alla cieca, senza sapere nulla?» replicò secco l'ufficiale.

Dopo la segnalazione di Alexis, Ludivine e Segnon avevano messo insieme nel giro di pochi minuti tutto ciò che potevano sul sospettato.

«Victor Mags vive poco distante dalle ultime vittime, e si è trasferito in zona quest'estate. All'epoca del primo delitto del Fantasma viveva nelle vicinanze di Claire Noury, nella regione del Bois-Larris, ma il dettaglio più importante è che lavora per una società di vigilanza. È molto probabile che ne abbia approfittato per fare i duplicati delle chiavi di casa di ogni preda. I sospetti su Mags sono fondati, signore».

«Al punto di far intervenire le teste di cuoio dal comando di Satory? Se Timée non si presenta a giustificare l'operazione, io non do nessun ordine, chiaro? Quindi è meglio se si sbriga!»

«È qui. È qui attorno» ripeté Ludivine, come per convincere se stessa.

Magali si rivolse al colonnello, indicando le poche case intorno: «Cosa facciamo nel frattempo? Se il sospettato esce di casa e ci trova qui, non avremo più il vantaggio della sorpresa e saremo in mezzo alla strada».

Aprikan guardò Ludivine. «Ha tre minuti per raggiungere Timée».

Ludivine balzò giù dal minivan e fece squillare di nuovo il telefono del collega. Invano. Non lasciò messaggi e gli mandò un SMS: 'Dove cazzo sei??? Siamo in posizione! Ti stiamo aspettando!!!'

Passati i tre minuti, Aprikan gridò a Ludivine: «Salga a bordo, Vancker!»

La gendarme corse dal suo superiore. «Alex dovrebbe rispondere, invece niente. Non mi piace. Qualcosa non va».

«E infatti faremo irruzione. Spero per lui che non sia un buco nell'acqua, se no dovrà trovarsi un altro lavoro, di sicuro non alla SR».

Gli operatori del GIGN risalirono la stradina in fila indiana, protetti dai due minivan privi di contrassegni che procedevano a passo d'uomo.

Erano tutti in tenuta da assalto e armati fino ai denti:

elmetti con visiera, giubbotti antiproiettile, ginocchiere, caricatori extra per le mitragliette HK MP5 che impugnavano e per le semiautomatiche nelle fondine. I due gruppi avanzavano, pronti se necessario a scatenare una guerra senza quartiere.

Ludivine e Segnon li seguivano a distanza di sicurezza. Si erano rifiutati di restare indietro insieme agli altri. Anche loro indossavano i gilet con la scritta bianca GENDARMERIA sulla schiena, e tallonavano a una distanza di quindici metri le due unità d'assalto con le SIG Sauer in pugno. Consapevoli di essere lì solo per osservare, non per agire.

Gli scarponcini dalle suole in gomma del commando producevano un martellamento sordo, un'orchestra di percussioni ovattate che si avvicinava sempre più alla casa di Victor Mags.

Era tutta questione di tempismo, Ludivine lo sapeva. Non c'era bisogno di un reggimento con i lanciarazzi, bastava un intervento rapido e perfettamente coordinato. Bastava lasciar lavorare i duri del GIGN, che sapevano il fatto loro. Lei e Segnon dovevano solo seguire l'azione il più possibile da vicino, identificare Alexis se era sul posto e notificare al sospettato, dopo che gli specialisti lo avevano neutralizzato, che era in arresto.

L'ufficiale al comando del gruppo d'assalto si era in un primo momento rifiutato di intervenire, non prima di aver preso tutte le precauzioni del caso, a cominciare dal blocco della circolazione dei treni. L'insistenza di Ludivine, visto che Alexis sembrava scomparso, aveva convinto Aprikan ad assumersi la responsabilità di dare l'ordine. Non appena era arrivata sul posto un'auto attrezzata per il pronto soccorso, per precauzione, l'ufficiale del GIGN aveva dato il via.

Ludivine era ossessionata da una domanda: che fine aveva fatto Alexis? Era preoccupata. Non era da lui comportarsi così in servizio. Il suo cellulare squillava, non era un problema di batteria scarica. E lei non poteva fare a meno di pensare al peggio.

La prima squadra era già vicina alla casa, il tetto visibile tra i rami.

Uno di loro aveva effettuato una breve ricognizione passandoci davanti cinque minuti prima, in macchina, mentre un altro nascosto tra gli alberi studiava l'edificio, per individuare i punti di accesso.

L'avvicinamento era stato graduale, poi gli ultimi metri furono percorsi in un istante. Tutto subì una brusca accelerazione.

Il tempo di rendersi conto della situazione, e Ludivine vide il primo gruppo puntare sulla porta principale con un ariete, dietro la protezione di uno scudo balistico, mentre il secondo gruppo si divideva in due per coprire gli altri lati della casa. Gli operatori del GIGN si mantennero a distanza di sicurezza, disponendosi su un arco di centoventi gradi per evitare di trovarsi faccia a faccia e rischiare di cadere sotto il 'fuoco amico'.

Tapparelle metalliche arrugginite e abbassate a metà. Finestre sudicie. Nessuna luce all'interno.

Non avevano nessuna certezza che Mags fosse là dentro.

I due investigatori della SR si accovacciarono dietro la staccionata malconcia, per seguire l'operazione tenendosi il più possibile al riparo.

L'operatore con lo scudo guidava il suo gruppo.

Risuonò uno schiocco secco, e una pioggia di scintille accese per un istante lo scudo nero.

Dallo sparo, Ludivine riconobbe un'automatica.

«Colpi d'arma da fuoco!» gridò nello stesso momento un gendarme del GIGN.

Prima che i militari potessero riorganizzarsi, dalla casa partì una lunga raffica. La porta-finestra della facciata principale esplose, e i colpi fecero schizzare terriccio e detriti vegetali intorno al gruppo diretto alla porta.

Centrato a una gamba appena sopra la ginocchiera, uno dei gendarmi cadde in avanti. Un altro fu trafitto da un proiettile all'inguine e un terzo si prese una raffica al petto, dove i proiettili affondarono con un tonfo sordo nella corazzatura del giubbotto.

L'uomo con lo scudo si girò, per riparare meglio che poteva i colleghi feriti con il suo rettangolo di ceramica e alluminio. La seconda raffica colpì in pieno lo scudo.

La risposta fu immediata.

Non appena ebbe un contatto visivo chiaro con l'uomo armato e vide che non si riparava dietro un ostaggio, uno dei membri del GIGN aprì il fuoco a sua volta con l'MP5. Una breve raffica di tre colpi.

Uno prese Mags alla coscia.

Il killer si aggrappò a un mobile e alzò la sua mitraglietta, mirando al gendarme che aveva sparato.

Il militare non aveva uno scudo per proteggersi. E nemmeno l'altro operatore del binomio. Entrambi fecero lo stesso fulmineo calcolo.

Armato. Fanatico. Arma puntata su di loro. Ferite. Possibile morte.

I due premettero i grilletti nello stesso istante, una frazione di secondo prima di Mags.

Sei proiettili, quattro a segno: due all'altezza del bacino, un terzo al ventre e l'ultimo tra il cuore e il polmone.

Mags si accasciò trascinandosi dietro la coperta dal divano, che gli ricadde addosso come un sudario.

Il primo gruppo venne evacuato d'urgenza, mentre i due gendarmi che avevano appena abbattuto l'assassino si precipitavano verso la casa.

Nulla era andato secondo i piani. Uomini a terra, il sospettato probabilmente morto. A dispetto di ogni elementare regola di sicurezza, Ludivine decise di agire. Scavalcò con un balzo la modesta palizzata e partì di corsa, seguendo i due operatori in tenuta tattica.

«Ludivine! No!» gridò Segnon.

In un attimo i due militari avevano superato la porta-finestra in pezzi, con gli MP5 puntati su Mags. La coperta si sollevò e i due uomini, seguiti da Ludivine, si inginocchiarono gridando: «Non ti muovere!»

«Fermo o sparo!»

Meno di un secondo dopo, risuonò un altro colpo. L'assassino ricadde al suolo senza rialzarsi.

Il mirino di Ludivine era fisso sul corpo sotto la coperta.

Uno del GIGN diede uno strattone per toglierla.

L'ultimo proiettile aveva centrato Mags al collo. Dal foro zampillava un geyser di sangue, al ritmo del battito cardiaco.

«Merda!»

L'assassino sbatteva le palpebre, stravolto, la bocca spalancata in cerca di aria.

Il militare calciò via il revolver che l'assassino teneva ancora mollemente in mano e si chinò per cercare di fermare l'emorragia.

Ludivine si rese conto che Mags aveva rivolto l'arma contro se stesso. Per suicidarsi.

«Un medico!» gridò il gendarme chino su di lui. «Fate venire il medico!»

Il suo compagno stava indietro con il mitra pronto, per qualunque evenienza. Continuava a puntarlo verso le porte chiuse e la cucina, non sapendo con certezza se era vuota o meno.

Altri due membri del GIGN entrarono per andare in quella direzione, seguiti da un secondo binomio il cui compito era 'ripulire' le altre stanze a pianoterra.

Ludivine li seguì. Dopo aver constatato che la camera da letto era vuota, così come il bagno, si lanciò in direzione della cucina, ma fu trattenuta da uno dei militari. «Non faccia mosse brusche, i colleghi potrebbero prenderla per un bersaglio ostile. Prima andiamo noi».

La superarono e scesero nello scantinato, raggiungendo i militari che li avevano preceduti di sotto.

Quando la giovane gendarme arrivò in cantina, uno degli operatori indicò il resto del locale.

«Libero. Due cadaveri là dietro. Recenti».

Ludivine chiuse gli occhi per un attimo.

'No. Non questo, ti prego'.

Entrò nella camera delle torture di Victor Mags.

Le tende di velluto rosso danzavano ancora dopo la perquisizione del GIGN.

Una donna nuda, con le gambe incatenate a due staffe, giaceva su un tavolo. Aveva un foro di proiettile alla tempia, e metà del cranio era fuoriuscita dall'altra parte.

Ai suoi piedi c'era Alexis.

Almeno, quello che ne restava.

SECONDA PARTE

LEI

28.

Ludivine era seduta nel retro del minivan, con la portiera aperta e le gambe fuori, avvolta in una coperta.

Segnon arrivò con un bicchiere di plastica fumante. «Un po' di tè caldo».

Lei lo strinse tra le dita con un gesto automatico.

Veicoli della Gendarmeria, mezzi dei pompieri, auto di politici locali e anche quella del prefetto erano tutti ammassati intorno a una postazione di lavoro improvvisata sotto un tendone bianco. Una cinquantina di persone, tutte indignate, preoccupate, arrabbiate, ma qualcuna anche impassibile. A una certa distanza, un cordone sbarrava l'accesso ai curiosi e soprattutto ai giornalisti – due elicotteri stavano sorvolando la zona da quasi un'ora, in cerca di immagini da trasmettere sui canali d'informazione attivi ventiquattr'ore su ventiquattro.

I tecnici della Scientifica avrebbero passato al setaccio la casa di Victor Mags tutta la notte.

Segnon rimase lì senza parlare, gli occhi fissi sulla collega, sul suo sguardo perso nel vuoto.

«Il prefetto diceva poco fa che Alex dev'essere presentato come un eroe» disse dopo un po'. «È stato neutralizzato un pericoloso criminale: è su questo che vuole mettere l'accento prima di tutto».

La bocca di Ludivine si contorse in una smorfia, gli occhi erano inondati di lacrime.

La mano di Segnon si posò sui suoi capelli scarmigliati.

«È successo tutto molto in fretta. Non ha avuto il tempo di rendersene conto».

Ludivine cominciò a singhiozzare forte, coprendosi il viso con il palmo della mano. Non ne poteva più di piangere, di sentire quello strazio nelle viscere. Era come una promessa. La promessa del vuoto che l'aspettava. Dell'assenza definitiva. Irrevocabile.

Per quanto si sforzasse di non far scorrere nella mente i ricordi di Alexis, era come rifiutarsi di guardare un film seduta in platea davanti allo schermo, con un paio di divaricatori sugli occhi. La vita non si lasciava eludere.

E il film si concludeva ogni volta sull'immagine così vicina di quella notte, loro due insieme. Il calore di Alexis, il sapore della sua pelle, l'odore del suo corpo.

Dopo una decina di minuti Ludivine riuscì a ritrovare la calma e a riprendere il controllo di quell'ondata di emozioni che minacciava di travolgerla. Poi indicò la tenda dove si erano riuniti i pezzi grossi.

«Non voglio che quelli dell'IGGN ci sollevino dall'indagine» disse.

Segnon rispose con un sospiro e una mezza smorfia.

«Non lo faranno. Aprikan è dalla nostra parte».

«Non voglio perdere tempo con interrogatori e scartoffie, abbiamo cose più urgenti da fare!»

«Ascolta, Ludivine, quelli dell'Ispettorato generale devono solo controllare che il corpo rispetti le regole, tutto qui. Non sono qui per ostacolarci, anzi faranno il possibile per aiutarci a chiarire la situazione, soprattutto per quanto riguarda i media. Se ne occuperà il colonnello. La Squadra Puzzle non verrà smantellata, c'è ancora troppo da fare, non ti preoccupare».

Lei annuì, decisa. Guai a loro se ci provavano.

«Hanno scoperto chi è la ragazza?» chiese.

«Potrebbe essere una prostituta. Ce ne sono parecchie in zona. I gendarmi di Poissy fanno dei controlli, di tanto in tanto, ma dicono che queste non aprono bocca con gli sbirri, quindi sarà dura identificarla. E ancora di più scoprire se di recente ne sono scomparse altre».

«Ma perché è entrato?» sbottò di colpo Ludivine, con voce spenta.

Segnon sospirò.

«Alex è... era uno prudente. Non era tipo da fare cazzate. Se è entrato, si vede che non aveva scelta. Magari si è fatto beccare da Victor Mags, oppure ha visto la ragazza ed è intervenuto per cercare di salvarla».

Il colosso faceva fatica a parlare, continuava a deglutire come per evitare che qualche grumo di dolore risalisse.

«Sembra che non abbia neanche avuto il tempo di usare la pistola» riprese Ludivine a bassa voce.

Segnon si accovacciò di fronte alla collega.

«È successo tutto in fretta. Non ha sofferto» ripeté.

Lei fece un altro profondo respiro, nel tentativo di non lasciarsi sopraffare di nuovo dall'emozione.

Accanto a loro si materializzò la figura alta e ossuta del colonnello Aprikan. La giovane donna si asciugò in fretta le guance e si alzò, cercando di ricomporsi.

«Victor Mags è deceduto all'ospedale di Poissy, la notizia è ufficiale» disse il colonnello. «Volevo essere io a dirvelo».

Ludivine annuì, senza sapere se essere contenta o dispiaciuta di non poter vedere l'assassino processato e condannato.

«Come stanno i due colleghi del GIGN che sono stati colpiti?»

«Il primo è stabile, non sappiamo il secondo; per il momento è ancora in sala operatoria».

«Il prefetto le è già saltato addosso?» chiese Segnon.

«No, al contrario, ci sostiene. Almeno per il momento. Quelli dell'Identificazione hanno appena trovato in giardino un tratto di terra smosso di fresco. Abbastanza grande da far pensare a una sepoltura. Ci aspettiamo di tutto. Stanno facendo arrivare una pala, cominciamo a scavare già stanotte. Il bastardo ha sulla coscienza sette morti, ma il conteggio potrebbe non essere definitivo. Quindi il prefetto è piuttosto soddisfatto che l'abbiamo fermato, prima che la lista si allungasse ulteriormente».

«Colonnello, suppongo che lei potrebbe escluderci dall'indagine a causa di ciò che è appena accaduto» affermò Ludivine con forza, «ma io mi rifiuto di stare a guardare senza fare nulla. Nessuno conosce l'intero caso meglio di Segnon e me, nessuno...»

Il colonnello la interruppe con un gesto categorico. «Non farò nulla del genere, Vancker. Non finché l'IGGN non mi costringerà a farlo, e questo non è nel nostro stile. I gendarmi restano uniti. Ho troppo bisogno di voi. Cominciate a scoprire come Alexis è riuscito a risalire a Victor Mags. Abbiamo bisogno di saperlo il più in fretta possibile, sia per la nostra indagine interna che per la stampa. Cercate di capire che pista ha seguito».

Poi si rivolse a Segnon: «E la pista polacca sull'altro omicidio?»

«Ci è arrivato un aggiornamento nel primo pomeriggio. Il numero che avevamo individuato corrisponde a una carta prepagata. Stanno indagando, ma senza farsi troppe illusioni: probabile che sia stato un acquisto in contanti in un supermercato, impossibile da rintracciare».

«Hanno i mezzi tecnici per localizzare le chiamate? Per sapere dove si trovava quando Victor Mags lo ha chiamato da Louveciennes?»

«Sì, certo. Il mio contatto mi ha detto che la cella attivata era la più vicina al luogo in cui è stato commesso il delitto. Una zona industriale, con un forte traffico di mezzi pesanti. Pensiamo che sia un camionista. Questo spiegherebbe perché uccide sempre vicino a un'autostrada. Fa la spola tra Francia e Polonia».

«Continuate a scavare in quella direzione. Se vi sembra necessario andare sul posto fatemelo sapere, il giudice è molto disponibile, posso avere una rogatoria internazionale in un amen. La polizia tedesca non ha risposto alle vostre richieste di informazioni?»

«Tramite la loro polizia federale che si interfaccia con l'Interpol, sì, stamattina. A loro non risulta nulla di simile ai nostri casi, ma per loro stessa ammissione le informazioni locali potrebbero non essere arrivate agli uffici centrali. Al momento stanno contattando tutti i comandi di polizia dei loro Länder. Ho sollecitato di nuovo l'Interpol: un promemoria in più non fa mai male».

«Ha fatto bene, li solleciti. Capace che ci mettono secoli, se no».

Gli occhi acuti di Aprikan si posarono di nuovo su Ludivine. La studiò per una manciata di secondi.

«Vada a casa» disse. «Vada a riposarsi un po'. Domani si prenda la giornata libera, ci penseranno gli altri della squadra a portare avanti il lavoro. Ne ha bisogno».

«Non sarà necessario» rispose lei.

Aprikan fece una smorfia dubbiosa. Poi annuì. «Come

vuole, ma cerchi di conservare le energie. Avrò bisogno di lei».

«E Mikelis?» chiese Ludivine. «Adesso che siamo nell'occhio del ciclone, adesso che il nostro lavoro e come lo facciamo diventa di primaria importanza, gli dà il benservito?»

«E perché dovrei farlo? Chi può biasimarmi per aver fatto appello al miglior criminologo del Paese? Mikelis resta con noi. Avremo bisogno di lui più che mai. Dobbiamo dare un nome a questo pazzo scatenato che se ne va in giro a uccidere in Francia e in Polonia. Voglio che lo prendiamo prima che ricominci, sulla scia di Victor Mags».

Ludivine si sentì rassicurata. Il peso che sentiva sul petto sembrò alleggerirsi. Non aveva intenzione di mollare l'indagine. Al contrario, aveva intenzione di impegnarsi come mai prima di allora. Per capire cosa avesse portato Alexis fino a Victor Mags, fino a quella strada nel bosco e in quella squallida cantina dove aveva sacrificato la vita. E per riuscire, alla fine, a togliere di torno la Bestia.

Perché c'era un legame tra i due assassini. Un legame che li univa e che andava spezzato.

Segnon raccolse le sue cose e si offrì di accompagnarla a casa.

Viaggiarono in silenzio, incapaci di aprire bocca dopo tutto quello che avevano appena passato. Entrambi sapevano che il peggio doveva ancora venire. Quando avrebbero posato la testa sul cuscino e le immagini avrebbero cominciato a scorrere.

Alexis inerte sul cemento freddo, bianco in volto, gli occhi spalancati, senza luce, senza la vita a farli brillare. La nuca sfondata dal foro di uscita, e tutto il suo sangue intorno come una macabra aureola funebre.

I lampioni gialli dell'A14 sfilavano a gran velocità, con un ritmo ipnotico.

Era mezzanotte passata quando squillò il telefono di Segnon, che lo afferrò pensando fosse la moglie a chiamarlo.

«È un numero internazionale».

«Dalla Polonia?»

«No, è un altro prefisso. Quello olandese, credo».

Accettò la chiamata e ascoltò in religioso silenzio.

Quando si voltò verso Ludivine, sembrava stordito dalla notizia.

«Era l'Europol. Il mio sollecito all'Interpol stamattina è servito, si sono dati una mossa. Hanno qualcosa per noi».

«Un altro omicidio in Polonia?»

«No. In Scozia. E più di uno».

«Oh cazzo».

Segnon serrò le mani sul volante, la pelle scricchiolò sotto la pressione.

«E anche in Spagna. Su tutte le vittime c'è lo stesso simbolo: una *e* preceduta da un asterisco».

29.

All'uscita dall'aeroporto di Edimburgo, Ludivine, Segnon e Richard Mikelis trovarono ad accoglierli la nebbia. Un ispettore di polizia di nome Baines li guidò verso una Ford grigia, sormontata da un lampeggiante e contrassegnata dai colori sgargianti delle forze di polizia del Regno Unito. I tre francesi si stiparono sul sedile posteriore, Ludivine incastrata tra i due colossi, mentre Baines salì davanti, accanto all'agente in uniforme che stava al volante.

«Mi dispiace» disse l'ispettore mentre andavano, con un accento che sembrava scomporre ogni parola sillaba per sillaba, «abbiamo un po' di strada, ma possiamo fare qualche sosta per sgranchirci le gambe».

«Il crimine è avvenuto nelle Highlands, vero?» chiese Segnon.

«A ovest, nell'Aberdeenshire, una regione selvaggia famosa per il castello di Balmoral, la residenza estiva di Sua Maestà la Regina».

«E le vittime sono due?»

«Sì, una coppia di escursionisti. Probabilmente facevano l'autostop».

«Li avete trovati martedì mattina?» intervenne Ludivine.

«Esatto. Sono stati uccisi domenica sera, stando al… come si chiama?»

«Al medico legale».

«Sì, esatto. Entrambi raggiunti da più colpi di arma da fuoco».

Ludivine lanciò un'occhiata a Segnon.

«Domenica sera» ripeté a mezza voce. «Come in Polonia e a Louveciennes. Si sono coordinati».

'Colpi di arma da fuoco'. Le parole le riecheggiarono di nuovo nella mente. L'immagine del cadavere di Alexis continuava a fluttuare ai margini dei suoi pensieri, nonostante gli sforzi per tenerla fuori. Ludivine non voleva lasciarsi sopraffare. Non voleva crollare di nuovo. Non ora. Non davanti a tutti. Doveva resistere, fare come Segnon: controllarsi, tenersi le lacrime dentro.

«Ho letto il fascicolo che mi avete inviato» disse l'ispettore Baines. «Pensate davvero che si tratti di un gruppo di assassini?»

Ludivine colse al volo l'occasione di pensare ad altro, e rispose senza lasciare a Segnon il tempo di farlo: «Temiamo di sì. Avete trasmesso queste informazioni a tutte le forze di polizia del vostro Paese? Ci sono solo i tre omicidi di cui ci ha parlato? Nessun altro delitto dove sia presente lo stesso simbolo?»

«Abbiamo segnalato il caso a tutte le forze di polizia del Regno Unito, *Miss*, e non è emerso nient'altro. I due escursionisti, e la ragazza uccisa a fine settembre nei pressi di Inverness. Sono gli unici tre casi. E mi sembrano già più che sufficienti».

Baines aveva il labbro superiore prominente in modo anormale, il che trasformava leggermente ogni sibilante in una palatale. Aveva superato la quarantina, i capelli corti già castano chiaro stavano diventando grigi, il naso era schiacciato, la pelle dai pori dilatati ricoperta di nei, gli occhi grigio-verde. Ludivine notò anche l'interno dell'indice e del medio della mano destra, ingialliti dal fumo.

Baines si voltò, di colpo preoccupato. «Volete fare una sosta per darvi una rinfrescata, magari? Mi dispiace, siamo stati presi alla sprovvista e l'organizzazione...»

«Non si preoccupi» lo interruppe Mikelis. «Siamo a posto così. Prima arriviamo sulla scena del crimine, meglio è».

La trasferta era stata organizzata in fretta e furia. Nel giro di una giornata, il giudice istruttore era riuscito nell'impresa di contattare l'autorità giudiziaria scozzese e di organizzare tutto in poche ore, subito dopo la telefonata dell'Europol. Il giorno dopo i gendarmi erano saliti sul primo volo per Edimburgo, quello delle 07:10, portando con sé il minimo indispensabile e con la benedizione di Aprikan. L'ultimo crimine in Scozia era ancora fresco. Risaliva ad appena cinque giorni prima. Non c'era tempo da perdere.

In attesa della partenza, Segnon aveva passato tre quarti d'ora al telefono con la polizia spagnola, per farsi dare tutte le informazioni in loro possesso riguardo alle vittime tatuate con una **e*. Ce n'erano almeno tre. Il caso più recente risaliva a settembre. I gendarmi erano partiti con la consapevolezza di essere invischiati in un'indagine che si stava allargando a macchia d'olio. E con la necessità impellente di trovare risposte. Erano gli unici ad aver collegato tutti gli omicidi tra loro, ed erano riusciti a neutralizzare uno degli assassini, ma l'epidemia si stava diffondendo rapidamente.

Una pandemia di violenza.

L'auto viaggiava ora su un lungo ponte sospeso nella nebbia, come se il mondo non esistesse più. Il ronzio del motore e il calore dell'abitacolo cullavano Ludivine, che non aveva chiuso occhio per tutta la notte. Dopo un'iniziale resistenza, si lasciò andare e sprofondò nel sonno prima ancora di arrivare all'altra sponda del fiume.

Colline brune si estendevano a perdita d'occhio, ricoperte di erba alta ingiallita dall'umidità e punteggiate di ruscelli e stagni. L'unica strada percorribile era così stretta che due veicoli non sarebbero riusciti a passare contemporaneamente.

Ludivine chiuse la zip del piumino per proteggersi dal freddo e indicò il nastro giallo avvolto intorno ai picchetti piantati un po' troppo in fretta, e già traballanti sotto le raffiche di vento.

«Non avete lasciato nessuno a guardia del perimetro?»

«L'area è già stata perlustrata e analizzata a fondo, più volte, dai nostri... dai nostri *tecnici*, giusto? Qui, comunque, non ci passa nessuno».

«Cosa sapete delle due vittime?» chiese Mikelis, senza perdere la sua espressione cupa.

«Turisti dello Yorkshire, ventidue e ventiquattro anni. Una coppia. Erano appena tornati da Loch Ness e stavano scendendo verso sud attraverso le Highlands, dormendo in tenda. Si fidavano degli altri, forse perché vivevano in un paesino. Diversi testimoni li avevano visti fare l'autostop, negli ultimi giorni. Non sappiamo se si erano allontanati dalla strada principale per trovare un posto dove piantare la tenda, o se è stato l'assassino a condurli qui».

«Che indizi avete trovato sulla scena del crimine?» chiese Segnon.

«Tracce di pneumatici, impronte di scarpe e un frammento di involucro di un preservativo».

«La ragazza ha subìto violenza?»

Baines fece una faccia un po' imbarazzata, buttando fuori il fumo della sigaretta dalle narici.

«Sì, ma anche il suo compagno. E non è tutto: c'era anche un blister di Viagra, vuoto».

«Ne ha bisogno per stimolarsi?» si stupì Ludivine. «Potrebbe essere uno stupratore già condannato e castrato chimicamente, che cerca con ogni mezzo di soddisfare le sue voglie?»

La gendarme guardò Mikelis in attesa di approvazione, ma lui scosse la testa. «La castrazione chimica è in vigore solo in Inghilterra e in Galles, non qui. E in ogni caso è su base volontaria e non implica una riduzione della pena, quindi non credo che un maniaco stupratore sarebbe disposto a sottoporvisi. Direi piuttosto che il Viagra è lo strumento di un pervertito, la cui ambizione è far durare il piacere il più a lungo possibile».

«Nient'altro?» riprese Segnon rivolto a Baines.

«I laboratori si stanno occupando di tutti i campioni e reperti prelevati, procedono con la massima urgenza, ma ci vuole comunque un po' di tempo».

«Li ha uccisi con un'arma da fuoco, diceva» chiese Mikelis. «Come ha proceduto?»

«Pensiamo che abbia sparato prima alla ragazza, un proiettile in fronte. È stata trovata proprio qui, nuda e a gambe divaricate, con quello strano disegno inciso con una lama sul ventre. Il ragazzo era più in là, colpito quattro volte alla schiena, all'altezza del cuore. Laggiù, tra i cespugli, parzialmente nascosto dai suoi indumenti, o meglio dal giaccone. Era stato rivestito, e con ogni evidenza dall'assassino».

«La ragazza era qui, vicino alla strada, giusto?» chiese Mikelis.

«Sì».

«Di schiena? Con il sesso in mostra?»

«Sì».

«Mentre l'uomo era là nel boschetto, a faccia in giù?»

«Esatto. Perché me lo chiede?»

«Nella maggior parte dei casi, la scena del crimine rappresenta il riflesso dello stato d'animo del criminale *dopo* l'atto. Quindi voleva che vedessimo bene la ragazza, come se ne andasse fiero. Del ragazzo invece no, non era fiero; come se fosse turbato, e non volesse farsene una ragione. Non lo voleva vedere in faccia, quindi lo ha coperto, e non voleva vederne il corpo, tant'è che lo ha rivestito. Non accetta il fatto di aver violentato un maschio».

«Un omosessuale represso?»

«Sì, ma non è detto, non dobbiamo saltare alle conclusioni. Avete i referti delle autopsie?»

«Li aspettavamo per questa mattina. Per quando arriveremo dai colleghi di Inverness, dovrebbero esserci».

«Può metterci al corrente di tutto quello che avete anche sul primo delitto?» disse Ludivine.

«Certo. Di primo acchito, il quadro è molto diverso. Una tossica uccisa in un tunnel pedonale, in una zona malfamata della città. Anche nel suo caso, con una pallottola in testa».

«È stata stuprata?» chiese Mikelis.

«I pantaloni e le mutandine erano abbassati fino alle caviglie, ma secondo il medico legale non c'è stata penetrazione, o almeno non sufficiente per lasciare tracce. Il simbolo con la lettera *e* è stato inciso sulla coscia destra, con un coltello».

«Non c'è riuscito la prima volta, quindi si è caricato con il Viagra per il secondo tentativo?» suggerì Ludivine, cercando di nuovo l'approvazione di Mikelis.

Il criminologo si accontentò di un vago brontolio. Aveva in mente qualcosa, ma lei sapeva che avrebbe parlato solo quando fosse stato certo della propria ipotesi, dopo aver analizzato l'intero fascicolo.

Risalirono in macchina e raggiunsero un paesino, dove si fermarono a pranzare in un pub rustico, prima di proseguire per Inverness. Durante la breve sosta Ludivine si chiuse in bagno, e per dieci minuti pianse tutte le sue lacrime, poi si asciugò le guance, sperando di avere un po' di tregua e di riuscire a resistere fino alla sosta successiva. Doveva solo tenere Alexis fuori dalla mente, almeno finché non fosse rimasta di nuovo sola.

La nebbia si era alzata dopo Edimburgo, ma le nuvole rimanevano basse e le cime delle montagne, anche le più alte, scomparivano in quella sorta di opprimente soffitto.

Della Scozia i tre francesi non riuscirono a vedere altro che colline grigie e marroni, strette valli boscose che offrivano riparo ad antichi castelli di cui si scorgevano dalla strada solo le cime delle torri e i torrioni. Poi il paesaggio quasi all'improvviso si appiattì, come se un gigante avesse tirato di scatto la tovaglia stropicciata del mondo per lisciarne la superficie, proprio davanti al mare: erano arrivati alla periferia di Inverness, una piccola città nel nord del Paese, abituata alla pioggerella, ai venti di mare e ai turisti venuti a visitare il vicino Loch Ness.

Quando infine si sistemarono nell'ufficio messo a disposizione di Baines e dei suoi ospiti, i fascicoli erano già pronti, ordinatamente disposti uno accanto all'altro, con i rapporti delle due autopsie freschi di stampa. Baines fece in fretta delle fotocopie, che distribuì ai tre francesi, e tutti si immersero nella lettura mentre pesanti gocce di pioggia bombardavano le finestre.

Mikelis diede una rapida scorsa all'intero dossier. Sfogliò le cartelline con il nome di Magdalena Willis, la prima vittima, poi tornò alle autopsie.

«Residui di materia fecale sul sesso di Morris Longston?» lesse Ludivine a voce alta.

«Dell'escursionista, sì» confermò Baines. «A quanto pare, sì. Il... medico legale ha prelevato un campione per confrontare il DNA».

«Se erano i due ragazzi che si divertivano così, questo non ci porterà molto lontano, ma...»

Mikelis scosse la testa.

«Non credo. Secondo il rapporto non c'è alcuna traccia di sesso anale. Assolutamente nessuna».

«Ah» disse Segnon. «La faccenda si complica. Abbiamo a che fare con un pervertito?»

«Non credo che il Viagra fosse per l'assassino» aggiunse Mikelis. «Ma per il ragazzo. Per incentivarlo».

«*Incentivarlo?*» ripeté Ludivine, con uno sguardo di disgusto.

«L'assassino ha cercato di violentare la ragazza, perché è quello che ci si aspetta da un uomo. Nella sua testa, almeno. Ma non ci è riuscito. Già con la prima vittima, Magdalena Willis, non ce l'ha fatta, ma ha voluto farcelo credere lasciandole le mutandine abbassate. Ha aggredito una coppia perché gli faceva comodo. Per farci credere che l'obiettivo fosse la ragazza, quando invece era il ragazzo che gli interessava. Lo ha imbottito di Viagra per costringerlo a sodomizzarlo. Credo che intanto tenesse sotto tiro la ragazza, che ha diversi segni circolari sul viso, tra cui due con tracce di ustioni. L'assassino ha sparato per spaventarli, e subito dopo le ha premuto la canna ancora calda sulle guance».

«Poi ha violentato il maschio della coppia, prima di spararagli» sintetizzò Ludivine.

«Qualcosa del genere. Le donne le uccide in maniera pulita, sparando loro in testa. Per gli uomini, invece, è diverso: si accanisce, una serie di colpi e tutti al cuore. C'è qualcosa di più personale in questa modalità, nel suo rapporto con i maschi».

«Però ha inciso il simbolo sulla ragazza, per far vedere ai suoi 'amici' quello che ha fatto, o almeno, fargli vedere la parte di cui è orgoglioso» concluse Ludivine.

Mikelis le rivolse uno sguardo ammirato.

«Esatto. Vuole fingere di essere 'normale' agli occhi dei suoi complici in questo carosello di morte».

«Siete proprio sicuri che siano legati tra loro?» chiese Baines, che seguiva il dialogo con attenzione. «Cioè, il nostro assassino qui e i vostri due assassini in Francia?»

«La *e* con l'asterisco non può essere una coincidenza» disse Segnon. «E hanno colpito tutti nello stesso momento, la sera della domenica. È chiaro che c'è un legame che li unisce!»

«Comunicano tra loro» aggiunse Mikelis. «Ispettore Baines, ha un elenco dettagliato di tutte le chiamate partite dai cellulari delle vittime?»

«Certo, lo abbiamo già esaminato. Eccolo qui».

«E nessuna all'estero?»

«No, nessuna, ho controllato anche questo».

Segnon sospirò, irritato.

«Che si fottano, loro e la loro prudenza! Deve per forza averli chiamati, ma forse da un telefono pubblico o con una SIM prepagata».

«Non ne sarei così sicuro» disse il criminologo. «Dovevano conoscersi già da prima, essersi in qualche modo reclutati a vicenda. E oggi non lo si fa per telefono».

«Segnon, è una strada che avete esplorato?»

«Certo, ma provi a digitare **e* su Google e viene fuori l'ira di Dio! È troppo vago, può riferirsi a qualunque cosa. Senza qualcosa di più specifico o un indirizzo IP, non lo troveremo mai».

«In ogni caso» disse Ludivine, «se sono furbi, usano un forum su un server all'estero, in un Paese dove i controlli sono meno stringenti, e dove è impossibile ottenere una qualche collaborazione per identificare i partecipanti».

Il telefono squillò e Baines si alzò non appena sentì la voce dell'interlocutore.

«Tra gli effetti personali dei due escursionisti i nostri tecnici hanno trovato una traccia di DNA su peli che non appartengono alle vittime, e dal DNA abbiamo appena ottenuto un nome molto interessante» disse l'ispettore, dopo aver riattaccato. «Logan Balfour. Un uomo con una fedina penale lunga un chilometro».

L'ispettore digitò sulla tastiera del notebook e apparve il file di Balfour.

«È uscito dal carcere lo scorso aprile» lesse ad alta voce.

«Perché era dentro?» chiese Ludivine.

«Rapina a mano armata. Balfour è un rapinatore di banche, un professionista. Condannato due volte, sospettato in altri tre casi».

«Avete il DNA di un rapinatore nei vostri archivi?» sottolineò Ludivine con una certa sorpresa.

«Sì» confermò Baines con una punta di orgoglio, «il nostro database del DNA è uno dei più grandi al mondo e la Scozia è tra i precursori in questo campo. Siamo autorizzati a prelevare campioni di DNA per quasi tutti i tipi di reati».

Stava per chiudere il file, ma Mikelis lo fermò. «Aspetti. Vorrei vedere le sue condanne precedenti. Aggressione. Furto d'identità. Furto aggravato. Associazione a delinquere... Insomma, aveva tutte le caratteristiche del potenziale criminale».

«E non è finita!» disse Ludivine.

«Abbiamo un possibile domicilio» riprese l'investigatore scozzese, alzandosi in piedi. «Mi dispiace, ma non posso portarvi con me. Se volete vi faccio accompagnare al vostro albergo e vi farò sapere non appena...»

«Se non le dispiace, preferiremmo restare qui» disse Mikelis. «Con uno dei suoi di cui non ha bisogno per l'arresto».

Baines sembrò sorpreso.

«Ah, be', se preferite. Se faremo tardi, manderò qualcuno a prendervi. Vi lascio tutti i dossier. *Enjoy*!»

«Che cos'ha in mente?» chiese subito Ludivine con espressione perplessa, non appena lo scozzese fu uscito dalla porta.

«Non abbiamo niente da fare in hotel, se non ascoltare lei che piange. Tanto vale restare qui, a scavare ancora un po' nei documenti».

La giovane donna ingoiò l'orgoglio, umiliata dal sentirsi così trasparente.

Segnon prese la parola: «Se è lui il nostro uomo, che senso ha? Ci penseranno i colleghi di qui a torchiarlo, e con un po' di fortuna dovremmo riuscire a fare il collegamento con Victor Mags, e forse anche con la Bestia».

Mikelis si passò una mano sulla fronte e poi sul cranio.

«Non è Balfour l'assassino».

Lo aveva affermato con una tale sicurezza che Ludivine e Segnon capirono che stava nascondendo loro qualcosa.

Il suo sguardo li trafisse.

Uno sguardo capace di metterli a disagio.

Ludivine non avrebbe saputo dire se era questione di

intensità, al punto da restarne schiacciata, o se era la sua capacità di leggere nella mente delle persone, finché non si era resa conto che andava ben oltre.

Aveva gli occhi vuoti.

Alexis aveva fatto bene a ricorrere alle sue capacità, perché Mikelis non ragionava come uno sbirro. Neanche un po', in nessun caso. Ma questo lo rendeva ancora più difficile da seguire. Impossibile da contenere.

Lui ragionava come un assassino.

Aveva lo sguardo di un assassino.

30.

Mikelis chiuse la porta, per isolarli dal resto della stazione di polizia.

«Balfour ha il profilo di un duro, un criminale incallito, un delinquente di professione: non è lo psicopatico introverso che se ne sta rintanato nel suo angolo, a uccidere per soddisfare le sue fantasie morbose. Non ha condanne per violenza sessuale, né per atti osceni o per molestie, niente che lo renda il tipo di individuo che stiamo cercando. È un delinquente abituale, non un serial killer».

«Ci può sempre essere un'eccezione» replicò Ludivine.

«Certo, ma per scrupolo mi sembra meglio non rinunciare ad altre piste».

Mikelis sembrava sicuro di sé, come se avesse qualche asso nella manica.

«Per esempio?»

«La prigione. L'assassino che imperversa in Scozia è abbastanza meticoloso da non lasciare testimoni, e il suo modus operandi è analogo a quello della Bestia. Lascia solo gli indizi che non può cancellare: tracce di pneumatici e impronte di scarpe, nient'altro. Perché mai dovrebbe lasciare un residuo di DNA?»

«Forse non ha pulito bene le sue tracce. In fondo, è solo qualche pelo...»

«Non lascia impronte digitali, quindi indossa i guanti,

è attento a tutto, e poi è così scemo da lasciarci il suo DNA! Questo genere di stupratore meticoloso arriva a radersi completamente la zona pubica, per evitare di dover pulire la scena del crimine dai peli. Però non è così furbo come sembra...»

Mikelis non era convinto – Ludivine lo vedeva bene – che il killer potesse essere così prudente da un lato, e a dir poco approssimativo dall'altro.

«Quindi si è trattato di un caso? I due escursionisti hanno incontrato Logan Balfour *prima* di imbattersi nel loro assassino? Non è un po' eccessiva, come coincidenza?» disse la gendarme, che non riusciva a credere a quell'ipotesi.

«A meno che non sia tutta una montatura» replicò il criminologo.

Nella stanza calò il silenzio. La pioggia imperversava contro i vetri delle finestre.

«Balfour è appena uscito di prigione, potrebbe averlo incontrato lì l'assassino – un individuo introverso, che gli altri detenuti usavano per sfogarsi, se capite cosa intendo. L'assassino ha capito che tipo era Balfour. Un violento. Un'esca perfetta. Durante la detenzione ha avuto certamente modo di raccogliere un po' di peli di Balfour e tenerli da parte. E con i due autostoppisti è arrivato il momento di fargliela pagare».

Ludivine indicò la porta. «Perché allora ha lasciato che Baines andasse ad arrestarlo?»

«Perché queste sono solo mie deduzioni, che non valgono molto in confronto a una prova tangibile come quella che hanno trovato. Ma voi due vi fidate di me, vero?»

«Ha appena detto che i suoi metodi sono simili a quelli della Bestia» disse Segnon. «Pensa che si stiano passando delle dritte?»

«È possibile».

«Sì, però qui ha lasciato tracce di DNA. Con quei peli e sul cazzo di un morto, ne recuperiamo un sacco. Ha fatto una cazzata!»

«Scommetto che il DNA sul sesso della vittima è diverso da quello dei peli pubici. Il primo proviene dal vero assassino».

Ludivine continuò: «I colleghi di qui hanno trovato i peli e si sono lanciati su questa pista, è probabile che lascino perdere l'altra impronta genetica o che comunque ci voglia più tempo per cavarne qualcosa, non è più una priorità...»

«In ogni caso, l'assassino ha commesso un errore» continuò Mikelis. «Se ha lasciato il suo DNA sul sesso della vittima, è come se avesse confessato qual è la sua fantasia morbosa. Ed è una cosa talmente importante per lui che non è riuscito a farne a meno. È il suo punto debole. Il suo vizio più nascosto. Quello di cui lui per primo non riesce a farsi una ragione. Scommetto che i suoi 'compagni di gioco' non sono al corrente di questo aspetto delle sue pulsioni. È il suo difetto. È da lì che possiamo arrivare a lui».

«Vuole esplorare la scena gay di Inverness?» disse Ludivine, con scarso entusiasmo. «È un lavoro sul campo, non spetta a noi, cosa potremmo mai ottenere? Non abbiamo nessuna giurisdizione da queste parti!»

«No. Per cominciare, faremo una telefonata alla prigione dove Balfour ha passato gli ultimi anni».

«Per avere un elenco dei prigionieri con cui è entrato in contatto» disse Segnon.

«Anche, ma soprattutto per scoprire se hanno conservato la sua scheda, con la taglia della sua divisa da carcerato e soprattutto il suo numero di scarpe».

«Per via delle impronte trovate sulla scena del crimine» esclamò Ludivine. «Ottima pensata!»

Con l'assistenza di un agente messo a loro disposizione da Baines, i tre francesi riuscirono a contattare l'amministrazione del carcere di Edimburgo, dove aveva soggiornato Balfour. Con grande disappunto, Mikelis si sentì dire che i detenuti non indossavano uniformi standard, quindi non c'era alcuna registrazione relativa alle loro taglie. Poi l'impiegata del carcere disse che le era venuta un'idea che doveva verificare, e disse che li avrebbe richiamati più tardi. Passò un'ora prima della sua telefonata. Riferì loro, in tono trionfante, che era andata a controllare alla lavanderia del carcere. Ogni detenuto poteva riempire un sacco di biancheria al giorno per farla lavare. E poteva anche acquistare indumenti e scarpe nuove, che gli venivano consegnati tramite i sacchi della lavanderia. Scorrendo i moduli d'ordine, aveva trovato una richiesta a nome di Logan Balfour dello scorso dicembre, per un paio di scarpe taglia 42 e mezzo.

Mikelis si chinò sui fascicoli ammonticchiati sul tavolo. Li sfogliò velocemente, prima di trovare un foglio che aprì davanti a sé. «Le impronte sulla scena del crimine rivelano che, oltre alle due vittime, c'era una terza persona, che portava scarpe taglia 40 e mezzo! Non è Logan Balfour!»

Prese il telefono dalle mani dell'agente scozzese, e le domandò in un inglese fluente: «Signora, potrebbe per favore trovarmi qualcuno che conosca bene questo detenuto?»

«Cosa vuole sapere?»

«Che tipo di uomo è».

«Impulsivo».

«Lei lo conosce?»

«Sono io che trascrivo tutti i rapporti sulla condotta

dei detenuti, le eventuali delazioni, e smisto le note del personale – insomma, se volete sapere qualcosa su Balfour, potete chiedere a me. Difficile dimenticare un tipo come lui!»

«Aggressivo?»

«Oh sì, ma furbo! Ha sempre saputo come comportarsi per non perdere gli sconti di pena. Quando scoppiava una rissa, c'era sempre qualcuno pronto ad autodenunciarsi al posto di Balfour. Incuteva paura. Era molto rispettato».

«E il suo rapporto con le autorità carcerarie?»

«Un furbacchione, glielo ripeto. Diceva quello che ci si aspettava di sentire da lui, anche se nessuno ci cascava: era solo per poter uscire più in fretta. È il tipo che odia la prigione, odia l'autorità. Un irrecuperabile, a mio modesto avviso».

«Grazie, signora».

«Tutto qui?»

«È più che sufficiente».

Mikelis riattaccò e risollevò subito il ricevitore per consegnarlo all'agente di polizia.

«Contatti l'ispettore Baines, lo avverta che è una trappola».

«Come dice?»

«Si sbrighi! Balfour non tornerà mai in prigione. È un sociopatico, che probabilmente ha già ricominciato a fare rapine. Aveva già i suoi piani prima ancora di uscire, ci metterei la mano sul fuoco. L'assassino lo sapeva. Sapeva anche che la prossima volta Balfour sarebbe stato pronto a tutto, pur di non tornare dietro le sbarre. Ecco perché ha scelto lui».

«Sembra molto sicuro di sé, signore. Tutto questo con una sola telefonata?» si stupì l'agente.

«Perché è ovvio. Il vero assassino non può permettersi che Balfour parli. Che si renda conto di essere stato incastrato, e decida di fare i nomi di tutti i detenuti con cui ha avuto a che fare».

Mikelis puntò l'indice sul distintivo del poliziotto.

«Chiami subito, i suoi colleghi rischiano di farsi ammazzare».

Il poliziotto strinse le mascelle, a disagio di fronte un civile francese che gli dava degli ordini. Ma l'uomo sembrava così sicuro di sé e parlava con un tono tanto imperioso che sembrava impossibile contraddirlo. L'agente esitò, poi alzò il ricevitore.

In ogni caso, erano già tutti in posizione, quindi probabilmente era troppo tardi.

31.

L'irruzione era già cominciata. La soffiata di un informatore si era rivelata corretta: Logan Balfour si trovava all'indirizzo indicato. Per fortuna stava sonnecchiando davanti alla tv quando la polizia scozzese aveva fatto irruzione nell'appartamento, e il suo tempo di reazione non era stato molto rapido. Logan si era lanciato sulla sua pistola, ma era riuscito a sparare solo un colpo contro il muro, prima che la sua testa esplodesse sotto il calcio di un fucile.

Quella sera stessa l'ispettore Baines, dopo aver ascoltato con attenzione il resoconto di Mikelis con tutte le sue deduzioni, si fece inviare via fax tutti i nomi dei detenuti che Balfour poteva aver frequentato. Poi convocò tutti gli uomini disponibili, per studiare i precedenti penali di quei detenuti.

Alle 22:00, in un lampo di lucidità, ripensò al modulo d'ordine della lavanderia del carcere e spedì due agenti alla prigione per esaminare i registri e annotare i nomi di tutti i detenuti che avevano acquistato scarpe taglia 40 e mezzo.

Balfour era ricoverato in ospedale con una commozione cerebrale, e forse una frattura cranica. Prima di quarantotto ore, sarebbe stato impossibile parlare con lui.

I due gendarmi e Mikelis fecero del loro meglio per

contribuire alle verifiche, stampando e raggruppando i profili interessanti, non appena saltava fuori che un detenuto aveva subìto una condanna anche minima per reati sessuali o oltraggio al pudore.

Il criminologo si concentrò ben presto su un individuo in particolare: il suo nome era Elliot Monroe.

Aveva condiviso la cella di Balfour negli ultimi sei mesi, insieme ad altri quattro detenuti. Monroe era in carcere per frode assicurativa, per aver appiccato il fuoco a un locale commerciale. Le fiamme si erano propagate a un condominio vicino, mettendo in pericolo la vita di diverse famiglie. Due vigili del fuoco erano rimasti gravemente feriti durante l'intervento per spegnere l'incendio. In precedenza, Monroe era stato condannato con la condizionale per violazione di domicilio, perché lo avevano trovato nel garage di una coppia, anche se sembrava che non avesse rubato nulla. Sulla sua fedina risultavano svariate infrazioni: guida in stato di ebbrezza in diverse occasioni, guida senza patente, molestie nei confronti di un uomo che aveva accusato di aver distrutto la sua cassetta delle lettere, danni alla proprietà privata. Per tre volte era stato beccato in compagnia di prostitute. Una delle volte era un uomo.

Monroe era un imbroglione, niente di drammatico in sé, ma si considerava chiaramente al di sopra della legge ed era abituato a giocare sporco.

Di tutti i nomi emersi quella sera, Monroe era di gran lunga quello che più incuriosiva il criminologo. Così, quando la mattina dopo si ritrovarono tutti alla stazione di polizia, dopo qualche ora di riposo, non fu sorpreso di ritrovarne il nome nell'elenco dei detenuti che avevano ordinato scarpe della taglia 40 e mezzo.

«È lui» disse.

«Elliot Monroe?» chiese Baines. «Perché porta il numero 40 e mezzo di scarpa ed era nella stessa cella di Balfour? È un po' poco, no?»

«Scommetto che era su di lui che si sfogavano i suoi cinque compagni di cella. E, se ci saranno altri crimini in futuro, sono pronto a mettere la mano sul fuoco che scoprirete indizi che portano a ognuno di loro. Monroe unisce l'utile al dilettevole. Si vendica. Poiché è un po' mingherlino e probabilmente poco virile, è stato usato come un surrogato di donna. Trattato come una nullità. Per uno psicopatico, ammesso che lo sia, non deve essere stato facile da digerire. Ecco perché è passato all'atto quando è uscito di prigione. Aveva bisogno di esprimere la sua rabbia, la frustrazione. Aveva bisogno di sentirsi potente. Di esistere».

Mikelis fissò i poliziotti presenti nella stanza. La maggior parte di loro non parlava una sola parola di francese, eppure avevano tutti interrotto le loro attività per ascoltare quello strano personaggio, la cui aura andava al di là della barriera linguistica.

«Il rito della sodomia durante l'omicidio della coppia di escursionisti che facevano l'autostop è perché sta cercando se stesso. Non è riuscito a violentare Magdalena Willis, si è bloccato. Il sangue, il fatto che fosse morta, l'adrenalina, la paura, l'eccitazione mentale, tutto questo era troppo per lui. Quando ci ha riprovato, era deciso ad andare fino in fondo. Così ha provato a seguire un'altra strada. Ci ha riprovato con la ragazza, certo, ma la cosa non lo ha eccitato quanto aveva immaginato. E ha sodomizzato il suo compagno, prima di rendersi conto che qualcosa non andava. Allora ha invertito i ruoli, per rimettere in scena ciò che aveva vissuto in prigione. Ma questa volta era lui a scegliere. E soprattutto, alla fine, poteva punire i colpevoli. Secondo me è instabile, gli piace sentire male tanto quanto gli piace farne. Odia se stesso tanto quanto si ama. E non controlla ancora i suoi impulsi criminali, perché sta cercando di trasformare in eccitazione sessuale quella che per lui è solo un'eccitazione mentale, una sensazione di onnipotenza – la sensazione di essere Dio, per qualche ora. Non è in grado di arrivare fisicamente all'orgasmo, e questo lo rende isterico, quindi ci riproverà ancora e ancora, perché vuole essere potente, ma la sua virilità viene messa in discussione, ed è fonte di così tanti problemi da rivelarsi insostenibile. Diventerà sempre più violento. Sfogherà la sua rabbia sulle vittime, c'è da aspettarsi che possano essere ridotte sempre peggio».

Con le tempie pulsanti, gli occhi sbarrati, il criminologo respirava più rumorosamente del solito. Stava vivendo la sua storia. Era nella pelle dell'assassino. Era nella sua mente.

Nessuno si muoveva più. Quando tacque, tutti lo fissavano intimoriti.

Baines sprofondò nella poltrona.

«D'accordo, Mr Mikelis, mi ha convinto. Andremo a far visita a Elliot Monroe».

«Non avete in mano nulla per accusarlo. Non credo che in Scozia le leggi siano così diverse dalle nostre, e che possiate arrestarlo in base a un semplice sospetto».

Baines sollevò un foglio di carta.

«Ho appena ricevuto questo dagli uffici della Motorizzazione civile: è l'auto registrata a nome di Elliot Monroe. Il modello potrebbe corrispondere alle tracce di pneumatici trovate sulla seconda scena del crimine. Non ho ancora prove a sufficienza per accusarlo, ma abbastanza per interrogarlo e perquisire la sua abitazione».

«Se vuole farlo crollare, non cerchi di usare la forza, non con lui. Si chiuderebbe a riccio. Deve dargli semmai l'impressione di ascoltarlo. È un animale smarrito. Se crede che possiate capirlo, che possiate aiutarlo, e soprattutto se sente di non avere altra scelta, potrebbe parlare. Si circondi di pile e pile di documenti, in modo da fargli pensare che sapete tutto di lui, che avete una quantità di informazioni che lui stesso non conosce. Poi cerchi di lusingare il suo ego, lo assecondi, ma non lasci che sia lui a condurre le danze. Deve sentire che non ha più il controllo, ma che può riacquistarlo confidandosi con lei, raccontandole tutto ciò che vuole sentire. Si sentirà abbastanza sicuro da farlo, e non avrà paura di essere giudicato. Saprà di avere un pubblico che lo capisce e che comprende la portata dei suoi problemi, oltre ad apprezzare il suo genio».

Baines si voltò verso Ludivine e Segnon.

«Non vorrei far arrabbiare il vostro amico» disse, con un mezzo sorriso. «Questa volta preferirei avervi a portata di mano. Se venite con me, andiamo a verificare la teoria di Mr Mikelis».

Afferrò la giacca, si infilò una sigaretta all'angolo della bocca e prese il cellulare. «Andiamo a mettere in gabbia un serial killer» disse, per una volta sorridente.

32.

La strada, nella zona ovest di Inverness, era stretta, incorniciata da casette in mattoni rossi. Un po' di ristoranti a buon mercato, fast-food esotici, Internet café, parrucchieri... tutto ciò che serviva alla vita di un tranquillo e anonimo quartiere residenziale.

Elliot non era in casa all'arrivo della polizia. La sua padrona di casa li indirizzò verso il suo posto di lavoro, in una tintoria.

Ludivine vedeva la vetrina azzurra tutta scrostata dal sedile posteriore dell'auto dove stava aspettando, insieme a Segnon e Mikelis.

Strinse i pugni per evitare di portarsi le unghie alla bocca. Aveva già fatto abbastanza danni la sera prima, da sola nella stanza dello squallido albergo dov'erano alloggiati, aspettando invano che la stanchezza la trascinasse nel sonno.

Aveva un aspetto terribile, pensò per la decima volta quella mattina, mentre scorgeva la sua immagine riflessa nello specchietto retrovisore. Le palpebre erano gonfie e arrossate, la carnagione livida, i capelli tirati sulla nuca e legati alla bell'e meglio. L'attesa era insopportabile, perché la costringeva ad affrontare i suoi pensieri e il suo dolore. Segnon non era in vena di parlare, quanto a Mikelis ignorava ogni tentativo di conversazione.

I minuti passavano alla velocità delle ore, trasformando il tempo in dolore. Quando finalmente apparve Elliot Monroe, in mezzo a tre poliziotti, Ludivine si rianimò di colpo. Si sporse in avanti per osservarlo meglio.

Corporatura modesta, capelli scuri, tagliati corti, piuttosto gracile. Un fisico banale, senza grazia né fascino, un viso che non si faceva notare, che non si ricordava, se non per lo sguardo sfuggente.

Lo stesso Baines gli fece chinare la testa con una mano per farlo sedere sul sedile posteriore dell'auto della polizia, parcheggiata proprio di fronte a quella dei francesi. L'ispettore era esultante. Si sfregò le mani e fissò il fermato dal finestrino per un lungo minuto, con un sorriso di trionfo sulle labbra.

Monroe era l'arresto della sua vita. Il caso che non avrebbe più smesso di raccontare ai figli e ai nipoti, agli amici di bevute la sera al pub, e per il quale avrebbero continuato per un pezzo a dargli pacche sulle spalle, congratulandosi con lui.

Un arresto senza problemi, nessuna resistenza, nel retro di una tintoria, sotto gli scaffali di abiti e vestiti appesi, nel calore afoso dei rulli da stiro industriali e nell'odore di ammorbidente. Un serial killer dall'aria spaurita davanti alla polizia che era piombata su di lui terrorizzandolo, come aveva terrorizzato le sue vittime nell'intimità dei suoi impulsi omicidi.

La realtà era lì, semplice e deludente. Una realtà alta un metro e sessantacinque, che non sapeva dove mettere i piedi, la testa infossata tra le spalle e le mani ammanettate davanti.

Era difficile credere che tanta malvagità potesse essere contenuta in un corpo così fragile, così privo di eleganza e sicurezza.

«So cosa state pensando» disse Mikelis. «Ma non lasciatevi trarre in inganno, c'è così tanta frustrazione, ego e cattiveria in quell'esserino che diventa un personaggio completamente diverso, quando scatena la sua rabbia. La sua vita è stata un tale marcio coacervo di fantasie trite e ritrite e di desideri sordidi che dentro di lui ci sono due esseri. Quello che vedete ora, avvilito e patetico, e quello che crede di essere, quello che a volte lascia libero, un individuo crudele, potente, privo di emozioni, animato solo dal brodo dei suoi pensieri più violenti e morbosi. E quando appare la sua ombra, credetemi, nessuno può provare pena per lui, perché lui non ne prova affatto. In quei momenti lui *è* la violenza».

L'ispettore Baines si girò verso di loro e alzò il pollice in segno di vittoria.

Victor Mags morto, Elliot Monroe con le manette ai polsi. Per tutti gli occupanti dell'auto, non c'erano dubbi che fosse lui l'assassino scozzese.

Ne erano rimasti solo due.

In quel momento, quando l'auto si mise in moto per condurli ad assistere all'interrogatorio di Monroe, Ludivine si ritrovò a sperare che quella che era sembrata un'epidemia di violenza potesse essere contenuta prima del temuto dilagare.

Erano solo uomini. Malati. Personalità sbagliate fin dalla giovane età. Si erano trovati e uniti per rassicurarsi a vicenda. Per avere la sensazione di esistere. Per convincersi di essere normali, almeno per qualche ora, mentre parlavano tra Loro.

La gendarme si rese conto che era quella la chiave di tutto. Cercavano altri con ossessioni simili alle loro, per condividere, per non sentirsi soli, per conquistarsi un'illusione di normalità.

Dovevano arrivare alla Bestia prima che potesse trovare qualcuno fragile o squilibrato come lui da convertire alla sua causa perversa, prima che addestrasse un altro che, a sua volta, avrebbe potuto reclutare qualcun altro.

Occorreva agire prima che diventassero troppo numerosi. E organizzati.

Prima che arrivassero a minacciare l'equilibrio del mondo.

Ludivine scosse la testa, era esausta. Stava vaneggiando. Non ci sarebbero mai state abbastanza persone malate a sufficienza per costituire una nuova forza, per rovesciare la morale della società così come le persone normali l'avevano via via sancita nel corso dei secoli.

Mai.

L'auto partì a tutta velocità.

In strada, un po' di curiosi erano usciti per assistere allo spettacolo. Uomini e donne, gente di ogni età. C'erano sguardi di indignazione e di preoccupazione, alcuni carichi di dubbio e altri persino di gioia.

E, notò Ludivine, alcuni sguardi che rimanevano vuoti.

Senza vita. Senza speranza. Senza equilibrio.

Baines aveva seguito il consiglio di Richard Mikelis. Aveva interrogato Elliot Monroe in una stanza piena di fascicoli che riportavano a caratteri cubitali il nome del sospettato, la targa della sua auto o il suo numero di matricola come detenuto del carcere di Sua Maestà di Edimburgo. C'erano altre cartelline con l'intestazione del laboratorio forense, della Scientifica, i nomi delle vittime e qualsiasi altra cosa potesse impressionarlo… Baines stesso entrò con un raccoglitore di cartone pieno raso di fogli, che depose proprio di fronte a lui.

La struttura del locale rendeva impossibile seguire il procedimento senza essere visti. Non c'era uno specchio unidirezionale, non c'era un sistema di ripresa video per diffondere le immagini in una stanza adiacente, c'erano solo l'ispettore Baines e il suo collega della polizia di Inverness, Peter Hollaister, che uscivano di tanto in tanto dal piccolo ufficio per riferire agli altri.

Monroe si era mostrato taciturno. Si era detto innocente dei crimini di cui era accusato, e quando Hollaister gli aveva chiesto dei suoi alibi e Baines aveva cercato di rendersi simpatico facendo mostra di capirlo, il lavandaio si era chiuso nel silenzio.

Durante una delle pause, l'ispettore si avvicinò a Mikelis, con un bicchiere di caffè fumante in una mano e l'eterna sigaretta nell'altra.

«Spero che i nostri trovino qualche prova a casa sua, perché lui non parlerà» disse con una smorfia.

«Mi dia qualche ora da solo con lui, e lo farò parlare».

Baines sgranò gli occhi. «Lei è proprio sicuro di sé...»

«Ho esperienza, tutto qui. Conosco questo genere di persone, so come parlare la loro lingua».

«Anche se volessi, lei non ha alcuna autorità qui, e il rischio è di invalidare l'arresto prima ancora che sia istruito il caso. Non si può fare».

«È in contatto con gli agenti che stanno perquisendo casa sua?» chiese Ludivine.

«Mi tengono informato. Per il momento, stanno mettendo sotto sigilli tutto ciò che potrebbe interessarci. Il suo cellulare e il suo computer sono già qui».

«Il computer lo state analizzando?» chiese Segnon, che di computer se ne intendeva.

Baines fece cenno ai francesi di seguirlo.

«Venite, lasciamo cuocere per un po' Monroe nel suo brodo, sono curioso di sapere cosa ci possono dire di lui le sue cose».

'Le cose che possiedi alla fine ti possiedono' si disse Ludivine, ripensando a *Fight Club.* Ed eccolo lì. L'uomo capace di far parlare ciò che è inerte, di dare vita e significato a ciò che non ne ha. Le cose che si rivoltano contro chi le possiede.

Baines li condusse al piano superiore, in un ufficetto dove due agenti in uniforme erano al lavoro in mezzo a una schiera di computer.

Scambiò qualche parola con i colleghi, e uno di loro indicò il portatile a cui si stava dedicando. Il computer era collegato con un cavo allo schermo del computer del poliziotto.

«La cronologia di navigazione è vuota» spiegò l'ispettore, «ma Malcolm è riuscito ad accedere alla struttura dell'hard disk, be', almeno alla parte che non è stata sovrascritta, e ha estratto i dati cancellati».

Segnon si chinò verso il computer del poliziotto.

«In informatica è difficile cancellare i dati in modo definitivo» disse, mentre leggeva ciò che gli scorreva davanti agli occhi.

«Voi pensate che si siano coordinati per uccidere tutti nello stesso momento la domenica sera» disse Baines. «Controlleremo i siti visitati da Monroe tra domenica sera e oggi. Si sarà sicuramente ricollegato per raccontare ai suoi compagni le sue belle imprese!»

«È un frequentatore abituale di siti porno» constatò Segnon.

«*This one*» disse Baines, indicando un nome.

L'accesso al sito era avvenuto nella notte tra domenica e lunedì, alle 05:43 del mattino.

«*Seeds in Us*» lesse Ludivine. «'Semi in noi'. Sembra un forum».

«È proprio un forum» disse Segnon, vedendo apparire la pagina.

Con i colori scuri e un layout sobrio, *Seeds in Us* non aveva in sé niente di attraente. Il forum di discussione era diviso in sezioni: incidenti, crimini, violenza domestica, torture, animali... Con pochi clic, chiunque poteva constatare che persone di tutto il mondo si scambiavano sordidi video di crudi fatti di cronaca, foto di mutilazioni, stralci di incidenti e persino esecuzioni di ostaggi in Cecenia o in posti che potevano trovarsi in Afghanistan o in Iran.

Il sito era sia in francese che in inglese e i commenti degli utenti utilizzavano entrambe le lingue, con una netta predominanza della seconda.

«Sembra quel sito strafamoso per questo tipo di schifezze, come si chiama... ah sì, Rotten!» disse Ludivine.

«Culla di tutte le perversioni» sospirò Segnon. «A parte il fatto che Rotten è famoso, questo sembra molto più riservato. Monroe è venuto qui subito dopo i suoi delitti per godersi qualche immagine di robaccia splatter, o pensate che abbia postato le sue foto?»

«Sarei sorpreso se le foto di un omicidio fossero rimaste visibili senza che la cosa si sapesse rapidamente» commentò Mikelis.

Malcolm disse qualcosa a Baines, e l'ispettore spiegò: «A quanto pare c'è un accesso privato a un'altra sezione del forum. Il mio collega sta cercando di entrarci, forse ci vorrà un po', ma Malcolm è un vero genio dell'informatica. Siamo fortunati ad averlo con noi. A volte lo chiamano persino quelli dell'FBI, per casi che coinvolgono sia noi che gli americani. Ha una gran bella testa, il ragazzo!»

Gli investigatori tornarono al piano di sotto e incrociarono Elliot Monroe nel corridoio, accompagnato da un agente di polizia che lo stava riportando in cella. Ludivine se lo trovò di fronte che camminava a passo strascicato, costretto ad avvicinarsi alla gendarme per passare in un corridoio già stretto di suo, e con un lato occupato da schedari di metallo traboccanti di scartoffie.

Non la vide subito. Aveva lo sguardo fisso sul linoleum, l'espressione impenetrabile.

Ludivine sentì di colpo una bolla di calore esploderle dentro. Un desiderio di violenza. Un impulso di vendetta.

Elliot Monroe conosceva Victor Mags. Probabilmente si erano parlati. Si erano scambiati idee e progetti. Facevano parte dello stesso gruppo.

e

Monroe era responsabile anche della morte di Alexis.

La gendarme strinse i pugni. La rabbia stava montando pericolosamente.

I due cerchi neri al posto delle pupille di Monroe si alzarono, richiamati dalla donna che lo fissava.

Nel momento in cui le passò accanto, lei sentì l'odore della sua acqua di colonia, gli vide la vena giugulare che pulsava.

Lui la fissò, senza emozioni, senza vita.

E subito abbassò lo sguardo.

Elliot Monroe era un codardo. Bastava mettergli un po' di soggezione per vederlo tirarsi indietro. Senza le sue armi, senza i preparativi, senza le sue vittime incatenate e inermi, sarebbe crollato.

La mano di Segnon si posò sulla spalla di Ludivine.

«Vieni».

«Quel bastardo era in contatto con l'assassino di Alexis».

«Lo so. Dài, andiamo, è inutile restare qui».

Poiché Ludivine continuava a fissare il viscido individuo, Segnon dovette tirarla via di lì quasi a forza.

«Mandiamo il nome del sito a Magali, in modo che possa fare ricerche per conto suo» disse Segnon, sentendo che doveva catturare l'attenzione della collega.

Le schioccò le dita davanti al naso.

«Mi stai ascoltando?»

«Eh? Sì... sì, scusa».

Le spiegò cos'aveva intenzione di fare, ma Ludivine non lo ascoltava già più.

Quello che c'era nella mente di Elliot Monroe era fatto della stessa materia oscura che riempiva la mente di Victor Mags, della Bestia e anche dell'assassino spagnolo. E quella del pedofilo. Senza dimenticare Joseph Selima. Si erano riuniti intorno a un simbolo. Non nutrivano fantasie comuni, perché le fantasie morbose, al pari dei fantasmi, ossessionano e perseguitano solo coloro che le partoriscono. Ma condividevano un sistema di idee. Uniti nel riconoscersi come predatori. Cacciatori convinti che la loro superiorità attribuisse loro un diritto di morte su una società alla quale non volevano sottomettersi. Psicopatici uniti in nome del loro potere. Uniti attraverso l'intera Europa per essere più forti.

Il loro simbolo non era solo un segno di raduno, ma un marchio. Piantavano la loro bandiera sui territori conquistati. Su esseri che ai loro occhi erano inferiori. Bestiame, nient'altro.

'Il Bois-Larris' pensò subito Ludivine.

L'ospedale non era stato teatro di nessuno dei loro crimini.

Volevano esprimere qualcosa attirando l'attenzione

su quel luogo. Proclamare al mondo che apparteneva a loro. Era per via degli esperimenti nazisti?

'Cosa poteva esserci di loro interesse in un ospedale per bambini?'

Ludivine si portò la mano alla bocca.

Segnon interruppe a metà il discorso.

«Be'? Che cosa c'è adesso?»

«I bambini...» mormorò Ludivine. «Vogliono conquistare i bambini... farli diventare loro adepti!»

«Che cavolo stai dicendo?»

«Vogliono indottrinare i bambini del Bois-Larris!» disse lei con maggior decisione.

Segnon la guardava perplesso, non sapendo cosa dire.

«Mettiamo che vuoi inculcare i tuoi valori a un gruppo di bambini» continuò Ludivine, «come fai?»

«Non saprei... con la scuola?»

«Il Bois-Larris non è solo un ospedale, è anche una scuola! Sono gli insegnanti, Segnon! Gli insegnanti sono parte del piano!»

Spinse da parte il collega e si precipitò al telefono dell'ufficio.

33.

Ludivine andava su e giù per la stanza.

Aveva chiamato il gruppo di Magali per farsi stilare un elenco di tutti gli insegnanti e creare una scheda per ognuno di loro, per verificare se avevano precedenti penali che potessero collegarli in qualche modo a Victor Mags, per individuare eventuali legami.

Segnon trovava difficile credere a questa teoria. «Perché mai Mags avrebbe dovuto disegnare il loro simbolo laggiù, col rischio di attirare la nostra attenzione sull'ospedale, se è così importante? È una cosa stupida! E Mags non era certo uno stupido».

«Ludivine però potrebbe avere ragione» disse Mikelis. «I pervertiti a volte agiscono contro il buon senso, quando a imporsi sono le loro pulsioni. Come eiaculare senza preservativo dentro una vittima, pur sapendo che oggi, con l'analisi del DNA, è possibile identificarli. È più forte di loro! È parte integrante della loro 'firma', è un comportamento che obbedisce alla loro fantasia malata. È un atto che gli uomini possono capire. Vi è mai capitato di provare un fortissimo impulso sessuale, al punto di desiderare una donna più di ogni altra cosa? Al di là della ragione? Fino all'ossessione? E non importa se avete già una relazione! Anche se sapete che è come un vaso di miele in cui non dovreste intingere le dita!»

«Che cosa vuol dire?»

«Ci pensi, lo sa bene di cosa sto parlando. Non le è mai capitato? Quel desiderio bruciante che ti attanaglia il cuore e le viscere?»

«Sì, certo» ammise Segnon.

«Bene. Alcuni uomini resistono meglio di altri. Alcuni cedono, altri no. È un accecamento momentaneo, da cui è difficile uscire senza lasciarsi sopraffare. I nostri assassini sono così. Sopraffatti dai loro impulsi. Cedono. E pazienza se era l'ultima cosa da fare. Forse è quello che è successo a uno di loro quando è andato al Bois-Larris. Si è lasciato sopraffare da un bisogno bruciante di marcare il territorio, in preda a un eccesso di sicurezza e al desiderio di sfidare la società, perché si sente invulnerabile, o magari anche per rassicurarsi, perché quel luogo per lui è un santuario, chi lo sa?»

«Segnano solo le loro conquiste» aggiunse Ludivine. «Non ci sono stati morti al Bois-Larris, quindi deve esserci qualcos'altro!»

Mikelis si voltò verso la gendarme.

«Prima ha parlato a lungo con il collega di Parigi. Ci sono novità?»

«La scavatrice ha scoperto un altro corpo nel giardino di Victor Mags. Pensano che sia un'altra prostituta. Il cadavere è in pessime condizioni. A quanto pare Mags si era inventato un piccolo rituale casalingo per avere a disposizione un giocattolo sessuale, tra un omicidio in trasferta e l'altro».

«Che possa bruciare all'inferno» disse Segnon.

«Non è tutto: i colleghi di Parigi hanno scoperto come ha fatto Alexis a individuarlo. Le società che gestiscono i sistemi di allarme utilizzano lo stesso fornitore di servizi di vigilanza sul campo. Mags lavorava per quest'ultima azienda. Era così che aveva individuato le sue prede, si era impadronito delle loro chiavi di riserva, aveva scoperto i numeri di codice degli allarmi e anche le loro abitudini, esaminando i registri che riportavano gli orari in cui l'allarme veniva inserito e disinserito».

«Un assassino molto organizzato» osservò Segnon, con un cenno a Mikelis.

«Lo sono anche gli altri» disse il criminologo. «Anche la Bestia, dopo che ha dato sfogo ai suoi istinti più selvaggi».

Il gendarme fece una smorfia. «Ancora non mi va giù la faccenda della mascella... Com'è possibile avere una deformità così macroscopica senza farsi notare?»

«Nessun ospedale, nessuno studio dentistico ci ha fornito informazioni su di lui» disse Ludivine. «Devo pensare che non abbia un fascicolo sanitario nel nostro Paese».

«Io ho inoltrato le informazioni in merito anche ai polacchi, metti mai» aggiunse Segnon, «ma anche su quel fronte niente di nuovo. Non so, non vi sembra tutta una follia?»

Nel piccolo ufficio calò un silenzio imbarazzato.

«Tra me e me lo chiamo il lupo mannaro» disse il collega. «Perché è esattamente quello che è, un uomo che si trasforma in un ibrido al momento di uccidere! E sapete una cosa? Quando non si accontenta di mordere, trasmette il suo virus ad altri assassini!»

Il colosso riuscì a strappare a Mikelis una parvenza di sorriso.

Ludivine, che non era in vena di sorridere, si rese conto che il suo collega diceva sul serio.

«Non lasciarti suggestionare, Segnon» disse. «È solo un povero stronzo fatto di carne e di sangue, come me e te».

«Sì, solo che la sua bocca è tre volte più grande della tua e la usa per fare a pezzi degli esseri umani! Mi fa venire i brividi, quel bastardo!»

L'ispettore Baines si affacciò alla porta. «Malcolm ha decifrato i codici di accesso privato di *Seeds in Us*!» esclamò. «Tutte le conversazioni di Elliot Monroe sono state cancellate, tutte tranne l'ultima, dovreste venire su, la troverete interessante».

Baines, che puzzava di tabacco freddo, toccò lo schermo del computer dell'esperto informatico.

«Il sito è ospitato su un server in Uzbekistan, quindi non possiamo fare nulla. E a quanto pare, è stato spostato diverse volte. La prima data di questa versione è aprile 2012, sei mesi fa, ma *Seeds in Us* è più vecchio, cambia regolarmente hosting. Chiunque ci sia dietro non vuole che si risalga a lui o che lo si faccia chiudere».

«Elliot Monroe lo frequentava spesso?» chiese Ludivine.

«Nella cronologia che abbiamo potuto ripristinare non si riesce a risalire molto indietro nel tempo, ma abbiamo constatato che era uno dei suoi siti preferiti, insieme a quelli porno. Porno gay, molto spesso».

«Come funziona questa parte sicura del sito?» chiese Segnon.

«È una sorta di lounge privata, riservata ai membri. Ai membri migliori. Possono parlare tra loro in chat o con semplici messaggi sul forum. Elliot Monroe si era iscritto con il nickname He-Man».

«Che ironia» brontolò Mikelis.

Segnon scrollò le spalle. «Che cosa significa?»

«Macho».

«È anche il nome originale di un cartone animato della nostra infanzia» ricordò Ludivine. «*Masters of the Universe* o qualcosa del genere, e He-Man è il nome inglese dell'eroe protagonista. Giusto per capire quanti problemi ha Monroe con la sua immagine virile».

«Con chi stava parlando?» chiese Mikelis.

Il volto di Baines si illuminò, l'espressione di chi sta per calare la carta vincente. «Il nome dell'interlocutore è *e».

«Certo» disse Ludivine. «Di che cosa parlano?»

«Sembra che i due abbiano interloquito più volte, sembrano conoscersi. Sono frequentatori abituali, guardate il numero di messaggi sui loro profili».

Malcolm girò lo schermo in modo che i gendarmi potessero vedere meglio: ogni utente del forum era definito da uno pseudonimo, sotto il quale apparivano il numero di messaggi che aveva postato da quando si era registrato e la data della registrazione. He-Man ne aveva scritti duecentoquarantasette.

Segnon fischiò in segno di ammirazione.

«Ha iniziato a scrivere su questo forum il 12 luglio di quest'anno. Sono quasi tre messaggi al giorno».

«E per *e?» chiese Ludivine.

«Seimilasettecentottantatré messaggi in... cazzo» sbottò Segnon, «in quattro anni. Il tizio è un veterano. Probabilmente è un moderatore, e ha seguito il sito in tutte le sue versioni».

«I 'moderatori' sono quelli che gestiscono il forum, giusto?»

«Sì. Chissà quante menti fragili è riuscito a intossicare, in tutto questo tempo!»

«E di cosa hanno discusso tra loro?»

«È stato cancellato tutto» disse Baines, con aria delusa. «Le conversazioni nella room privata vengono regolarmente cancellate. Ne sono rimaste pochissime, e per accedere è richiesta la password dell'utente. Per Elliot Monroe c'è solo questa».

Baines chiese a Malcolm di visualizzare l'ultimo scambio e apparvero quattro messaggi in inglese.

He-Man ha scritto: *Ho fatto la mia parte.*

Apparve una foto: una giovane donna, nuda, il sesso in bella vista, il simbolo della loro unione inciso sul ventre a lettere di sangue. La testa era ricacciata all'indietro in un buco, si vedeva solo qualche ciocca di capelli rossi mescolata all'erba alta. La foto era stata scattata di notte, il flash metteva in risalto il pallore della pelle e annullava qualsiasi profondità di campo.

Tutti riconobbero l'escursionista ventiduenne.

***e ha scritto:** *Non è la tua parte. È il tuo lavoro. Non parlare come se agissi per noi. Tu agisci per te stesso. Ti sei coordinato con i tuoi fratelli per inviare al mondo il messaggio che deve ricevere. La nostra ora si sta avvicinando. Sii orgoglioso. Non sei più solo. Non sarai mai più solo.*

He-Man ha scritto: *Sono orgoglioso! Voglio farlo di nuovo! Voglio continuare! Quando ci incontreremo?*

***e ha scritto:** *Sii paziente. La nostra comunità si costruisce poco alla volta, nel tempo. Perché ci vuole tempo per cambiare il mondo. Per cambiare la mentalità della gente. Intanto tieniti pronto, i tuoi fratelli si stanno muovendo, e presto entreranno di nuovo in azione. Fai lo stesso. Fai attenzione. Ricorda i nostri consigli, e fai attenzione alle mie parole, in modo che le nostre azioni siano coordinate. Non siamo più isolati. Non siamo più soli.*

Segnon fece un respiro profondo.

«È proprio quello che temevamo: si stanno radunando. Questo **e* sta reclutando».

«In più li addestra anche» aggiunse Mikelis. «Parla come un leader. Parla dei suoi consigli. Questi killer condividono i loro metodi, cercano di diventare sempre più abili ogni volta».

Ludivine indicò lo schermo. «C'è un modo per leggere tutti i messaggi inviati da questo tizio?»

«Sì» confermò Baines, «ma il mio collega dovrà craccare tutti i codici uno per uno».

«Chiederemo ai nostri a Parigi di lavorarci anche loro in parallelo, per guadagnare tempo».

Di colpo Malcolm si ritrasse sulla sedia, con aria contrariata.

Lo schermo era nero.

L'agente cliccò e premette diversi tasti contemporaneamente, e non ci volle molto per arrivare a una diagnosi dell'accaduto.

Baines si chinò, furibondo.

«Il sito è appena scomparso!»

«Com'è possibile?» esclamò Ludivine, presa dal panico, guardando Segnon. «Non hai detto che è difficile cancellare i dati in modo definitivo?»

«Se hai l'hard disk a portata di mano, ma qui è tutto virtuale, qui possono fare quello che vogliono!»

«È un virus?»

«No, è un comando dato intenzionalmente. Qualcuno si è accorto della nostra presenza e ha chiuso tutto».

«Merda!» disse Ludivine. «Quindi non possiamo più accedere? In nessun modo?»

Segnon scosse la testa. «Malcolm ha fatto degli screenshot, ma non serviranno a nulla se non possiamo più accedere al sito» disse Baines irritato.

«C'è un problema ancora più grave» disse Mikelis. «Adesso loro sanno che siamo entrati nel sito, che siamo sulle loro tracce».

Incrociò le braccia sul petto possente. Il suo sguardo era cupo.

«Il dialogo è aperto» aggiunse. «D'ora in poi bisogna aspettarsi di tutto, perché loro parlano un'unica lingua. La violenza».

34.

Il sole calò in fretta. Alle quattro del pomeriggio le nuvole basse lo inghiottirono, e la notte si allungò sulla Scozia senza un momento di transizione, senza crepuscolo.

Ludivine, Segnon e Mikelis erano seduti in un separé di cuoio e legno verniciato, nel retro di un pub dove il silenzio delle conversazioni tra i pochi clienti era colmato dalla musica pop.

Elliot Monroe non aveva parlato. Si era rinchiuso nel suo guscio, lontano, nel suo involucro di ometto fragile e comune. L'assassino era sopraffatto dalla paura. Nel profondo della sua tana, al riparo dagli sguardi.

Ludivine aveva fatto diverse volte il punto in lunghe telefonate con Aprikan e poi con Magali. Per il momento, nelle biografie degli insegnanti del Bois-Larris non c'era nulla che fosse degno di nota. In compenso, la vita di Victor Mags rivelava dettagli sempre più inquietanti.

L'uomo era cresciuto in un minuscolo paesino dal nome premonitore: Pestilence, un pugno di case sperdute nel Lot-et-Garonne. Fino all'età di diciannove anni, Magali e la sua squadra non avevano trovato nulla, ma poi il suo nome era emerso in diversi casi di furto, effrazione e persino una violenza sessuale nei pressi di un lago in estate. La colpevolezza di Mags non era mai stata provata. Per più di dieci anni aveva lavorato in una segheria vicino al paesino natale. Si era trasferito nella regione parigina nell'aprile di quello stesso anno, prima di sistemarsi definitivamente ad Achères-Grand Cormier in giugno. Aveva la fregola di non riuscire a star fermo. Non appena uscito dal grembo della famiglia era passato all'azione, forzandosi ad andarsene in fretta.

Magali trovava strano che avesse aspettato fino all'età di trentatré anni per andarsene da quel buco sperduto. Sospettava che avesse già agito più volte lì in zona, al punto da dover cambiare aria. Aveva contattato i colleghi della SR di Tolosa, per chiedere di controllare gli omicidi con vittime femminili commessi in quell'area negli ultimi dieci anni, per portare alla luce eventuali analogie. Uno dei 'dettagli' caratteristici della firma di Mags era strangolare la vittima con la sua stessa biancheria intima. Lo aveva fatto con Claire Noury, Nadia Sadan e Isabelle Eymessice. Le tre vittime per lui importanti.

Il colonnello Aprikan aveva chiamato poco dopo. Gli informatici della Sezione Ricerche avevano trovato nella cronologia cancellata del computer di Victor Mags tracce dello stesso sito web visitato da Elliot Monroe: *Seeds in Us*. Ma ora il sito era chiuso. Nessuno poteva più accedervi.

«Monroe è stato reclutato quest'estate» riassunse Mikelis, davanti a una pinta di birra. «Il suo primo omicidio è goffo anche se il bersaglio è facile, una tossica che vaga per la città... Cerca di violentarla, per mettere bene in scena il suo crimine e compiacere i suoi nuovi amici. È la sua prova del fuoco. L'ha superata, c'è riuscito. Così il suo pigmalione decide di farlo entrare nel giro. Gli ordina di uccidere la domenica sera, alla stessa ora di Mags in Francia e della Bestia in Polonia».

«Perché il quarto assassino, quello in Spagna, non è passato all'atto?» chiese Ludivine.

Mikelis annuì, per sottolineare che si trattava di una bella domanda.

«Lo ha fatto» rispose Segnon, che avendo letto per intero il dossier conosceva meglio il caso spagnolo. «È solo che la vittima non è stata ancora ritrovata. L'assassino spagnolo opera in una regione montuosa, la Sierra de Guadarrama, a nord-ovest di Madrid. Dà la caccia alle sue prede. Le rapisce in città e le fa ritrovare morte in montagna, con i piedi e le mani sanguinanti. Le insegue per ore, prima di finirle con un colpo di pistola».

«Come il conte Zaroff in *Pericolosa partita*» esclamò Ludivine, ricordando un vecchio film in bianco e nero.

«Proprio così».

«Abbiamo abbastanza documentazione sul versante spagnolo delle indagini?» chiese la gendarme. «Tra tutte le piste, è quella che abbiamo esplorato di meno».

«Perché è quella dove abbiamo meno indizi» le spiegò il colosso nero. «La polizia spagnola è al corrente delle mie richieste e ci farà sapere se ci sono novità. Le indagini vanno avanti dalla scorsa estate, e un grosso ostacolo sono le condizioni in cui vengono ritrovate le vittime: vengono scoperte da qualche escursionista o dalle guardie forestali molto tempo dopo la morte, in avanzato stato di putrefazione».

«Un modus operandi molto diverso dagli altri» osservò Mikelis.

«Sì, ma la **e* è chiaramente incisa sulla loro pelle, sulla fronte e in un caso sul torace. Incisa con un coltello. Ci sono quattro morti apparentemente collegate, ma solo tre hanno il segno, e in due casi ci sono volute le radiografie del cranio per notare l'osso intaccato dalla punta del coltello. Il quarto cadavere era in condizioni troppo degradate per capirci qualcosa, e non è stato nemmeno recuperato il proiettile mortale. Potrebbe benissimo non avere nulla a che fare con il nostro assassino».

«Intaccate fino all'osso? Ci è andato giù pesante» disse Ludivine.

«Quindi» riprese Mikelis, «è possibile che abbia colpito anche lui domenica sera, come i suoi 'compagni di merende'».

«È molto probabile» confermò Segnon. «Aspettiamo di vedere che cosa scoprirà la polizia nei prossimi giorni. Hanno intensificato i pattugliamenti nella Sierra, ma è un territorio scosceso e si estende per un'ottantina di chilometri».

«A quando risale il primo delitto in Spagna?»

«A luglio, credo».

Il criminologo reclinò la testa all'indietro per riflettere.

«Il che suggerisce che Victor Mags sia il primo che è passato all'atto» disse.

«Pensa che sia lui lo **e* del forum?» chiese Ludivine.

«Può darsi. C'erano libri in casa sua?»

«Non lo so, perché?»

«**e* è una sorta di ideologo. Ha una cultura in questo campo, sicuramente legge molto. Non dico che un ragazzotto che ha passato la vita in un paesino sperduto nel Lot-et-Garonne non possa esserne capace, ma una personalità come quella di **e* va costruita, deve formarsi un pensiero, dei modelli. Deve aver letto e studiato molto sull'argomento. Dovremo interrogare le squadre che hanno passato al setaccio la casa di Mags, esaminare le foto scattate sul posto».

Ludivine alzò una mano. «Se Mags era il loro leader, la sua morte potrebbe destabilizzarli per un po'. Non agiranno più finché non si saranno riorganizzati».

«Non ci hanno messo molto a scoprire che eravamo entrati nel loro sito» replicò Segnon.

«Monroe deve vuotare il sacco. Deve parlare, deve darci almeno un nome».

«Probabilmente non sa il nome di nessuno» disse Mikelis. «Ricordatevi il suo ultimo scambio con **e*, lunedì mattina. Non vedeva l'ora di vederlo. Credo che l'unico legame tra Monroe e gli altri sia proprio quel forum da cui ci hanno appena sbattuti fuori».

Ludivine posò la tazza di cioccolata calda mezza vuota.

«Questo ci riporta a Mags. Se la Bestia e il conte Zaroff, lo spagnolo, sono destabilizzati dalla perdita del loro leader, possiamo sperare in una piccola tregua prima che ricomincino. Terranno un profilo basso e troveranno un altro modo per contattarsi. Baines deve mettere sotto controllo la linea telefonica di Monroe, e tenere d'occhio la sua casella di posta elettronica».

«Baines mi ha detto che ci sta già lavorando» rispose Mikelis.

La gendarme fissò il cerchio marrone, screziato di panna bianca, ancora caldo nella sua tazza. I suoi pensieri erano disordinati. Andavano in tutte le direzioni. Da un assassino all'altro, da un volto all'altro. Era esausta.

Alexis.

Il corpo di lui sopra di lei. I suoi lineamenti immobili nell'estasi.

La testa esplosa per l'impatto del proiettile. L'aureola di sangue intorno a lui.

Il suo cellulare cominciò a vibrare. Il nome di Aprikan sul display. Non le lasciò neanche il tempo di parlare.

«Fate le valigie» disse con voce atona, «dovete andare a Cracovia».

Ludivine capì all'istante. Chiuse gli occhi.

«Ha ricominciato?»

«Sì, proprio questa mattina. E stavolta è andato anche

oltre. Il giudice istruttore ha già contattato le autorità giudiziarie polacche. I colleghi del posto vi aspettano domani. Mi sono appena messo in contatto con l'Europol, la sede centrale dell'Aia: potrete contare sulla piena collaborazione di tutte le forze di polizia coinvolte. È una faccenda grossa. Si sta estendendo. Non faccia errori, Vancker. La responsabilità adesso è tutta sulle sue spalle».

35.

Ludivine si svegliò in preda a un sudore freddo, il viso premuto contro il finestrino ghiacciato.

Le mancava l'ossigeno.

Lo spazio intorno a lei era angusto, troppo stretto. La cabina dell'Airbus non faceva che riciclare la stessa aria soffocante, Ludivine lo sentiva, non bastava per i suoi polmoni. La robusta struttura di Segnon seduto accanto a lei la imprigionava ancora di più contro la paratia dell'aereo. Il sedile reclinato all'indietro del passeggero della fila davanti la minacciava, come se tutte le pareti si stessero chiudendo su di lei in un colpo solo.

Stava soffocando.

Si slacciò la cintura e scavalcò il collega sorpreso, poi Mikelis, prima di percorrere il corridoio centrale, aggrappandosi agli schienali dei sedili. La prospettiva del corridoio libero tracciava una linea retta fino in fondo all'aereo. Un solco netto, uno spazio aperto.

Adesso respirava.

Una hostess si precipitò a ordinarle di tornare al suo posto, stavano attraversando una turbolenza, ma Ludivine le lanciò un'occhiata così dura da farle guadagnare qualche istante.

A poco a poco tornò in sé, spazzando via i brandelli di incubi e superando il momentaneo attacco di claustrofobia che l'aveva colta. Una giornata interminabile, che sembrava non voler finire mai. Dall'hotel di Inverness alla stazione di polizia per un ultimo punto della situazione con l'ispettore Baines, poi l'interminabile viaggio attraverso le Highlands fino all'aeroporto di Edimburgo... Check-in, tre ore di volo. E in mezzo a tutto questo solo un infinito silenzio, perfetto per pensare. Per ricordare. Per soffocare i singhiozzi.

Alexis era morto da quattro giorni, ma Ludivine aveva l'impressione di aver passato settimane a piangerlo. La sua anima era allo stremo.

Atterrati all'aeroporto Giovanni Paolo II di Cracovia alle 21:30, dopo quasi tre ore di volo, vennero accolti da un poliziotto in uniforme che li accompagnò in un hotel moderno, asettico ma confortevole.

Dopo il soggiorno in Scozia, Ludivine aveva l'impressione di vivere un noioso déjà-vu. Era buio, faceva freddo e si sentiva disperatamente male, all'altro capo dell'Europa e senza lo Xanax o il Temesta per stordirsi nelle nebbie dei farmaci. Quando lasciò cadere la valigia in camera, il letto bianco impeccabilmente rifatto, le tende rosse, la tv accesa a darle il benvenuto e l'odore del deodorante per ambienti le fecero venire una terribile voglia di fuggire.

Tra seppellire la testa nel cuscino e piangere, o andare al bar ad annegare la coscienza, la scelta fu rapida. Non aveva più lacrime, aveva bisogno di reidratarsi.

Era alla seconda birra e alla terza vodka alla mela, quando Segnon la raggiunse al bar.

«Anche tu qui?» disse lui a bassa voce.

Lei annuì.

«Mi mancano mia moglie e i miei figli» disse lui, con un'espressione mogia.

«Mi manca Alexis» rispose lei a tono.

Segnon le passò un braccio sulle spalle, in segno di affetto.

Andarono avanti a bere insieme, praticamente senza parlare, ognuno percependo lo stato d'animo dell'altro. La morte del loro collega e amico era devastante. Segnon aveva la sua famiglia dove trovare conforto, ma la distanza non faceva che acuire crudelmente la mancanza, mentre Ludivine era profondamente sola, sola a Parigi come lo era a Inverness, o a Cracovia. Si ubriacarono, si tennero per mano e tornarono barcollando nelle rispettive stanze, per sprofondare finalmente in un sonno senza sogni. Era quello il loro unico desiderio.

La miniera di sale di Wieliczka si trovava a circa mezz'ora di macchina da Cracovia. L'ingresso era transennato dalla polizia, e un'orda di turisti frustrati si mescolava ai furgoni delle troupe televisive e ai giornalisti venuti da tutto il Paese, per cercare di ottenere una foto o una testimonianza dalle poche persone che potevano entrare o uscire. L'auto dai vetri oscurati si fece strada procedendo a passo d'uomo e, dopo essersi fatti riconoscere, gli occupanti si diressero verso l'edificio principale. Un edificio in realtà piuttosto moderno per un luogo così antico e famoso, appena ridipinto e sormontato da una gigantesca torre d'acciaio, tipica delle miniere, che controllava gli ascensori.

Tomasz Gryczkowiak faceva da guida ai tre francesi; era il contatto locale dell'Interpol e dell'Europol ed era un funzionario della KGP, *Komenda Głowna Policji*, l'organo al vertice della polizia polacca. Un uomo elegante in giacca e cravatta, sulla quarantina, con i capelli corti e gli occhiali da sole sulla punta del naso, che parlava un ottimo inglese.

Appena entrati nell'atrio del complesso, Tomasz presentò loro un uomo con il fisico da boscaiolo: mani enormi, spalle larghe, capelli grigi tagliati praticamente a zero, naso schiacciato e ventre prominente.

«L'ispettore Jurek, incaricato delle indagini. Fa parte della nostra *Centralne Biuro Śledcze*, che è un po' come la vostra polizia giudiziaria, se non vado errato».

Ludivine lo salutò, e subito chiese: «Si sta occupando lei anche degli omicidi precedenti?»

«Jurek non parla inglese» intervenne Tomasz. «Traduco io se necessario, ma può chiedere anche a me, conosco bene i fascicoli perché mi sono dedicato a studiarli dopo la vostra comunicazione all'Interpol. E per rispondere alla sua domanda, sì, l'ispettore Jurek sta indagando anche su Kidaska, la prostituta trovata morta con lo strano disegno che state cercando».

«Qualche progresso sul suo caso?»

«Non molti. Vi mostreremo tutto quanto nei dettagli oggi pomeriggio, in ufficio. L'assassino è meticoloso, non lascia testimoni, evita tutte le zone dove ci sono telecamere di sorveglianza, è un individuo astuto».

«La vittima aveva segni di morsi, vero?»

«Sì, molti. E pezzi di carne mancanti. Come se un animale selvatico l'avesse parzialmente divorata. Cosa che i nostri specialisti smentiscono con decisione. Secondo loro non sembra l'aggressione di un animale, nemmeno post mortem».

«Comunque il collegamento con la nostra richiesta nasce dal simbolo **e* che le hanno inciso sulla pelle, dico bene?»

«Esatto. E lo stesso dicasi per il delitto commesso tra queste mura».

«Siamo saltati sul primo aereo e non sappiamo pressoché nulla di questo nuovo omicidio. Ma a giudicare dalla folla fuori dalla miniera, ha suscitato parecchio scalpore».

«Vede, il luogo in cui ci troviamo non solo è molto... popolare, ma è anche un luogo di devozione».

Ludivine si guardò intorno e vide che foto, pannelli, dépliant, in pratica tutto il materiale informativo per i turisti era incentrato su Wieliczka in quanto miniera.

«Pensavo che questa fosse solo una miniera di sale».

«In realtà c'è anche una chiesa, sotto i nostri piedi. Una delle più venerate e famose della nostra nazione».

«E il delitto è avvenuto all'interno di questa chiesa?»

«Per essere precisi, si tratta più di una profanazione».

«Non c'è un cadavere?»

«Sì, purtroppo c'è. Intendo dire che abbiamo un delitto nella miniera e un atto di profanazione nella chiesa».

«Quindi non c'è un'unica vittima?»

«Ce ne sono due. Ma la prima è servita da... prova, per così dire. Come per esercitarsi».

Ludivine e Mikelis si scambiarono uno sguardo stupito.

«Esercitarsi in cosa?» chiese il criminologo.

«Penso sia meglio che scendiate, non ci sono parole per descriverlo».

La gendarme chinò la testa, sorpresa. «Vuol dire che i corpi sono ancora lì sotto? Sono passate... quante? Quarantotto ore da quando li avete trovati, giusto?»

«I corpi si trovano nel laboratorio di Medicina legale, dove i nostri medici ed esperti forensi se ne stanno occupando. Ma il... resto è ancora qui, sì. Su mia richiesta. Dal momento che l'Europol ci ha chiesto piena collaborazione, ho pensato che dovevate vedere la scena come l'abbiamo trovata».

«Il resto?» ripeté Mikelis.

Tomasz si morse l'interno del labbro. E con un cenno della mano li invitò a seguirlo nelle profondità nascoste di Wieliczka.

36.

Un'adolescente un po' sognatrice.

Così era stata Ludivine. Sportiva e introversa. Leggeva molto. Compreso *Il Signore degli Anelli* di Tolkien, come molti giovani della sua generazione.

Era rimasta colpita dalle descrizioni della miniera dei nani, la celeberrima Moria, una città sotto la montagna, con le sue sale gigantesche, le scale ovunque, le passerelle, i ponti e la sua incomparabile arte ctonia.

E per quasi vent'anni aveva pensato che fosse solo letteratura.

Ma era prima di mettere piede a Wieliczka.

Trecento chilometri di gallerie che si snodavano su nove livelli, una complessa rete di cunicoli con pareti consolidate da puntelli di legno bianco, 'camere' talora vertiginose scavate nella roccia e nel sale, marmorizzate da venature bianche del prezioso sudore di Gaia, cristallizzato da millenni di compressione minerale.

Ludivine seguiva Tomasz, gradino dopo gradino. Ne scesero più di trecentocinquanta senza soluzione di continuità, prima di attraversare caverne scavate e scolpite nella loro interezza dalla mano dell'uomo, nel corso di più di settecento anni. Salirono un'altra scala e attraversarono la Camera Michałowice, una spettacolare sala a volta alta trentacinque metri, che terminava con un'improbabile facciata di gigantesche travi bianche, simile a una misteriosa fortezza delle fiabe, come se la cattedrale parigina di Notre-Dame fosse stata ricostruita con assi di legno e travi a centonove metri sotto terra.

Un ingegnoso sistema di illuminazione rischiarava la pietra dal basso, da alti cornicioni o da nicchie, creando un gioco di luci e ombre che esaltava la bellezza e lo straordinario mistero dei passaggi sotterranei.

Tomasz li guidava senza la minima esitazione, come se fosse perfettamente padrone del luogo; e, cosa ancora più sorprendente, non incontrarono nessuno. Le miniere erano vuote, abbandonate al silenzio, ai chiaroscuri e al sangue.

«Non ci sono altri suoi colleghi qui sotto?» chiese Ludivine, mentre percorrevano un altro corridoio puntellato.

«La Scientifica ha già concluso tutti i suoi rilievi, e come le ho detto ho chiesto io che la chiesa non venisse toccata. Volevo che voi poteste vederla, per aiutarci a capire cosa è successo qui. E per aiutarvi nelle vostre indagini, in Francia e altrove. Dall'Aia hanno esercitato una certa... *pressione* sui miei superiori, per essere certi che io vi fornissi il massimo della collaborazione. E ai miei superiori piace fare contenti i signori dell'Aia. Non si fa carriera, senza una buona dose di politica».

Detto da lui, che si muoveva nella miniera in un completo *slim fit*, gli occhiali da sole nel taschino della giacca, era un'osservazione che avrebbe fatto sorridere in un altro contesto.

Quando entrarono nella cappella di Santa Cunegonda, Ludivine rimase senza fiato.

Ai loro piedi, sotto la scalinata, brillava in lunghezza e in altezza un'immensa sala, scintillante sotto lampadari di cristalli di sale, ricavati e scolpiti interamente da mani umane da un colossale blocco di sale. Sulle pareti bianche tendenti al marrone erano scolpite scene bibliche e delicati bassorilievi, ed erano state ricavate nicchie abitate da santi. In fondo, nella luce spettrale, l'altare maggiore richiamava tutti gli sguardi con la statua di Santa Cunegonda, interamente in cristallo dai riflessi argentei.

Di nuovo, con grande sorpresa di Ludivine, non c'era nessuno.

Tomasz li condusse al piano di sotto e rallentò quando si avvicinarono a una rientranza.

Fino a quel momento la giovane donna non aveva notato nulla di insolito, e non capiva dove potesse esserci una traccia della Bestia. Si aspettava quindi di scoprire solo una nuova riproposizione del loro simbolo. Nient'altro.

Il loro passo regolare sulle mattonelle di sale che ornavano il pavimento riecheggiava in tutto lo spazio. Faceva freddo, e Ludivine alzò il colletto per infilarci il mento. Si sentiva a disagio. Il fatto di non sapere esattamente cosa li aspettasse la agitava.

Quando Tomasz alzò il braccio per indicare la rientranza, la gendarme si bloccò.

C'erano due scene scolpite sovrapposte.

In basso, Cristo sdraiato nel suo sepolcro. In alto, Cristo in piedi, circondato dai raggi divini.

«Questa è la Cappella della Resurrezione del Signore» disse la loro guida, nel tono deferente di chi si sentiva ferito.

Perché il Cristo in piedi era ricoperto da una veste profana.

La statua, alta circa un metro, era avviluppata in un manto di pelle.

Una tuta lucida, punteggiata di nei e di qualche pelo

ispido, con alcuni solchi insanguinati che correvano lungo la frangia di carne.

Tomasz si fece il segno della croce e Jurek lo imitò, pur con riluttanza.

Ludivine scorse il simbolo solo quando fu più vicina all'alcova. Una *e finemente cesellata sulla pelle, profonda quanto bastava per recidere i vasi sanguigni e far sì che colorassero le linee senza però deformare il derma. Esattamente nel punto dove si trovava il cuore del Cristo.

«Il nostro è un Paese molto osservante, da noi la fede religiosa è una questione molto seria. Questa provocazione è uno shock per tutti i polacchi» sottolineò Tomasz.

«Nonché l'opera di una mente davvero torturata» disse Mikelis.

«Non crediamo abbia scelto questo punto a caso. La Resurrezione è l'essenza stessa della religione cattolica».

Mikelis diede una rapida occhiata agli altri motivi scolpiti sulle pareti della chiesa. L'Ultima Cena, la Fuga in Egitto, la Vergine Maria: erano raffigurati tutti i temi fondamentali del cattolicesimo.

«Simbolicamente, la Resurrezione rappresenta per i credenti la vittoria del Bene sul Male, la vittoria della speranza» disse il criminologo.

«È quello che ci siamo detti» ribadì Tomasz, accennando a Jurek. «Che chi ha commesso questo atto ha un conto in sospeso con le nozioni di bene e male. In un certo senso, vuole vestire Cristo con la *sua* nuova pelle. Assoggettarlo alla *sua* volontà».

«È una muta come quella di certi animali» aggiunse Mikelis. «Vogliono cambiare il mondo. Ridefinire ciò che è bene e ciò che è male».

Segnon, che non capiva l'inglese, aveva cercato di cogliere il senso dai gesti e dagli sguardi.

«Non è un atto sacrilego» disse il gendarme, «non agli occhi della Bestia. Non ha voluto profanare questa chiesa, al contrario, il suo è un gesto di rispetto. Ha rivestito Cristo con la sua nuova pelle, e soprattutto gli ha offerto il loro credo». Segnon puntò il dito sul simbolo *e. «Il loro credo sul cuore del Signore. Tutto ciò che vuole è conquistare il suo cuore. Chiede pietà. Chiede comprensione».

Mikelis tradusse per i polacchi. Ludivine annuì, nel silenzio delle profondità.

Tutti e cinque fissavano la rappresentazione della Resurrezione, trasformata in scena macabra. Nel mantello di pelle erano stati praticati dei fori per far passare le braccia. Sui piedi del Cristo di pietra erano colate delle gocce di sangue.

«Ci sono telecamere di sorveglianza, qui nella miniera?» chiese la giovane donna.

«Solo all'ingresso, ma non sono attive di notte. Le usano solo di giorno, per controllare che tutto fili liscio con i visitatori. Quanto a quelle in superficie, non ci sono molto utili. L'uomo è entrato dal retro, lo si intravede solo per un attimo».

«Quindi è stato ripreso?»

«Circa dieci secondi, ed è mascherato. Impossibile identificarlo».

«Voglio vedere quei nastri» esclamò Ludivine.

«Se vuole... le faccio avere una copia».

«E poi? Nessun sistema di allarme?»

«Sì, ma è antiquato, per lui è stato un gioco da ragazzi aggirarlo».

«E non c'è un guardiano notturno?»

«C'è un guardiano, sì, ma non scende qui sotto. Sta nel suo gabbiotto, giusto in caso di emergenze. E non ha visto né sentito nulla».

Ludivine guardava il piccolo Cristo.

«Prima ha parlato di vittime» gli ricordò Mikelis, «al plurale. Quante sono?»

«Due».

«Sono state uccise sul posto?»

«Sì».

«Le vittime sono state riprese dai filmati delle telecamere?»

«No, l'assassino le ha spente prima di entrare».

«E questo non ha messo in allarme il guardiano notturno?»

«Come le ho detto, si tratta di un sistema di sicurezza obsoleto, pensato soprattutto per dissuadere qualche giovinastro dal tentare un'incursione notturna, e si guasta abbastanza spesso. In questi casi, il guardiano notturno aspetta il giorno dopo per segnalare il guasto alla direzione, che fa riparare il sistema entro una settimana. Certo non poteva aspettarsi questo...»

«L'assassino è sceso fin qui con le sue due vittime?» disse Ludivine. «Non avete trovato i cadaveri in superficie?»

«No, erano qui, poco più avanti, ora vi faccio vedere».

La gendarme alzò la mano a chiedere silenzio, come per concentrarsi sulla visualizzazione della scena.

«È riuscito a trascinare le sue prede fin qui» ragionò ad alta voce, «senza farsi vedere, scendendo un gradino dopo l'altro come noi!»

«C'è un ascensore poco più avanti» disse Tomasz. «Può darsi che lo abbia usato. Non possiamo andarci ora, però, perché è l'ultima zona della miniera che i nostri tecnici della Scientifica stanno ancora finendo di esaminare».

«Anche così, siamo molto lontani dalle aggressioni lampo a cui ci ha abituati».

Mikelis annuì.

«Ha un rapporto compulsivo con l'aggressività, con l'uccidere» disse. «Si prepara meticolosamente, ma una volta che passa all'azione va in fibrillazione. Tutto questo, la messa in scena, il messaggio, i lunghi preparativi con le vittime ancora vive, non è da lui».

«Pensi a un altro assassino, oltre alla Bestia?»

Mikelis esitò. Si rivolse a Tomasz: «In che condizioni erano i corpi? C'erano tracce evidenti di morsi?»

«Solo su uno dei corpi, non sull'altro».

Lo sguardo del criminologo si perse verso l'alto mentre rifletteva, come se cercasse una risposta nei lampadari di cristallo.

«Due killer, allora?» chiese Ludivine.

«Mi stupirebbe. La Bestia è implacabile, è in piena estasi di morte, si realizza nell'immediatezza, nell'abbandono. Non è qualcosa che si può condividere con altri».

«Avete i referti dell'autopsia?» chiese Ludivine.

«Sì, da ieri sera. Il killer è mancino. Il medico legale sostiene che lo scuoiamento è stato fatto da un mancino, lo si capisce da come è stata tagliata la pelle, dalla direzione delle lacerazioni».

«Su entrambe le vittime?»

«Sì».

L'ispettore Jurek si mise a parlare con una voce profonda e gutturale, che lì sotto suonava più strana che altrove. Tomasz annuì.

«Jurek ha una teoria che ha un suo senso» tradusse Tomasz. «Lui pensa che la prima vittima fosse solo un abbozzo… un esercizio».

«A che scopo?» chiese Ludivine, perplessa.

«Per imparare a scuoiare nel modo migliore».

Ludivine fece una smorfia, deglutendo.

«Voleva ottenere la pelle della vittima in un unico pezzo» disse Tomasz, indicando il mantello deposto sul Cristo scolpito.

Mikelis replicò, con il suo consueto distacco:

«Con gli strumenti giusti, una certa pazienza e una totale mancanza di empatia, asportare la pelle dalla carne, partendo dal petto o dalla schiena, non è poi così complicato. Diciamo che è alla portata di qualsiasi assassino motivato».

Jurek indicò il pavimento e riprese a parlare in polacco. Tomasz assentì.

«È solo che... le condizioni non erano delle più semplici» disse, con un certo disagio.

«Perché?» chiese Ludivine. «Per via dell'ambiente? Dell'oscurità?»

Tomasz esitò. Non sapeva bene come dire quello che aveva da dire.

«L'assassino le ha scuoiate vive. Voleva che rimanessero vive».

«Come?»

«Voleva giocare» disse subito Mikelis.

«Peggio» disse Tomasz, «voleva farle soffrire il più possibile».

Il funzionario in giacca e cravatta arretrò di qualche passo, e con un movimento della mano indicò il luogo intorno a loro.

«Guardate dove siamo... Questa non è solo una cappella, è una città scavata nella terra, ma non in un posto qualunque».

Mikelis si irrigidì in volto.

«Il sale» mormorò, in un lampo di lucidità. «Non è venuto qui solo per rivolgersi al Cristo. È venuto prima di tutto, e soprattutto, in cerca di piacere. Il piacere che prova nell'uccidere».

«Cosa c'entra il sale?» chiese Ludivine, che non seguiva il ragionamento del criminologo.

«È un sadico. Si nutre della sofferenza degli altri».

Tomasz sferrò il colpo di grazia: «Le ha scuoiate vive per poi gettarle nel sale. Per vederle mentre si contorcevano dal dolore».

Il polacco espirò a fondo, poi sputò fuori: «Le ha fatte morire di dolore».

37.

I cinque investigatori erano scesi ancora più in profondità negli abissi del mondo.

Era un ritorno indietro nel tempo, lontano dalla società che viveva in superficie, come se tutto il resto non esistesse davvero là sotto, come se là sotto i codici e la morale non avessero lo stesso peso né lo stesso valore. Si sentivano lontani, quasi dimenticati. Si stavano gradualmente avvicinando al luogo in cui per due esseri umani si era giocato tutto. Due donne, due vite stroncate. Due bambine che erano cresciute piene di illusioni, due adolescenti che avevano fatto i conti con la realtà, due giovani donne che avevano vissuto tra lacrime e risate, che tra speranze e delusioni avevano costruito le loro esistenze, che giorno dopo giorno, ricordo dopo ricordo, avevano accumulato vita. Con l'idea che quella vita andasse avanti. Con una traiettoria davanti, incerta, travagliata, ma comunque una traiettoria diretta lontano, molto lontano, nel futuro. Due donne che non avrebbero mai immaginato, nemmeno nei loro peggiori incubi, di finire così, in una notte come le altre, senza che nulla le avesse preparate al peggio. Una sentenza di morte definitiva e irrevocabile, che aveva vietato tutto e bandito ogni futuro. Una ghigliottina che era calata imperiosa, senza altra coniugazione che il tempo presente dell'insopportabile.

Lo spirito dell'assassino fluttuava ancora tra quelle mura scavate dall'uomo, e ognuno di loro ne era ossessionato, come poliziotto e come essere umano.

Ogni passo nell'oscurità era un passo in più verso l'anima del Male.

Ludivine aveva tradotto tutto a Segnon, mentre si allontanavano dalla chiesa per avvicinarsi alla scena del crimine, e il colosso non aveva detto una parola, limitandosi a scuotere la testa.

Poi la parete di destra scomparve, sostituita da un breve parapetto di legno. I cinque si ritrovarono affacciati su una vasta cavità lungo la quale correva una scaletta che scendeva, pianerottolo dopo pianerottolo, verso il fondo. Dal basso la luminosità verde dell'acqua limpida si irradiava sulle pareti della cavità, tingendole di riflessi dorati simili a fate immobili come la pietra stessa.

Il lago in sé non era molto grande né molto profondo, ma i riflettori sommersi ne moltiplicavano le prospettive.

Tomasz indicò l'occhio smeraldo che li guardava dal basso.

«È là che ha gettato le vittime, dopo averle scuoiate vive. Come potete immaginare, l'acqua ha una salinità molto elevata».

«Non sono morte annegate?» chiese stupita Ludivine.

«No. Avevano acqua nei polmoni, ma era dovuta all'immersione post mortem. Il medico legale ha trovato negli stomaci una quantità di succhi gastrici che riesce a spiegarsi solo come conseguenza di una terribile agonia, tale da creare ulcere quasi immediate».

«Mio Dio» balbettò Ludivine, chinandosi a guardare il lago sotterraneo.

«Chiedigli se hanno accertato l'identità delle vittime» disse Segnon.

«Due prostitute già schedate» rispose Tomasz. «Jurek ha messo i suoi uomini sulle loro tracce, ma di primo acchito non sembra ci sia alcun legame tra loro, a parte il fatto che lavoravano a meno di dieci chilometri di distanza l'una dall'altra».

«Nessun testimone dei due rapimenti?»

«Nessuno. È una zona non abitata, ma al tempo stesso percorsa da un flusso continuo di macchine con a bordo guardoni, clienti, gente che passa anche solo per dare un'occhiata, che ci pensa su. Non c'è sosta. Sono passati di lì troppi veicoli nello stesso momento».

«E per la prima vittima, quella di domenica sera?» chiese Mikelis.

«Non c'è nessun legame fra le tre donne, se non che erano tutte puttane».

Il modo in cui pronunciò quella parola fece rabbrividire Ludivine. Emanava disprezzo, persino repulsione.

«Del genere che chiamano *Tir girls*» aggiunse Tomasz. «Le ragazze che adescano i camionisti, in fondo alla scala della prostituzione. Sono ingenue, poco prudenti, spesso disperate».

«La zona dei rapimenti?» continuò Mikelis.

«Abbastanza delimitata per individuare un punto in comune: l'autostrada E40 non è mai lontana, e due delle tre ragazze sono state portate via su strade frequentate da camionisti. L'assassino è furbo. Era vicino a Brzesko, un posto zeppo di prostitute, ma lo ha evitato e si è spinto un po' più in là, vicino alla foresta».

«In che senso è furbo?»

«Perché nelle aree di sosta le ragazze ce le portano i loro protettori con dei furgoni, quindi lì sono sorvegliate, mentre nella foresta...»

Ludivine e Mikelis si scambiarono uno sguardo di intesa.

«Anche noi sospettiamo che possa trattarsi di un camionista che fa la spola tra la Francia e la Polonia» disse la gendarme. «Voi conservate qualche forma di registrazione di questi viaggi internazionali?»

Tomasz emise un fischio.

«No, comunque niente di informatizzato né di generale. Dovremmo andare a bussare alla porta di tutte le aziende del Paese per chiedere a ciascuna di farci avere elenchi precisi, ma è improponibile. Con l'Europa e le frontiere aperte, le merci e i camion circolano liberamente».

«Anche gli assassini» disse Mikelis a denti stretti.

«In generale, quali sono i prodotti che importate di più dalla Francia su gomma?» chiese Ludivine.

«Non saprei, immagino i cosmetici, l'abbigliamento, il vino. Quello che posso dirvi è che l'autostrada lungo la quale sono state rapite le prostitute è soprannominata 'la strada della vodka'. È da lì che arriva illegalmente la vodka ucraina, che è molto più economica».

«Potrebbe trasportare alcolici da un Paese all'altro» disse Ludivine.

«O anche un sacco di altre cose. Ci sono troppi camion e merci che girano, è impossibile rintracciarlo in questo modo. A meno che non sia un contrabbandiere. È una pista su cui lavoriamo, sondando i nostri contatti nel sottobosco criminale».

Tomasz li condusse fin giù, al livello del lago. Sulla pietra c'erano numerosi aloni brunastri. Le viscere del mondo avevano bevuto tutto il sangue possibile e ne erano già sature.

«È qui che ha agito. Quando le abbiamo trovate c'erano ancora molti frammenti di pelle e di carne».

«Ha detto che solo una delle due ragazze era stata mutilata in modo significativo, vero?» disse Mikelis.

«Sì, pensiamo sia la prima vittima. L'assassino ha cercato di scuoiarla viva, lei deve per forza aver lottato, ci sono moltissimi tagli sul suo cadavere, la lama dev'essergli scivolata. Non stava riuscendo nel suo intento. È presumibile che a quel punto si sia infuriato e… si sia sfogato su di lei. L'ha picchiata, il corpo presenta lividi ovunque. E l'ha morsa un po' dappertutto, in modo superficiale, prima di accanirsi sulla coscia dove l'ha azzannata a fondo, fino ad asportarne un pezzo».

«Questo non l'ha uccisa?» esclamò la gendarme.

«No, a quanto pare l'assassino non ha toccato le arterie principali. La vittima era agonizzante, ma è stata l'immersione prolungata nell'acqua molto salina, dopo essere stata privata di gran parte dell'epidermide, a ucciderla».

Pensando all'idea di Segnon, che si era fissato sull'origine animale dei morsi, Ludivine cercò di approfondire:

«Vi siete fatti un'idea sui morsi?»

«Le ripeto che i nostri consulenti tecnici sono incerti. Ci sono sì tracce di denti 'normali', per così dire, ma ci sono anche segni molto più grandi assolutamente non compatibili con la mascella di un essere umano. Non abbiamo proprio idea di cosa possa essere…»

«Aspetti un momento!» intervenne Ludivine. «Ha detto tracce di morsi *normali*? Trovate sulle ragazze?»

«Sulla prima, sì».

«Abbastanza chiari per farne un calco? Per avere un profilo della sua dentatura?»

«Ci stiamo lavorando. Poi vorremmo inviarlo a tutti i dentisti del Paese, in modo che possano confrontarlo con i loro database. Non si sa mai».

Ludivine strinse il pugno e si affrettò a tradurre per Segnon.

«E la seconda vittima?» disse Mikelis, sempre cupo in volto.

«Con lei è stato più minuzioso. Il primo omicidio deve aver placato la sua furia. Ha fatto le cose con calma. L'ha legata ai polsi e alle caviglie, e all'inizio ha staccato lentamente la pelle all'altezza dei seni, ma la massa grassa doveva essere d'intralcio. Così l'ha girata e ha rimosso delicatamente tutta la pelle dalla schiena. Stiamo aspettando la conferma del laboratorio, ma Jurek pensa che il mantello del Cristo sia fatto con la sua pelle».

«E poi l'ha gettata nel lago» disse Ludivine.

«Accanto al cadavere della prima vittima. All'inizio avrà tentato di nuotare, per quello che poteva essendo legata, ma comunque l'acqua è poco profonda e la salinità ti tiene a galla. Il sale le ha corroso la carne, fino a provocarle un arresto cardiaco».

Mikelis studiava la scena. Gridò due volte per verificare l'eco, che risuonò come all'interno di una cattedrale.

«Il guardiano non scende mai di notte...»

«No».

«... e lui voleva che urlassero» disse il criminologo. «A questa profondità, chissà come gli è piaciuto».

Tomasz non poté fare a meno di trasalire, con una smorfia di disgusto. «Crede davvero che a un uomo possa piacere sentire urlare? Così tanto? Così forte? Per un'ora intera, forse due?»

«Oh sì. Credo che per lui sia una forma di godimento. Le urla delle vittime sono come le preghiere dei fedeli al cospetto di Dio».

A quelle parole Tomasz si accigliò.

«Mi perdoni per l'immagine, ma è proprio così. L'assassino gioca a fare la parte di Dio. Con il potere di vita e di morte sugli altri».

«Non è un dio» scattò il poliziotto, «è solo un pervertito frustrato! Venite con me, vi mostro le immagini delle telecamere e vedrete».

Segnon e Jurek, che senza qualcuno che facesse da interprete non capivano una parola, seguirono subito i passi di Tomasz.

Mikelis fissava la superficie dell'acqua verde. Ludivine non riusciva a distogliere lo sguardo da lui.

Non batteva ciglio. Sembrava non respirasse.

Come se la vita lo avesse abbandonato.

Che pensieri si intrecciavano nella sua mente? Quali immagini si manifestavano in lampi improvvisi? Si diceva fosse in grado di capire i pensieri di un assassino solo analizzando la scena del crimine. Era nella testa dell'assassino? Condivideva le sue ossessioni lubriche? Le sue fantasie oscene?

Improvvisamente si irrigidì, duro in volto.

Le sue pupille grigie scivolarono Ludivine, e a lei sembrò per un attimo di percepire un'emozione che le fece gelare il sangue.

Odio.

Puro.

Così concentrato da essere il carburante della morte.

E all'improvviso, mentre Mikelis le voltava le spalle e iniziava a risalire, la giovane donna si sentì rassicurata.

L'odio era un'emozione. Un segno di umanità.

Gli assassini non ne avevano.

I loro occhi erano vuoti. Neri.

Un riflesso dell'oscurità che li abitava.

Come quella di uno squalo bianco che azzanna la sua preda.

Una macchina per uccidere.

38.

Il video era di scarsa qualità. L'immagine era desaturata e tutta rigata. Si riusciva a malapena a distinguere una figura che emergeva dal bordo destro dell'inquadratura, più un'ombra che un uomo, le cui mani apparivano d'improvviso e tagliavano il cavo.

Per il poco che si riusciva a vedere, la faccia dell'uomo era nascosta da un passamontagna, nero come i suoi vestiti.

Non sembrava più alto, più muscoloso o più grasso del normale. Un uomo *normale*, appunto, forse un po' più basso della media. Agì rapidamente, sapeva cosa fare, aveva già individuato la telecamera.

«Conservate le registrazioni video dei visitatori?» chiese Mikelis.

«No, i nastri vengono cancellati nel giro di poche ore, se non vengono messi da parte» rispose Tomasz sconsolato.

«Perché il nostro uomo sapeva dove andare. Era già venuto qui a fare un sopralluogo».

«In mezzo ai visitatori, è probabile, ma ne arrivano più di un milione all'anno!»

Segnon chiese di vedere cosa avevano ripreso le altre telecamere nello stesso momento e gli mostrarono una decina di immagini dell'edificio principale, del parcheggio e del retro dei locali – la definizione era molto scarsa, a causa del buio. Solo i proiettori esterni offrivano un minimo di illuminazione, ma le ombre della natura mosse dal vento offuscavano quel poco che poteva essere visibile.

«Sapeva esattamente da dove passare per non essere ripreso» disse il gendarme. «Possiamo uscire a controllare come sono disposte le telecamere?»

Tomasz si fece stampare un'immagine di ogni telecamera per essere sicuro di non mancarne nessuna, e uscirono nella fresca aria di ottobre per fare il giro delle installazioni di videosorveglianza. A ogni telecamera individuata, il poliziotto polacco tirava un tratto di penna sull'immagine stampata corrispondente.

«Non è difficile» sintetizzò Segnon, dopo averle indicate una per una. «Un qualunque visitatore può vederle già tutte, prima di andare sul retro per individuare le ultime tre».

«Se il guardiano notturno non esce dal suo gabbiotto» aggiunse Ludivine, «introdursi nella miniera è un gioco da ragazzi».

«La domanda è: perché proprio qui?» disse Mikelis. «L'assassino conosceva già la miniera? L'ha scoperta di recente? In Francia uccide in posti fuori mano, in modo rapido, in zone isolate, mai troppo lontano dall'autostrada, mentre qui, in nome di un simbolismo fin troppo esibito, ha corso dei rischi».

«Pensa che possa essere polacco? È venuto qui perché conosce bene la zona?»

«Può darsi. In ogni caso, noto un cambiamento impressionante nel suo comportamento. E non è logico. I serial killer evolvono poco, e comunque lentamente, dal punto di vista delle fantasie e dei metodi. I metodi magari li affinano, ma non li cambiano».

Ludivine alzò le spalle. «E allora?»

«Non lo so. C'è qualcosa che non quadra in lui. Non si comporta come dovrebbe».

La giovane donna incrociò le braccia sul petto. I suoi pensieri correvano, si scontravano, mentre analizzava tutti i dati che le galleggiavano nella memoria, facendo confronti, scartando le cose più improbabili. La principale difficoltà non era la quantità di informazioni – ci era abituata – ma la velocità con cui si accumulavano. Gli omicidi si susseguivano troppo in fretta, i dati si moltiplicavano di giorno in giorno e Ludivine, come tutti i colleghi della SR, aveva a malapena il tempo di assimilarli prima che se ne aggiungessero di nuovi. Da quella massa di informazioni traevano conclusioni e sviluppavano nuove ipotesi, ma le piste che individuavano erano così numerose che era impossibile seguirle tutte contemporaneamente, e spesso avevano l'impressione di dimenticare qualcosa, di tralasciare qualche dettaglio o di andare troppo in fretta.

'Sono gli assassini che ci spingono ad agire così! Sono loro che dettano il ritmo!'

E questo non aveva precedenti. Di solito, o un'indagine si concludeva entro quarantotto ore, oppure si trascinava per mesi, da un giudice all'altro, da una procura all'altra, fino a sfociare in una serie di prove, confronti, confessioni e testimonianze, e portare a un'incriminazione. Raramente c'era un così forte senso di urgenza, di dover inseguire la morte in persona.

E in quel coacervo di ragionamenti e informazioni, Ludivine lo intuiva, ce n'erano parecchi che sfuggivano alla loro attenzione. Ora che ci pensava, si rendeva conto che durante una delle rare ore di riposo degli ultimi giorni, aveva *sentito* qualcosa. Mentre galleggiava esausta in quello stato di semi-incoscienza tra la veglia e il sonno.

Qualcosa di incoerente. C'entravano le ruote.

'Le gomme... si tratta delle gomme!'

Le stava tornando in mente. Come un'idea che spunta di colpo nella testa di chi la sta cercando.

'La macchina!'

«Aspettate!» esclamò. «Abbiamo trovato tracce di pneumatici su alcune delle scene del crimine francesi, ricordate? Una Twingo prima serie. Be', non quadra con l'ipotesi che sia un camionista. Non può andare su e giù per le autostrade d'Europa con un tir e al tempo stesso andare a uccidere in macchina».

«A meno che non si porti in giro l'auto nel rimorchio».

«Non è un po'... troppo?»

«Più che altro è complicato, lo ammetto. Molti autotreni cambiano rimorchio a ogni viaggio, e vengono caricati e scaricati da personale qualificato, quindi un'auto nel rimorchio porrebbe qualche problema».

«Nessuno ci ha pensato, quando abbiamo cominciato a ragionare sull'idea del camionista» disse Ludivine irritata. «Ci vuole più attenzione ai dettagli».

«Comunque non era un'idea balorda».

Segnon, che era rimasto in disparte e si guardava intorno, alzò un braccio.

«Un momento...»

Indicò una delle telecamere posizionate sul tetto.

«Cosa c'è?» chiese Ludivine.

«Se la Bestia è passata di qui per scollegare la telecamera puntata sulla porta, deve per forza aver costeggiato questo muro e poi quest'area allo scoperto».

«Sì, ma non rientra nel campo visivo di nessuna telecamera» replicò Ludivine.

«Ma grazie a quel proiettore lassù potrebbe esserci la sua ombra» disse Segnon, indicando il cortile più in là, che era invece sotto l'occhio della sorveglianza.

Ludivine si girò e constatò che il collega aveva ragione.

«Siamo sicuri di non avere niente, nei video?»

Tornarono alla sala controllo della videosorveglianza della miniera, dove chiesero di visionare il nastro nei minuti precedenti la comparsa dell'assassino.

Cinque paia di occhi incollate allo schermo, a esaminare ogni pixel, a scrutare i movimenti del fogliame e le ombre dense in cui si perdeva gran parte dell'immagine.

Segnon e Tomasz piazzarono l'indice sul monitor nello stesso istante.

«Eccolo!» disse il colosso. «Indietro, riavvolgete il video!»

Un'ombra tra le ombre.

Segnon ci aveva visto giusto: la Bestia aveva camminato lungo la parete, la sua sagoma era stata catturata dal fascio di luce di uno dei riflettori. Non era granché, solo un'estensione della sua ombra allungata, solo un avatar senza volto, ma c'era.

«Può nascondersi quanto vuole» mormorò il gendarme, «ma non può nascondere la sua ombra».

Era a malapena visibile, una sottile scia che si muoveva da una pozza di oscurità all'altra, attraversando pochi centimetri di schermo.

«Almeno sappiamo che non è uno spettro» disse Ludivine a bassa voce. «Non è invisibile, non è perfetto. Può lasciare tracce dietro di sé. Dobbiamo mettercela tutta per scoprire se ha commesso qualche altro errore».

La mano di Segnon si posò sulla sua spalla per zittirla. Poi il gendarme batté il dito sullo schermo. «Si vedono anche le vittime» aggiunse a bassa voce.

Tutti sapevano che quella era l'ultima testimonianza in vita delle due ragazze. Il loro testamento digitale.

Due sottili tracce che scivolavano, una contro l'altra,

nella scia del rapitore. Obbedienti, schiacciate dall'autorità e dalla paura, scomparvero con la stessa rapidità con cui erano apparse, dissolte in un istante.

Ludivine era colpita.

«Lo seguivano» disse in un sussurro, «gli sono bastate poche ore per renderle schiave».

Un'altra ombra si mosse dietro di loro.

Una quarta.

Ludivine balzò in piedi.

«Oh cazzo!»

«Sono in due» disse Mikelis.

Solo il criminologo non sembrava sorpreso. Al contrario, sorrideva.

39.

Segnon non riusciva ancora a crederci.

«Due assassini? E noi che proprio non ce ne siamo accorti?»

«No, non due assassini» lo corresse il criminologo, «un assassino e il suo mentore. La Bestia è sotto controllo fin dall'inizio. È sotto la guida di qualcuno».

I tre francesi erano usciti a prendere una boccata d'aria e si erano radunati per discutere intorno alla berlina nera di Tomasz.

«Pensavo che le fantasie malate fossero qualcosa di troppo personale per essere condiviso» disse Segnon.

«Ed è così. La Bestia uccide in base ai suoi bisogni, alle sue ossessioni. Ma è sotto controllo. Qualcuno la aiuta a preparare il passaggio all'atto. A confondere le carte, a cancellare le sue tracce».

«Cosa glielo fa dire?» chiese Ludivine. «Il quarto individuo potrebbe anche essere un complice qualunque, per quanto ne sappiamo».

«È un mentore, perché la sua presenza spiega la rapida evoluzione del modus operandi. È il mentore che lo va a prendere in macchina, è il mentore che guida la Twingo. Quando la Bestia uccide, magari lo aspetta in macchina, per lasciarlo agire nei modi che gli sono congeniali, ma è lui a dirgli come sfuggire alla polizia.

C'è troppa impulsività negli omicidi della Bestia, troppa rabbia. Ciò significa una violenza inaudita al momento dell'uccisione, uno stato d'animo estremo: la Bestia sale in alto, molto in alto, e non può di colpo ridiscendere e tornare al pragmatismo della realtà. Deve trovarsi in un forte stato di alterazione, dopo aver ucciso».

«Qualcosa di simile all'ebbrezza?» disse Ludivine.

«L'ebbrezza della violenza. E quando uno è in un simile stato fa cose stupide, e finisce sempre per lasciare indizi. Ma lui no. Perché qualcuno lo tiene d'occhio. Lo guida, gli dà suggerimenti. Per esempio, non c'è mai un capello, mai un pelo sulla scena, il che mi ha sorpreso quando ho letto i rapporti, perché con una tale violenza in atto avrebbe dovuto lasciarne qualcuno per forza. La spiegazione? Credo che qualcuno gli abbia ordinato di radersi completamente».

«Dei pazzi scatenati...» mormorò Segnon.

Mikelis aggiunse: «C'è un'altra cosa che mi ha colpito, giù nella miniera: un modus operandi molto diverso da quello delle prime vittime, che ha scelto di corporatura piuttosto robusta per poter *entrare* dentro di loro. Qui non c'è nulla di simile. Eppure fa parte di lui, della fantasia che lo ossessiona. Se non ha agito come in precedenza, è perché non gli è stato permesso. Adesso si trova sotto l'influenza di una mente più forte di lui, che riesce a soggiogarlo fin nei suoi desideri più profondi. Il mentore della Bestia lo accompagna quando va a uccidere. L'assassino si è scatenato, non si ferma più, e il mentore è dietro di lui e lo incanala, lo usa sempre più a proprio piacimento, per collocare gli omicidi in un quadro più intellettuale, per dare loro un senso e mandare un messaggio alla società. Ma mentre lo usa, il mentore deve anche lasciargli campo libero su alcune delle sue fantasie di base».

«I morsi?»

«Sì. Sono la firma della Bestia, su quella il mentore non può interferire».

«La firma di un assassino è ciò che più lo contraddistingue» disse Segnon.

«Sì, la firma è la parte immutabile del crimine, è l'incarnazione materiale del suo bisogno di uccidere, è radicata nei meandri dei suoi fantasmi di morte. Se uccide, non può fare a meno di lasciare una firma. Nel suo caso, si tratta dei morsi. Ha bisogno di assorbire la vittima, di aggredirne la carne, di usare la bocca – una fase orale con tratti di cannibalismo, che rimanda ai disturbi nello sviluppo della sua personalità durante l'infanzia. Ha bisogno dell'altro, deve assimilarlo, deve divorarlo per non essere a sua volta divorato, o fondersi con l'altro. Può darsi che abbia problemi a esprimersi. Che parli poco e male. C'è molto da dire su questo tipo di comportamento. C'è anche molto da dire sul desiderio di rinascere e di mettersi nella pelle delle prime vittime. Il mentore è riuscito a incanalare quest'ultima parte, ma non a eliminarla del tutto, perché è questo che spinge la Bestia a uccidere».

«Se capisco bene» disse Segnon, «la firma della Bestia è lui, e solo lui, mentre il modus operandi – il metodo per uccidere – lo ha appreso da un altro, da quello che lei chiama mentore?»

«Sì. Tracce di morsi e picchi di violenza incontrollata sono la sua firma, così come il sadismo di cui ha dato prova. Le ha mutilate tutte spingendosi all'estremo, distruggendo i genitali delle prime e immergendo in acqua salata quelle più recenti. Ha bisogno di provocare dolore, quindi sperimenta tutto ciò che gli salta in mente. Vista la macabra ingegnosità di cui ha appena dato prova, ho il sospetto che qualcuno lo aiuti a immaginare le torture più efferate. Non ha una fantasia definita su come uccidere, è in cerca, pronto probabilmente ad ascoltare proposte, finché una di queste non entra in sintonia con un desiderio personale. La cosa più importante per lui è raggiungere lo stadio finale della frenesia, quando perde il controllo ed esplode, come un eroinomane che ha il flash euforico. Il Cristo rivestito di pelle umana non è lui. Non è abbastanza cerebrale per un atto come quello. Su questo non ho il minimo dubbio».

«Ma se è un'idea del suo mentore» disse Ludivine, «lui quale piacere ne ricava? Che tipo di relazione si instaura tra i due individui? E che cosa motiva il mentore?»

Gli occhi di Mikelis brillarono, mentre sulle labbra gli affiorava una parvenza di sorriso.

«Sta cominciando a ragionare come una criminologa, signorina Vancker» disse. «Rispondere alla sua domanda sulle motivazioni significa capire chi è. E se non uccide direttamente, se non condivide questa specifica fantasia di uccisione ma protegge il suo pupillo, è perché ci trova un interesse».

«Forse è suo padre... o qualcuno che gli è vicino». Segnon ragionava ad alta voce. «Un po' come il padre di Dexter, che si rende conto di non poter lottare contro la natura del figlio e quindi decide, piuttosto che vederlo sprofondare, di guidarlo in modo da incanalare la sua natura per uno scopo preciso».

«Se così fosse cercherebbe di proteggerlo, non di inscenare lo spettacolo che abbiamo visto poco fa. Penso che abbiamo a che fare con un individuo dall'ego smisurato, che desidera il controllo e desidera esercitarlo. Lui è quello che comanda. È il burattinaio. Ho cominciato a ragionare su questa teoria, e ne avevo accennato anche ad Alexis, dopo le autopsie della famiglia Eymessice. E credo abbia trovato conferma. Il mentore della Bestia è l'ideologo del gruppo. È lui che li ha riuniti, ci metto la mano sul fuoco. È lui quello che si firma **e* sul loro forum, non Victor Mags. È sempre lui ad aver pensato e voluto la messa in scena con il Cristo, perché è convinto che i codici debbano essere ridefiniti, perché le nozioni correnti di bene e male gli vanno strette. Il mentore è sicuramente convinto che quello che loro stanno facendo sia *bene*. Che le sue azioni siano *il bene*. Io credo che la sua sia una crociata, in un certo senso».

«Una crociata?» Segnon era sbigottito.

Più in là, notando una certa agitazione, la muta dei giornalisti si ammassò contro i cancelli chiusi, sfoderando videocamere e macchine fotografiche. I due gendarmi e il criminologo si spostarono di qualche metro, per ripararsi dietro l'ingresso della miniera.

«Una crociata per un mondo più tollerante» disse Mikelis, «che accetti lui e quelli come lui. Perché loro sono quello che sono, propugnano un piacere che non è nel godimento del normale atto sessuale tra due adulti consenzienti, ma nell'uccisione, nel sadismo, nello stupro di bambini, basta guardare il forum: il mentore cerca di coalizzare le devianze, di condividerle, di valorizzarle. Ricordatevi il loro simbolo: **e*! L'unione della forza primordiale».

«Un pazzo totale» disse il colosso.

«Ai nostri occhi sì, perché siamo la maggioranza» disse Ludivine. «La maggioranza detta i codici e le leggi, ma se un domani i serial killer fossero più numerosi di noi, allora i mostri saremmo noi. Hai letto *Io sono leggenda* di Richard Matheson? Se no leggilo, Segnon, è molto istruttivo».

«Mi viene da vomitare».

«La sua collega ha ragione, Segnon. Siamo di fronte a un uomo che ha deciso di far sentire la voce di una minoranza che finora ha dovuto tacere e nascondersi nell'ombra, perché considerata abietta. Adesso lui vuole uscire dall'ombra. Vuole riunire ciò che è isolato, vuole unire i suoi simili per renderli più forti. Dev'essere convinto che siano abbastanza numerosi da costituire una nuova forza in grado di cambiare il volto del mondo, di costringere la nostra società a porsi le domande giuste. Credo che il simbolo, la scia di delitti e i messaggi che ci inviano, nello specchio di Louveciennes come in questa miniera, ne siano una perfetta illustrazione».

Il silenzio calò sul terzetto. Il vento soffiava, mordendo alla gola come un vampiro. Ludivine rabbrividì, rinchiudendosi nel piumino. Aveva freddo, e nonostante tutte le cose orride che aveva visto e sentito aveva anche molta fame. Faceva parte della vita. Malgrado tutti gli orrori che dovevano affrontare, nessuno di loro poteva rimanere troppo a lungo senza mangiare. Ludivine lo aveva imparato assistendo alle autopsie. Ogni volta, ne usciva con un appetito da lupo. Con la voglia di una tartare di carne rossa.

Un medico legale con cui si era confidata una sera, temendo di essere impazzita, le aveva detto che si trattava di un condizionamento atavico. Millenni di evoluzione a mangiare carne cruda non si cancellavano dalla memoria genetica come niente. L'uomo era stato un predatore selvaggio per il novantanove per cento della sua evoluzione, quindi conservava reazioni specifiche del cervello rettiliano che potevano turbare l'uomo 'civilizzato', ma che erano perfettamente spiegabili. Se non urtava la sensibilità cosciente del testimone, contemplare carne per ore e ore ridestava la memoria del predatore.

Lo stomaco di Ludivine brontolava. Le parole di Mikelis le riecheggiavano nella mente. Si concentrò su quelle.

L'insieme era tanto folle quanto inaspettato. C'era un senso dietro tutti quei delitti. Così osò porre la domanda che la inquietava di più: «E secondo lei potrebbe riuscirci? A mettere insieme una comunità di criminali e deviati, per renderli più forti e farsi ascoltare?»

«Ma sei fuori di testa?» sbottò furioso Segnon. «Come puoi anche solo pensare che qualcuno dia retta a un mostro del genere? La sua faccia da pazzo bastardo diventerà famosa quando lo prenderemo e lo sbatteremo in cella, prima no di sicuro! Non lo trasformeremo mica in un leader politico!»

«Io penso solo che più passano gli anni, più aumentano i serial killer, i malati di mente e i pervertiti. Arrestiamo un pedofilo e il mese dopo ne abbiamo per le mani altri dieci. Non si tratta di dieci o cento persone in tutto il Paese, se mettiamo insieme tutti gli psicopatici, i pazzi e i sociopatici sono migliaia. Sono tanti, Segnon, non puoi negarlo. Ed è sempre peggio! Guarda solo i *mass murders* nei centri commerciali e nelle scuole! Cinquant'anni fa non esistevano! Eppure di armi in circolazione ce n'erano tante, dopo la guerra! Non è solo una questione di proliferazione delle armi da fuoco, è una proliferazione di gente che dà di matto! Per fortuna sono individui solitari. Non si sono mai messi insieme. Fino a oggi...»

«D'accordo, ma il mentore, questo **e* o come diavolo si chiama, va oltre, lui ha una teoria, un pensiero! Non si possono portare avanti rivendicazioni criminali e pensare di essere presi sul serio!»

«Pensa che la sua causa sia una follia senza speranza?» chiese Mikelis, in tono più serio che mai. «Davvero? Allora le chiedo: cos'avrebbero pensato i bianchi nel 1750, se qualcuno gli avesse parlato di diritti umani e di uguaglianza per i neri? E le donne nel 1850, se qualcuno avesse parlato loro del diritto di voto, e gli uomini della stessa epoca a sentir parlare di uguaglianza con il sesso 'debole'? Cos'avrebbe pensato il mondo occidentale nel 1950 se qualcuno avesse sostenuto il matrimonio e il diritto di adozione per gli omosessuali? Quello che voglio far presente è che ci sono molte ex 'minoranze' oggi titolari di diritti che a noi sembrano ovvi e scontati, ma che un tempo sarebbero sembrati impossibili e impensabili».

Segnon si protese verso di lui, guardandolo storto. «Sta per caso mettendo i neri sullo stesso piano dei serial killer, Mikelis? O dei pedofili?»

«Assolutamente no».

«Perché questi sono paragoni discutibili, lo sa? Le donne, i gay e i neri potrebbero anche prendersela a male».

Senza perdere l'abituale calma, il criminologo scosse il capo. «Quello che sto cercando di dire è che le società si evolvono nel modo di giudicare le differenze».

«Lei sta equiparando le persone di colore a dei maniaci, che cazzo!»

«Niente affatto. Perché gli assassini, i pedofili, i pervertiti e tutti gli altri che **e* sta cercando di coalizzare non si considerano un'anomalia. Sono *diversi*, ed **e* pretende che abbiano il diritto di vivere nella nostra società. Ecco dove voglio arrivare».

«Ma sono bacati nel cervello! Sono pazzi, punto e basta! Sta paragonando dei pazzi pericolosi a persone che vogliono solo vivere la loro vita».

«Sa qual è la notizia? Anche loro vogliono solo vivere la loro vita, e da un certo punto di vista non è colpa loro se è molto diversa dalla nostra. Loro sono ciò che sono, e non possono farci nulla. Nella maggior parte dei casi non l'hanno scelto loro di estraniarsi dal mondo perché hanno certe esigenze. Devianti lo sono diventati a causa di gravi traumi subiti durante l'infanzia, e della devastazione che ne è seguita. La loro prima vittima, per tutti loro, è il bambino che sono stati».

La rabbia del gendarme esplose. «Adesso li sta anche difendendo?»

«Le assicuro che li odio ancora più di lei, perché io so cosa sono veramente. Ma capisco anche da dove vengono».

I toni si stavano alzando.

«Sa una cosa, Mikelis? Comincio a chiedermi se non sia un po' bacato in testa anche lei! A furia di ragionare sulle elucubrazioni di quel criminale, sta diventando...»

«Basta!» gridò Ludivine. «Smettetela, siete insopportabili! Per oggi ne ho avuto abbastanza. Siamo tutti esausti e con i nervi a pezzi. Vorrei tornare in albergo, se non vi dispiace».

Si era interposta tra i due uomini, due forze della natura i cui occhi mandavano scintille di sfida.

Segnon fece un passo indietro, senza distogliere lo sguardo dal criminologo.

«Ho bisogno di riposare» aggiunse lei, con voce tremante. «Di riflettere con calma. Se quel bastardo stava reclutando attraverso il suo forum, ora che lo ha chiuso non abbiamo più nulla per risalire fino a lui. E io non ho intenzione di arrendermi in attesa che raduni tutti i criminali del pianeta, per cercare di sensibilizzarci sulla loro triste condizione. Come lei stesso ha scritto in uno dei suoi saggi, Mikelis, questi individui sono bugiardi e manipolatori. Non potremo mai credergli».

Il criminologo la guardò, chiudendo la partita. «Il problema, Ludivine, è che nella nostra società si tengono nascosti. Là fuori ci sono esseri perversi di ogni sorta, potenziali criminali in attesa di un'occasione. Magari persone di cui lei si fida, senza sapere chi sono veramente».

Poi girò i tacchi e se ne andò.

40.

Il cielo non riusciva a decidersi.

Le nuvole plumbee si addensavano senza che la pioggia cadesse, poi il vento le spazzava via nel giro di un'ora per lasciare intravedere un quadrato di cielo prima che ne arrivassero altre, altrettanto minacciose.

L'albergo degli investigatori francesi si trovava nel centro di Cracovia. Da quello che era riuscita a vedere, Ludivine aveva scoperto una città antica dall'architettura sorprendente. Un ricco patrimonio medievale, ma anche neogotico, alternato a facciate moderne intervallate dal passaggio di una vecchia linea di tram che sembravano usciti da un film di spionaggio degli anni Sessanta. Cracovia sorgeva su una collina dove il castello, emblema della città, dominava le cime dei campanili e le torri delle chiese, delle basiliche, delle cattedrali e degli altri monumenti che la costellavano, in un reticolo di punti di riferimento storici e culturali.

Ludivine era riuscita a sonnecchiare un po' nel pomeriggio, prima che Tomasz facesse loro avere le prime traduzioni in inglese dei referti autoptici. Le lessero e se le passarono da una stanza all'altra. Segnon e Mikelis non si erano più rivolti la parola, tranne che durante il rapido pranzo insieme.

Le autopsie non fecero che confermare ciò che già

sapevano. Avevano a che fare con un malato mentale il cui comportamento rasentava la psicosi nei picchi di violenza. Perdeva il controllo, diventava isterico ed era certamente in quei momenti che mordeva con ferocia ancora maggiore.

Dalla coscia di una delle due vittime aveva asportato circa un chilo di carne, che non era stato ritrovato da nessuna parte.

'Cannibalismo' pensò subito Ludivine.

Ancora una volta si poneva la questione della mascella, con tutti gli interrogativi sulla sua natura. Troppo grande per appartenere a un essere umano, con una forma e una dentatura non conformi, ma al tempo stesso il medico legale escludeva recisamente un'aggressione da parte di qualche animale: tracce dei morsi troppo nette, assenza di graffi o di peli... Combaciava con le informazioni già ottenute da Segnon: nessun animale conosciuto era dotato di denti e di una bocca del genere.

Mikelis aveva associato il disturbo orale che sfociava nel cannibalismo a possibili problemi nell'uso del linguaggio. Se la Bestia aveva una malformazione facciale così pronunciata, era più che possibile che fosse incapace di esprimersi normalmente. Ma di una simile deformità doveva esistere traccia presso qualche ospedale, uno studio dentistico, da qualche parte insomma... Non poteva essere cresciuto senza che qualcuno provasse a curarlo. Valeva la pena di insistere nuovamente, rifacendo il giro dei dentisti e degli ospedali francesi?

'No, è inutile, è stato già fatto. Se nessuno risponde, vuol dire che non è stato curato in Francia'.

Ludivine riponeva grandi speranze nella polizia polacca. Dopotutto, l'ipotesi che si trattasse di un assassino cresciuto nella regione aveva senso: conosceva bene la miniera e aveva appena ucciso due volte. Poteva aver trascorso qualche settimana nell'est della Francia, prima di rientrare in patria. Fore sarebbe emerso qualcosa dagli archivi dei dentisti polacchi, a cominciare da quelli della zona. Lei almeno un po' ci sperava.

Nel tardo pomeriggio Ludivine uscì dalla stanza per sgranchirsi le gambe. Non ne poteva più di immagini di corpi sventrati, non ne poteva più di pensare ad Alexis. Gli occhi, il cervello e il cuore non ne potevano più.

Si diresse verso il bar e riconobbe la voce di Mikelis che veniva da un angolo. Il criminologo parlava in modo diverso dal solito, lo stesso timbro profondo ma più dolce, con una rotondità nelle parole. Parole colme di gentilezza.

Colme di amore.

Era al telefono.

Con uno dei suoi figli, si rese conto Ludivine.

Sentirlo parlare così era una vera scoperta. Lui, sempre così freddo e impenetrabile, un blocco dalle spalle larghe, testa rasata, occhi penetranti e busto possente, poteva trasformarsi in un padre amorevole e tenero.

Anche Mikelis poteva essere affettuoso.

Ludivine fece finta di non averlo visto e andò a sedersi al bar, dove ordinò una birra.

Quando il criminologo si alzò la vide, e le rivolse un cenno con la testa.

Era diverso. Più caloroso. Riusciva quasi a leggergli in volto le emozioni che provava, il che era un'assoluta novità. Lui esitò, poi si voltò e risalì verso la sua stanza.

L'amore della sua famiglia lo trasformava.

Lo sosteneva. Era la base su cui poggiava. Il centro nevralgico della sua umanità.

Ogni uomo, anche l'anima più nera, dovrebbe avere

una base solida su cui costruirsi, pensò la giovane gendarme. Una famiglia era un motore per conquistare il mondo, ma anche un bunker dove ripiegare.

Ludivine alzò la sua birra. La schiuma amara le inondò la bocca.

Lei non aveva nulla di tutto ciò.

Questo spiegava molta della sua infelicità.

Per un attimo restò a guardare la sagoma massiccia di Mikelis che usciva.

Perché aveva acconsentito ad aiutarli? Cos'aveva da guadagnarci? Non avrebbe intascato soldi, non avrebbe ottenuto alcuna gloria. Ludivine non dubitava che alla fine sarebbe semplicemente tornato tra le sue montagne, il più in fretta possibile. Qual era la sua motivazione?

Aveva accettato di allontanarsi dalla sua tribù per dare la caccia al male. Di lasciare il conforto mentale dei suoi cari per scendere nel pantano delle fantasie più morbose e malate. Di mettersi in pericolo, di mettere a rischio il proprio equilibrio. Nessuno poteva esplorare l'abisso della psiche omicida senza subirne le conseguenze. Mettersi nei panni dell'assassino, appropriarsi delle sue fantasie per capirlo e anticiparlo, convivere con le sue ossessioni sanguinarie, esplorare le sue carenze psicologiche, sondare le sue devianze, giorno e notte, per settimane e settimane – impossibile farlo senza pagare un prezzo elevato.

In un percorso così lungo nelle tenebre, era quasi inevitabile aprire la porta alle tenebre che ciascuno aveva dentro, quali che fossero. Si finiva per portarle in superficie. Perché nessun essere umano è totalmente al riparo dall'oscurità. Non può esserci luce, senza oscurità.

Nella storia, tutti gli uomini che si erano dedicati a dissezionare l'anima dei peggiori assassini avevano dovuto, presto o tardi, fare i conti con le proprie zone d'ombra. Criminologi, profiler, poliziotti, ma anche psichiatri, romanzieri, medici... Era un viaggio il cui biglietto poteva costare molto caro.

Mikelis poteva contare sulla sua famiglia, per riportare a galla ciò che c'era di meglio in lui. La sua famiglia poteva agire come un filtro o fargli da salvagente.

Proprio come Segnon, che si lamentava sempre della moglie, ma non poteva fare a meno di chiamarla come minimo una volta al giorno.

Ludivine, invece, non aveva nessuno. Nessun filtro. Nessuna ancora di salvezza.

Guardò con ironia la sua birra.

«Scusa, vecchia mia» disse, «io conto su di te, naturalmente».

Tomasz aveva insistito per portarli a cena in un ristorante tipico e andò a prenderli in albergo nel tardo pomeriggio. Mangiarono in un edificio tutto in pietra, in una sala che sembrava ricavata in una cantina medievale, e il poliziotto li costrinse amichevolmente a ordinare piatti locali, senza mai perdere una certa bonomia.

Non essendo dell'umore giusto, Ludivine toccò a malapena la sua costata fritta nel miele e si limitò ad ascoltare senza parlare. Tomasz raccontò la sua vita, da un punto di vista professionale, e i suoi progetti soprattutto di carriera, in particolare l'ambizione di riuscire prima o poi a farsi trasferire all'Aia per entrare a far parte dell'Europol. Poi fu Mikelis a prendere la parola, per chiedergli tutti i dettagli sull'omicidio della prima vittima polacca della Bestia.

Tomasz si forbì a lungo la bocca con il tovagliolo,

come se stesse preparando le labbra a ciò che stavano per affrontare. Spiegò minuziosamente ciò che sapeva e rispose a tutte le domande del criminologo, ma Ludivine ebbe la sensazione di non aver appreso nulla di nuovo sul modus operandi del killer.

Uccideva non lontano dall'autostrada, mordeva, tagliava, strappava e mutilava senza lasciare traccia. Come nel duplice omicidio della miniera: non un'impronta di passi, non una traccia di pneumatici. Imparava in fretta a non ripetere i suoi errori.

Tutto ciò che avevano era la telefonata dalla villa di Louveciennes, a un cellulare con una carta SIM prepagata.

«Avete fatto tutti i possibili controlli su quel numero?» chiese Ludivine.

«Sì, è servito solo per quella chiamata. Una scheda usa e getta del valore di venticinque zloty, circa sei euro. Dal numero di telefono siamo risaliti al numero IMEI, che come sapete è praticamente il numero di targa di un telefono, e permette all'operatore di identificare l'apparecchio. Abbiamo chiesto a tutti gli operatori di telefonia mobile se erano state utilizzate altre SIM con quell'apparecchio, ma niente da fare. Si tratta di un telefono comprato nuovo, in una confezione con inclusa una carta prepagata».

«E avete rintracciato l'acquisto?»

«Sì, dal numero l'operatore è riuscito a risalire al punto vendita, ma è un negozio in una via commerciale affollata e la transazione è stata regolata in contanti, sul posto non ci sono videocamere… un buco nell'acqua, in pratica».

«Il numero è sotto ascolto, nel caso l'assassino lo usasse di nuovo?»

«Certo, ma non facciamoci illusioni: se è così prudente, la scheda SIM e forse anche il telefono sono già finiti in una discarica».

«Ha comprato una scheda con pochissimo credito» disse Mikelis, «sapeva già che l'avrebbe usata una sola volta. Tomasz ha ragione, non sentiremo mai più parlare di quel numero».

Ludivine si appoggiò alla vecchia pietra che chiudeva l'angolo dov'erano a tavola. Le voci dei commensali si affievolirono gradualmente, sempre più distanti mentre lei sprofondava nei pensieri. Non sapeva più come andare avanti. Aveva la disperante sensazione di aver esaurito tutte le piste esistenti, di aver raggiunto il limite delle sue capacità e di vivere il momento peggiore per qualunque investigatore: l'attesa. Aspettare che una perizia forense tardiva fornisca qualche inaspettata informazione, aspettare che l'assassino si faccia vivo di nuovo, che agisca di nuovo, che uccida di nuovo, e magari questa volta commetta un errore.

La giovane donna odiava questa immobilità forzata più di ogni altra cosa. L'insopportabile sensazione di essere inutile.

Conclusero la cena con la tradizionale vodka e tornarono in albergo chiedendosi se non fosse ora di tornare a Parigi. Lì non avevano altro da fare. L'indagine era in buone mani, avevano visto tutto quello che c'era da vedere, creato i necessari collegamenti con la polizia locale – il resto non dipendeva più da loro.

Ludivine prese sonno di colpo, a dispetto delle angosce. L'alcol aveva fatto la sua parte.

Riaprì gli occhi alle quattro, sudata e scossa dai brividi. Si raddrizzò per tirare su il copriletto, poi lo spinse di nuovo giù. Aveva caldo e freddo allo stesso tempo. Non si sentiva bene.

Un pensiero l'aveva perseguitata per tutta la notte, ma non riusciva a ricordare quale fosse. Ludivine era ossessionata dalle indagini. Viveva l'indagine. La respirava, la mangiava. L'aveva persino sognata.

Non c'era da stupirsi che fosse sempre tanto stanca. Il suo cervello non staccava mai.

Lo sapeva, era a causa degli omicidi che aveva dormito così male. Al diavolo la sua mente ossessionata, che non aveva mai smesso di analizzare e fare confronti. Era più forte di lei. Soltanto con i farmaci riusciva a smettere di pensare, ma lei era partita senza niente, né sonniferi né calmanti.

Ludivine sospirò, schiacciata sul letto. Non aveva voglia di accendere il televisore. A quell'ora, la tv polacca rischiava di farle venire voglia di ammazzarsi. Non si era portata nemmeno un libro.

'Che sfiga...'

Che cosa aveva sognato? Cosa si era soffermato in un angolo della sua mente malata, al punto da impedirle di raggiungere lo stadio profondo del sonno?

C'entravano i due Paesi, si ricordò di colpo.

Polonia e Francia.

C'entravano i viaggi.

'Il telefono!' A poco a poco, la sua mente stava ricostruendo. 'C'entra anche il telefono!'

Quello della Bestia? La telefonata da Louveciennes? C'era qualcosa che le era sfuggito e che il suo subconscio stava cercando di farle capire?

'La localizzazione? Impossibile... Non lo userà più'.

Ludivine si ricordò allora degli ultimi progressi nel campo delle indagini telefoniche. Non solo gli operatori mettevano a disposizione tutti i loro servizi per facilitare le indagini della polizia, ma avevano persino lanciato un nuovo sistema per aiutare le forze dell'ordine. Bastava fornire loro un numero per avere, in pochi minuti, tutta la cronologia delle chiamate in entrata e in uscita e, con un po' di lavoro, tutta la geolocalizzazione associata. A seconda delle celle attivate dal telefono in questione, gli operatori potevano indicare l'area in cui il dispositivo era stato utilizzato, con tanto di orari precisi.

Meglio ancora, ormai non era più necessario che l'abbonato usasse il telefono per attivare una cella: se lasciava il telefono acceso, anche senza fare o ricevere alcuna chiamata, ogni antenna registrava la posizione non appena il telefono entrava nella sua zona e si connetteva automaticamente alla rete per ottenere la copertura. Tutte queste informazioni venivano archiviate in database che potevano essere consultati dagli investigatori in qualsiasi momento, sulla base di una semplice richiesta ufficiale.

Il nuovissimo sistema era stato appena presentato alla Gendarmeria e l'intera SR era stata sensibilizzata sull'importanza di farvi ricorso, soprattutto per le indagini sulle rapine. Bastava conoscere il numero di telefono di un sospettato.

Era una tecnologia nuovissima, mai usata prima. Sia i vari dipartimenti della polizia nazionale che la Gendarmeria la stavano appena scoprendo.

Ma perché a lei era saltato in mente nel cuore della notte?

Non aveva nessun numero da rintracciare! L'unico che conoscevano era stato usato una sola volta, e la prepagata probabilmente si trovava già sul fondo di un torrente o di una fogna. Anche se gli operatori telefonici polacchi avessero avuto a disposizione lo stesso sistema, e supponendo che il telefono della Bestia fosse stato gettato via senza essere spento, al massimo sarebbero riusciti a localizzare l'ultima cella telefonica a cui si era collegato. Che copriva un'area di parecchi chilometri quadrati, impossibile da passare al setaccio, tanto più per trovare un misero telefono.

Ludivine balzò giù dal letto. Non aveva un numero da rintracciare, certo, ma conosceva le zone precise in cui erano stati commessi gli omicidi. Tre nell'est della Francia e due lì, nella Polonia meridionale.

Se gli operatori francesi e polacchi avessero potuto fornire i database di tutti i numeri che si erano collegati alle celle telefoniche nei pressi delle scene del crimine, al momento degli omicidi, Ludivine avrebbe potuto identificare, attraverso un controllo incrociato, il numero che si ripeteva ogni volta. Sia la Bestia che **e* dovevano avere un cellulare personale sempre in tasca, per ogni evenienza, che usavano solo nella loro vita quotidiana, lontano dalle scene del crimine.

Un numero che si era collegato automaticamente al ripetitore più vicino ai crimini, in tutte e cinque le occasioni.

In ognuna di quelle aree potevano esserci decine di migliaia di numeri attivi. Ma solo uno si era attivato in quei cinque punti particolari, esattamente nel momento in cui venivano commessi gli omicidi.

41.

La camera da letto di Ludivine si era trasformata in una postazione di lavoro. I referti dell'autopsia erano appesi alle pareti, insieme alle foto della scena del crimine fornite da Tomasz e Jurek.

La gendarme era in stato di agitazione e solcava avanti e indietro il pavimento ricoperto di moquette, il telefono stretto in mano.

Aveva mobilitato uno dei gruppi della SR a Parigi per lavorare con gli operatori francesi, mentre Jurek si stava dedicando a quelli polacchi.

Da un'ora i dati si andavano accumulando nella casella di posta elettronica di Ludivine. Centinaia di migliaia di numeri.

«È un lavoro pazzesco» sbottò Mikelis. «Scovare in mezzo a tutto 'sto casino l'unico numero che riappare su ogni scena del crimine. Abbiamo almeno un supporto informatico?»

«Analyst Notebook» disse la gendarme. «Ricevo dei file Excel, che possono essere rapidamente inseriti nel nostro database. Solo un operatore continua a inviarci tutto in formato PDF, il che richiede più tempo per uniformare i dati. Con gli altri, il procedimento è abbastanza rapido».

«Ho appena parlato con Aprikan» disse Segnon, «ci

mette a disposizione il gruppo di Magali. Lei e i suoi si occuperanno di inserire tutti i numeri Orange, SFR e Free. A noi resta da gestire solo Bouygues».

Desiderosa di mostrare le sue capacità a Mikelis, Ludivine aggiunse: «Per prima cosa, procediamo a creare un file separato per ogni omicidio. Poi il software rileverà automaticamente tutti i numeri che si ripetono da un file all'altro, se ce ne sono».

«Potremmo avere un risultato in tempi rapidi, quindi?»

«La cosa che prende più tempo è la conversione del PDF e la correzione manuale delle interruzioni di riga, ma questo lo dobbiamo fare solo per i dati inviati da Bouygues, gli unici irriducibili che rifiutano di adattarsi al nostro software...»

Ludivine scorse un barlume di sorpresa e di ammirazione sul volto del criminologo. Meglio tardi che mai.

«Quindi entro stasera avrete il numero di telefono dell'assassino?»

«Se aveva con sé un cellulare e non lo ha spento in almeno due dei delitti, sì, potremo fare un controllo incrociato».

Mikelis annuì, in segno di apprezzamento.

«Il progresso è inarrestabile».

«È una funzione nuova per gli operatori telefonici, ma posso garantirle che cambierà il futuro delle indagini, almeno per i prossimi due o tre anni, il tempo per i criminali di adattarsi. Perché loro si adattano sempre».

Le ore erano elastiche e ognuna si allungava al massimo, rallentando il ticchettio dei secondi.

Segnon corresse pagina dopo pagina i dati del PDF di Bouygues Telecom, dopo averlo convertito in un file Excel. Questo lo tenne occupato per parecchio tempo, prima di poter finalmente inviare via e-mail al gruppo di Magali il file completo, pronto per essere inserito in Analyst Notebook.

Ludivine era stanca di aspettare. Non aveva avuto la presenza di spirito di mandare via l'addetta alle pulizie quando era tornata, per la terza volta, per chiedere se poteva riordinare la stanza, e quando la donna era entrata c'era mancato poco che svenisse, nel vedere le immagini dei corpi sventrati fissate alle pareti. Tomasz dovette intervenire per calmarla, e rassicurare anche la direzione dell'hotel.

Il cellulare della gendarme squillò alle 17, e lei rispose al volo.

«C'è un numero che compare sia sulla prima che sulla seconda scena del crimine» disse Magali. «Avevi ragione, Ludivine. Aveva un telefono. Non l'ha usato in quelle notti, ma ce l'aveva».

«Un numero solo?»

«Sì».

Se apparteneva alla Bestia, significava che il suo mentore non si era mai portato in tasca un telefono mentre era con lui. O era sospettoso nei confronti della tecnologia, o la sua prudenza era davvero diabolica.

«Hai un nome?»

«Orange me l'ha appena comunicato. Si chiama Cyril Cappucin. Stiamo tracciando il suo profilo».

«Orange? Quindi è un numero francese?»

«Sì, e anche il titolare del numero lo è. Non è venuto in Polonia per tornare a casa sua».

«Il cellulare è attivo?»

«Sembra di sì. Non lo usa molto».

«Dove lo avete localizzato ultimamente?»

«Devo ancora risolvere la questione con l'operatore, per ora siamo concentrati sul tizio, stiamo vedendo stato civile, fedina penale e tutto il resto».

«Avete un indirizzo?»

«Quello fornito da Orange, che si trova in un paesino nel Lot-et-Garonne. Ti mando tutto via mail in serata».

Ludivine si bloccò e rispose subito: «Non importa, Magali, torniamo a casa».

Segnon e Mikelis la guardavano incuriositi.

«Adesso? E se è ancora in Polonia? Non vuole assistere all'arresto, preparare i documenti per l'estradizione e...» disse il criminologo.

«Era solo di passaggio».

«Come fai a saperlo?» disse Segnon.

«È molto più legato a Victor Mags di quanto pensassimo».

«Sì, tramite il forum. E allora?»

«No, questo va al di là del forum».

«Non ti seguo».

Nella mente di Ludivine tutti i pezzi si andavano incastrando.

«Mags e Cappucin non si sono conosciuti su Internet».

«Come fai a saperlo?»

«Il paesino nel Lot-et-Garonne non si chiama per caso Pestilence?»

«Cazzo, sì, ma come fai a saperlo?»

«È là che è cresciuto Victor Mags».

42.

L'aereo era una prigione.

Il rombo dei motori stava diventando assillante. Ludivine si sentiva come se la sua intera vita la stesse passando intrappolata in un abitacolo angusto, immersa in un lezzo di sudore, cibo scadente e bagni sporchi. Più di ogni altra cosa, era la sensazione di impotenza a infastidirla. Il fatto di non poter nemmeno ricevere gli aggiornamenti sulla situazione da Magali o dal colonnello Aprikan.

Mikelis e Segnon dormivano, come se nulla di tutto quello che stava accadendo fosse davvero reale.

'Sono solo io che me la prendo a cuore?'

Le venne in mente Alexis.

Le dita della mano stringevano il bracciolo.

Dopo la sua morte, era stata lei a prendere il comando. Era diventata monomaniacale, non pensava a nient'altro, si rifiutava di prendersi anche solo una piccola pausa, di concedersi un po' di tempo per vivere.

'Per fare cosa? Piangere come una disperata e poi ubriacarmi, solo per arrivare il prima possibile al mattino dopo?'

Si rese conto che era arrivato il momento di fare un passo indietro.

Una volta concluse le indagini, si sarebbe presa qualche giorno di vacanza con la sua famiglia, per ricaricare le batterie e calmare i nervi. Era una promessa.

L'aereo atterrò poco prima delle 22:30. Ludivine accese il cellulare quando ancora stava rullando sulla pista.

Magali rispose alla chiamata quasi all'istante:

«Orange ci informa che il numero risulta inattivo da giovedì scorso».

«Appena prima di partire, Tomasz mi ha confermato che in effetti hanno localizzato il cellulare di Cyril Cappucin nella zona del primo omicidio, ma che dopo è sparito».

«Forse aveva la batteria scarica».

«Oppure l'ha spento del tutto. Orange ha una partnership con un fornitore tedesco?»

«Certo. Pensi che Cappucin sia già sulla via del ritorno?»

«Può darsi».

«In questo caso abbiamo bisogno di un'altra rogatoria internazionale, spetta a noi contattare l'operatore. Chiedo a Orange per avere il nome e i contatti in Germania».

«Raccomandagli di comunicarcelo subito, se ritrovano il segnale di Cappucin».

«Già fatto» disse Magali.

«È la stessa raccomandazione che ho lasciato ai colleghi polacchi».

«Ho anche controllato la lista delle sue localizzazioni durante l'ultimo anno: a quanto pare, non torna a Pestilence da un bel po'».

«Ha un altro indirizzo conosciuto?»

«Finora non abbiamo trovato nulla, ma tutta la squadra è al lavoro. Detto questo, c'è una cella nella regione di Parigi che lui attiva molto spesso. Il numero è 806350» disse Magali. «È vicino a Verneuil-en-Halatte, nel dipartimento dell'Oise».

«Potrebbe essere un nascondiglio?»

«Può darsi, tanto più che è a un tiro di schioppo, indovina un po', dal Bois-Larris».

«È una zona a forte urbanizzazione?»

«Direi, non possiamo metterci a girare a caso bussando a tutte le porte, ci serve qualcosa per poter individuare una posizione più precisa».

«È già un perimetro».

«Domani le banche saranno aperte, e potrò far controllare i movimenti del suo conto corrente».

«Rispunterà fuori, Magali. Prima o poi risalirà in superficie, e noi lo prenderemo».

La gendarme recuperò il suo trolley e salì su un taxi insieme ai due compagni di viaggio.

«Le cose si muovono in fretta» disse Mikelis, sulla via del ritorno.

«Spero che riusciremo a inchiodare quel bastardo nei prossimi giorni» disse Ludivine. «Tra poco potrà tornarsene a casa, Richard, ha fatto la sua parte e anche di più».

Il criminologo osservava il paesaggio che scorreva fuori dal finestrino. I lampioni dell'A1 illuminavano a intermittenza il suo volto pensoso, alternando luce e ombra. A ogni passaggio nel buio, Ludivine si aspettava quasi di vederlo riapparire con un ghigno spaventoso sulle labbra.

Che pensiero balordo. Scosse il capo e si legò i capelli sopra la nuca con un elastico.

«Grazie» aggiunse.

Mikelis non rispose e il silenzio calò all'interno dell'auto.

«Non vedo l'ora di tornare a una vita più normale» disse dopo un po' Segnon. «Rientrare a casa a orari decenti, avere i fine settimana liberi. E tu, Ludivine, cosa farai quando questa storia sarà finita? Una bella vacanza?»

La gendarme annuì.

«Giovedì mattina c'è il funerale di Alexis» disse a bassa voce.

Era consapevole di appesantire l'atmosfera, ma era allo stremo delle forze. Il viaggio, la tensione, la mancanza di sonno, parlava senza filtri. E ne aveva bisogno.

«Ci saremo tutti» disse Segnon, mettendole una mano sul ginocchio. «Dovresti prenderti una giornata libera, domani. Magali e Aprikan stanno addosso a Cappucin, e se si fa vivo sarai la prima a saperlo».

«No, voglio portarmi avanti su tutto il resto».

«Su cosa? I poliziotti spagnoli stanno lavorando al loro caso, Baines ha arrestato il suo assassino e noi conosciamo l'identità della Bestia».

«Il mentore è scomparso».

«Sarà con Cappucin, lo accompagna ovunque».

«No, non credo, lo raggiunge solo quando uccide, niente di più».

«Ludivine ha ragione» disse Mikelis. «Pensi alle tracce di pneumatici nell'est. Il mentore preleva Cappucin dal suo camion e vanno a cercare una vittima, ma non viaggiano insieme. Tranne forse in Polonia, perché è molto lontana...»

«Inoltre» aggiunse la gendarme, «ancora non sappiamo perché sia dovuto andare fino all'altro capo dell'Europa per uccidere».

«Io credo proprio che l'autostrada sia il nostro filo conduttore» riprese il criminologo. «È un indizio troppo evidente per poterlo ignorare. La Bestia uccide in base ai suoi spostamenti. La miniera di sale è stata la ciliegina sulla torta, *e non ha resistito a una piccola messa in scena, per perorare la sua causa, per scioccare la gente. Vuole colpire duro. Da lui ci dobbiamo aspettare di tutto».

Segnon fece una smorfia. «Cos'altro potrebbe fare di più eclatante? Mettere bombe nelle scuole?»

«Non lui direttamente, ma potrebbe benissimo reclutare qualche poveraccio sprovveduto, facilmente manipolabile. È lui il più pericoloso, è su di lui che dobbiamo concentrarci».

«Pensa che Cyril Cappucin abbia ucciso in Polonia solo perché ne ha avuto l'opportunità?»

«Era in Polonia per lavoro e ne ha approfittato, tutto qui. Non c'è bisogno di immaginarsi chissà cosa. Quelli come lui colpiscono ovunque abbiano l'occasione di farlo. Proprio per questo, sono pronto a scommettere che è probabile che abbia ucciso anche in Germania, se è un itinerario che percorre abitualmente».

Il gendarme non era convinto. «Tornerà dalle nostre parti, basta avere pazienza. E noi gli saremo addosso quando meno se lo aspetterà».

«Comunque, ci sono ancora dei punti poco chiari» riprese Ludivine.

«Quali?» ribatté Segnon. «Mags e Cappucin si conoscono da quando erano bambini, sono due pervertiti cresciuti nello stesso paesino. Probabilmente a legarli sono state le stesse inclinazioni morbose, quando erano bambini o adolescenti. Uno di loro ha scoperto il sito web *Seeds in Us*, si è lasciato sedurre da **e*, poi ha trascinato l'amico e la spirale infernale ha avuto inizio. Cosa non ti torna?»

«Il nome del mentore. E perché il Bois-Larris?»

Il collega alzò le mani al cielo. «Perché sono pazzi furiosi! Non sempre quello che fanno ha senso, non è forse vero? Glielo dica!» esclamò, rivolto a Mikelis.

«Gli psicotici agiscono senza una ragione logica. Loro invece sono degli psicopatici, dei sociopatici, e nelle loro azioni c'è eccome un significato».

Ludivine sospirò. «Hai ragione, Segnon, domani non vengo in ufficio».

Il gendarme intuì che la collega stava tramando qualcosa. «Sentiamo, che cos'hai in mente di fare?»

«Andrò al Bois-Larris».

Il colosso sospirò e scosse la testa.

«Non ci puoi fare niente, vero? Non puoi lasciar andare neanche per un giorno. Solo per un giorno».

«C'è qualcosa che non mi torna».

«Magali ha fatto controllare tutto il personale. Nessun precedente penale, nessun legame con Victor Mags, sono tutti puliti come angioletti. Vai a rompere le scatole a delle brave persone che non c'entrano nulla».

«Voglio esserne sicura».

La verità era che non riusciva a sopportare il pensiero di tornare nell'ufficio che aveva condiviso con Alexis, la scrivania ricoperta di cimeli dei New York Giants, la bandiera appesa al muro… Nessuno l'aveva ancora toccata. Non esisteva un protocollo per queste cose in caso di decesso, e qualcuno doveva prendersi la briga di riordinare tutto, mettere in una scatola i cimeli del giovane gendarme e restituirli alla famiglia. Ludivine non era pronta per questo. Aveva ancora bisogno di tempo.

Fuggiva dal suo personale dolore con un'unica ossessione: capire per far pagare i colpevoli.

Il taxi svoltò. E toccò al viso di Ludivine finire inghiottito dall'ombra.

43.

Non si era mai sentito così libero in vita sua. La sensazione di fare quello che voleva, di andare dove voleva, semplicemente di vivere, lo faceva sentire euforico. La cabina del camion era calda, aveva la musica accesa, non ad alto volume per non svegliare il capo, la lattina di birra nel portabicchieri e la strada davanti a lui, il mondo ai suoi piedi. Era tutto così perfetto.

Con le dita picchiettava sul volante.

Dita dalle punte arrossate. Senza unghie.

Preferiva strapparsele via. Era molto peggio sentirle graffiare sul lenzuolo o sul cuscino, la sera, mentre cercava di addormentarsi. Un fruscio sottile, ma che nel silenzio assumeva proporzioni allucinanti. Non lo sopportava. Mai. Era orribile. Peggio di un'unghia che gratta su una lavagna. Lo faceva impazzire. Solo a pensarci...

Amava viaggiare, sentirsi in movimento, passare da una regione all'altra, vedere tante case e edifici diversi, immaginare la vita delle persone all'interno, a volte imbattersi in loro, nelle loro vite ben ordinate, prigioniere della routine e dei doveri, mentre lui poteva fare ciò che voleva. Viaggiare di notte era la cosa che preferiva in assoluto. Mentre tutti dormivano. Inerti. Ignari di ciò che stava accadendo in quel momento. Lui adorava la notte, lo rilassava, gli dava una sensazione di pieno potere, come se fosse un figlio della luna. Era il suo gioco preferito, da ragazzo, immaginarsi figlio della luna.

Un lupo mannaro.

Con le zanne puntute e lucenti.

'Clack, clack, clack!'

Una bocca grande, che fa paura. Sì, fa paura. A tutti i bambini, ma anche agli adulti. Tutti hanno paura dei lupi mannari. Tutti quanti.

Ripensò alle ore trascorse nel capanno di caccia all'estremità del paesino. Ci aveva passato così tanto tempo che gli sembrava di esserci cresciuto dentro. Era stata la sua camera da letto. A forza di stare rinchiuso lì dentro, in punizione, l'aveva trasformata in un parco giochi.

C'era voluto tanto tempo. Perché all'inizio, se lo ricordava bene, il capanno lo terrorizzava. Al punto da farsela addosso. Piangeva per ore e ore, tutto solo in quel luogo buio dove la luce del sole filtrava tra le fessure delle assi inchiodate malamente.

Aveva paura dei lupi.

Tutte quelle bocche di lupo che lo fissavano, avide e affamate.

Quante erano? Dieci? Quindici?

Man mano che cresceva, spesso Victor lo prendeva in giro e rideva di lui. Ma quali lupi, erano cani, al massimo delle volpi, più che altro dei banali incroci, dei bastardi.

Lui però sapeva che non era vero. Erano lupi. Erano lupi.

Possenti. Feroci.

Con quelle bocche smisurate piene di zanne.

'Clack, clack, clack!'

Quante ore aveva sprecato lì, tutto rannicchiato su se stesso, senza neanche il coraggio di alzare la testa? E poi qualcosa gli era scattato nella mente. Come, non se lo ricordava. Prima c'era stato il terrore, poi la curiosità.

Finché il capo non gli aveva mostrato un lupo morto, che aveva appena ucciso. Lo avevano macellato insieme. Pezzo dopo pezzo. All'inizio, c'era mancato poco che vomitasse. E il capo ne aveva riso molto. Poi, ne avevano sventrati insieme di lupi! Erano anche andati a caccia insieme. Era uno dei ricordi più belli della sua infanzia: andare a caccia con il capo, giocando a nascondino in modo che la gente dei paesini circostanti non li vedesse. Braccare. Prendere la mira. Sparare.

Per poi tagliarli a pezzi.

Tagliargli le teste e farle bollire in una grande pentola malconcia, finché la carne non si staccava, lasciando il cranio perfettamente pulito. In modo che i loro bei musi selvaggi potessero andare a raggiungere gli altri, sulle pareti del capanno.

Il solo pensiero gli strappava un sorriso.

Guidare di notte serviva anche a questo, a pensare per ore e ore. Bastava tenere il volante e lasciare che le immagini scorressero, come in un film.

A volte, dominare la strada glielo faceva rizzare.

Dall'alto, contemplava le auto e le persone al loro interno, così piccole. Gli sarebbe bastato sterzare per schiacciarle. Non lo aveva mai fatto, ovviamente, ma il pensiero era a volte seducente.

Di notte, quando guidava, gli sembrava di sorvolare il mondo dall'alto, e dunque gli veniva duro.

La cabina era attrezzata per tutto. Anche per questo.

Nella tasca di lato aveva dei fazzoletti. Per masturbarsi guardando dall'alto quella gentucola così piccola. Per venirgli in faccia, senza che nemmeno se ne accorgessero.

Il capo si mosse sul sedile.

Lo guardò, per accertarsi che stesse ancora dormendo.

All'alba, lo avrebbe lasciato a casa sua per i preparativi

del suo viaggio. Sarebbe passato molto tempo, prima di potersi rivedere.

Sarebbe rimasto lui solo a fare la parte del lupo mannaro.

Lui solo a sceglierisi le prede. A trascinarle via, a morderle. A ingozzarsi delle loro grida. E quelle grida sarebbero state ancora meglio di prima. Ogni grido una prova della sua onnipotenza. E della loro sottomissione. A lui, soltanto a lui.

Aveva imparato bene. Era sicuro di sé, ormai.

Scuoiare le due ragazze lo aveva divertito molto. Lo aveva fatto perché glielo aveva chiesto il capo, ma aveva avuto ragione lui.

Era come con i lupi, quando era bambino. Solo che stavolta non avevano bollito le teste.

Era il suo unico rimpianto.

Il capo non voleva che tenessero dei trofei. Diceva che non era prudente. L'unica cosa che gli aveva concesso era stata di portarsi via un pezzetto della preda, a patto però di mangiarselo subito. Mai lasciarsi indietro niente.

Adesso però avrebbe fatto quello che voleva lui! Avrebbe tenuto le teste! Le avrebbe fatte bollire e avrebbe appeso i crani al muro. Perché no? Il capo poteva andare a farsi fottere.

E comunque, la sua padrona di casa non poteva dire nulla.

L'idea lo faceva ridere, tutto solo nella sua spaziosa cabina, a dominare il mondo. Il capo russava piano, rannicchiato sul suo sedile.

Sì, la prossima volta non avrebbe potuto vietargli nulla. Se voleva sceglierne una *bella grossa*, l'avrebbe fatto e fine! Solo per affondare in lei, nel suo torace aperto, per sentire il calore umido delle viscere, del sangue che gli si riversava addosso, che gli scorreva sul corpo come uno sciame di lingue eccitate che volevano leccarlo. E poi spingersi dentro di lei, spingere con tutte le sue forze, finché le costole non si rompevano, le vertebre si spostavano, la pelle si strappava... E finalmente sentirsi bene. Protetto.

Per ritornare al mondo, lui, il bambino-uomo diventato uomo-lupo! La rinascita dell'animale che era in lui. Sì! Lo avrebbe fatto con la prossima, era deciso. Come con le prime.

Lanciò un'occhiata alla pinza per capelli appoggiata in un angolo del cruscotto.

Qualcosa di lei se l'era tenuto, comunque.

Alla fin fine, se quei coglioni di turisti si compravano tante piccole Tour Eiffel da portarsi a casa, perché lui non poteva tenersi una cosuccia, un ricordino delle ragazze che incontravano il lupo?

Afferrò la pinza. Era un oggetto che lo affascinava.

Fin da bambino, ogni volta che ne vedeva una, ne rimaneva incuriosito.

Perché somigliavano a bocche di lupi.

Schiacciò le estremità e le due ganasce di plastica si aprirono, con i dentini sottili che scattavano nell'oscurità della cabina.

'Clack, clack, clack!'

Le bambine amavano i lupi! Adoravano l'idea di farsi mordere in testa da un lupo. Se no perché si sarebbero messe in testa quelle piccole bocche dall'aria così aggressiva?

Erano tutte avide puttane. Ma quando si arrivava al dunque avevano paura. Strillavano come bambine, implorando e supplicando, fino a spezzarsi le corde vocali.

Andava matto per quei momenti di abbandono, quando erano costrette a rendersi conto che non c'era speranza. Che era lui ad avere il potere e loro non potevano più sfuggirgli. Allora le mordeva come desideravano, le sgranocchiava a piccoli morsi. In modo che gli appartenessero completamente. Per sempre. Perché, una volta dentro di lui, non potevano più scappare, non potevano più lasciarlo. Erano fuse nella sua stessa carne, e lui non sarebbe mai più stato solo.

Ripensarci gli diede una strana sensazione.

Si strofinò l'inguine, aveva un principio di erezione.

Lanciò un'occhiata verso il capo.

No, non adesso.

Non era del tutto solo.

Presto avrebbe avuto altre occasioni.

Avrebbe dominato il mondo dall'alto del suo camion, libero come l'aria, e sarebbe venuto sulle teste di quegli ometti minuscoli, prigionieri delle loro minuscole vite, chiusi nelle loro minuscole auto.

E avrebbe trovato una ragazza che voleva farsi mordere dal lupo.

Questa volta avrebbe gridato solo per lui.

E lui, per compiacerla, l'avrebbe mangiata viva, prima di rinascere come lupo mannaro dal suo ventre.

'Clack, clack, clack!'

44.

La strada nella foresta ricordava a Ludivine la sua prima visita al Bois-Larris. La bizzarra sensazione di scoprire un ospedale in mezzo alla natura, con quel muro di pietra e più avanti la cancellata che isolava gli edifici ancora di più, come fosse una prigione. E poi quell'architettura composita: l'antico maniero con le sue dépendance da una parte, la struttura moderna in fondo. Come se quel luogo non fosse mai riuscito a capire da solo cos'era, perché era stato costruito. Residenza borghese, luogo di turpi sperimentazioni, ospedale dedicato ai bambini…

Mentre percorreva il vialetto che costeggiava le strutture, Ludivine notò che i graffiti insanguinati erano stati cancellati.

La gendarme si presentò alla reception e chiese di vedere qualcuno della direzione, il che si rivelò impossibile senza preavviso – alcuni erano assenti, gli altri erano impegnati in appuntamenti o riunioni.

«Forse lei può aiutarmi» disse Ludivine senza scomporsi, «ho una lista di nomi del personale, vorrei assicurarmi che sia completa».

«Per il personale medico, sì, credo di poterla aiutare».

«E per gli insegnanti?»

«Li vedo meno, non lavoro direttamente con loro e quindi non li conosco tutti».

Ludivine le mostrò i fogli stampati e la segretaria rilesse tre volte la lista, per essere sicura di non aver dimenticato nessuno.

«Credo proprio che i nomi li abbiate tutti».

La gendarme indicò i corridoi e le scale che salivano più avanti. «A chi mi posso rivolgere, per quanto riguarda gli insegnanti?»

«A uno di loro, suppongo. Lei sta cercando solo i nomi dei docenti attuali, giusto?»

«Perché, cambiano spesso?»

«Dipende un po' dagli anni, ma credo che al momento il corpo docente sia abbastanza stabile».

Ludivine non ci aveva pensato neanche un istante al personale degli anni precedenti. Era arrivata lì senza un piano preciso, se non quello di lasciarsi guidare dall'istinto, interrogare a caso i dipendenti del Bois-Larris e vedere cosa riusciva a cavarne.

«Devo rivolgermi al Ministero dell'Istruzione per avere i nomi di tutti gli insegnanti che sono passati da queste mura?»

«Loro le faranno avere solo l'elenco degli insegnanti, non quello del personale non docente. Perché invece non va all'archivio?»

Ludivine le rivolse un grande sorriso.

«Nathalie, vero?» disse, leggendo il nome sul badge. «Davvero gentilissima, grazie. Può mostrarmi dov'è?»

Ludivine unì le mani e le allungò il più possibile sopra la testa cercando di stirare la schiena, che scricchiolò, proprio come le vertebre cervicali. Si sentiva tutta anchilosata, dopo aver trascorso tre ore con la testa infilata in raccoglitori di cartone, tra scaffali polverosi che occupavano uno scantinato umido e senza finestre.

Le lampadine che illuminavano lo scantinato tremolavano di tanto in tanto, a causa della bassa intensità della corrente, costringendo la giovane donna a interrompere spesso la lettura.

Aveva verificato i nomi di tutti gli insegnanti, medici e infermieri che erano passati per il Bois-Larris negli ultimi dieci anni. Tutto era stato conservato meticolosamente, e tutto ciò che aveva dovuto fare era trovare le scatole giuste e passare in rassegna i registri uno per uno, mettendoli da parte per l'apposizione del sigillo di ceralacca ufficiale.

Ludivine voleva concedersi una pausa e tornare al piano di sopra a prendere una boccata d'aria, ma aveva quasi finito. Le mancavano solo gli anni 2000 e 2001. Esitò. Tanto valeva finire e poi andarsene e basta.

L'archivio occupava diverse cantine disposte in serie, tre stanze a volta collegate da un passaggio aperto rinforzato con mattoni rossi.

Nathalie le aveva indicato dov'erano archiviati i documenti del personale e la gendarme aveva iniziato subito la ricerca, senza nemmeno guardarsi intorno. Ora che aveva quasi finito, la curiosità riprese il sopravvento. Si spinse così fino alla fine del corridoio delimitato dagli scaffali, per dare un'occhiata al resto dell'archivio.

Ognuna delle tre stanze sembrava sovraffollata di scaffali simili a quelli che aveva passato in rassegna, stracolmi di fascicoli, scatole e raccoglitori.

Ludivine cominciò ad aggirarsi da una stanza all'altra.

Non si sentiva a suo agio e si sorprese a guardarsi più volte alle spalle, come per assicurarsi che nessuno l'avesse seguita. Da qualche minuto provava la sgradevole sensazione di non essere sola.

'Rilassati, pensa a qualcos'altro, è solo che hai i nervi tesi. Autosuggestione'.

Si spostava piano tra una corsia e l'altra, rassicurata dal loro ordine lineare. 'Se qualcuno avesse voluto giocare, avrebbe potuto costruire un magnifico labirinto' pensò. C'era materiale in abbondanza.

Quante vite erano accumulate lì? Quanti referti sulla salute dei bambini, quante note sui loro progressi e sulle loro mancanze, quante conclusioni, a volte definitive?

Cosa aveva attirato gli assassini proprio lì? Perché avevano sentito un bisogno irrefrenabile di marcare quel territorio come se appartenesse a loro? Era per prendere di mira i bambini, come aveva pensato lei? Ora ne dubitava fortemente. Il personale non aveva precedenti penali, e sembrava molto improbabile che qualcuno potesse essersi messo al servizio della causa di **e* senza aver commesso qualche delitto in passato, che quanto meno lo predisponesse a capire e a condividere certi *valori*.

Allora perché? Mikelis non aveva sbagliato: l'assassino o gli assassini avevano risposto a un impulso, a un bisogno di esprimersi, a un'urgenza più forte di ogni ragionamento logico. Quel luogo apparteneva a Loro.

A **e*.

Cosa c'era di così importante per loro nel Bois-Larris?

Qualcosa che se ne stava lì da qualche parte, sepolta nel passato dell'istituto?

Ludivine alzò la testa. Era arrivata in fondo alle cantine, davanti ad alcuni vecchissimi schedari in ferro dalle etichette sbiadite, quasi del tutto cancellate. Ce n'erano almeno una decina.

Le lampadine cominciarono a sfarfallare in modo fastidioso.

Quando le luci si stabilizzarono, la giovane donna passò la mano sul coperchio di uno schedario per togliere la polvere, e vedere meglio cos'erano quei segni scuri.

Era un simbolo.

Una svastica consumata dal tempo.

Come una bambina colta in fallo, Ludivine tolse rapidamente la mano e si girò, per assicurarsi di essere sola.

Continuava ad avere la sensazione che qualcuno la stesse osservando.

Intorno a lei si sentivano suoni anomali. Stropiccii e scricchiolii, quasi impercettibili. Ludivine si sporse dall'estremità di uno scaffale per lanciare un'occhiata lungo il corridoio centrale, ma non vide nulla.

Allora tornò alle cassette impolverate e minacciose.

Ne afferrò una, tirandola verso di sé.

'È pesante. È piena zeppa'.

La svastica non lasciava dubbi sull'origine del contenuto e sull'epoca a cui risaliva. Ludivine esitò. Se tra quelle mura si erano consumati così tanti orrori come si diceva, era una buona idea riportarli a galla?

Le dita della gendarme seguirono la linea della svastica.

Un altro scricchiolio poco più avanti.

Questa volta Ludivine infilò la mano sotto il piumino, per tastare il calcio della SIG Sauer.

'Non stai tanto bene, vero?' si rimproverò, tornando immediatamente in sé.

Non c'era alcun motivo di sventolare un'arma da fuoco, anche se qualcuno la stava spiando.

«Chi c'è?» chiese, con una sicurezza che la sorprese.

Un'ombra si spostò all'estremità dello scaffale, e apparve una donna. Minuta, fragile, gli occhiali spessi, un tailleur troppo grande e una permanente troppo riccia. Ma aveva un'espressione severa che incuteva rispetto.

«Sono Madame Hubard, direttrice dell'istituto».

«Sono della Sezione Ricerche della Gendarmeria...»

«So chi è lei, me l'ha detto Nathalie. Ha trovato quello che cercava?»

«Sì».

Da quanto tempo era lì a spiarla? Di cosa aveva paura?

'Un'altra maniaca del controllo che vuole sapere tutto!'

Lo sguardo della direttrice cadde sulla scatola davanti a Ludivine.

«Che cos'è?» chiese la gendarme.

«Niente che abbia a che fare con la sua indagine, secondo me».

Ma sentila. Ludivine mise subito le cose in chiaro: «Questo, se permette, lo decido io».

«Sono gli archivi rimasti degli occupanti tedeschi» disse a denti stretti la direttrice, senza nascondere l'irritazione.

«Risalgono al periodo del *Lebensborn*?»

«Vedo che ne è al corrente. È una parte della storia del Bois-Larris che qui preferiamo dimenticare. Al giorno d'oggi siamo andati ben oltre».

«Pensavo che di quell'episodio non fosse rimasta praticamente traccia...»

«'Praticamente' è la parola giusta. Queste scatole contengono tutto quello che è rimasto. I tedeschi hanno distrutto tutto il resto, prima di fuggire».

«E perché non questi?»

«Una semplice svista. Credo che fossero in un armadio a parte di cui si erano dimenticati. Il maniero è grande, ci sono molti angoli e nascondigli».

«Cosa c'è dentro?»

«Nomi che non hanno motivo di essere resi noti fuori da queste mura».

Aveva pronunciato quelle parole con un tono secco, come di minaccia. Gli occhietti neri della donna sembravano sfidare la gendarme.

«Non tutti lo sanno, ma prima che dai nazisti, l'eugenetica è stata praticata su larga scala dagli americani» aggiunse la direttrice. «Negli anni Venti e Trenta si erano presi molto a cuore il concetto del 'miglioramento della razza' e condussero campagne di sterilizzazione su larga scala, per limitare il numero di persone 'mentalmente minorate'. Sterilizzavano in modo indiscriminato i 'poveri', per evitare che contribuissero alla degenerazione dell'umanità, e anche gli stranieri, naturalmente. Non esistono cifre precise sul numero di interventi effettuati: si è parlato di almeno sessantamila persone, ma potrebbero essere molte di più. Gli Stati Uniti hanno preferito dimenticare questa parte oscura della loro storia, soprattutto alla luce della follia che ha travolto i nazisti poco dopo. Tuttavia è successo, sono stati loro i pionieri in questo settore. Alcuni teorici americani si erano spinti a suggerire la costruzione di locali appositi in cui rinchiudere adulti e bambini minorati, per ucciderli con un gas letale. Gli americani furono i primi, ad avere questa idea!»

Ludivine strinse i pugni. Si sentiva sempre più oppressa in quello scantinato umido e buio, di fronte a quella donna ormai in preda al delirio. La direttrice era scatenata e sembrava incapace di fermarsi.

«C'era persino un quartier generale per coordinare queste operazioni: lo Eugenics Record Office di Cold Spring Harbor, nello Stato di New York, fondato da un signore di nome Charles Benedict Davenport, che non ha mai nascosto i suoi legami con i nazisti prima e anche durante la guerra. Aveva fondato un centro di ricerca che esiste ancora oggi. Nel frattempo è diventato uno dei leader nella ricerca sul cancro, e non meno di otto premi Nobel sono passati per quei laboratori, che pure hanno una storia a dir poco equivoca. È solamente nel 1974 che la Corte Suprema degli Stati Uniti ha abolito le leggi che autorizzavano una trentina di Stati a ricorrere alla sterilizzazione».

«Perché mi sta raccontando tutto questo?» chiese Ludivine, che non capiva dove volesse arrivare.

«Per ricordarle che è bene non lasciarsi andare a giudizi affrettati».

«A proposito dei nazisti?» rispose la gendarme con un ghigno di sfida.

«No, a proposito della storia. Perché la scrivono i vincitori, che hanno il potere di selezionare ciò che dev'essere raccontato e ciò che al contrario dev'essere dimenticato. Oggi questo luogo è diventato un'istituzione degna e rispettabile. Non merita di essere condannata per un passato che è di certo spaventoso, ma di cui dovrebbero vergognarsi anche molti altri che invece sono riusciti a scomparire dai libri di storia. Non approfondisca questo aspetto, non faccia riaffiorare ricordi che oggi non hanno più alcuna ragione di essere. Non sono rilevanti per la sua indagine».

«Spetta a me giudicare».

«Lasci il passato dov'è» le ordinò la direttrice.

«Quanto mistero!» rispose ironica la gendarme, aprendo il coperchio della scatola.

Aveva deciso di passare all'azione. Ne aveva abbastanza di chiacchiere e di sentirsi dire cosa doveva fare.

«Visto che non mi sta aiutando, Madame Hubard, non ho altra scelta che cercare da sola».

«Non dovrebbe».

«Intende forse ostacolare le indagini?»

«Niente affatto, sto collaborando, come vede. Potrei farla buttare fuori di qui chiedendo un documento ufficiale firmato da un giudice, prima di permetterle di perquisire il mio istituto, ma non lo farò».

«I mandati di perquisizione vanno bene nei film americani, Madame. Ho l'autorizzazione del giudice istruttore per compiere qualunque atto utile alle indagini».

«Ma quello che sta facendo è una mancanza di rispetto».

Ludivine scoprì fasci di scartoffie ingiallite, la maggior parte delle quali battute a macchina e scritte in tedesco.

«Rispetto per chi?» chiese, mentre frugava nella scatola.

«Per le vittime di questo *Lebensborn*!» rispose la direttrice, alzando di parecchio la voce.

Ludivine la guardò. Madame Hubard se la stava prendendo molto a cuore. Il passato del Bois-Larris doveva essere un greve fardello per lei, destinato a riaffiorare di tanto in tanto e a oscurare il lavoro che la sua struttura svolgeva giorno dopo giorno su decine di bambini, offuscandone la reputazione.

«Ci sono i nomi delle donne che sono passate qua dentro in quel periodo?» chiese la gendarme.

«Anche, tra le altre cose».

«Mi chiedo... tutto questo non dovrebbe essere nelle mani degli storici o di...?»

«Nessuno ha desiderio di andare a rimestare in certe vecchie storie, signorina. Nessuno. Soprattutto i diretti interessati».

La stava prendendo talmente sul serio che per un attimo Ludivine si chiese se non fosse lei stessa una di quelle vittime. Ma l'età non corrispondeva: Madame Hubard dimostrava più o meno cinquant'anni.

All'improvviso, un pensiero balenò nel moto perpetuo della mente di Ludivine: 'Cinquanta... E se ne avesse qualcuno in più?'

«Ci sono anche i nomi dei bambini, vero?» chiese.

La direttrice strinse le mascelle prima di annuire appena.

«E lei era… una di loro?» disse Ludivine, imbarazzata.

«Come, scusi? No, certo che no! Sono nata nel '54, io!»

«Mi dispiace, pensavo…»

«Che ne stessi facendo una questione personale? È così. Questi vecchi documenti sono rimasti sotto la mia custodia, e non è il caso di usarli per turbare gli adulti che quei bambini sono diventati. La maggior parte di loro probabilmente non sanno nemmeno di essere nati tra queste mura, nelle condizioni che sappiamo, e mi creda, visto quello che è successo qui, è davvero meglio così».

Vedendo che stava riprendendo il controllo del confronto la direttrice aggiunse, un po' più gentilmente: «I tedeschi li chiamavano i 'bambini perfetti'. La quintessenza del regime nazista, il futuro della razza ariana. Nessuno può aver voglia di scoprire che porta questo retaggio».

Ludivine rimise a posto il coperchio della cassetta.

La direttrice aveva ragione. Non aveva alcun motivo valido, se non una curiosità fuori luogo, per frugare lì dentro.

«Ormai sono anziani» aggiunse la donna, «hanno avuto dei figli a loro volta, non è giusto tormentarli ancora».

La gendarme annuì.

«Non ha…»

'Dei figli…'

Nessuno degli assassini poteva essere stato partorito nel *Lebensborn*, erano troppo giovani. Tuttavia, attribuivano una grande importanza a quel luogo.

'E se le vittime non fossero state scelte a caso?'

Nella testa di Ludivine si stava formando un'idea. Un'idea folle.

'E se stessero dando la caccia ai discendenti dei bambini nati qui durante l'occupazione?'

Che fosse per *purificare* il Paese, o al contrario perché non era degno di questa *razza pura*, Ludivine non era in grado di dirlo, ma era una possibilità da non escludere.

Risollevò il coperchio.

«Devo comunque annotare i nomi di questi bambini» disse decisa. «I loro discendenti potrebbero essere in pericolo, Madame. Li trascriverò tutti, che lei mi aiuti o meno, ma prima li avrò, prima potrò portarli in salvo se dovesse saltar fuori che le mie idee non sono così folli come sembrano. Quindi, se mi dice dove sono i nomi dei bambini in mezzo a tutte queste carte, guadagneremo tempo prezioso».

La direttrice si irrigidì, poi si sistemò gli occhiali dalle lenti spesse sul naso e indicò un'altra cassa di metallo.

«Sono là dentro, se ricordo bene».

Nel *Lebensborn* francese erano nati venti bambini.

Undici erano stati mandati in Germania appena nati, per essere cresciuti secondo la dottrina nazista, presso famiglie di ferventi sostenitori del Führer.

Nove non avevano avuto il tempo di essere strappati dal suolo francese.

Sei uomini e tre donne, cresciuti in orfanotrofio.

Nessuno dei nomi che Ludivine aveva trascritto sul suo taccuino corrispondeva a quello di qualcuna delle vittime. Eppure, la direttrice le aveva assicurato che i bambini erano stati affidati alla pubblica assistenza con le identità indicate in quell'elenco. I cognomi delle loro madri francesi, con nomi tedeschi scelti dai nazisti del *Lebensborn*.

Tutti dati alla luce nel 1944.

Ludivine voleva comunque saperne di più, per scrupolo di coscienza. Voleva scoprire tutto il possibile su ognuno di loro, per escludere ogni possibile pista su quel fronte.

Quando risalì in superficie, il chiarore del giorno la aggredì nello stesso momento in cui il cellulare le segnalava che aveva un messaggio da leggere.

Magali aveva provato a chiamarla mentre era giù nello scantinato, dove non c'era campo.

«Ludivine, abbiamo delle novità. Cyril Cappucin fa il camionista. È un padroncino, è proprietario del suo camion. Siamo riusciti ad avere anche il suo numero di targa. E sai qual è la buona notizia? Lo abbiamo individuato! È passato dal casello di Beaumont sulla A4 ieri, alle 17:15. È rientrato in Francia. Abbiamo una foto della cabina. Lo si vede chiaramente. E non è solo. Aspetta che ti mando la foto sul telefono. Richiamami quando la ricevi».

Un secondo segnale indicò l'arrivo di un altro messaggio.

Apparve la foto. Di scarsa qualità, quasi priva di colori. La vista frontale della cabina di guida di un autotreno. Un uomo magro e calvo al volante.

Accanto a lui sedeva un altro uomo, un po' più indietro, la faccia parzialmente immersa nell'ombra.

Ma Ludivine vide abbastanza per scorgere dei capelli bianchi.

Un uomo anziano.

La gendarme si fermò nel cortile del Bois-Larris, di fronte al maniero.

Guardò il taccuino su cui aveva riportato l'elenco dei bambini nati tra quelle mura nel 1944.

Forse non era un segno di conquista, quello che gli assassini avevano lasciato lì.

Semmai un omaggio.

Al loro padrone.

45.

La Résidence du Parc era un piccolo complesso di edifici vecchiotti raggruppati intorno a uno spazio verde, alla periferia occidentale di Parigi. Un quartiere residenziale dall'aspetto stanco, ma pulito.

Ludivine era cocciuta. Aveva un'idea in testa e voleva andare fino in fondo.

Mentre i suoi colleghi della SR inviavano tutte le brigate della Gendarmeria motorizzata sull'autostrada A4, alla ricerca del camion di Cyril Cappucin, l'individuo noto come la Bestia, lei stava seguendo le tracce di sei vecchi signori e di tre vecchie signore. In teoria, avrebbe dovuto lavorare in tandem con Segnon. Soprattutto dopo la morte di Alexis. Nessun gendarme doveva assumersi il minimo rischio superfluo. Ma Ludivine non correva rischi, visto che stava solo spulciando vecchi fascicoli per andare a parlare con dei quasi settantenni. E poi il suo collega si era preso un giorno libero per stare con la sua famiglia almeno per qualche ora, e dato che il gruppo adesso era costituito solo da loro due, la gendarme aveva preferito evitare di 'prendere a prestito' un altro collega. Parlavano tutti troppo, e non la conoscevano abbastanza. Lei aveva bisogno di andare avanti. Aveva bisogno di agire, senza avere il tempo di riflettere, in modo da non pensare ad Alexis. E muoversi con un collega significava parlare. Quindi riflettere. Quindi soffrire.

Benjamin, del gruppo di Magali, le aveva fornito in pochi minuti tutti i dati reperibili sui nove nominativi dell'elenco del Bois-Larris.

Oda Lechant e Dieter Ferri erano morti.

Uno dei nove viveva in Canada da più di trent'anni, e un altro abitava nel sud della Francia, quindi ne rimanevano solo cinque da incontrare.

Ludivine arrivò a casa di Karoline Fitch-Gendrier, ed era stata subito mandata via. L'anziana signora non era in grado di ricevere visite, e quando Ludivine aveva parlato del Bois-Larris, la figlia l'aveva messa alla porta.

Era evidente che alcuni di loro sapevano da dove venivano e non ne avevano fatto mistero, ma le famiglie non desideravano rievocare quel passato.

Ludivine si fermò al terzo piano della Résidence du Parc e bussò alla porta.

Guardò la lista. Klaas Boccellini. Sessantotto anni. Ex ferroviere, ora pensionato. Vedovo.

Non provava alcuna paura. Il mentore poteva essere uno dei nomi che aveva in mano, eppure non presentiva nulla. I suoi erano incontri mirati. Benjamin le aveva detto al telefono che gli unici con precedenti penali erano Ferri, Brussin, Turrin e Rognier. I primi due si erano resi responsabili di diversi reati, anche gravi. Reati vecchi, tutti commessi prima del 1980. E poi? Erano tornati sulla retta via? O si erano organizzati meglio, imparando a non farsi beccare?

Ferri era morto e Rognier viveva dalle parti di Antibes, sulla costa mediterranea. Ludivine aveva deciso di rimandare gli incontri con Brussin e Turrin finché non ne avesse saputo di più.

L'esperienza le aveva insegnato che le persone non diventano criminali per un capriccio o un colpo di testa, a parte gli attacchi di follia e i delitti passionali, ma con **e* non era quello il caso. Non si era trasformato nel mentore di un gruppo di serial killer da un giorno all'altro. Si era realizzato gradualmente, ricorrendo alla violenza. L'aveva sperimentata lui stesso. In gioventù. Forse proprio per poter rivendicare, adesso, la sua differenza.

Ludivine si era dapprima interrogata sulla probabilità che quattro persone su nove avessero precedenti penali, cosa che l'aveva sorpresa. Statisticamente era un dato troppo alto. Poi aveva pensato alle circostanze in cui quei nove bambini erano cresciuti. Orfani, affidati all'assistenza pubblica, bastardi tedeschi cresciuti in una Francia ancora afflitta dal trauma della guerra e dell'occupazione. Quante volte erano stati rifiutati? Quali sofferenze avevano dovuto subire? Se sapevano anche solo qualcosa delle loro sinistre origini, era più che comprensibile che fossero diventati adolescenti allo sbando. E che alcuni di loro si fossero poi dati alla delinquenza.

Se la **e* dipinta col sangue al Bois-Larris era ciò che Ludivine pensava – un omaggio – allora il mentore era sicuramente uno di quegli uomini. Brussin, Turrin o Rognier.

Benjamin si era preso il compito di scavare nei loro fascicoli, mentre Ludivine si dedicava al giro di incontri, con l'obiettivo di raccogliere informazioni sugli uni e sugli altri, nella speranza di stringere man mano la rete intorno al vero colpevole.

Non avevano tempo da perdere. Era d'accordo con Mikelis: il mentore non si sarebbe fermato. Dopo il colpo sensazionalistico alla Miniera di Wieliczka, in Polonia, anche lei temeva che potesse fare ben di peggio in Francia.

Un volto sciupato e stanco apparve sulla soglia. I capelli

bianchi, la pelle costellata di chiazze e rugosa, come un vestito col tempo diventato troppo largo per quel fragile scheletro. Ma gli occhi azzurri erano ancora acuti e penetranti.

«Signor Boccellini? Ludivine Vancker, Sezione Ricerche della Gendarmeria di Parigi. Posso parlarle un momento?»

«È una cosa grave?»

«Stia tranquillo, non sono qui per darle cattive notizie» aggiunse subito, per non spaventarlo. «Sto solo cercando delle informazioni».

«Su cosa?»

«È una questione un po' delicata, per parlarne qui sul pianerottolo. Le spiacerebbe farmi entrare?»

«È da sola?»

La domanda la lasciò perplessa.

«Sì».

«Bene, venga. Gradisce un tè o un caffè?»

«Niente, grazie».

Klaas Boccellini chiuse la porta alle spalle di Ludivine e le indicò il salottino bianco, mentre si dirigeva verso la cucina disposta per il lungo.

«Un succo d'arancia, magari? Ne tengo sempre un po' in frigo per i miei nipoti».

«No, niente, grazie».

L'appartamento odorava di cera. Era stato arredato da una donna. Carta da parati bianca con fiori rossi e verdi, centrini dappertutto, ninnoli di porcellana e cristallo, foto di famiglia su tutte le pareti e sui tavolini...

«Si accomodi» disse in tono deciso Boccellini, tornando con un piatto di dolcetti secchi.

Ludivine prese posto su un divano troppo morbido, dove si sprofondava. Si raddrizzò, per appoggiarsi al bordo solo con le natiche.

«Signor Boccellini, sto indagando su una vicenda piuttosto complicata, quindi le farò solo alcune domande che potranno sembrarle strane, e mi scuserà se non mi dilungo in spiegazioni. Le chiedo di rispondermi in tutta franchezza, è molto importante».

«Capisco. Sa, ho lavorato per lo Stato per trentasette anni, buona parte dei quali trascorsi sui treni. Non mi mancano senso del dovere e dell'onore, e non è mia abitudine mentire. Vorrei solo sapere se è una faccenda in cui c'entra uno dei miei nipoti».

«No, non si tratta dei suoi nipoti. I nomi Ferri, Turrin o Brussin le dicono qualcosa?»

La testa del vecchio si alzò all'istante. Non aveva più un'espressione amichevole, e Ludivine si disse che anche l'ex ferroviere l'avrebbe messa alla porta.

«Perché? Perché me lo sta chiedendo?»

«Come le ho detto, si tratta di un'indagine piuttosto complicata, quindi non posso entrare nei dettagli. Li conosce sì o no?»

Un lungo sibilo sfuggì dalle narici di Boccellini mentre inspirava, lo sguardo incupito.

«Se mi fa questa domanda, è perché lo sa già».

«Lei è al corrente della storia del Bois-Larris?»

«Preferirei proprio dimenticarla. La mia famiglia...»

«Non è necessario che i suoi lo vengano a sapere» lo interruppe subito la gendarme, nel tentativo di metterlo a suo agio. «Questa è una conversazione strettamente privata e non ufficiale».

Boccellini le rivolse un sorriso garbato, privo di particolare emozione.

«Guardi, i miei lo sanno, ma preferiscono che certi vecchi ricordi non ritornino più a galla».

«Me ne rendo conto. Rimarrà tutto tra noi. Quello che

voglio sapere è se ha ancora contatti con qualcuna di queste persone».

«No, e da molto tempo».

«Ma una volta vi frequentavate» disse l'investigatrice.

«Poco. Molto poco. Io poi mi sono tirato indietro, a dirla tutta».

«In che senso?»

«È una storia vecchia, roba passata, perché le interessa? Loro hanno fatto qualcosa di male?»

«Ne sarebbe sorpreso?»

Boccellini si prese un momento per riflettere.

«No, credo di no».

«Mi parli di questa 'storia vecchia'».

«Non sono in grado di dirle molto, come dicevo ho rifiutato la proposta. Credo che fosse nel 1976, quando è nato mio figlio. Fu Dieter Ferri a venirmi a trovare. Non lo conoscevo. Non sapevo nulla delle circostanze della mia nascita, fu lui a raccontarmi tutto. Tutto. Era un personaggio bizzarro, molto sicuro di sé, molto carismatico. Ferri mi spiegò che avevo dei 'fratelli' e delle 'sorelle' che mi somigliavano. E che se anch'io mi sentivo rifiutato, abbandonato o comunque diverso, potevo unirmi a loro. Mi diede un elenco di nomi e mi invitò ad andare a conoscerli».

«E lei ci andò?»

«Ci ho messo un po' a decidermi, ma poi ho deciso per il sì. Ferri sapeva essere persuasivo. Sapeva in quale orfanotrofio ero cresciuto, da quali famiglie adottive ero passato, sapeva tutto della mia vita. È stato l'unico che in trentadue anni è riuscito a spiegarmi come mai avevo un nome di battesimo tedesco, anche se avevo già pensato al peggio. Quindi sì, ci sono andato».

L'anziano uomo girò la testa verso le tende bianche,

come se i suoi ricordi fossero sospesi lì, da qualche parte tra le pieghe.

«Dieter aveva fatto tutto per bene, aveva trovato una sala dove riunirci e ci aveva presentati tutti quanti. Ci ha tenuto un lungo discorso caloroso, rassicurante. Si è preso cura di noi e ha molto insistito su un punto: che la nostra vera famiglia era lì, davanti a ognuno di noi. È questo che ci ha spinto ad andare a tutti quegli incontri».

«Ce ne sono stati diversi?»

«Sì, non ricordo bene, una decina, forse anche di più. Alla fine mia moglie ha cominciato a non essere più così contenta che ci andassi, le sembrava che mi mettessero in testa delle idee balorde, tanto più che i coniugi non erano ammessi. All'inizio Dieter voleva che ci fossero solo i 'bambini perfetti' agli incontri. Sa, credo che sia stato proprio lui a riesumare questa orribile espressione del passato e a renderla pubblica».

«Pensa che dietro ci fosse un qualche intento particolare, da parte di Ferri?»

«Oh sì! E non ci ha messo molto a farcelo sapere. Prima di tutto, a ogni riunione insisteva sul fatto che eravamo diversi dagli altri, e su quello non aveva certamente torto. Sa, quando arrivi dall'assistenza pubblica, è difficile che ti senti come tutti gli altri! Ma quando hai un nome tedesco e un cognome francese, e sei nato nei dintorni di Parigi nel 1944, le assicuro che il resto del mondo fa a gara, a farti sentire diverso! E su alcuni ha fatto presa, li ha convinti».

«A fare cosa?»

«A seguirlo. Dieter Ferri voleva fondare una comunità solo per noi, i 'bambini perfetti'. Un luogo dove poter vivere insieme tra noi, senza estranei, senza odio. All'inizio il progetto sembrava una cosa folle, ma aveva anche un risvolto entusiasmante. Poi man mano ha preso forma. Lui era molto motivato, viveva solo per questo».

«Sa perché ci teneva così tanto?»

«Presumo che avesse patito molto la sua condizione. Sia come sia, alcuni hanno accettato di seguirlo e si sono trasferiti in campagna».

«Lei no?»

«No, io no. Mia moglie non avrebbe mai accettato».

«E sa cosa ne è stato poi di loro?»

«No, dopo che hanno scelto la campagna, io ho tagliato i ponti. C'è da dire che loro per primi si sono chiusi su se stessi».

«E non ha idea di cosa sia successo dopo?»

«Ho rivisto Egon Turrin tre o quattro anni dopo. Era tornato a stare dalle parti di Parigi e aveva abbandonato la comunità. Credo che l'esperienza lo avesse lasciato piuttosto deluso».

«Lo ha rivisto altre volte, Turrin?»

«Sì, per un po'. Era un tipo molto simpatico. Ci frequentavamo, solo io e lui, e parlavamo delle nostre vite, un po' come dei fratellastri».

«Potrebbe essere diventato pericoloso?»

«Chi, Egon? No! Per carità, era una pasta d'uomo. La gentilezza in persona».

«Quindi era su posizioni distanti da quelle di Dieter Ferri?»

«Le dico solo che ce l'aveva a morte con lui! Non ha mai più voluto sentirne parlare. Se è Ferri che le interessa, dovrebbe parlare con Egon».

«Verrebbe con me?»

Boccellini allargò le braccia.

«Oh santo cielo, non lo vedo da... saranno vent'anni! La vita, sa com'è, ci siamo persi di vista un po' alla volta.

Ma aspetti, devo avere ancora il suo numero... sempre che non sia cambiato».

Il pensionato si alzò per sfogliare un vecchio quaderno a spirale, che cadeva a brandelli da tutte le parti. Si inumidì l'indice e girò meticolosamente le pagine.

«Ah, eccolo qui... Oh, mi dispiace, non credo che possa esserle utile... È ancora un vecchio numero, dei tempi in cui non c'erano i prefissi... Mi spiace».

Ludivine afferrò il cellulare.

«Se lo trovo io, il numero di Turrin, le va se lo chiamiamo insieme? Con lei sarà forse più disposto a parlare».

La gendarme sentiva di essere sulla strada giusta. Tuttavia, contattare direttamente Egon Turrin significava correre il rischio di mandare tutto all'aria, se fosse saltato fuori che era lui il mentore. Turrin era sulla lista e aveva dei precedenti.

Ludivine decise di fidarsi di Boccellini. Doveva prendere una decisione. Andare avanti. Studiare a fondo il profilo di tutti quei bambini nati nella casa del Male. Quei figli del diavolo.

Ludivine non poteva incontrarli tutti di persona per giudicarli, per farsi un'idea della loro personalità, ma poteva comunque indagare più da vicino e forse individuare uno o due nomi che avevano maggiori probabilità di essere quello che stava cercando.

Senza mettersi in pericolo.

Era molto vicina all'identificazione di **e*.

Se lo sentiva.

46.

Egon Turrin si fidava del suo vecchio amico.

La sua voce roca andò avanti a parlare di tutto e di niente al cellulare per una mezz'ora abbondante, raccontando la sua vita e chiedendo notizie di Boccellini, prima che quest'ultimo lo interrompesse per dirgli che non era da solo e che c'era una gendarme che voleva fargli qualche domanda.

Turrin parve dapprima riluttante a parlare di Dieter Ferri e della sua comunità, e per un attimo Ludivine si pentì di non essere andata da lui di persona, per metterlo di fronte all'autorità mostrandogli il tesserino, o al contrario per rassicurarlo e farlo sentire più a suo agio, a seconda di cosa le avesse suggerito il suo istinto.

Dovette insistere e insistere, ma alla fine, al terzo tentativo, l'uomo si lasciò andare e le parole uscirono a fiotti, come se avesse aspettato decenni per aprire finalmente il suo cuore.

«Me ne sono andato da lì perché Dieter era pazzo» disse di colpo Turrin. «Non ci avevo messo molto a capirlo, ma ci ho messo molto di più ad accettarlo».

«Che cosa intende per 'pazzo'?»

«Dieter non voleva solo tenerci tutti insieme per proteggerci, per farci vivere tra noi perché solo noi potevamo capirci fino in fondo. Lui pensava sul serio che fossimo 'bambini perfetti'. Credo che abbia sofferto enormemente da bambino, e da adulto abbia trovato una compensazione, penso sia questo il termine giusto, convincendosi che se era stato rifiutato e maltrattato così tanto era perché era davvero diverso da tutti gli altri. Solo che invece di vedere il peggio, vedeva il meglio: pensava di essere eccezionale, e di essere incompreso. Erano gli altri a sbagliare, non lui. Così, tutto si spiegava nel suo mondo».

«È tipico degli psicopatici» esclamò Ludivine.

«In ogni caso, voleva fare della sua comunità il punto di partenza di una nuova era. L'era delle differenze. Dieter era particolarmente convincente, aveva un carisma incredibile e una gran parlantina, e non faceva fatica a catturare l'attenzione di chiunque. Ben presto cominciammo a considerarlo il nostro leader, il nostro ambasciatore, la nostra guida. Per alcuni anni costruimmo il nostro nido, mettendo in piedi una comunità. Allevavamo un po' di bestie e facevamo un po' di artigianato, per guadagnare dei soldi. Fu quando ci eravamo sistemati nel nostro nido che Dieter cominciò a farmi paura. Ci parlò delle sue condanne, dei furti che era stato costretto a commettere per sopravvivere, perché la società non lo aveva aiutato, anzi lo aveva respinto, come aveva respinto tutti noi. E giorno dopo giorno ci martellava in testa sempre lo stesso discorso».

«Vi ha spinto a rubare per lui?»

«Oh no! Lui non voleva diventare ricco, voleva la nostra libertà. Una libertà totale. Che ci sentissimo veramente noi stessi, senza camicie di forza, senza schemi imposti da altri. Voleva che dessimo libero sfogo ai nostri desideri e ai nostri bisogni. Per trovare la pace con l'essere supremo che è in noi. Il suo ragionamento era ben congegnato, e credo che a furia di ripeterlo ci abbia convinti tutti. Rubare, se necessario, non era un male in sé. Era la società a essere sbagliata. Eravamo prima di tutto animali, avevamo degli istinti e dovevamo ascoltarli. Eravamo al vertice della catena alimentare e dovevamo rispettarla, rispettare la nostra evoluzione, soprattutto non limitarla, non ostacolarla con leggi emanate da una manciata di ricconi che volevano solo proteggere il loro benessere e quello dei loro figli».

«Signor Turrin, temo di non capire. Verso cosa vi stava spingendo Dieter Ferri? Verso una rivoluzione?»

«Certo che no, era perfettamente consapevole che la società è una macchina per schiacciare le differenze, che saremmo stati inghiottiti, digeriti e ridotti in niente se avessimo portato le nostre pretese alla luce del sole. No, voleva solo che ci esprimessimo fino in fondo. Ma con intelligenza e discrezione. Una comunità che si aiuta a vicenda per affrancarsi dai codici oppressivi del mondo esterno».

«E voi lo avete fatto?»

«Dieter ha dato l'esempio. All'inizio mi rifiutavo di credere che fosse vero, ma quando sono venuti i gendarmi ad arrestarlo, ho capito che quello non era il posto per me».

«Che cosa aveva fatto?» chiese Ludivine.

La sua curiosità era alle stelle. Uno dopo l'altro, i pezzi del puzzle si stavano ricomponendo.

«Aveva rapito un bambino nei dintorni di Bordeaux e lo aveva portato a casa nostra. Dieter diceva che non era sbagliato. Che era la legge della natura, l'unica vera legge accettabile per l'uomo. La legge del più forte. Di chi è meglio organizzato. Voleva il bambino e lo aveva preso. Per sé. Per soddisfare i suoi desideri. Ma ha commesso un errore, e i gendarmi sono risaliti fino a lui. La nostra comunità si è unita, abbiamo detto che non ne sapevamo nulla e hanno portato via in manette solo lui. Non l'ho più rivisto. Me ne sono andato da quel paesino la settimana dopo. Credo che Dieter sia stato rilasciato tre anni dopo e sia tornato, ma io non so altro. Ho tagliato tutti i ponti con loro».

«Eravate in tanti?»

«Dieter aveva convinto a unirsi a lui Gert Brussin, Markus Locard e Oda Lechant, oltre al sottoscritto. Gert aveva anche una fidanzata. Deve capire che quando Dieter Ferri è entrato nella nostra vita, noi vivevamo quasi tutti ai margini della società, non eravamo sposati, non avevamo figli, almeno quelli che lo hanno seguito. Dieter ci offriva una vita ideale, tutto quello che ci mancava: amore, stabilità, condivisione e soprattutto una famiglia».

«Quindi eravate in sei».

«Non mi fraintenda, signorina» continuò Turrin, «non sto certo dicendo che tutti gli orfani del mondo diventino delinquenti o siano predisposti alla violenza, ma sa, noi oltre a non avere i genitori siamo cresciuti in condizioni difficili. Molti ci vedevano come figli bastardi dei crucchi. Ci odiavano, ci additavano. È stata dura per tutti noi e non siamo mai riusciti a mettere veramente radici in questa terra arida e fragile. In parecchi ci siamo cacciati nei guai perché non avevamo punti di riferimento, non avevamo nessuno per darci amore e per guidarci. Logico quindi che fossimo i soggetti ideali per il progetto di Dieter. Sposare la sua causa e, in un certo senso, la sua autorità lo rendeva un po' il padre che non avevamo mai avuto. Così lo ascoltavamo, gli obbedivamo».

«È per questo che nessuno gli ha impedito di rapire quel bambino?»

«Non ne sapevamo nulla, ci ha messi lui davanti al fatto compiuto. Anche se ho sempre sospettato che Gert lo avesse aiutato».

«Gli altri erano motivati come Dieter da questa... ossessione di vivere liberi, al di fuori delle leggi?»

«Oda lo seguiva, lei era incapace di prendere una decisione da sola. Tutto ciò che voleva era far parte di un gruppo, che qualcuno le dicesse che cosa fare, che qualcuno si prendesse cura di lei. La ragazza di Gert Brussin passava molto tempo con lei. Credo che la considerassero un po' come una serva, quasi una schiava. Brussin, invece, era un violento. Non mi è mai piaciuto. Era uno di quei tipi affabili che ti fanno sentire a tuo agio e poi di colpo, senza preavviso, si trasformano in tiranni! Un duro, ma di quelli veri. Mi faceva paura».

«E lei sa cosa ne è stato del gruppo, dopo l'arresto di Ferri?»

«Mi risulta che Locard abbia lasciato la comunità poco dopo di me. Spesso si chiudeva in camera con Dieter per parlare e i toni si scaldavano. Credo sia stato il primo a intuire la piega che stavano prendendo le cose».

Ludivine si ricordava il nome. Era quello che era fuggito in Canada. Quello che aveva preferito andare in esilio, lontano dai suoi 'fratelli' maledetti, lontano da un Paese che lo stava riportando al suo doloroso passato. Ne era certa: si era rifatto una vita lassù e nessuno sapeva nulla della sua nascita, nemmeno la sua nuova famiglia.

«E Brussin e Oda?»

«Non ne ho idea. Non ho più voluto sentir parlare di loro».

«Capisco» disse Ludivine, con il tono più gentile possibile. «Quello che mi ha raccontato mi è di grande aiuto, signor Turrin, davvero».

«Era da allora che non ne parlavo più con nessuno, adesso mi sento quasi sollevato, se devo essere sincero...»

«E sa cosa ne è stato degli altri bambini nati insieme a lei al Bois-Larris, a parte il signor Boccellini che è qui con me? Perché non si accodarono a Dieter, all'epoca?»

«Perché erano meno ingenui di noi! Meno suggestionabili! Erano quelli che avevano messo su famiglia, che si erano sposati o avevano avuto dei figli e avevano qualcosa da perdere, che non era il nostro caso. E poi Dieter era piuttosto risoluto nei confronti delle donne. Le considerava inferiori agli uomini, dovevano sottomettersi. Questo non dava fastidio a Oda, che era già una ragazza molto introversa e piena di complessi, ma a Karoline e Lotte non è mai piaciuto molto Dieter, fin dai primi incontri».

Boccellini, che ascoltava attraverso l'altoparlante del telefono, annuì vigorosamente.

«Non ci venivano spesso» disse.

«Lotte ci aveva anche messo in guardia» aggiunse Turrin. «Aveva intuito che Dieter era pericoloso. Quando sono tornato alla mia vita normale, nel 1979, l'ho vista di tanto in tanto, così come vedevo Klaas. Lotte era una ragazza molto intransigente, un po' maniacale. So che per molto tempo ha ritagliato tutti gli articoli di giornale che nominavano Dieter Ferri, per quella storia del rapimento. Continuava a ripetermi che se lo sentiva. Aveva un raccoglitore con dentro tutto, e ne era molto orgogliosa. Dovrebbe andare a trovarla, forse ce l'ha ancora».

Egon Turrin rimase in silenzio per un momento, e Ludivine lo sentì respirare pesantemente nel ricevitore. Gli lasciò il tempo di pensarci su, di ricomporsi, dopo aver dato la stura a quella sfilza di ricordi sgradevoli.

«Negli anni Ottanta ho conosciuto mia moglie, per

fortuna! Abbiamo avuto dei figli e non ho più avuto nessuna voglia di rivedere i miei vecchi amici d'infanzia» disse con un filo di voce, come se si scusasse con Klaas.

Ludivine lo ringraziò calorosamente prima di aggiungere:

«Un'ultima cosa, signor Turrin. Come si chiamava il paesino dove aveva sede la vostra comunità?»

«Oh, era più una frazione che un paese. Dieter l'aveva scovato in mezzo alla campagna, una manciata di case coloniche in croce, una vicina all'altra. Gli piaceva il nome del posto, pensava che avrebbe tenuto alla larga i curiosi».

«Per caso era Pestilence?» suggerì Ludivine.

«Ah, lo sa già?»

Adesso tutto si incastrava perfettamente, nella testa dell'investigatrice.

47.

Ludivine guidava, con il telefono incastrato tra la spalla e l'orecchio.

«Colonnello, Dieter Ferri aveva messo in piedi una comunità, dove insegnava a ogni membro a convivere con i propri impulsi, anche i peggiori, a diventare un criminale. Al tempo stesso, forte della sua esperienza personale, gli insegnava anche a non farsi prendere. È morto sei mesi fa, lo scorso aprile. Loro sono rimasti abbandonati a loro stessi. E hanno perso completamente la testa, probabilmente guidati da Gert Brussin, il più violento della banda. Erano ansiosi di avanzare richieste, galvanizzati da trent'anni di vita ripiegati su se stessi, sui loro vizi privati. Brussin ha abbandonato ogni cautela, ha voluto radunare le truppe e rendere pubblica la sua causa. Credo che Dieter Ferri avesse il suo piccolo mondo sotto controllo, all'interno di un quadro che aveva definito, ma è andato tutto in pezzi quando lui è morto».

Aprikan emise un suono di approvazione. «Vada avanti» disse.

«Brussin ha quindi creato quel sito web per attirare tutti i pervertiti del pianeta. Chattava con loro e quando trovava qualcuno che riteneva adatto, lo invitava nelle room private del sito. È così che ha reclutato Elliot Monroe e il killer in Spagna, oltre a Joseph Selima. Solitari, disadattati e psicopatici. Li ha sedotti con il suo approccio rassicurante e privo di sensi di colpa, perché la colpa era tutta della società. Ha offerto loro la possibilità di entrare a far parte di una nuova famiglia, una famiglia forte. Nel frattempo, per dare l'esempio, ha mandato avanti i suoi due rampolli del paesello: Victor Mags e Cyril Cappucin. Ma su quest'ultimo, il più fragile del gruppo, Brussin veglia personalmente. Lo segue passo passo, lo guida. E ne approfitta per diffondere i suoi messaggi, i suoi appelli al diritto di esistere, di essere diversi».

«Chiamo Satory e Villacoublay, abbiamo bisogno degli elicotteri. Se si sbriga, Vancker, può venire anche lei, si è guadagnata un posto in prima fila per assistere al loro arresto».

«No, colonnello, aspetti! Non è ancora il momento. Non sappiamo dove abita Cappucin. Se il GIGN fa un'incursione a Pestilence, Cappucin lo verrà a sapere e c'è il rischio che sparisca. Abbiamo ancora una pista da seguire per arrivare a lui. È probabile che sia dalle parti di Verneuil-en-Halatte, Magali ha notato che il suo telefono attiva regolarmente una cella nella zona e...»

«Lo so. Che cos'ha in mente, Vancker?»

«Metta all'opera Segnon, nelle ricerche in rete non lo batte nessuno. Vorrei che scovasse i possibili indirizzi di tutti gli abitanti del paesino. Forse hanno comprato insieme un appartamento nella regione di Parigi. Potrebbe essere il covo che stiamo cercando».

«E nel frattempo lei che fa?»

«Vado a sentire un'altra persona che potrebbe avere informazioni su Ferri e Brussin. Qualcosa che forse ci è sfuggito. La terrò informato».

«Le do tempo fino a domani a mezzogiorno, poi, se non otteniamo nulla, il GIGN interverrà a Pestilence e pubblicheremo la descrizione di Cappucin su tutti i media. Non potrà andare molto lontano».

Ludivine riattaccò. Doveva sbrigarsi.

Aprikan voleva un risultato. Per coprirsi le spalle. Ma la gendarme era d'accordo con Mikelis, su **e.* Voleva colpire duro. Se fosse stato arrestato, Cappucin non avrebbe avuto più nulla da perdere.

Era lui il braccio armato di Brussin. L'uomo da fermare il più presto possibile.

Lotte Andréa abitava in una villetta in miniatura alla periferia di Évry, in una zona residenziale tranquilla ma degradata, appena oltre i casermoni popolari. I giardini erano poco curati, alcune facciate erano costellate di graffiti e una delle case della strada era rimasta in stato di abbandono abbastanza a lungo da ridursi a ritrovo di tossici strafatti di crack. Ludivine pensò che non le sarebbe piaciuto crescere dei figli in quella zona.

'Prima dovresti averceli, i figli…'

La gendarme riponeva grandi speranze in quel colloquio. Soprattutto, sperava che Lotte Andréa fosse tuttora un'accanita collezionista di ritagli di giornale sul famigerato Dieter. Ferri era stato un uomo molto prudente, quindi non doveva esserci granché in rete su di lui. Lotte era la custode della sua storia.

'Non ti agitare' si disse Ludivine scendendo dall'auto, 'è solo un'anziana signora che conosceva Ferri e aveva paura di lui, quanto bastava per tenere d'occhio in seguito le sue imprese'.

La gendarme si stiracchiò, era esausta. Più di due ore di guida e di ingorghi per raggiungere la periferia sud, il pomeriggio ormai volgeva al termine e la sera stava calando rapidamente. I lampioni emanavano un alone giallastro, quasi malsano.

Non trovando alcun campanello sul cancelletto, Ludivine lo aprì e attraversò il minuscolo prato fino alla porta d'ingresso della villetta. Le imposte erano chiuse a metà, e dai lati filtrava un po' di luce.

Premette il campanello accanto alla porta e aspettò.

La strada era molto silenziosa, non si vedeva in giro nessuno e l'unico rumore era il brusio attutito del traffico, in lontananza.

Sentì un suono di passi strascicati dietro la porta.

'Ciabatte che strusciano sul pavimento' si disse.

Ma la porta rimaneva chiusa.

«È la Gendarmeria, signora Andréa. Non si preoccupi, vorrei solo farle un paio di domande. Non abbia paura, sono una donna e sono da sola».

Ludivine sapeva bene che gli anziani, con l'aumento delle truffe ai loro danni, erano sempre più diffidenti nei confronti delle persone che si presentavano alla loro porta, persino se si trattava delle forze dell'ordine. Ci voleva tempo e pazienza per rassicurarli quanto bastava per convincerli ad aprire.

La serratura scattò e la porta si socchiuse.

Quello che si presentò alla gendarme non fu il viso affaticato di un'anziana, come si aspettava, ma quello di un uomo piuttosto giovane.

«Desidera?» chiese l'uomo.

«Devo parlare con la signora Lotte Andréa. È in casa?»

«No, non è in casa. Di che cosa si tratta? È successo qualcosa?»

'Ogni volta si ripete lo stesso copione' pensò Ludivine, 'quando le persone aprono la porta ai gendarmi pensano subito che sia morto qualcuno dei parenti'.

«Niente di grave, ma è abbastanza urgente».

«Allora forse posso aiutarla io».

«Non credo. Lei è della famiglia?»

«Sono il nipote».

«Mi sa dire quando torna?»

Il giovane guardò l'orologio. Poteva essere più o meno sui venticinque, valutò Ludivine. Indossava un cappellino da baseball e un maglione. Non molto alto, una faccia ordinaria, uno dei tanti ragazzi di periferia che cercano di distinguersi e di esistere dandosi una parvenza di look.

«Penso che sarà qui tra un quarto d'ora, a occhio e croce, la stanno riportando a casa con un'ambulanza. Vuole aspettarla dentro?»

Ludivine rimise via il tesserino, con le mani un po' fredde, e annuì.

«Mi perdoni se c'è un po' di disordine» si scusò il giovane. «Lotte vive per lo più in camera sua, e io lascio in giro le cose un po' ovunque nel resto della casa. Le troveremo un posto su una sedia in soggiorno, venga».

L'interno puzzava di chiuso, con un vago sentore di marcio dovuto a piatti non lavati da troppo tempo, o a una pattumiera piena. Il soggiorno era rustico, con un arredamento d'altri tempi che probabilmente piaceva solo a Lotte Andréa, ma suo nipote ci si era adattato disseminando riviste di auto e videogiochi, oltre a indumenti e a un vassoio per i pasti.

Il giovane le passò davanti e lei lo vide in piena luce. Indossava calzoncini da pugilato e un paio di ciabatte che trascinava sul pavimento di piastrelle. Ludivine notò subito i polpacci bianchi e glabri.

«Mi assicura che non ha fatto niente di male, la nonna?» chiese, sgombrando una sedia.

Portava il cappellino per nascondere la testa calva. Completamente rasata.

'Ha una mascella perfettamente normale' si disse Ludivine per rassicurarsi.

Era tutto secco e nervoso. Si girò per guardarla.

Uno sguardo opaco. Vitreo.

'Vuoto'.

«Lei...» esordì un po' confusa, «abita qui?»

«Sì, non sempre. Lotte è così gentile da aiutarmi a realizzare il mio sogno».

«Ma guarda. Qual è?»

«Ho avviato una nuova attività da qualche mese. Ma ho investito tutti i miei risparmi nel mio strumento di lavoro, quindi non ho abbastanza soldi per pagarmi un affitto, non ancora. Ma ci arriverò».

«È bello che sua nonna la sostenga».

Era un dialogo meccanico, un botta e risposta tra due persone che erano lì ma con la mente si trovavano altrove, concentrate su qualcosa di ben più importante. Il giovane diede un'occhiata al corridoio alla sua destra, fuori dal campo visivo della gendarme.

«Comunque cerco di disturbarla il meno possibile, spesso sono via per lavoro».

«Ah. E cosa fa di bello?»

Ludivine cercò di mantenere la calma. Soprattutto, di non tradire alcuna emozione.

«Faccio il camionista».

Il cuore cominciò a batterle talmente forte che sembrava sul punto di schizzare fuori dal petto. Non doveva tradirsi.

Il giovane incarnava esattamente il profilo tracciato da Mikelis.

Lui alzò lo sguardo su di lei, continuando a sorridere.

Le loro pupille si fissavano intensamente, due magneti negativi che si fronteggiavano e si respingevano con la stessa forza invisibile.

Solo il sorriso di lui si era leggermente alterato. Più tirato. Più falso.

Nonostante il cappellino, lo aveva riconosciuto. Era lui al volante, nella foto poco definita del camion al casello.

Era lui, al di là di ogni dubbio.

Lui la fissava. In quei dieci lunghissimi secondi in cui si fissarono senza muoversi, lui non batté ciglio.

Aveva capito.

48.

Ludivine inspirò dal naso. Per mantenere il controllo. Per concentrarsi sul respiro. Era da lì che iniziava tutto. Dal respiro.

Il cuore sembrava imbizzarrito. Pompava tutto il sangue fino all'ultima lontana venuzza sempre più velocemente, senza fermarsi, senza vacillare.

Aveva i palmi delle mani umidi. Quasi fradici.

La visuale sembrava restringersi, i lati via via più sfocati, con la sagoma del ragazzo più nitida che mai.

Doveva guadagnare tempo. Aveva bisogno di tempo per organizzarsi. Per estrarre la pistola. Per immobilizzarlo.

«Non ho visto il suo camion, qui fuori» disse.

«Per forza, lo lascio un po' più lontano, in un parcheggio. È più prudente così».

Aveva cambiato tono. La voce cordiale si era fatta più acuta e, soprattutto, non c'era più un briciolo di benevolenza. Parlava in modo freddo e monotono.

«Sua nonna dovrebbe essere qui a momenti...»

Ludivine, in modalità istintiva, lasciava che le parole fluissero come venivano. Era concentrata sul dopo. Che era già lì.

La SIG Sauer, infilata nella cintura dietro la schiena. Il piumino ancora chiuso, che le impediva un'estrazione rapida. Il rischio di impigliarsi con l'arma nel piumino.

«Perché far finta?» chiese lui, senza la minima emozione. «Ha capito benissimo che non arriverà».

La gendarme deglutì a fatica.

«Sono venuta per fare in modo che tutto proceda bene» si inventò. «Che possa uscire di qui senza farsi male. I miei colleghi aspettano fuori».

«Come bugiarda fa schifo».

«Senta, Cyril...»

«Sa anche come mi chiamo? Siete più svegli di quanto pensassi».

«Sappiamo tutto. Di te, di Victor, di Dieter Ferri, di Brussin e degli altri. Arrenditi, e ti garantisco che non ti sarà fatto alcun male».

«Non sono mica preoccupato. Le vostre leggi mi proteggono. Nessuno dei suoi verrà qui a prendersela con me».

Ludivine alzò lentamente la mano sulla cerniera del piumino e cominciò a farla scorrere.

«Non ci provi» le disse, con una freddezza quasi disincarnata.

«Perché? Dobbiamo...»

«Non ci provi. Lei è da sola in casa mia, e credo che sappia di cosa sono capace, quindi le consiglio di non farmi arrabbiare».

Lei si bloccò.

«Cyril, c'è una squadra del GIGN qui fuori. Non fare stupidaggini».

«Mi ha preso per un coglione? Se ci fosse davvero, non mandavano mica una donna da sola a parlare con me. Avrebbero già sfondato la porta e io sarei già sul pavimento, con le mani legate dietro la schiena».

Ludivine era a corto di argomenti. Stava perdendo il controllo della discussione, la sua pistola era ancora dov'era prima e lei non sapeva come arrivarci.

Sentì la voce profonda di Mikelis, nella sua mente. 'È un essere fragile, è abituato a sentirsi dire cosa fare, a essere sostenuto, è riflessivo finché non si lascia travolgere dalle sue pulsioni violente. Non bisogna lasciare che gli salga dentro l'onda della violenza'.

Ripensò a tutte le sue vittime. Massacrate. Mutilate.

Un'autentica belva.

«Ecco cosa faremo» riuscì a dire senza che la voce le tremasse, «ci siederemo entrambi a questo tavolo e parleremo di come trovare una via d'uscita da questa situazione».

Cappucin aveva lo sguardo di un bambino che osserva una mosca impigliata nella carta moschicida.

Nei suoi occhi c'era una tale assenza di vita che la gendarme rabbrividì.

La fissava come un bambino che a quella mosca si apprestava a strappare via le zampe, una per una. Con una curiosità malsana e morbosa.

«Io ho un'altra proposta» disse. «Facciamo a chi prende per primo la sua arma».

Poi balzò nel corridoio alla sua destra e scomparve dal campo visivo di Ludivine.

49.

La decisione di una vita.

Da prendere in un attimo.

Ludivine sapeva che Cyril Cappucin era un codardo, e che avrebbe sicuramente cercato di scappare piuttosto che affrontarla. Lei poteva benissimo arretrare e correre verso la porta e salvarsi la pelle.

Oppure inseguirlo, per cercare di fermarlo prima che svanisse.

Era armato.

Ludivine aveva già la SIG Sauer in pugno, puntata davanti a sé.

Non c'era tempo per chiamare i rinforzi. L'assassino sarebbe già stato lontano prima ancora che arrivassero.

Tre passi veloci verso il corridoio. Sentiva il cuore sempre più grande nel petto, come se occupasse tutto lo spazio comprimendo i polmoni. Cominciò a respirare con la bocca, grandi boccate d'aria che non servivano a calmarla.

Tre porte aperte, tre possibilità.

Cappucin poteva essere dietro ognuna delle tre, pronto a spararle per poi squartarla, e stuprare il suo cadavere.

Ludivine respinse subito le immagini che affioravano. Trattenne il fiato e si lanciò contro la cornice della prima porta, pistola puntata e dito sul grilletto, pronta a far fuoco.

Una cucina. Angusta. Vuota. Si apriva su un corridoio, con una quantità di cose accatastate su una sedia e sparse sul pavimento.

La gendarme si rimise in posizione e puntò l'arma verso il corridoio, aspettandosi che l'assassino balzasse fuori, felice di averla presa in trappola, e la squartasse urlando.

Niente.

Ludivine aveva il cuore in gola. Si costrinse ad avanzare. Passi corti e rapidi. Per non perdere il controllo del corpo. Anni di arti marziali alle spalle, era consapevole dei suoi riflessi, di che cos'era capace il suo corpo. Doveva riprendere il controllo delle membra, a cui la paura aveva sottratto le energie.

Ma il terrore le offuscava i punti di riferimento.

La seconda porta era proprio lì, a pochi centimetri di distanza.

'Smettila di pensare!'

Ludivine alzò la semiautomatica, che seguì ogni movimento delle pupille mentre scrutava l'interno di un piccolo bagno.

Rimaneva solo l'ultima parte del corridoio. Un'ultima possibilità.

'A meno che non abbia fatto il giro dalla cucina!' si disse di colpo.

Si voltò di nuovo verso il soggiorno.

Niente.

Si voltò verso l'ultima stanza.

'Lui è lì. Dev'essere lì... che mi aspetta...'

Sentiva le tempie pulsare dolorosamente. Aveva la nausea, un fiume di bile pronto a tracimare al minimo rilassamento. Le gambe sembravano rifiutarsi di sorreggerla.

L'immagine delle ciabatte di Cappucin le tornò di colpo in mente. Erano in mezzo alle sue cose.

Lì, nel corridoio.

'È passato dalla cucina! Ha fatto il giro!'

Era alle sue spalle. Ludivine si girò di scatto, la paura che le serrava lo stomaco.

Appena in tempo per vedere l'ombra di Cyril Cappucin gettarsi su di lei. Senza il cappellino, il suo cranio brillava sotto la luce elettrica. Il volto deformato dalla rabbia, gli occhi fuori dalle orbite, le guance incavate, la bocca spalancata, i denti gialli che cercavano Ludivine.

Il tempo di puntargli contro la pistola e lui le era già addosso, le allargava le braccia con una mano e con l'altra armata di coltello mirava alla sua gola.

Cyril urlava. Un urlo isterico, inumano.

Ludivine aveva praticato il jiu-jitsu e il karate, e si era anche cimentata nel Krav Maga. Per anni aveva speso tutte le sue energie a ripetere sempre gli stessi gesti, per renderli istintivi, per essere in grado di agire senza pensare, per far sì che il suo corpo prendesse le decisioni giuste più svelto del suo cervello.

La punta del coltello stava per incidere la carne e affondare nella giugulare. La gendarme si rese conto di aver sferrato una ginocchiata al fianco di Cappucin. Il ginocchio era schizzato in su da solo – un gesto istintivo, prima che lei potesse imprimergli la forza e lo slancio necessari a fargli male sul serio, ma sufficiente a respingerlo e a far sì che il fendente incontrasse solo l'aria.

Sufficiente a concedere a Ludivine il prezioso istante di cui aveva disperato bisogno.

Colpì l'assassino con il palmo della mano appena sotto il naso, con forza, allontanandolo quanto bastava per tendere l'altro braccio.

L'acciaio della lama brillò come un fulmine nel corridoio.

Ludivine non perse tempo a farsi domande.

La linea di tiro era libera.

Premette il grilletto.

Il tuono rimbombò.

Un lampo bianco scacciò le ombre.

Una seconda detonazione riecheggiò nella casa.

Non riusciva a vedere se lo aveva colpito. Ludivine era solo azione, terrore, volontà di liberarsi.

Sparò di nuovo. Ogni proiettile esploso era un sollievo.

Una rivincita.

Vide Cyril Cappucin volare all'indietro e schiantarsi contro un muro, in volto un'espressione smarrita.

Il muro lo trattenne a sé per un attimo, mentre l'assassino cercava una risposta a quello che non capiva, fissando Ludivine.

La donna fece un passo verso di lui e sparò di nuovo. Quasi a bruciapelo.

Un proiettile.

Il sangue di lui le schizzò sul collo e sul viso.

Premette di nuovo il grilletto. Ancora e ancora.

L'odore della polvere da sparo le saturò le narici, i timpani le fischiavano.

Svuotò il resto del caricatore della SIG Sauer sul cadavere di Cyril Cappucin.

Senza sapere se stava piangendo o ridendo.

TERZA PARTE

LORO

50.

Il colonnello Aprikan aveva fatto alzare Ludivine.

Piano, con calma.

Era lui che era andato a cercarla, tra tutti gli altri gendarmi. Mentre cominciava la sarabanda delle foto. La condusse fino a una scaletta dove la fece sedere sui gradini, con una coperta sulle spalle. Non voleva lasciarla uscire in quello stato, non finché i giornalisti e i curiosi fossero stati tenuti a distanza dal cordone di sicurezza che stavano predisponendo.

Le prese il viso tra le mani e la guardò negli occhi. Parlò a voce bassa e lei, sebbene i timpani non avessero ancora smesso di fischiarle, capì ogni parola. «Non so cosa sia successo, ma è un caso di legittima difesa, Ludivine. Questo è certo».

Non glielo aveva neanche chiesto. Non lo stava nemmeno ipotizzando. Lo stava decidendo.

«Ci prenderemo cura di lei» aggiunse. «Aspetti qui un momento. Siamo al suo fianco».

Poi lo vide mentre dava istruzioni ai tecnici dell'Identificazione Forense e schierava le sue truppe. Tutto procedeva come al rallentatore. Le immagini erano lontane. Peggio ancora i suoni, che le arrivavano filtrati da una nuvola di ovatta. Lei era assente. Totalmente assente.

Nonostante tutto, riuscì a cogliere qualche frammento di conversazione. Per esempio il dialogo tra Aprikan e Segnon, che era appena arrivato con il fiatone e la guardava dalla soglia, con la mano del colonnello sul petto per fermarlo.

«… traumatizzata» disse il colonnello. «Ci vada piano».

«… come sta? … ferita?»

«… mentale… conto su di lei… Alexis… lei… andare…»

Segnon la abbracciò.

«Cazzo» disse. «Cazzo, che spavento mi hai fatto prendere».

La presenza del collega fece bene a Ludivine. Lui le parlò e lei, a poco a poco, uscì dal torpore e tornò in sé.

Non provava alcun rimorso.

Né alcun senso di colpa.

Quella era la cosa che la sorprendeva di più. Aveva appena sparato quindici proiettili contro un essere umano. Aveva appena soppresso una vita, posto definitivamente fine alla traiettoria di quello che era stato un neonato, un bambino, un adolescente e che stava per diventare un adulto, eppure non sentiva nessun peso sull'anima, non provava il minimo senso di nausea.

Cyril Cappucin era morto per mano sua. In un'esplosione di polvere, tuono e fuoco.

In una lotta per la sopravvivenza.

Alle spalle di Segnon, vide un ufficiale avvicinarsi ad Aprikan per dirgli che non avevano trovato nulla, né armi da fuoco né scalpi né mutandine macchiate di sangue, nulla che potesse essere ricollegato ai delitti della Bestia.

«Continuate a cercare» ordinò il colonnello, «la casa è piena di nascondigli. Trovatemi qualcosa».

A Ludivine non importava nulla. Era lui il colpevole, lo aveva visto, non c'erano dubbi.

Era arrivato anche Richard Mikelis. Una presenza discreta, da osservatore. Aveva lasciato la gendarme a colloquio con il collega per esaminare meglio la casa. Fu lui a chiedere di aprire il frigorifero, dopo aver ispezionato attentamente ogni stanza. Indicò due contenitori Tupperware pieni di carne.

«Fatela analizzare» disse. «Ci scommetto che questo non è manzo in attesa di finire in padella».

«Quindi cos'è secondo lei?» chiese uno dei tecnici.

«Quello che è rimasto della sua ultima vittima».

Il tecnico per poco non rovesciò i due contenitori.

«Ha bisogno di assimilare le sue prede» aggiunse il criminologo. «È la sua modalità per sentirsi meno solo».

«Follia pura» borbottò il tecnico, anche se nessuno avrebbe saputo dire con certezza se si riferiva all'assassino o al criminologo.

Mikelis poi si avvicinò per salutare Ludivine, un cenno del mento senza dire una parola. Lei gli leggeva in volto tutta la compassione del mondo. Mikelis sapeva cosa stava passando. Da esperto studioso della violenza, delle pulsioni criminali e dell'omicidio, capiva. Era tutto scritto sulle sue retine come due piccoli gobbi televisivi. Conosceva le terre aride che lei stava attraversando e, peggio ancora, sapeva cosa la aspettava.

Poi chinò il capo e scomparve nella notte.

Il tremito era cessato. Ludivine stava riprendendo il controllo del suo corpo.

La sua mente si andava riorganizzando, ristabilendo rapidamente l'ordine delle priorità.

«Dobbiamo fare una retata a Pestilence» disse la gendarme, quando Aprikan fu di nuovo a portata di voce. «Dobbiamo piombare in quel buco di paese e mettere le mani su Brussin, prima che gli arrivi la notizia e si dia alla fuga».

Il colonnello la guardò e lei ebbe l'impressione di scorgere un velo di pietà nei suoi occhi.

«Partirò con il GIGN questa notte alle quattro. Saremo lì per l'alba. Stiamo organizzando tutto».

«Voglio esserci anch'io».

«Vancker, sia ragionevole».

«Ho appena ucciso il suo complice!»

«Appunto».

«Non mi faccia questo, signore».

Aprikan si avvicinò per parlare solo a lei e a Segnon, in modo che il resto degli uomini non potesse sentirlo:

«Dall'altra parte di quel muro c'è un giovanotto morto, crivellato di colpi...»

«Quel 'giovanotto' era la Bestia, colonnello, e lei lo sa. Mi ha assalita, e io mi sono difesa, ho...»

«Con quindici colpi? Si è certamente difesa, forse anche con un pizzico di eccesso...»

«Ho avuto paura! Sono andata nel panico».

«Io sono pronto a crederle, ma l'Ispettorato vorrà chiarire bene i fatti, affinché nessuno possa accusarla di aver voluto vendicare Alexis».

«Chiariremo tutto quello che c'è da chiarire. Ma mi lasci finire quello che ho cominciato. Mi lasci partecipare all'operazione fino in fondo. Voglio essere presente, voglio vedere la faccia di Brussin. Conosco il dossier meglio di chiunque altro, sono io che ho trovato i loro nomi al Bois-Larris, colonnello, sono io che ho affrontato lo sguardo di Cappucin. Ci sono dentro fin dall'inizio. Mi sono meritata di esserci anche domani».

Segnon fissava il suo superiore.

Aprikan sospirò, e Ludivine continuò a insistere: «Quelli dell'IGGN mi metteranno in frigo almeno per un po', ma io voglio finire in bellezza. Ne ho il diritto. *Ne ho il diritto!*»

«L'IGGN impiegherà un po' di tempo prima di mettersi all'opera» disse Segnon, «non chiederanno la sua sospensione prima di una settimana, forse anche di un mese».

«La prego» implorò la gendarme.

Aprikan scosse la testa. Puntò il dito sul petto del colosso. «È sotto la sua responsabilità, Dabo. E lei» aggiunse subito, chinandosi verso Ludivine, «stia nelle retrovie. Niente casini. Sono stato chiaro?»

«Chiarissimo. Grazie, colonnello».

Il sollievo della giovane donna era palpabile, come se la sua vita fosse stata ancora una volta appesa a un tenue filo.

«Nel frattempo, tirerò in lungo con il rapporto balistico» aggiunse il colonnello, «e sosterrò la versione in base alla quale lei si è solo difesa».

«È la verità, è quello che ho fatto».

Aprikan non sembrava dello stesso avviso.

«Lei si è spinta oltre, Vancker. I media la accuseranno di aver voluto vendicare la morte del suo collega. E credo che avranno ragione».

Segnon e Ludivine fissarono il loro supervisore, pietrificati.

«E sa una cosa? Non posso biasimarla per questo» aggiunse. «La lascerò in squadra finché non riceverò una richiesta di sospensione dalla Direzione. Sia discreta. Non voglio più vederla né sentirla. Dabo, l'elicottero parte alle quattro in punto. Ci sarà un posto vuoto proprio accanto al suo. Non voglio sapere chi si imbarcherà con lei. Non è un problema mio».

51.

Sorvolarono una distesa di foreste. Nella pallida luce dell'alba, le cime degli alberi sembravano un mare gonfio di onde.

Un mare nero.

Ludivine osservava il paesaggio, con le cuffie in testa, un po' intontita dal viaggio. Quasi due ore e mezza in elicottero, una breve dormita a colpi di tranquillanti sul divano del salotto di Segnon, e al risveglio il ricordo di tutta la violenza del giorno prima.

Ognuno dei quindici colpi le risuonava ancora nella testa.

Non avevano trovato alcuna traccia di Lotte Andréa nella villetta. In compenso, il camion era parcheggiato poco lontano, in un piazzale. All'interno, Cyril Cappucin custodiva con cura uno zaino con tutto il necessario per legare qualcuno, un'arma da fuoco, due coltelli e un bisturi. E soprattutto una maschera dall'aspetto mostruoso. Era stata indubbiamente realizzata dall'assassino stesso, sul telaio rinforzato di una maschera ortodontica, con due mascelle ottenute da un calco in resina che si incastravano perfettamente e potevano essere azionate per mezzo di due paradenti da mordere. Una bocca irta di zanne, scolpita per spaventare.

Costruita per fare del male.

L'assassino aveva inserito all'interno un ingegnoso dispositivo a molla che decuplicava la pressione del morso. Bastava mordere con forza il paradenti e le zanne si stringevano di colpo.

L'assassino aveva indossato la maschera per divorare le sue vittime, per darsi un volto terrificante, con una bocca enorme e sporgente che scattava come una trappola per lupi.

Quali fantasie contorte aveva portato con sé nella tomba? Che genere di infanzia poteva aver prodotto una mente così tanto squilibrata?

Dieter Ferri era riuscito nel suo scopo. Non solo aveva spinto i membri della sua comunità ad accettarsi così com'erano, con i loro vizi e le loro pulsioni pericolose, ma aveva creato mostri ancora peggiori.

Le pale dell'Écureuil cominciarono a ronzare ancora più forte e d'improvviso il velivolo si abbassò, descrivendo un rapido cerchio, per dirigersi verso la zona di atterraggio.

La voce di Segnon, alterata dal microfono attraverso il quale parlava, strappò Ludivine dalle sue fantasticherie:

«Tra un paio d'ore tutta questa storia sarà finita».

La giovane donna rispose con una smorfia ironica.

Avrebbero inchiodato il mandante di quella spaventosa carneficina la stessa mattina in cui Alexis veniva sepolto. Quasi un crudele scherzo del destino.

Le dispiaceva non essere presente, ma al tempo stesso si sentiva quasi sollevata. Era un dovere che le pesava troppo. Non era sicura di essere in grado di dire addio alle spoglie del suo ultimo amante, davanti a tutta la sua famiglia. Il momento per congedarsi da lui sarebbe venuto, ma in privato. Con discrezione. In piena solitudine.

Ciò che davvero era importante, perché Alexis potesse riposare in pace, era che i conti venissero saldati.

Victor Mags e Cyril Cappucin erano morti.

Avevano pagato. La legge del taglione.

Altri avrebbero voluto vederli in un'aula di tribunale, per ascoltare le loro argomentazioni, ma Ludivine no, lei non era così ingenua. Sapeva che i serial killer sono manipolatori, amanti dei segreti. Non avrebbero detto nulla, nulla che potesse aiutare a capire, perché tanto non c'era nulla da capire. La morte come ossessione. Sociopatici. Indottrinati a non arrendersi mai, a preferire la morte. Avevano tranquillamente obbedito al loro padrone. A Gert Brussin. Il 'bambino perfetto'.

Le porte laterali dell'elicottero si aprirono e il vento gelido dell'alba si insinuò nell'abitacolo.

Ludivine scattò insieme agli altri gendarmi, mentre erano in arrivo altri due Écureuil.

I veicoli della Gendarmeria locale li presero a bordo e sfrecciarono lungo le stradine di campagna. Intorno a loro sfilavano colline coperte di vigneti di Armagnac, poi boschi, un castello in lontananza, parzialmente nascosto dietro filari di alti meli, e campi a maggese.

Le vetture procedevano in silenzio, senza lampeggianti né sirene, incrociando a malapena qualche altro veicolo. All'interno, gli operatori del GIGN ultimavano i preparativi: caricatori inseriti negli alloggiamenti, equipaggiamento di protezione indossato correttamente e caschi ben piantati in testa.

Segnon passò a Ludivine il suo giubbotto antiproiettile con la scritta GENDARMERIE sulla schiena e lei lo indossò.

La pressione stava salendo.

«Tre minuti!» gridò l'uomo seduto accanto all'autista.

Uscirono dalla stradina per imboccare un sentiero

sterrato, privo di segnalazioni. Il veicolo si mise a sfrecciare più veloce che poteva, seguito da altre cinque auto.

«Un minuto!»

L'uomo accanto a Ludivine strinse le cinghie di velcro dei guanti e appoggiò l'MP5 contro il petto. Gli occhi, sotto il mefisto nero, incrociarono quelli della gendarme.

Era concentrato. Determinato.

Aveva visto il suo volto prima, dentro l'elicottero, prima che indossasse il mefisto, e già lo aveva dimenticato. Erano solo due occhi castani che la trafiggevano con la loro determinazione.

D'improvviso il veicolo inchiodò e le portiere si spalancarono per far uscire i gendarmi. Si raggrupparono e, appena pronti, si precipitarono verso Pestilence.

Il borgo era composto da cinque edifici in pietra, due vecchie case coloniche incastrate in una conca tra le colline boscose. Era un luogo remoto, con la sua discarica ricoperta di edera, un camion Renault Goélette arrugginito e montagne di macerie ammassate in ogni angolo possibile: tegole, travi tarlate, pietre da costruzione coperte di muschio...

Ludivine voleva seguire i militari, ma la mano di Segnon la trattenne.

«Noi restiamo in retroguardia» le ricordò. «Lasciamo fare ai professionisti».

Gli uomini del GIGN attraversarono il cortile tra le case lunghe e fecero saltare le porte per entrare nei locali. Gridando «Gendarmeria!», tre sezioni fecero irruzione nello stesso momento, con le armi spianate, all'interno delle tre case.

I secondi sembravano dilatarsi all'infinito.

Uno dei gruppi riapparve, per dirigersi verso il fienile.

Il cielo si stava gradualmente schiarendo a est, mostrando la rugiada mattutina sui rami grigi.

Dall'altra parte del borgo risuonò uno sparo. Un colpo di fucile. Segnon, Aprikan e altri due agenti che erano rimasti indietro ebbero un sussulto.

Ludivine si aspettava di sentire il crepitio degli MP5, ma ci furono solo grida e ordini secchi.

La radio di uno degli agenti gracchiò.

«È stato fermato un sospettato» riferì Aprikan, «ha sparato con la sua arma ma nessuno è rimasto ferito. È stato immobilizzato».

A poco a poco nel borgo si stavano accendendo le luci, man mano che le stanze venivano messe in sicurezza dal GIGN.

Ludivine stava diventando impaziente. Voleva vedere Brussin. Guardare in faccia lo zelante tirapiedi di Dieter Ferri.

Mentre la perquisizione procedeva, la radio trasmetteva i rapporti aggiornati. A Pestilence non c'era nessuno. C'era rimasto solo Brussin.

La cosa non sorprese la gendarme. Ferri era morto, così come Oda Lechant, da sei anni, e la fidanzata di Gert Brussin doveva aver abbandonato la nave da un pezzo.

Un operatore del GIGN fece un segnale e Aprikan entrò nel borgo con la sua guardia del corpo, seguito da vicino da Segnon e Ludivine.

Attraversarono una cucina-soggiorno sporca da vomitare e trovarono il sospetto in mutande e maglietta, seduto sul letto, umiliato, le mani ammanettate dietro la schiena.

Ludivine si bloccò sulla soglia.

Aveva a malapena cinquant'anni. Chioma grigia arruffata, guance arrossate dall'alcol. E una pancia oscena che gli ricadeva sulle cosce.

Quell'uomo non poteva essere nato nel 1944.

«Non è Gert Brussin» disse Ludivine, avvicinandosi.

L'uomo alzò gli occhi su di lei, con una strana luce nello sguardo.

«No, non sono Gert» confermò.

«Come si chiama?»

L'uomo esitò.

«Tanto lo scopriremo, prima o poi» minacciò Segnon, con molta più energia e rabbia.

«Jean-Michel Montisson».

Ludivine scosse la testa.

«Dov'è Brussin?»

«Non lo so».

Fece due passi in avanti, minacciosa, e il collega si interpose subito, spostandosi di lato.

Aprikan si era irrigidito.

«Ti abbiamo chiesto dov'è Brussin» ripeté Segnon a voce più bassa, quasi più minacciosa.

«Giuro che non lo so. Se n'è andato l'estate scorsa, è tornato due giorni a settembre e poi basta, non si è più visto».

L'uomo era spaventato, aveva paura.

Ludivine imprecò e uscì dalla stanza.

Brussin gli stava sfuggendo dalle mani. Lo avrebbero perso.

Uno degli uomini del GIGN si avvicinò di corsa, a corto di fiato.

«Colonnello» disse, «deve venire a vedere».

«Avete preso qualcun altro?»

L'uomo scosse timidamente la testa.

«E allora?»

«Si tratta della cantina, signore».

«E allora, cosa c'è in cantina, per l'amor di Dio?»

«Questa non è una fattoria. È un mattatoio».

Aprikan si fece scuro in volto.

«Non credo che abbia mai visto nulla di simile, signore» aggiunse il gendarme. «Nessuno di noi ha mai visto una cosa del genere».

52.

Le lampade da garage pendevano un po' dappertutto dalle travi metalliche della cantina, con i fili elettrici che penzolavano in basso come liane sintetiche.

Tutto era sapientemente organizzato. Innanzitutto il tavolo in acciaio inox, leggermente convesso per convogliare i liquidi verso i bordi, nei canali di scolo che scendevano verso lo scarico, aperti su un secchio di vernice vuoto. Un carrello di ferro su rotelle, proprio accanto, perfettamente pulito. Poi due banchi da lavoro con tutta l'attrezzatura del perfetto bricoleur. Del piccolo chirurgo dilettante. Del ginecologo meticoloso. Del torturatore professionista. Poi c'era un lungo tavolo d'acciaio ricoperto da uno strato di polietilene, segnato dalle cicatrici di tutti i colpi di accetta, della sega per la carne, del coltello per disossare e persino della sega elettrica, che si vedevano proprio lì accanto, ordinatamente disposti uno vicino all'altro, insieme a barili di disinfettante, candeggina e altri prodotti per la pulizia.

Infine, un'enorme stufa occupava l'ultimo quarto della stanza, accanto a una pila di carbone ai piedi della rampa collocata sotto la botola per il rifornimento. Una stufa con un'apertura a due battenti, come due labbra carnose, pronte a ingoiare qualsiasi cosa vi venisse infilata a mo' di offerta.

Lungo le pareti di pietra erano fissate delle catene, che oscillavano al passaggio degli investigatori. Ogni catena terminava con bracciali di cuoio. Di tutte le misure. Larghi per adulti corpulenti, sottili per polsi minuscoli.

Quanti esseri umani erano passati per quel posto? Quante vite erano state inghiottite da quell'inferno, nel corso degli ultimi trent'anni?

Ludivine si aggirava nella cantina, tramortita dall'orrore. Notò le striature nella plastica del tavolo da taglio, centinaia, una sopra l'altra, prova evidente di ore di sforzi a smembrare i corpi, per poi bruciarli. Alcune erano ancora tinte di rosa, nonostante tutto l'impegno nel lavarle.

«Non era un passatempo occasionale» commentò cupo Segnon.

«Probabilmente è opera di Dieter Ferri» disse Aprikan con voce atona. «Sembra non sia stato usato da diversi mesi».

«Solo di Ferri o dell'intera comunità?» disse Ludivine, che aveva appena scoperto una zuppiera e diversi piatti impilati accanto al tavolo da macelleria.

Fino a che punto si era spinta la loro libertà degenerata? Fino a quali estremi? Che famiglia terrificante e abominevole erano diventati sotto il giogo di Dieter Ferri?

Nessun tabù. Tutti i diritti. Nessuna perversione, perché qualsiasi voglia diventava legittima ai loro occhi, assolutamente qualsiasi. Bastava desiderare, voler provare, semplicemente assaggiare, e Ferri lo avallava, poiché se un essere umano voleva, significava che poteva.

Fino a che punto si erano spinti, tutti insieme?

Ludivine aveva visto abbastanza, tornò al piano di sopra per prendere una boccata d'aria. Gli uomini del GIGN stavano finendo di ispezionare ogni angolo di quel santuario del male.

Interrogò due militari che stavano tornando ai furgoni: «Qualche traccia di vita qua intorno?»

«A parte il tizio che abbiamo arrestato no, qui è un bel po' che non ci abita più nessuno. Diversi mesi di sicuro».

Aprikan apparve a sua volta. Il telefono attaccato all'orecchio, stava chiedendo l'emissione di un mandato di cattura per Brussin.

Ludivine vide tre gendarmi emergere da un capanno un po' discosto dagli altri edifici. Avevano un'aria stravolta. Si avvicinò alla baracca di legno e tirò la porta, che cigolò.

L'interno era in penombra, con un tavolo al centro, una serie di flaconi di prodotti vari e alcune bacinelle contenenti degli utensili.

Poi le vide.

Decine, forse centinaia di bocche.

Tutte con le zanne in vista.

Musi di mammiferi che Ludivine non tardò a identificare come cani. Disposti ovunque, dal pavimento al soffitto, trofei di una caccia perpetua e crudele.

Scrutò gli scaffali. C'era tutto il necessario per sventrare gli animali, per prepararli dopo la caccia. Poi notò uno scatolone di cartone consumato dall'umidità. Era pieno di piccole mandibole e teschi di uccelli, alcuni dei quali macchiati di vernice. L'insieme sapeva di polvere e di vecchiume. Ludivine pensò a giocattoli per bambini. Giocattoli morbosi.

L'intera stanza sembrava una riproduzione meno macabra dello scantinato. Uno stadio intermedio.

La gendarme fu colta da un pensiero agghiacciante.

Ciò che aveva di fronte era un rito di passaggio. Una fase di transizione per i ragazzi della comunità. Era in quella topaia che diventavano grandi, preparandosi a diventare perfetti sociopatici. Lì dentro, dopo aver appreso l'arte della caccia, i ragazzi venivano iniziati alla tortura degli animali, al richiamo del sangue, alla violenza delle viscere. In quel rozzo capanno scoprivano un mondo insospettabile di crudeltà, lì dentro prendevano forma almeno in parte le loro fantasie, favorite e stimolate dal concentrato di adulti degenerati, sadici e feroci che li circondava.

Victor Mags e Cyril Cappucin non erano stati reclutati da Gert Brussin: erano cresciuti lì, non c'era più alcun dubbio. Avevano solo usato nomi diversi da quelli dei loro genitori, per coprire le loro tracce. Ludivine sapeva che presto avrebbero scoperto che Mags e Cappucin erano i cognomi delle loro madri, donne di passaggio, tossiche sparite nel nulla perché non contavano nulla: al clan di Dieter Ferri servivano solo a garantirsi una discendenza.

La gendarme tornò lentamente sui suoi passi, oppressa dal peso di tutto ciò che stava immaginando.

Segnon le corse incontro non appena la vide. «Magali è riuscita a trovare un altro indirizzo di Brussin, grazie agli uffici del fisco. Indovina un po' dove? A Verneuil-en-Halatte!»

«Cappucin andava a trovarlo di tanto in tanto, e chiamava da casa sua con il cellulare, che agganciava quella cella» disse lei.

«Aprikan ha appena mandato un'altra squadra GIGN a prenderlo quando si sveglia, prima che se la fili».

Ludivine strinse i denti. Le costava molto non essere presente. Non poter sfidare quel bastardo guardandolo negli occhi, quando lo avrebbero arrestato.

«Vorrei vederlo, quando lo prenderanno, vorrei incontrarlo, anche solo per un momento» disse.

«Vedrò cosa posso fare».

Segnon la guardò e accennò un gesto interrogativo. «Come ti senti?» chiese, in tono più pacato.

Lei alzò le spalle.

A una finestra del primo piano apparve l'elmetto di uno degli uomini del GIGN. «Colonnello, venga! Venite tutti!»

C'era una traccia di panico nella voce. Segnon e Ludivine si precipitarono nella casa dov'era trattenuto l'unico fermato dell'irruzione.

Salirono i gradini due alla volta, andando di corsa verso un'estremità del fabbricato dove scoprirono una scala nascosta in un armadio. Il sistema era stato abilmente progettato in modo da non poter essere individuato senza aprire l'armadio.

Il gendarme li guardò, la faccia stravolta.

«Che cosa succede? C'è un problema con il sospettato?» chiese Segnon nervoso.

La collega non attese la risposta e salì i ripidi gradini, sbucando in una soffitta piuttosto buia.

La sua attenzione fu subito catturata dagli ombrelli modellatori di luce, e più in là dal rotolo di tessuto azzurro per creare uno sfondo. Un rudimentale studio fotografico.

«Non aver paura» stava dicendo una voce maschile in tono dolce, come se si rivolgesse a un bambino.

Ludivine si diresse verso il lato opposto della soffitta.

Uno dei gendarmi era accovacciato e le dava le spalle.

Tendeva la mano verso un lettino circondato da giocattoli.

E parlava con una bambina, rannicchiata dietro un orsacchiotto di peluche.

Lei lo fissava, terrorizzata.

53.

Ci volle l'arrivo di una donna, una dottoressa, per staccare la bambina dalle braccia di Ludivine.

La bambina non aveva detto una parola, nemmeno il suo nome di battesimo.

«Ha subìto violenze?» chiese Segnon, avvicinandosi alla collega.

«Non lo so ancora, non la visiteranno subito, per il momento è in stato di shock».

«Abbiamo trovato un computer tra gli effetti personali di Montisson. Non c'è bisogno di aspettare la perizia, te lo dico già io cosa ci troveremo».

«È il nostro pedofilo».

«Non c'è dubbio. Non si sbottona molto, ma non nega che vive in 'sto buco da un anno. È un informatico e lavora in remoto da qui. Ci scommetto quello che vuoi che è stato lui a creare per Brussin il sito web *Seeds in Us*».

«Che schifoso!»

«Sapessi che voglia ho di farlo a pezzi!»

«E adesso che succede? Lo trasferiscono da noi a Parigi?»

«Credo che Aprikan, per il momento, voglia installare un posto di comando negli uffici della Gendarmeria locale. La bambina sarà affidata a un ospedale. Io mi fermerò un po', giusto il tempo per fare da collegamento con Magali e i suoi. Il GIGN rientrerà alla base questo pomeriggio, puoi tornare in elicottero con loro».

«No».

Segnon non insistette, e Ludivine salì nel retro dell'ambulanza con a bordo il medico e la bambina, messa sotto sedativi.

Nella tarda mattinata, la gendarme era ancora in ospedale ad Agen quando il suo collega la chiamò per dirle che l'appartamento di Brussin a Verneuil-en-Halatte era vuoto. Due squadre sorvegliavano il luogo, nel caso riapparisse, e il suo cellulare era sotto controllo, ma l'operatore telefonico non era ancora riuscito a localizzarlo.

Il medico che aveva visitato la bambina mentre dormiva andò da Ludivine.

«Un orrore» esordì, senza mezzi termini.

«Ha subìto abusi?»

«Ripetuti. Non so da quanto tempo, ma il suo corpo è traumatizzato».

«È in pericolo?»

«Non più, ma è denutrita, carente di tutto, e soprattutto... se vedesse come...»

Il medico scosse il capo.

«Lo avete preso?» disse poi. «Quello che le ha fatto... questo?»

«Sì».

«Sono un medico e detesto dirlo, ma per bestie del genere, in tutta franchezza, a volte mi dispiace che non ci sia più la pena di morte».

Ludivine non batté ciglio.

Quindici colpi di pistola risuonarono in lontananza, la campana a morto della sua coscienza.

«Si rimetterà?»

«Dal punto di vista fisico, dovremo vedere se c'è bisogno di un intervento di chirurgia ricostruttiva...»

«È così grave?»

«Sì».

La giovane donna strinse i pugni.

«Quanto alla psiche...» aggiunse il medico. «Non lo so. Abbiamo fatto venire una psicologa, così non sarà sola quando si sveglierà».

«Posso andare a trovarla?»

«Se vuole... la poliziotta è lei, non io».

Ludivine si sedette al capezzale della bambina. Anche nel sonno, il visetto rotondo aveva un'espressione seria. Le passò una mano tra i capelli, e la piccola subito si agitò. La gendarme tolse immediatamente la mano. Rimase a guardarla per un'ora, ma poi i suoi doveri presero il sopravvento sull'istinto e capì che doveva agire.

Le scattò una foto con il cellulare e la inviò a Magali, per un confronto con quelle dei bambini scomparsi.

La bambina si svegliò nel primo pomeriggio e venne subito affidata alle cure di un'équipe psicologica.

Ludivine si sistemò in una sala d'attesa e moltiplicò le telefonate a Segnon e Magali, per tenersi aggiornata sulle ultime novità, ma non stava succedendo nulla. Brussin era uccel di bosco e Montisson non era molto collaborativo.

La notizia arrivò alle 17:00.

Si chiamava Mathilde Lompard.

Era stato difficile identificarla perché i suoi lineamenti erano molto cambiati.

Era scomparsa da quasi tre anni.

Il cuore di Ludivine sprofondò nel petto.

La piccola era appena tornata dall'inferno. Tre anni vissuti tra i mostri. Probabilmente era stata la schiava di

Ferri, prima di diventare il giocattolo di Montisson. Aveva visto di tutto. Subìto di tutto.

La psicologa chiamò la gendarme.

«Può venire qui, per favore?»

«Si è messa a parlare?»

«No. E non credo che lo farà. Non disegna nemmeno».

La psicologa sembrava confusa.

«Le ha fatto qualche domanda su quello che ha passato?»

«No, è troppo presto. Avrà visto che l'abbiamo messa in una nursery. Voleva prendere una delle bambole, così gliel'ho portata. Poi ha fatto il gesto di prenderne un'altra. E poi un'altra».

«E gliele ha date?»

«Certo. All'inizio ho pensato che avesse bisogno di circondarsi di bambole per rassicurarsi, ma mi ha fatto capire che voleva mostrarmi qualcosa. Alcuni bambini, quando subiscono un trauma come questo, vogliono esprimersi subito. Spesso parlare è troppo difficile, quindi disegnano, ma alcuni preferiscono mimare».

Ludivine si aspettava il peggio.

«Voleva due bambole, un maschio e una femmina?»

«No, voleva tutte quelle che potevo trovare. Mi sono fermata a quattordici, dopo aver svuotato ogni stanza e armadio del reparto».

«E poi?»

«Be', credo che ci stia dicendo qualcosa. A modo suo...»

La psicologa aprì la porta del vano di comunicazione e condusse Ludivine alla finestra che dava sulla stanza di Mathilde.

Le quattordici bambole erano ben allineate sul letto.

Tutte decapitate.

54.

Divoratori di innocenza.

Ecco cos'erano Dieter Ferri, Gert Brussin e la loro banda.

L'innocenza era il fulcro essenziale per lo sviluppo dell'equilibrio di un essere umano. La matrice di una psiche serena. E quegli uomini godevano a corromperla, a distruggerla. In tutti i modi, il prima possibile.

Per trasformare il mondo a loro immagine e somiglianza. Creare altre persone traumatizzate. Uomini e donne che somigliassero a Loro, costruiti come Loro su devianze e perversioni, al punto da poter crescere come esseri umani solo perpetrando i loro vizi immondi.

I divoratori di innocenza volevano trasmettere la loro malattia al mondo. Non essere più soli, appestati, repressi dalla legge, bollati come degenerati. Loro erano fatti così, per sempre, e chiedevano il diritto di esistere così.

Una rivendicazione che aveva bisogno della forza e dei numeri, per passare.

Da un lato radunare il maggior numero possibile dei loro, poco alla volta, e dall'altro corrompere, educando in base ai loro criteri.

In modo che la minoranza che rappresentavano non potesse più essere ignorata.

In modo da conquistare un giorno il pianeta.

Ludivine era nauseata. Non riusciva neanche a toccare il suo sandwich, che allontanò di nuovo sul tavolino. Era ossessionata da ciò che Mathilde aveva subìto, da ciò che era diventata.

'È recuperabile!' si disse, col desiderio di crederci. 'Con tanto amore, con la sua famiglia intorno guarirà, le ferite si cicatrizzeranno e diventerà una donna meravigliosa!'

Perché era ancora piccola, forse. Perché sarebbe stata ben accudita. I suoi genitori erano in viaggio da Avignone e sarebbero arrivati di lì a breve.

Ludivine prese il cellulare e chiamò Segnon. Rispose la segreteria telefonica; doveva essere in comunicazione con Parigi, o impegnato a interrogare Montisson. Chiamò il numero di Magali e sentì di nuovo la segreteria.

Non resisteva più. Aveva bisogno di agire, di sentirsi utile. Rimanere lì in attesa era diventato insopportabile, non riusciva a fare altro che pensare, ricordare, e tutto ciò che le passava per la mente era morboso, tragico e deprimente.

Verneuil-en-Halatte.

Certo che Brussin li aveva fregati per bene. Dov'era adesso, dopo che Mags e Cappucin erano morti? Non aveva più nascondigli, né scagnozzi su cui contare.

'A meno che non ne abbia già reclutati altri'.

Stava andando in Spagna a incontrare la sua nuova recluta, il Cacciatore?

D'improvviso a Ludivine venne un'idea. Fu colta da un terribile dubbio e chiamò Aprikan.

«Colonnello, sono stati apposti i sigilli a Pestilence?»

«Sì».

«Il luogo è sorvegliato? Brussin potrebbe cercare di tornarci, dopotutto era il suo quartier generale e...»

«Abbiamo lasciato dei gendarmi di guardia».

«Devono tenersi nascosti, se Brussin passa di lì e si accorge della loro presenza, riuscirà a scappare prima che...»

«Conosco il mio mestiere, Vancker. È tutto sotto controllo, quindi vada a riposare, non dovrebbe nemmeno essere lì».

«Avete trovato nient'altro?»

«La stanza di Brussin era piena di testi sulla propagazione degli ideali e sulle lingue antiche».

«È lì che ha trovato il simbolo *e. Non ci sono altre celle nascoste? Nessun altro prigioniero? Nessuna informazione sull'identità dell'assassino in Spagna, o...»

«Vancker, ci lasci lavorare, d'accordo? Sta diventando snervante».

Il colonnello chiuse la telefonata.

Ludivine prese a rosicchiarsi un'unghia, prima di ricomporsi.

Perché Brussin non era nel suo appartamento?

Lo avevano comprato, probabilmente con i soldi dall'intera comunità – Ludivine ne era convinta – per usarlo come pied-à-terre quando avevano bisogno di avvicinarsi a Parigi, per qualcuno dei loro macabri traffici.

Brussin non aveva motivo di fuggire, in quel momento: la notizia della morte di Cappucin non era ancora trapelata, Aprikan era riuscito a nascondere l'identità del giovane ed era stato imposto un blackout totale sull'indirizzo e sulla foto della villetta. Brussin era di certo sul chi vive, ma non poteva sapere fino a che punto il cappio della giustizia si stava stringendo su di lui.

Allora, dov'era finito?

'Non c'è motivo per cui debba stare in un albergo. Se non è a casa, o è in viaggio o sta da qualcuno che conosce e di cui si fida'.

Una lucina si accese in qualche recesso della sua mente sempre in moto. Appena una fiammella, più simile a una spia rossa di allarme.

Percepiva che c'era qualcosa, un punto essenziale che il suo cervello di investigatrice rilevava da qualche parte ma non riusciva a identificare con chiarezza, un punto dove scavare e che lei continuava solo a sfiorare.

La villetta di Cappucin.

'Non era lui il proprietario!' si ricordò all'improvviso. 'Era Lotte Andréa!'

Brussin aveva mandato il suo rampollo a vivere da una sua vecchia amica. Ma aveva dovuto avvicinarla di persona, assicurarsi che fosse sola, che non avesse vicino altri famigliari, prima di piazzare lì il giovane. Il corpo dell'anziana donna era probabilmente sepolto da qualche parte in mezzo ai boschi.

'Brussin non ha dimenticato i suoi vecchi fratelli e sorelle dei *bambini perfetti*'.

Pensava ancora che si dovessero sostegno e assistenza reciproca?

Ludivine chiamò Magali, ma di nuovo senza successo, e questa volta richiamò il suo collega, Benjamin.

«Dobbiamo sorvegliare le case di altre tre persone» disse senza preamboli. «Egon Turrin, Klaas Boccellini e un certo Rognier che vive nel sud. Il suo nome completo non ce l'ho, ma te lo possono dare gli altri due».

«Aspetta, non ti seguo...»

«Ti spiego più tardi, per ora manda subito un'auto a casa loro e di' ai nostri uomini di restare lì! Ho motivo di credere che Gert Brussin potrebbe andare a far loro visita, o addirittura trasferirsi da uno di loro per far perdere le proprie tracce».

«Me ne occupo subito».

Ludivine aveva escluso Karoline Fitch-Gendrier dalla sua lista. L'anziana donna non era mai sola, andare da lei non era la scelta migliore per passare inosservato. Quanto all'ultimo, Locard, viveva in Canada, quindi la distanza lo avrebbe tenuto al riparo, almeno per un po'.

Ludivine prese una bibita gassata dal distributore automatico e ne trangugiò metà in un sorso, consapevole di essere assetata, certo, ma altrettanto nervosa.

Voci rapide e concitate in corridoio.

Era arrivata la famiglia di Mathilde.

La gendarme non aveva il coraggio di andare a conoscerla. Non ora. Non se la sentiva di raccontare quello che la bambina aveva subìto per quasi tre anni. Erano tutti presi dall'emozione di ritrovarla e lei non voleva rovinare tutto.

Il cellulare si mise a vibrare. Era Magali.

«Brutte notizie» disse, «ho appena avuto conferma dalla Polizia di frontiera e dalla compagnia aerea: Gert Brussin ha lasciato il Paese proprio stamattina».

«Merda. Per andare dove?»

«Aveva un biglietto per Montréal».

«Quanto manca all'atterraggio? Avete avvertito qualcuno sul posto?»

«Il suo aereo è atterrato due ore fa e Brussin ha passato subito dopo i controlli di frontiera. È sparito. E a quest'ora non riesco a contattare nessuno della compagnia aerea per sapere se si tratta di un biglietto di sola andata o di uno scalo, o se è previsto un ritorno».

«Non tornerà» affermò Ludivine.

«Come fai a saperlo?»

«È andato a raggiungere uno dei suoi vecchi compari. È fuggito dalla Francia per andare a rifugiarsi da uno di quelli che vivevano con lui e Ferri trent'anni fa: Markus Locard».

«Mi occupo subito di trovare il tuo Locard. Contatterò la Polizia reale, sono loro l'interfaccia canadese con l'Interpol. Aprikan aspetta di sapere cosa troviamo per poter informare i colleghi di laggiù».

Ludivine si aspettava tutto tranne quello.

Pensava che Locard avesse rotto con i suoi vecchi compagni. Aveva lasciato la comunità ai primi segnali inquietanti.

Qualcuno piangeva nel corridoio. Singhiozzi soffocati tra le mani o contro una spalla.

Lo dovevano prendere, Brussin. Ludivine era furiosa. Sperava soprattutto che la procedura di estradizione con il Canada non fosse lunga e faticosa e che non si colorasse di sfumature politiche, perché voleva quel bastardo sotto processo nel suo Paese. Voleva incrociare il suo sguardo e fargli abbassare gli occhi.

La gendarme aspettò per più di un'ora e mezza prima che Magali la richiamasse.

«La faccenda si complica. Locard vive in mezzo al nulla, nell'estremo nord del Québec. È un luogo difficile da raggiungere a causa della neve, isolato dal mondo, un paesino di boscaioli. Le autorità locali stanno organizzando un convoglio con veicoli adatti, pensano che anche per Brussin non sarà facile arrivare fin lassù».

«Aprikan è in contatto con loro?»

«Tornerà a Parigi stasera e decollerà domani mattina all'alba. Vuole esserci, ha già parlato con il giudice istruttore, lo ha chiamato lui stesso. Stanno sbrigando le formalità giuridiche».

«Segnon ci va?»

«Sì, Aprikan ha deciso di portare anche Mikelis per essere sicuro, in modo che dia loro le dritte giuste per l'interrogatorio».

Ludivine non fece in tempo a protestare, qualcuno imprecò alle spalle di Magali e afferrò la cornetta. Era Benjamin, che inserì il viva voce: «Abbiamo un altro problema» disse in fretta. «Avevi ragione, Ludivine, sui vecchi amici di Gert Brussin. Boccellini è a casa sua e sta bene, ma abbiamo appena trovato Egon Turrin. Lo hanno sgozzato».

Ludivine chiuse gli occhi.

«A quanto pare è stato ucciso ieri sera» aggiunse Benjamin.

«Sta regolando i conti» ipotizzò. «Boccellini non era mai andato a Pestilence, ma Turrin sì, e poi aveva abbandonato il gruppo. Brussin non è andato nel Québec per convincere Locard, ma per ucciderlo. Sta facendo piazza pulita».

«Perché?» chiese Magali.

«È impazzito. Credo che Ferri lo tenesse sotto controllo, ma quando è morto, Brussin ha intrapreso la sua folle crociata, spinto dal desiderio di reclutare su larga scala e nel contempo distruggere i 'non perfetti'. Ora vuole eliminare chi non è degno, chi ha disertato. Penso che se avesse avuto più tempo avrebbe ammazzato anche Boccellini e tutti gli altri 'bambini perfetti' che non hanno voluto credere nel suo progetto. Sta facendo tabula rasa».

«Non gli sarà facile» disse Magali. «Le autorità locali ci hanno detto che Markus Locard vive con la sua famiglia, o almeno così sembra. Per Brussin non sarà così semplice avvicinarlo».

«Non sono sicura che questo ridurrà la sua determinazione. A questo punto, credo proprio che non esiterà a sterminare tutta la famiglia, se necessario. E che sia pronto a distruggere persino l'intero villaggio».

«È un uomo di sessantotto anni, non te lo dimenticare, non è mica il diavolo in persona».

«Brussin ha pianificato tutto con calma, è meticoloso, organizzato e intelligente. Basta vedere quello che ha fatto con Cappucin. Magali?»

«Sì?»

«Prenota un biglietto anche a mio nome».

«Senti, non so se...»

«Andrò a Montréal con gli altri. Voglio essere della partita».

Non poteva restare lì ad aspettare, sarebbe impazzita. Doveva andare con gli altri. Conosceva Brussin meglio di chiunque altro. Non era partito per raggiungere l'estremo nord del Québec solo per un improvviso colpo di testa. Non era nel suo stile.

Ludivine era convinta che lui avesse un'idea ben precisa in mente.

Un piano.

55.

Tutti dormivano, nella cabina.

Le luci erano state abbassate e i passeggeri si erano avvolti nelle coperte per proteggersi dall'aria condizionata.

Ludivine non aveva mai capito perché sugli aerei facesse sempre così freddo.

Aprikan e Segnon avevano gli occhi chiusi, e la bocca semiaperta del colonnello non lasciava dubbi sul fatto che fosse sprofondato nel sonno. Aveva lasciato la divisa per abiti civili. Tutto ciò che avevano per dimostrare il loro status erano i tesserini. Niente uniformi, armi, manette, niente. Solo un documento ufficiale.

Stranamente, Aprikan non si era messo a strepitare quando aveva visto Ludivine all'aeroporto. Non aveva nemmeno cercato di dissuaderla, come se lo sapesse già. Probabilmente se lo aspettava. Si era limitato a ignorarla.

Mikelis non era al suo posto.

La gendarme si voltò e lo vide in fondo all'aereo, in piedi vicino all'uscita posteriore. Si slacciò la cintura e lo raggiunse.

«Non riesce a riposare?» gli chiese, in tono che voleva essere cordiale.

«Non dormo bene in aereo».

«Le fa paura?»

«No, solo che non è comodo. Alla mia età, le persone hanno le loro abitudini in fatto di sonno».

«Parla come se fosse vecchio, ma non lo è» rispose Ludivine con un sorriso.

«Tutta questa storia la perseguita, vero? Ne è ossessionata».

La replica fu un'alzata di spalle.

«Lo trova così strano?»

Mikelis rimase in silenzio, trafiggendola con gli occhi grigi.

«È l'indagine di una vita» disse lei. «Alexis è morto, credo di avere tutte le ragioni per essere ossessionata».

La smorfia del criminologo le disse che non l'aveva convinto. Non del tutto.

«La violenza è un buco nero, che risucchia tutto quello che trova sul suo cammino. Ogni cosa. Le consiglio di stare attenta a se stessa, volevo solo dirle questo».

«È il motivo per cui se n'era andato?»

«Quando passi le tue giornate a cercare di metterti nei panni dei criminali, soprattutto di quelli peggiori, finisci per pensare come loro. Perché ti sei appropriato del loro modo di vedere le cose, delle loro esperienze e delle loro fantasie. A poco a poco ti chiudi in te stesso, e ti lasci invadere da loro. La tua personalità ne viene scossa, perché ha a che fare con la parte più intima di ognuno di noi, anche i rapporti sessuali non sono più gli stessi, diventano più brutali. Ti allontani dagli altri, volente o nolente, tutto diventa più oscuro, e tu diventi più aggressivo».

Ludivine stava per rispondergli che non era ancora arrivata a quel punto, quando fu colta da un momento di lucidità. Se guardava le cose con un minimo di distacco, doveva ammettere che i sintomi descritti dal criminologo non le erano del tutto ignoti. Irritabile, chiusa in se stessa, a vedere il mondo solo attraverso le azioni di quegli assassini...

«Forse...» ammise.

«È inevitabile, mi creda. Personalmente, ho scelto di tornare dalla mia famiglia prima di perderla. Sono giunto a un passo dal vederli andare via, e sono riuscito a reagire in tempo».

«Allora perché è tornato? Perché ora, per questa indagine in particolare?»

Mikelis guardò per un attimo tutte le teste addormentate davanti a loro. Il rombo attutito dei reattori saturava la cabina, cullando i passeggeri nel sonno.

«Per via della Congiura Primordiale».

«Che significa?»

«A forza di seguire le tracce dei serial killer e dei peggiori maniaci, ho finito per farmi un'idea molto precisa di quello che erano e di cosa li muoveva. Sono macchine, in un certo qual modo. Non provano nessuna empatia, nessuna emozione, eppure hanno tutte le qualità dell'essere umano, quel formidabile animale evoluto che domina il pianeta. Con la loro totale mancanza di pietà e di sentimenti, li ho spesso considerati come in qualche maniera al vertice della catena alimentare. Provi a immaginare se domani questi esseri decidessero di colpire il sistema, invece che il singolo individuo. Se, a poco a poco, tutti i pervertiti e gli assassini di massa o seriali cominciassero a colpire a livello globale. Non più solo per soddisfare le loro fantasie, ma con l'obiettivo del dominio totale».

«Ma lei sa meglio di me che è impossibile, l'assassino obbedisce alla sua fantasia malata, non può decidere di indirizzarla verso qualcos'altro di specifico. E di certo non possono farlo più assassini in contemporanea, guidati dallo stesso fantasma di morte!»

«Sto parlando di una sorta di alterazione comportamentale di questi criminali, che potrebbe spingerli verso una barbarie di massa e su larga scala. Non un desiderio collettivo, ma semmai l'emergere di un desiderio individuale che potrebbe diventare lo stesso per la maggior parte di loro! Sto parlando di una società industriale in cui gli assassini industrializzano l'assassinio. Non più un delitto ogni tanto, ma di continuo. Psicopatici che iniettano prodotti tossici negli alimenti dei supermercati, che avvelenano le riserve di acqua potabile delle città, che mettono bombe nelle scuole, nei cinema e negli autobus, solo per uccidere in massa. E che sterminano uomini e donne come tutti i serial killer che conosciamo, ma a un ritmo ben più frenetico».

«Una sincronicità di impulsi omicidi?»

«Esattamente. Una forma di mutazione sociale e intellettuale, innestata sulle devianze di persone psicologicamente fragili e già vulnerabili».

«Una sorta di virus della violenza?»

«In qualche modo».

«Ma non è possibile, la violenza non è una malattia biologica».

«Non un virus in senso medico, ma piuttosto un virus mentale trasmesso dai nostri stessi geni e attivato dalla ripetizione delle nostre azioni aggressive, di generazione in generazione. Qualcosa che risiede già dentro di noi, pronto per essere attivato. In fondo le malattie, qualunque genere di malattia, sono nate un giorno lontano, molto tempo fa, e nel tempo hanno viaggiato, nascoste negli organismi, latenti, dormienti, per poi esplodere all'improvviso. Pensi all'AIDS: quante migliaia di anni di evoluzione umana ha richiesto per emergere? Non è piovuto dal cielo alla fine del Ventesimo secolo. Era lì, in agguato da qualche parte, in attesa dei fattori giusti per scatenarsi».

«Una specie di virus della violenza estrema pronto a manifestarsi, è così?»

«È una congiura che viene dai primordi dell'umanità. È nel nostro codice genetico. Fin dall'inizio. Non tutti gli esperti sono d'accordo su questo, ma sono state compiute delle ricerche sull'argomento. La nostra propensione all'aggressività e all'uso della violenza come mezzo di adattamento e sopravvivenza, in modo da raggiungere il più rapidamente possibile il vertice della catena alimentare, è una precisa prova di una forte anomalia comportamentale. Significa un'innata capacità di essere violenti. Ciò che spinge i bambini fin dalla più tenera età a giocare alla guerra. È qualcosa di atavico. È la nostra forza motrice, la nostra energia primaria, che ci ha portato a conquistare tutto lo spazio a disposizione della nostra specie e a rendere schiave tutte le altre. Ci diffondiamo senza controllo, senza limiti, anche mettendo a rischio le nostre risorse, e se è necessario muoviamo guerra anche a noi stessi per conquistare la sopravvivenza nel territorio più fertile, a costo di massacrarci tra noi, con milioni di morti».

«Lei è molto più pessimista di me...»

«Dico solo che tutto questo esiste, è dentro di noi, e non serve a nulla negarlo. Il mondo si muove sempre più rapidamente, vogliamo sempre più di tutto, ci stiamo globalizzando, industrializzando, diffondendo ovunque... I tempi sono maturi per l'esplosione della violenza di massa. È cresciuta di generazione in generazione, per oltre un secolo. Si agita dentro di noi. Preme così forte che le conseguenze drammatiche si sono già viste. Ci ha portato a due guerre mondiali senza precedenti, ai campi di sterminio, e guardando con attenzione agli ultimi trent'anni, il mondo non ha mai vissuto così tanti conflitti allo stesso tempo. Mai!»

Ludivine fece un passo indietro. Mikelis parlava con una tale foga da farle quasi paura.

Diverse persone nelle ultime file si girarono, guardandoli male.

Il criminologo se ne rese conto e abbassò la voce, prima di continuare: «Questa violenza di massa è cresciuta, cercando di manifestarsi già tra i nostri nonni e genitori. Ora comincia a infettare direttamente gli organismi, le menti fragili e ricettive di cui parlavo prima. Agisce direttamente sull'individuo. Ecco perché ci sono sempre più serial killer, omicidi di massa e atti di follia criminale. Non certo per caso: tutto questo accade nei Paesi più industrializzati, quelli che hanno instillato nei loro cittadini una mentalità consumista spinta all'eccesso, quelli che hanno favorito il riaffermarsi del nostro istinto di conquista e di soddisfazione permanente, un istinto che non si placa mai ed esige sempre di più».

«E lei pensa che Brussin e il suo gruppo incarnino questo fenomeno?»

«È quello che volevo scoprire. Quando ho visto che un ragazzo come tanti poteva spingere degli sconosciuti innocenti sotto un treno, dopo aver disegnato su un muro il simbolo dei serial killer e dei pedofili, ho temuto che la mia teoria fosse diventata realtà».

«E adesso? La rassicura constatare che è l'opera di un pazzo che ha saputo plasmare delle menti deboli?»

Mikelis la fissò come se lei non capisse.

«È la Storia che continua, Ludivine. Quello che fa questa gente è la conseguenza degli esperimenti nazisti, è il frutto della distruzione psicologica compiuta sui bambini, che sono diventati il terreno perfetto per lo sviluppo della violenza. Individualmente, erano una minaccia per le nostre famiglie. Ma collettivamente sono diventati una minaccia per la nostra intera società. Dieter Ferri ha fatto peggio di quanto potessi immaginare. È riuscito a rendere intenzionale un puro e semplice riflesso primordiale. Quella che altro non era se non una forma di congiura biologica contro la nostra specie, per limitarne l'espansione a lungo termine, per impedirle di dominare il mondo per sempre, come una sorta di meccanismo di sicurezza da parte della natura, Dieter Ferri l'ha trasformata in una motivazione intellettuale, ha voluto farne una dottrina. Metterla a nudo. Abbracciando così l'autodistruzione della specie umana».

Un'improvvisa turbolenza scosse l'aereo e Ludivine si aggrappò al criminologo. L'avviso che invitava i passeggeri ad allacciare le cinture di sicurezza si accese, mentre un segnale acustico riecheggiava in tutto l'aereo.

Mikelis la aiutò a non perdere l'equilibrio. Gli occhi gli brillavano ancora con la stessa inquietante intensità.

«Sono tornato con la speranza di essermi sbagliato, di poter vedere i miei figli crescere con più serenità, e invece ho scoperto uomini che vogliono trasformare la Congiura Primordiale in una nuova forma di religione».

Ludivine si staccò dal criminologo.

«È molto peggio di quanto temessi» concluse lui.

Una nuova turbolenza scosse l'intero aereo e questa volta Ludivine non poté contare sulla mano di nessuno per evitare di cadere.

56.

Il collegamento con l'Interpol passava tramite la Royal Canadian Mounted Police, le leggendarie Giubbe rosse, che era la forza di polizia federale del Paese, ma a Montréal furono due uomini della Sûreté du Québec, la polizia di Stato, ad accogliere gli investigatori francesi. L'ispettore capo Malvoie e il sergente Coutant.

Malvoie era un bell'uomo sulla quarantina, che assomigliava un po' a un Kevin Costner in giacca e cravatta antracite, mentre Coutant indossava un'uniforme kaki, era un po' più giovane e sfoggiava un vistoso paio di baffi.

Con il fuso orario, era appena mezzogiorno e gli agenti di polizia canadesi suggerirono di fare il punto in una caffetteria dell'aeroporto, mentre aspettavano il loro prossimo volo.

«Prenderemo un aereo per Radisson, che si trova all'estremo nord» spiegò Malvoie con il suo accento melodioso. «Da lì, per il resto del viaggio, useremo dei grandi pick-up attrezzati per affrontare la neve. Anche se dovessimo imbatterci in una tempesta, non dovrebbe essere un problema raggiungere il paesino del signor Locard».

«È così lontano?» chiese Aprikan.

«Oh sì, per quanto ne so più a nord ci sono solo gli Inuit, nessun altro».

«A che ora possiamo contare di essere lì?» chiese Ludivine.

«Atterriamo a Radisson intorno alle 17:00, e poi ci sono almeno tre ore su strada».

«E siamo in ritardo di ventiquattro ore rispetto a Gert Brussin» sospirò Ludivine.

«Non pensi che per lui sia uno scherzo, signorina» disse il sergente Coutant. «Non ci sono voli giornalieri per Radisson, e abbiamo controllato che non è tra i passeggeri di quello che prenderemo noi. Vuol dire che ha fatto tutto il tragitto in auto partendo da Montréal. Più di mille chilometri, di cui almeno duecento nella neve».

«È già caduta la neve, in questo periodo dell'anno?» chiese Segnon.

«È il peggior autunno che abbiamo avuto da anni. Già tre bufere di neve, e non siamo neanche alla fine di ottobre. Mai visto nulla di simile».

«Le strade non sono bloccate a nord?» chiese Ludivine.

«No, se i veicoli sono ben equipaggiati si riesce a spostarsi, basta solo non avere fretta, tutto qui. Con un po' di fortuna, arriveremo poco dopo il vostro sospettato».

I due poliziotti del Québec erano attenti a esprimersi usando poche espressioni tipiche della loro terra. Erano abituati a lavorare con i 'dannati francesi' che non capivano un accidente.

L'ispettore capo Malvoie esitò, un po' a disagio per quello che doveva dire: «Mi secca ribadirlo, ma… non siete armati, e non potrete arrestarlo voi direttamente, siamo intesi su questo?»

Aprikan annuì, con un brusco cenno del capo.

«È ovvio. Vi seguiamo e basta».

«Scusate, ma dovevo chiarirlo».

«Sarete solo voi due a fermare Brussin?» chiese Ludivine.

«Portiamo con noi altri due dei miei uomini, stia tranquilla, oltre ai due agenti sul posto che ci faranno da autisti».

La giovane donna non era molto rassicurata. Sei uomini armati erano più che sufficienti per arrestare Gert Brussin, sessantotto anni, solo e teoricamente disarmato dopo aver preso un volo aereo, ma lei non era più sicura di nulla. Brussin non era arrivato fin lì per eliminare Locard senza un buon piano. Attirarlo lontano dalla sua famiglia sarebbe stata la cosa più semplice da fare; ci aveva pensato per tutto il volo. Bastava che l'assassino telefonasse e facesse il nome di Pestilence, di Ferri o anche il suo, e Locard sarebbe andato a incontrarlo, curioso e anche timoroso che la sua famiglia venisse a sapere del suo vergognoso passato. Rimaneva la questione di come ucciderlo. Conoscendo Brussin, doveva essere qualcosa di efficace e spettacolare.

Un coltello da macellaio sarebbe stato perfetto, aveva pensato Ludivine. Come per Egon Turrin.

Il resto del viaggio fu interminabile quasi quanto la traversata dell'Atlantico. Un volo tra una turbolenza e l'altra fino all'estremo nord del Québec, un atterraggio in mezzo alla neve, nell'oscurità, poi il freddo pungente, insieme a un vento gelido che sollevava fiocchi bianchi come sciami di insetti.

Due veicoli fuoristrada della Sûreté du Québec li prelevarono ai piedi della torre di controllo. I pick-up erano giganteschi, con due file di portiere davanti alla piattaforma di carico.

Aprikan salì sul primo veicolo con Malvoie, lasciando Segnon, Mikelis e Ludivine nel secondo, insieme a Coutant e all'autista.

«Le autorità locali sono state informate del nostro arrivo?» chiese la giovane donna.

Coutant ridacchiò.

«No, signorina, perché non ci sono autorità locali. Non credo che si renda conto di dove stiamo andando: è un posto piccolissimo. È una di quelle zone remote, un campo base per i cercatori di oro, rame e zinco. Ormai non sono più tanti quelli che ci abitano tutto l'anno».

«Quanti?»

«Meno di duecento anime, credo. Non sarà molto difficile individuare il vostro uomo».

«C'è solo un albergo, immagino».

Il sergente fece un'altra risatina.

«In realtà non ce n'è manco uno. Ci organizzeremo sul posto con il Comune per stasera, non si preoccupi».

«Se arrestiamo Brussin questa sera, significa che non c'è una cella dove rinchiuderlo?»

«Esatto. Dovremo sorvegliarlo. Troveremo una stanza dove rinchiuderlo, non si preoccupi».

Ludivine incrociò le braccia sul petto. Non le piaceva affatto la piega che stava prendendo la spedizione.

Non appena i pick-up lasciarono l'aeroporto e si addentrarono nel buio della sera, la neve ricominciò a cadere. Non molto fitta, grossi fiocchi lenti ma continui.

Non c'erano lampioni, solo i fari tagliavano l'oscurità con una lama di luce. La strada era stata ripulita da poco dagli spazzaneve e cosparsa di sale, eppure un sottile tappeto bianco cominciava già a ricoprirla. Tempo un'ora, si disse Ludivine, e chissà come avrebbe fatto l'autista a non smarrirsi.

'Tanto la strada è dritta' si rassicurò.

Davanti a loro si apriva una lunga trincea scavata tra giganteschi abeti rossi. Nell'oscurità, i rami degli abeti pendevano come stracci addosso a mendicanti, che dal ciglio della strada tendevano le mani scarne verso i veicoli che li facevano oscillare, spostando l'aria al loro passaggio.

Ludivine vedeva l'indicatore della temperatura sul cruscotto scendere costantemente. Sembrava che non ci fosse una fine.

I tergicristalli spazzavano il parabrezza con la regolarità di un metronomo, con un effetto ipnotico; e, a poco a poco, cullata da quello spettacolo affascinante e spaventoso al tempo stesso, la giovane donna finì per addormentarsi.

Si svegliò di soprassalto quando il sergente Coutant li informò che erano arrivati a Val-Segond, il paesino dimenticato.

Più in basso rispetto alla strada, vari piccoli edifici a due piani collegati da passerelle coperte di rosso annunciavano il ritorno della civiltà. Più avanti sorgeva una fila di case simili a grandi prefabbricati, anch'esse comunicanti tra loro e con il resto del villaggio attraverso un tunnel rosso che correva tutto intorno al retro degli edifici. Ogni edificio era servito dallo stesso tipo di braccio colorato, in modo che tutti gli abitanti potessero spostarsi senza uscire all'esterno quando le bufere di neve erano troppo violente.

La neve continuava a cadere, impercettibile nell'oscurità, visibile solo nel fascio di luce bianca dei fari che illuminavano dall'alto ogni edificio. Ricopriva silenziosa il mondo in un vortice, pronta a soffocarlo nel sonno, stendendo gradualmente i suoi candidi cumuli come tentacoli che si arrampicavano verso le finestre.

«È molto più grande di quanto mi aspettassi» ammise Ludivine, scoprendo tutte le luci bianche che baluginavano nella tempesta.

Ce n'erano tantissime. Diverse strade, una serie di isolati, varie file di case prefabbricate.

«Siamo sicuri che qui siano solo in duecento?» chiese Segnon.

«Mezzo Val-Segond è vuoto» disse l'autista, «per un periodo è stato addirittura un villaggio fantasma. Di certo non sono a corto di spazio».

«Chi ci vive? È un vero incubo...»

«I taglialegna e le loro famiglie, un po' di tecnici dell'ultima miniera di zinco della zona, che è stata riaperta all'inizio degli anni Novanta. È la miniera che ha salvato il paese prima che morisse, lo ha ripopolato ed eccolo qua. Ci sono parecchie città fantasma come questa, nel nord del Paese».

«Capisco perché tutti se ne vanno».

«È meglio scoprirlo in estate. Non ci crederà, ma quando il tempo è bello è un posto magnifico».

Markus Locard era fuggito dal suo passato il più lontano possibile. Fino al punto di sacrificare tutto per non rischiare di dover rivedere un giorno Dieter Ferri e i suoi compagni, per non sentire più parlare dei 'bambini perfetti'. Non si trattava tanto di dimenticare, si rese conto Ludivine, quanto di fuggire lontano, per proteggersi.

All'improvviso si chiese se Locard non fosse a conoscenza di qualcosa che lo aveva spinto fino in capo al mondo. Un segreto tale che, se voleva salvarsi la vita, aveva dovuto lasciare la civiltà, rinunciare a un'esistenza normale.

Un segreto che Egon Turrin non conosceva, perché non aveva cercato di proteggersi in modo così estremo, ma se era morto significava che anche lui poteva condurre alla sua scoperta. Era qualcosa che aveva confidato a Ludivine senza che lei se ne fosse resa conto? La gendarme non ricordava nulla di particolare. Qualche nome, degli episodi, certo nulla in grado di far paura a Brussin, uno che era pronto a proclamare a gran voce il diritto alla perversione come differenza da rispettare! Quello che era successo a Pestilence non lo preoccupava, anzi, lui voleva far conoscere la sua causa, voleva che **e* si diffondesse ovunque.

Gert Brussin era arrivato lì per cancellare qualcosa. Per distruggere il passato.

Che genere di informazione poteva spaventare un uomo come lui? Lui, l'addestratore di assassini?

Quali conoscenze oscure possedeva Markus Locard?

Ludivine cominciò a pregare che arrivassero prima di Brussin. Che Locard fosse ancora vivo.

Il primo pick-up passò sotto le facciate consumate dalle intemperie. Da vicino la gendarme notò che in realtà non tutte le finestre erano illuminate, quindi ogni famiglia aveva tutto lo spazio che poteva desiderare. Il fuoristrada si fermò all'incrocio centrale di Val-Segond, davanti a una pensilina illuminata e a due grandi porte. Ludivine e Segnon seguirono il sergente Coutant mentre scendeva per andare a raggiungere i colleghi del veicolo che li aveva preceduti.

Il freddo la aggredì subito, come una mano enorme che si richiudeva su di lei. Segnon non sembrava stare molto meglio.

Uno schianto sinistro risuonò nella notte e i due francesi sussultarono.

«Tranquilli» disse l'autista, «è solo il gelo che fa esplodere gli alberi».

La giovane donna lanciò un'occhiata intorno, e nel fascio di luce dei riflettori notò il limitare della foresta che circondava l'intero villaggio.

La maggior parte degli abeti era stata decapitata.

Per la prima volta, Ludivine si chiese cosa diavolo ci facesse lì.

57.

La hall d'ingresso sembrava una stazione sciistica rimasta lì dagli anni Ottanta. Grandi spazi dai colori sgargianti, scale e corridoi infiniti con porte ovunque, senza un briciolo di anima.

L'uomo che li accolse, un tizio alto e rosso di barba e di capelli, in camicia a quadri e cappellino da baseball, sembrava a dir poco sorpreso. Li condusse verso una passerella fino a un edificio poco distante, dove si trovava una parte dei responsabili del villaggio.

Erano in undici, ma la sensazione di Ludivine rispetto a quel complesso gelido in cui risuonavano i loro passi era che fossero creaturine minuscole, perse nei lunghi corridoi di lamiera rossa. Sembrava di attraversare una di quelle *cité* di casermoni popolari in parte abbandonati. Il vento fischiava tra gli interstizi, le lampadine sfrigolavano in mezzo a quella specie di labirinto, disposto su più livelli.

Una porta si aprì davanti a loro e apparve un uomo che teneva per mano due bambini.

Ludivine si rese conto che c'erano anche dei bambini nel paesino. Una scuola, probabilmente una piccola clinica, magazzini con scorte di cibo, il necessario per sopravvivere isolati durante l'inverno.

Dovevano esserci lunghi periodi in cui il paesino di

Val-Segond era completamente tagliato fuori dal resto del mondo, e lei cominciò a pregare che la nevicata che non accennava a rallentare non segnasse l'inizio di uno di quei periodi. Il pensiero di rimanere bloccata in quel luogo con Gert Brussin intorno l'angosciava profondamente. Anche se lui fosse stato imprigionato in una rimessa finché durava la bufera.

Salirono alcuni gradini e, dopo un paio di svolte, entrarono in una mensa comune, dove un televisore trasmetteva un bollettino meteo che non prometteva nulla di buono.

Vecchi divani usurati occupavano il centro della stanza, e qua e là sui muri erano attaccati dei volantini usciti da una fotocopiatrice.

«Vado a cercare un responsabile» disse l'omone rosso, prima di eclissarsi.

Ludivine si avvicinò ai volantini. A quanto pareva Val-Segond aveva una propria stazione radio, e ogni famiglia poteva andare lì a depositare la propria firma per referendum o petizioni che proponevano la riparazione di questa o quella struttura comunitaria, l'installazione di una nuova antenna parabolica, la costruzione di un campo da minigolf all'uscita del paese e altro ancora.

La gendarme sentì voci femminili che chiacchieravano nel corridoio, a una certa distanza, poi qualcuno scoppiò a ridere e continuò mentre si allontanava.

Dopo pochi minuti arrivò un uomo dai capelli sale e pepe, con il fiatone e la faccia olivastra solcata da rughe, anche se non doveva avere più di quarantacinque anni. Gli occhietti neri brillavano ed emanava una strana bonomia, non scalfita da una certa inquietudine nel vedere lì tutte quelle uniformi della Sûreté.

«Miseriaccia!» esclamò. «Cosa sta succedendo qui?»

L'ispettore capo Malvoie si presentò e, con un tono il più possibile rassicurante, gli chiese: «È arrivato qui uno sconosciuto, di recente? Stiamo cercando un uomo di nome Gert Brussin, capelli grigi, sovrappeso, parla con accento francese».

«No, nessuno. Perché?»

«Potrebbe essersi introdotto in paese senza farsi notare?»

«Qualcuno se ne sarebbe accorto di sicuro. Questa è una piccola comunità, ovviamente ci conosciamo tutti. Ma cosa sta succedendo? Come mai tutta questa gente qui all'improvviso?»

«Dobbiamo parlare subito con Markus Locard. Abita qui a Val-Segond, vero?»

«Sì, vive qui con la moglie, i figli e i nipoti. Perché?»

«È una questione urgente».

«Vorremmo parlare con lui» intervenne Ludivine, «senza la presenza dei suoi famigliari».

Locard non era fuggito così lontano per spiattellare tutto della sua vecchia vita ai suoi nuovi vicini. Lei era pronta a scommettere che nessuno ne fosse a conoscenza, e riteneva che anche lui avesse diritto ai suoi segreti.

«Lo faccio chiamare» rispose l'uomo, con una certa ansia.

La tv era invasa da spot che pubblicizzavano cibo, in quantità industriali, e automobili. Una dopo l'altra, a ripetizione. Mangia, guida, guida, mangia. Di tanto in tanto, un servizio giornalistico interrompeva quelle lunghe litanie di peana in onore del consumismo.

Quando Markus Locard entrò nella stanza, Ludivine si alzò in piedi.

Era alto e asciutto, i capelli candidi come la neve, le guance infossate, le labbra sottili e il naso aquilino. Gli occhi azzurri erano talmente chiari da farlo sembrare malaticcio. Fece scorrere la cerniera del maglione, abbracciando tutti gli investigatori in un solo e lungo sguardo circolare.

«Markus Locard» disse Ludivine, porgendogli la mano, «abbiamo fatto molta strada per parlare con lei. Siamo della Gendarmeria nazionale francese e veniamo da Parigi».

«Riconosco la parlata» disse, con un accento del Québec appena pronunciato.

«La situazione è un po' complicata. Forse sarebbe meglio se ne parlassimo da soli» disse lei, con un'occhiata al responsabile che era andato a cercarlo, e alle altre tre persone in piedi sulla soglia.

«Ho fatto qualcosa di male?» chiese Locard con una punta di preoccupazione.

«No. Ma è in pericolo» rispose Ludivine. «A causa del suo passato».

Il vecchio alzò la testa e la fissò dritta negli occhi. Dopo un attimo di silenzio, si voltò per segnalare ai suoi amici che era tutto a posto e che potevano andare.

La porta si chiuse dietro di loro.

«Sentiamo» disse Locard.

«Si tratta di Pestilence. E di Dieter Ferri».

Il pomo d'Adamo di Locard ebbe un guizzo. Annaspò in cerca di un sostegno e Segnon si affrettò a porgergli una sedia.

«So che non sentiva questo nome da molto tempo» proseguì Ludivine.

La gendarme aveva preso in mano la situazione. Nessuno sembrava volerla interrompere.

«Da più di trent'anni» sussurrò, chiaramente sotto shock.

«Lei se ne andò da Pestilence quando comprese che Ferri nascondeva qualcosa. Il paesino è molto cambiato, da allora. La situazione è degenerata, Locard. Gert Brussin ha preso il controllo della comunità e... Ma ecco il punto: pensiamo che sia venuto fin qui per ucciderla».

Locard si raddrizzò sulla sedia.

«Uccidere me? E perché mai?»

«Pensavo che dopo tutto questo tempo fosse solo per chiudere il cerchio, ma ora mi chiedo se lei non sia al corrente di qualcosa che lui vuole tenere nascosto».

«Io? Ma se sono trent'anni che non torno in Francia! Non li ho mai più rivisti. Né lui né gli altri».

«Eravate molto legati, in quel periodo?»

«Con Brussin? Non più che con Ferri. Mi sembra che sappia già tutta la storia, quindi può immaginare come mi sono sentito quando ho capito chi era veramente Ferri. Ho preso e ho deciso di andarmene via lontano, lontano da loro, lontano dalla Francia che un bambino come me non l'ha mai voluto, lontano da quel passato così pesante. Tutta quella parte della mia vita è morta e sepolta. Qui nessuno ne sa nulla, nessuno, nemmeno mia moglie!»

Negli occhi ardeva intensa la brace di un dolore insondabile. Alzò un indice rivolto a tutti gli investigatori intorno a lui, come se li stesse minacciando.

«Non abbiamo intenzione di divulgare la sua storia» continuò Ludivine, «perché riguarda solo lei. Però rimane da capire cosa potrebbe volere Brussin».

«L'avete già arrestato?»

La gendarme guardò Malvoie e poi Aprikan, a disagio.

«No, non ancora. Come le ho detto, pensiamo che sia qui, o stia venendo qui, per ucciderla».

Locard scosse lentamente la testa. I ricordi si affollavano dietro le pupille azzurre, desiderosi della sua attenzione.

«Non ho voglia di riportare a galla tutto quanto» disse dopo un attimo.

«Capisco».

«Siete proprio sicuri che stia arrivando? Dopo tutto questo tempo? Fin qui? Solo per... per me?»

«Ha già ucciso Egon Turrin».

«Egon...»

Una parte della mente del vecchio non era più lì con loro, era rivolta a un passato lontano, tra coloro che un tempo erano stati suoi fratelli e sorelle.

«Credo che Brussin voglia togliere di mezzo i 'bambini perfetti' che hanno abbandonato il gruppo» azzardò Ludivine.

«Io l'ho capito molto tempo fa, che non eravamo 'bambini perfetti'. Ma loro non hanno mai voluto accettarlo. Lasciate che vi dica una cosa: ho sempre pensato che fosse Brussin, il vero pericolo per Pestilence. E sapevo che una volta morto Ferri, Brussin avrebbe perso completamente la testa, sarebbe diventato un predatore feroce e incontrollabile. Ce l'aveva negli occhi già allora, sapete? Ferri era un sognatore, illuminato da una visione, mentre Brussin era solo un ideologo vendicativo frustrato da un'infanzia difficile, un violento. Riuscirete a proteggere me e la mia famiglia? Non voglio metterli in pericolo».

«C'è solo una strada per arrivare qui» disse l'ispettore capo Malvoie. «Metterò uno dei miei uomini in una stanza che guardi sull'ingresso del paese e un altro davanti a casa sua, nel corridoio di servizio, per sicurezza. Saremo lì e lo arresteremo, non tema. Sarà tutto molto rapido, non avrà neanche il tempo di capire».

Gli occhi chiari guardarono il poliziotto. Locard sembrava dubbioso, ma dopo un attimo annuì.

«Mi fido di voi». Poi si rivolse a Ludivine: «Lei lo sa di cosa è capace, vero? Lo vedo dal suo atteggiamento. Lei ne ha paura».

«Con tutto il rispetto, signore» esclamò il sergente Coutant, accarezzandosi i baffi, «è un uomo abbastanza anziano, e ha di fronte sei poliziotti armati. Se preferisce, faremo in modo che non debba neanche vederlo».

Markus Locard piantò gli occhi azzurri in quelli di Ludivine.

Non era a suo agio, lei lo percepiva.

Aveva vissuto con i 'bambini perfetti' per tre anni e li conosceva meglio di chiunque altro.

E ne aveva paura.

Ludivine era esasperata. Nessuno voleva darle retta.

«Signorina, saremo tutti nelle immediate vicinanze» ripeté Malvoie, lisciandosi la giacca del vestito, con il parka di pile nell'altra mano. «Sono sicuro che Brussin non piomberà qui nel cuore della notte, con questa nevicata, ma se l'agente di guardia lo vedesse arrivare saremo comunque tutti in piedi in un attimo».

«Non è abbastanza».

«Sarà determinato finché vuole» aggiunse Coutant, «ma mi creda, noi siamo arrivati appena in tempo. In questo momento nessuno sarebbe così pazzo da mettersi in viaggio, con una bufera del genere! Questo Brussin non è mica un mago».

«E se invece fosse già qui? E se fosse arrivato qui poco prima di noi, e nessuno se ne fosse accorto?»

«Ce lo hanno confermato tutti quelli del posto: se fosse arrivato un veicolo qualcuno lo avrebbe sentito, o lo avrebbe visto parcheggiato da qualche parte. E poi questo complesso è vasto ma non c'è una mappa, nessuno sarebbe in grado di orientarsi senza chiedere informazioni. Brussin non potrebbe trovare la casa di Locard senza prima chiedere a qualcuno».

Malvoie le diede il colpo di grazia. «In più, per ogni evenienza, la radio locale sta per trasmettere un messaggio di allerta a tutti i residenti. Diceva Locard che alla sera tutti ascoltano la radio, quindi tutti saranno al corrente e si chiuderanno in casa. Con uno dei miei a sorvegliare l'ingresso del paese, uno dietro alla casa di Locard e noi di ronda in coppia, può dormire tranquilla. È più probabile che Brussin venga arrestato domani da qualche parte lungo la strada, con la macchina bloccata dalla neve, o all'uscita di un motel a Radisson, se è stato più prudente».

Ludivine capitolò sotto lo sguardo freddo di Aprikan, che non aveva detto mezza parola. Non sapeva se il suo superiore fosse d'accordo con lei, o se dentro di sé fosse esasperato dal suo eccesso di prudenza.

Michel Tanguy, il tizio sorridente dalla faccia rugosa, si offrì di guidarli alle stanze rapidamente allestite per loro. Mentre i canadesi si organizzavano per i turni di guardia, Mikelis si avvicinò a Ludivine.

«Condivido i suoi dubbi, ma non hanno tutti i torti. Brussin sarà anche ingegnoso e machiavellico, ma non gioca in casa e non può fare miracoli. Se fosse già qui, lo sapremmo. I poliziotti lo vedranno sicuramente, se riuscirà ad arrivare fin qui nel cuore della notte».

«Sarà. Io non riesco a sentirmi tranquilla. Potrebbe aver noleggiato una motoslitta ed essere arrivato dalla direzione opposta, lui ha...»

«Si rilassi, Ludivine. Lui ha sessantotto anni, e anche

se è una vecchia volpe questo non lo rende Superman. Solo nei film i cattivi arrivano di colpo alle spalle dei buoni in situazioni come questa. Okay?»

Lei strinse i denti. Aveva la sensazione che nessuno la capisse o la ascoltasse.

«Brussin non è tipo da lanciarsi in un'impresa come questa senza avere un piano, mi creda».

Mikelis la guardò, imbarazzato. Qualcosa nell'atteggiamento della gendarme, nella sua perseveranza, lo metteva a disagio.

Forse perché lei non si arrendeva quando tutti gli altri abbassavano la guardia, troppo sicuri di sé?

Si accontentò di darle una pacca amichevole sulla spalla e raccolse la sua borsa da viaggio per seguire gli altri lungo il corridoio.

Ludivine tirò per una manica Segnon.

«Posso chiederti un favore?»

Il colosso annuì.

«Non voglio restare da sola stanotte, possiamo dormire nella stessa stanza?»

Segnon sorrise, con una certa tenerezza. La prese tra le braccia e la strinse a sé.

«Finché non mi chiedi di vagare tutta la notte con te per questi corridoi da paura, puoi contare su di me».

58.

Il vento solcava la città come una corrente inarrestabile, cercando di trascinare tutto ciò che poteva nelle tenebre che avvolgevano il paesino. Faceva forza sui telai delle porte, facendone scricchiolare alcune, e penetrava fischiando in ogni fessura, per tastare, afferrare, raggelare.

Ludivine non riusciva a dormire.

Si era rifiutata di stordirsi con uno dei suoi soliti farmaci, decisa a rimanere lucida per ogni evenienza. Era in allerta, pronta al peggio, incapace di abbandonarsi al riposo.

Segnon russava appena nella stanza accanto, con la porta aperta.

L'appartamento era piccolo e il riscaldamento ci aveva messo un po' a portarlo alla giusta temperatura, ma almeno avevano un alloggio tutto per loro. Durante il tragitto, i due gendarmi avevano incrociato quasi un quarto degli abitanti del villaggio. La voce della presenza dei poliziotti e di un gruppo di francesi si era sparsa in fretta, e all'improvviso tutti avevano trovato una scusa per uscire di nuovo, chi in coppia, chi con la famiglia, anche solo per dare un'occhiata a quelle facce nuove.

Le novità erano rare a Val-Segond, così come i visitatori in autunno e in inverno. L'indomani, tutti avrebbero voluto fare in qualche modo conoscenza con loro. La comunità sarebbe stata in subbuglio, e questo non avrebbe fatto altro che complicare le ricerche di Brussin – ecco ciò che preoccupava Ludivine.

La gendarme non aveva abbassato gli avvolgibili esterni, e se ne stava pentendo. La luce dei proiettori sui tetti degli edifici pioveva sulla tenda diffondendo nella stanza, nonostante lo spessore del tessuto, un alone spettrale che non agevolava il riposo. Tuttavia, ora che si era finalmente riscaldata sotto le coperte, non aveva voglia di alzarsi di nuovo.

Non riusciva a smettere di pensare. All'intero caso. A tutti i nomi. A tutti i collegamenti. Agli omicidi. Alla psiche di tutti i protagonisti. Alle deduzioni di Richard Mikelis.

Alla congiura ordita nella notte dei tempi.

Alla morte di Alexis.

A quella di Cyril Cappucin. Ai quindici colpi di pistola, all'odore pungente della polvere da sparo, agli schizzi vermigli.

Era strano, ma Ludivine non aveva conservato alcun ricordo del volto di Cappucin da morto. Tutto ciò che riusciva a rivedere nella sua testa era un'immagine sfocata di un corpo riverso sul suolo, coperto di sangue. Ma i lineamenti del giovane no, quelli no. In quel momento era sotto shock, tutto era stato offuscato dall'emozione.

La sua mente mulinava a tutta velocità.

Ludivine sembrava nata per quel lavoro. Aveva un'eccezionale capacità di analisi, era la sua forza. Rappresentava la versione umana di Analyst Notebook – o viceversa. Ludivine lo sapeva, non era arrivata per caso a fare quel lavoro. Non poteva finire così. Al suo ritorno a Parigi avrebbe lottato. Per far sì che l'Ispettorato della Gendarmeria riconoscesse la legittimità del suo operato, per non alzare le mani in segno di resa. E contava sull'appoggio dell'intera Sezione Ricerche.

A poco a poco, la stanchezza cominciò a farsi sentire. Lentamente, suo malgrado, Ludivine scivolò in uno stato di incoscienza. Le si chiusero le palpebre. Arrivò un momento in cui smise di lottare. Più nessun pensiero a insinuarsi nella testa. Scivolò nel sonno.

Il suo subconscio prese il sopravvento e l'enorme schedario della sua memoria si mise in moto.

I nomi. Le date. I luoghi. I fatti. Tutto si mescolava, si sovrapponeva.

Le dichiarazioni.

Le constatazioni.

Urla. Colpi di pistola. Sangue. La paura nella pancia. Il vento gelido, pronto a svellere le finestre per entrare. Il calore del letto. Il sudore.

I riflettori puntati su tutta la città, come tanti occhi per spiare l'arrivo di Gert Brussin.

La foto dell'assassino, un uomo non più giovane, privo di espressione, gli occhi che d'improvviso diventavano rossi. Gli occhi di un demone.

Lo sguardo del diavolo.

E la foto che si deforma e ingiallisce, mentre le fiamme la divorano da sotto.

Ludivine si svegliò di soprassalto, tra le lenzuola fradice di sudore.

Fuori, la bufera di neve continuava, inquietante.

Segnon aveva smesso di russare.

Lei non aveva dormito quasi per niente.

In un angolo della mente continuava a girarle una frase, un rimasuglio dei pensieri notturni, già in procinto di svanire. Ludivine cercò di afferrarla prima che fosse troppo tardi.

Sussultò e balzò a sedere sul letto.

Le parole di Markus Locard: 'E sapevo che una volta morto Ferri, Brussin avrebbe perso completamente la testa, e sarebbe diventato un predatore feroce e incontrollabile'.

Come faceva a sapere che Ferri era morto? Come faceva a saperlo, se nessuno glielo aveva ancora detto?

Ludivine tremava.

Non riusciva a coglierne le implicazioni.

Era un rebus.

'Lo ha soltanto dedotto' si disse, cercando di calmarsi. 'Sì, ha pensato che se Brussin era rispuntato, voleva dire che Ferri era morto, tutto qui'.

Ludivine si rese conto di essere allo stremo delle forze. La sua testa si arrampicava su una montagna di sciocchezze. Ogni minimo sguardo le sembrava sospetto. Persino Aprikan le era parso strano, prima. Per non parlare di Mikelis!

Ora anche il silenzio di Segnon la spingeva a fantasticare il peggio del peggio, immagini terribili del suo collega morto, in un lago del suo sangue, e di un'ombra minacciosa nel passaggio tra le due camere da letto.

Ludivine non riusciva a vedere granché. La porta era socchiusa, proprio come l'aveva lasciata prima di coricarsi. La soglia era immersa nell'oscurità.

'Dài, non c'è nessuno! Che diavolo ti prende?'

Doveva riprendersi. Le stava salendo un attacco di ansia.

Il rettangolo buio di fronte a lei la terrorizzava.

Una figura con un coltello in mano. Dalla punta della lama, inclinata verso il suolo, gocciolava ancora un liquido scuro.

Immaginava orrori senza riuscire a frenare l'immaginazione.

Doveva svegliare Segnon, parlargli, lui avrebbe capito.

Ludivine si alzò e, sentendo il freddo che le mordeva le cosce, si chiese se infilarsi i jeans sopra le mutandine. Si limitò ad abbassare sui fianchi il maglione che non si era tolta per dormire. Non sapeva cosa fare, aveva la mente paralizzata dalla stanchezza e dalla paura.

'Sono esaurita...'

Scrutò il rettangolo di fronte a lei.

Si rivestì in fretta, senza distogliere lo sguardo dalla soglia.

Scostò la tenda, per far entrare un po' della luce dei proiettori e illuminare lo spazio tra le due stanze.

Nessuno.

Non una goccia di sangue per terra.

'Certo che non c'è niente! Cosa cazzo ti aspettavi che ci fosse?'

Ancora in preda all'ansia, Ludivine si avvicinò alla stanza del collega e riuscì a scorgere la sua figura massiccia rannicchiata contro il muro, come un bambino bisognoso di un abbraccio.

Si sentì in colpa. Non poteva rovinargli la notte solo perché lei soffriva di insonnia.

Poi pensò all'agente della Sûreté che sorvegliava l'ingresso del paese dal soggiorno di un appartamento vuoto, nella casa accanto. Magari sarebbe stato felice di avere un po' di compagnia, oltre alla televisione che vomitava insipidi programmi notturni. Non era lontano, bastava solo attraversare una passerella pedonale. Ludivine detestava quei corridoi rossi, che le ricordavano un film di Kubrick: interminabili, ma che sembravano pronti a rimpicciolirsi da un momento all'altro, sotto l'effetto dello stress, per stritolare chi li percorreva.

'Forza, datti una mossa!'

Infilò le scarpe, e cercando di non fare il minimo rumore, abbassò la maniglia della porta.

La porta non si aprì. Ripeté il movimento tre volte, prima di rendersi conto che erano chiusi dentro.

Non era questione di un semplice chiavistello da tirare. C'era una serratura, serviva una chiave. Che non si vedeva da nessuna parte.

Ludivine cominciò col maledire Segnon per aver chiuso e nascosto la chiave, invece di lasciarla infilata nella porta, prima di irrigidirsi e fare lentamente un passo indietro.

Il battito cardiaco accelerò di colpo.

Aveva ancora ben presente tutto quello che aveva riesaminato nel sonno. Galleggiava sulla superficie della coscienza, come un salvagente sull'acqua.

I fatti. E le deduzioni.

D'un tratto, da quei pensieri scaturì un'idea nuova.

Terrificante. Sconvolgente.

Impensabile.

Una spiegazione alternativa, che permetteva a tutti i pezzi del puzzle di incastrarsi alla perfezione, senza alcun intoppo.

Sentì tremare le gambe.

Dieter Ferri e Markus Locard non si erano mai trovati d'accordo.

Sul modo di procedere.

Ferri era troppo moderato. Per lui contavano solo i 'bambini perfetti', e nient'altro.

Pestilence era stata solo una prova su misura per lui.

Markus Locard se n'era andato solo perché pensava molto più in grande.

E Gert Brussin non si era spinto fino a quel luogo sperduto per ucciderlo, ma per giurargli fedeltà. Ciò che

Brussin aveva a malapena abbozzato con *Seeds in Us*, Locard lo aveva sviluppato per più di trent'anni.

L'autista della polizia aveva raccontato che quella un tempo era una cittadina fantasma, e che la miniera di zinco era stata riaperta nei primi anni Novanta. Perché riaprire una miniera chiusa siccome non veniva più sfruttata? Era opera di Locard! Aveva riavviato un'attività i cui margini di profitto erano sicuramente modesti, ma che dava sostentamento alla sua comunità. Di certo aveva setacciato le prigioni, e sparso la voce. Da sempre, anche prima di Internet, esistevano reti di devianti di ogni sorta che agivano nella massima segretezza, tenendosi in contatto tramite la posta, i piccoli annunci sui giornali o il semplice passaparola. Locard aveva fatto ricorso a ogni sorta di stratagemma, senza fretta, per reclutare nuovi adepti e ripopolare quel pezzo di terra da cui la gente normale era fuggita a gambe levate.

La comunità di Val-Segond era composta unicamente da pervertiti, stupratori, pedofili e assassini. Una grande famiglia piena di mostri.

Locard aveva radunato tutta la feccia del mondo per offrirle un rifugio sicuro. Un parco giochi tutto per loro, senza nessuno che li giudicasse. Solo vicini comprensivi, concittadini pronti a fare fronte comune per coprirsi le spalle a vicenda.

L'incarnazione per eccellenza della Congiura Primordiale.

Ludivine tremava.

'No, è impossibile. Sto delirando. Non può essere. Non può esistere un posto così... Qualcuno prima o poi ne scoprirebbe l'esistenza...'

L'Ordine del Tempio Solare, più di cinquanta morti, compresi bambini. Waco, ottantadue morti tra cui ventuno bambini. Certo, in quei casi c'erano di mezzo sette religiose, era diverso, ma erano comunque la dimostrazione che comunità dai risvolti sinistri potevano esistere per anni senza attirare l'attenzione di nessuno. In Messico, a Nueva Jerusalén, gli abitanti appartenevano in massa a una setta che professava l'apocalisse e inculcava ai trecento bambini del villaggio i suoi terrificanti precetti nella massima segretezza, prima di bruciare le scuole del villaggio e attirare così la curiosità del resto del mondo. Peggio ancora, Adolfo Constanzo e i suoi seguaci avevano torturato e massacrato impunemente mentre governavano la città di Matamoros. La storia lo aveva dimostrato, era già accaduto: era possibile costituire comunità che vivevano sulla base di codici e costumi diversi dalla norma, quando non addirittura perversi, e passare inosservati per anni e anni.

Ludivine si aggrappò a un armadio per non cadere. Le girava la testa. Non sapeva più che cosa pensare. Stava perdendo la ragione?

In lontananza si udirono due botti secchi, attutiti dalla distanza e dai muri, ma la giovane donna per un attimo restò immobile.

Due colpi che riconobbe subito per quello che erano.

Colpi di arma da fuoco.

'L'agente di guardia all'ingresso della città!'

No, non si stava inventando un bel niente.

Si erano appena andati a gettare tra le fauci del lupo.

59.

Segnon si svegliò subito, non appena Ludivine lo sfiorò.

«Alzati, presto» sussurrò lei.

«Cosa succede?»

«Degli spari. Su, vestiti».

«Sei sicura che fossero spari?»

«Sì».

Il colosso si infilò i pantaloni, con una smorfia di stanchezza.

«Segnon, ti fidi di me? Del mio giudizio?»

«C'è bisogno che te lo dica?»

«Allora credimi, per quanto possa sembrarti aberrante: credo che l'intero paese sia al soldo di Markus Locard. Pestilence era solo una prova su piccola scala».

«Che cosa?»

«Tutto torna. Tutto. Ci hanno ingannati».

«Ludivine, non è un po'...»

«Siamo chiusi dentro».

Segnon aggrottò la fronte.

«Cosa?»

«Sei stato tu a chiudere e a togliere la chiave?»

«No, ma...»

Il gendarme andò alla porta e provò più volte ad abbassare la maniglia, inutilmente. Ludivine aveva ragione.

«Perché diavolo...»

«Hanno appena sparato a Luc, il poliziotto che sorvegliava l'ingresso del paese, ne sono certa».

«Ti rendi conto di quello che stai dicendo?»

«Tutto il paese. Sì che mi rendo conto».

«Ludivine, ma è impossibile!»

«Locard ci è riuscito. Ha dato vita a un luogo dove quelli come lui, i devianti di ogni parte del mondo, potessero ritrovarsi, riunirsi, vivere senza doversi nascondere, aiutarsi a vicenda».

«E a che scopo? Per far fuori i turisti che vengono qui d'estate? Ma dài, non sta né in cielo né in terra, si verrebbe a sapere!»

«No, se stanno attenti a passare all'atto lontano da qui. Qui ci sono parecchi boscaioli, hanno autotreni per trasportare il legname, fanno tanta strada, fino a Montréal, Québec, Ottawa, e a volte anche oltre. Non sono certo le prostitute che mancano, lungo il percorso! Immagina se tutti questi assassini uniscono le forze, le conoscenze e le esperienze per darsi consigli a vicenda, per evitare di lasciare indizi, per non farsi catturare».

«È assurdo...» disse Segnon, palesemente incredulo.

«Anche per i pedofili è una pacchia: ho visto in mensa i volantini di un programma per l'affidamento di bambini abbandonati a famiglie adottive, e di un altro per il sostegno alle famiglie Inuit in difficoltà. Non ho idea di tutti i trucchi che usano, ma credimi, quando hai alle spalle un'intera comunità puoi ingannare chiunque tu voglia».

«Ma qui ci sono anche donne e bambini! Li hai visti anche tu, ieri sera».

«E allora? La maggior parte dei serial killer noti erano sposati. E alcune delle loro mogli sapevano cosa facevano i mariti, ma preferivano guardare da un'altra parte».

«No, non ci credo. Una madre non lascerebbe crescere i propri figli in un ambiente del genere».

«Ci sono uomini che picchiano i figli e ne abusano, e le mogli – e madri – glielo lasciano fare. E quanti casi abbiamo visto, di coppie machiavelliche in cui il più perverso dei due non era l'uomo? Quanti delitti sono stati commessi da donne? Lascia il potere in mano a donne affette da squilibri e perversioni, e vedrai che succede!»

Segnon scosse la testa.

«Lo stress ti fa sragionare, Ludivine...»

«Allora come lo spieghi che ci hanno chiusi dentro?»

«Non ne ho idea, magari per sbaglio! O magari è stato Aprikan, che ha pensato bene di chiuderti a doppia mandata per evitare che andassi in giro a spaventare la gente con questi deliri».

«Segnon, ti prego...»

Ammutolì di colpo, sentendo dei passi in corridoio. Diverse persone.

«Stanno arrivando!» sussurrò in preda al panico.

«Ehi, calmati!» disse il gendarme, afferrandola per le spalle. «Guardami negli occhi! Guardami!»

I passi si avvicinavano.

«Sei stanca» disse Segnon. «Non sei in te, mi capisci?»

I passi rallentarono.

«Sono qui!» sussurrò Ludivine, mentre le lacrime le offuscavano la vista.

«Sì, e vedrai che non è per...»

Una porta si aprì accanto a loro, nell'appartamento confinante.

«Lì alloggia il nostro autista» disse Ludivine terrorizzata.

Pochi istanti dopo, nell'appartamento a fianco, qualcosa urtò con forza contro il muro per due volte, e qualcosa di pesante cadde, prima che qualcuno si agitasse selvaggiamente, come in preda a convulsioni, provocando una serie di cigolii del letto contro la parete.

Segnon aveva lasciato andare le spalle di Ludivine.

Guardò il muro. Poi spostò lo sguardo sulla collega. Il gendarme era livido, quasi grigio.

«Cazzo» disse piano. «Dobbiamo andarcene subito da qui...»

Ludivine fece per correre verso la porta, ma lui la trattenne.

«Troppo massiccia, non siamo in grado di sfondarla. E loro sono proprio qui accanto. Se sono armati, siamo morti».

Si girò verso la finestra in fondo alla stanza.

«Ci resta solo una via d'uscita».

60.

Ludivine sentiva le unghie sul punto di rovesciarsi. Le dita infilate in una scanalatura della facciata, le punte dei piedi su una sporgenza, l'intero busto premuto contro la parete, avanzava a movimenti lentissimi.

Il vento soffiava a raffiche, che cercavano di staccarla dal muro. Folate di aria gelida si insinuavano tra lei e la casa, come se volessero spingerla via. Lei doveva anticiparle non appena si intensificavano, aggrappandosi a quei miseri appigli come per fondersi nel rivestimento impermeabilizzato, così scivoloso.

Segnon aveva appena raggiunto l'angolo dell'edificio e le stava tendendo la mano.

«Manca un metro, tieni duro, ci sei quasi! Dài, ancora un piccolo sforzo».

Ma l'angolazione la spaventava. Aveva le vertigini.

Il terreno era dodici metri più in basso.

«Sbrigati!» gridò Segnon.

Ludivine percepì un cambiamento nella sua voce, una sottile nota di panico. Si voltò e vide una faccia stravolta dalla furia spuntare dalla finestra aperta del loro appartamentino.

L'uomo tese il braccio e i riflettori catturarono il riflesso cromato di una pistola. Un secondo uomo gli afferrò la spalla, per impedirgli di sparare.

'Non vogliono svegliare gli altri'.

«Dammi la mano, Ludivine! Presto!»

Era quasi arrivata. Strisciò in verticale e si trovò proprio sul colmo, alla giunzione tra due sezioni dell'edificio.

Non aveva più tanta presa, e per di più il suo corpo doveva sporgersi nel vuoto per un attimo, prima di poter riprendere il rassicurante contatto con la facciata.

Il vento la sferzava, come un crudele compagno di giochi. Il freddo la paralizzava.

«Ora!» disse Segnon. «Ora!»

Si lanciò, rischiando di cadere, mano sinistra, piede sinistro nel vuoto, il cuore che batteva all'impazzata, e pensò di non farcela, di non avere abbastanza slancio né forza per rimanere aggrappata, ma Segnon la afferrò e la schiacciò contro il metallo ghiacciato.

«Ci sei. Forza, ancora un po', svelta, prima che facciano il giro. Fino a quella grondaia».

Si lasciò guidare dai gesti del collega, ripetendo tutto ciò che faceva lui senza fare domande, soprattutto evitando di guardare in basso.

In meno di tre minuti si erano calati giù lungo la grondaia e avevano posato i piedi sulla neve.

Segnon non le diede il tempo di rallegrarsi: due sagome apparvero attraverso i vorticosi fiocchi di neve sull'altro lato della strada, con le torce in mano. Il gendarme spinse Ludivine nella casa da un ingresso di servizio.

Si trovavano in una dispensa vuota, che si affacciava su una cucina comune inutilizzata da anni. In fondo, una porta socchiusa lasciava entrare la luce del corridoio.

«Dobbiamo avvertire Aprikan e gli altri» sussurrò il gendarme.

«Sono di sopra, a due passi da quelli che sono entrati nella nostra stanza, come facciamo? Ci prenderanno».

Nel corridoio riecheggiarono delle voci e Segnon trascinò la giovane donna nella cucina, entrambi piegati in due, fino ad arrivare abbastanza vicini da sentire ciò che dicevano.

«... sono usciti!» disse una voce trafelata.

«Li avete fatti scappare? Trovateli! Svelti!»

«Non dovremmo sistemare prima gli altri di sopra?»

«Staranno ancora dormendo, e anche se si svegliano sono chiusi dentro. E sono disarmati. La priorità sono gli sbirri della Sûreté e i due fuggiaschi. E tu, Pierre, va' a chiamare il Cacciatore».

«Sei sicuro? È che, disturbare il Cacciatore... non ho 'sta gran voglia di farmi...»

«MUOVITI!» ringhiò una voce familiare.

Ludivine si sporse in fuori quanto bastava per vederli in faccia.

Riconobbe Markus Locard e la sua figura allampanata, così come l'uomo che l'aveva minacciata con una pistola pochi minuti prima.

«E non sparate finché siete in casa!» ordinò Locard. «Non voglio che si sveglino tutti insieme».

L'uomo e un altro tizio si allontanarono in fretta.

Locard si voltò. C'era qualcun altro. Ludivine si girò cautamente, per cercare di vedere chi era.

Capelli grigi, pancia prominente, guance arrossate.

Lo riconobbe all'istante, dalla foto che aveva ricevuto.

Gert Brussin.

«Tu e le tue cazzate!» disse Locard.

«Così risolviamo la questione una volta per tutte» rispose l'altro con arroganza.

«Mi dici cosa ti è saltato in testa di sparare allo sbirro?»

Brussin sorrise.

«Era per metterti davanti al fatto compiuto».

«Cosa?» gridò Locard con rabbia.

«Bisogna eliminarli, tutti quanti. Non abbiamo alternative».

«Secondo te non ne arriveranno decine di altri, dopo questa storia?»

«Basta che li infiliamo tutti nelle loro macchine e li spingiamo giù da qualche burrone. Mentre erano diretti qui, la prima macchina ha sbagliato strada e la seconda l'ha seguita. Daremo fuoco a tutto quanto per cancellare ogni prova, e sarà stato solo un tragico incidente dovuto alla bufera di neve. E tanti saluti».

Locard puntò il dito verso l'altro ex bambino perfetto.

«Avrei dovuto denunciarti subito, prima».

Brussin continuava a sorridere.

«Pensi che sia scemo? So benissimo che l'avresti fatto. Non prendermi per scemo, Markus. Quando sono arrivati, te l'ho letto in faccia. Stavi solo aspettando il momento giusto per piantarmi una pallottola in testa, ed evitare che spifferassi tutto. E avresti detto che era stata legittima difesa! So benissimo che l'avresti fatto, perché io al tuo posto avrei fatto lo stesso senza esitare».

«Questo posto, Gert, è il lavoro di trent'anni di vita. Trent'anni! Se toglierti di mezzo era il prezzo da pagare per garantire la nostra tranquillità, sì, l'avrei fatto, senza la minima esitazione».

«Ma ora siamo nella stessa barca, non hai più scelta. Dobbiamo sbarazzarci di tutti i poliziotti».

«Non avresti mai dovuto venire qui, Gert. Nessuno ti ha invitato».

Locard si avvicinò così tanto a Brussin che le loro facce quasi si sfioravano.

«Io ti giuro» aggiunse, «che se metti a rischio la nostra sicurezza, sarai il primo a fare una brutta fine».

Stavano per arrivare alle mani, quando la porta si aprì, facendo volare dentro fiocchi di neve con una folata di vento. Entrò un uomo, seguito da una figura avvolta in un pesante piumino rosso con il cappuccio.

«Ho trovato il Cacciatore!» disse l'uomo con orgoglio. «Era qua vicino, stava...»

«Cos'è tutto questo casino?» disse una voce femminile, tirando indietro il cappuccio di pelliccia per rivelare un volto severo.

Era una donna bionda sulla quarantina, il viso solcato di rughe sottili, quasi senza labbra, gli occhi azzurro ghiaccio.

Locard indicò Brussin.

«Riprenderemo il discorso con lui più tardi. Anna, mi serve che guidi i ragazzi alla ricerca dei due che sono scappati».

«Sbirri?»

«No, due dannati francesi. La ragazza e il nero alto».

«Sono armati?»

«Non che io sappia».

«Allora sarà una cosa rapida, non ho bisogno dei tuoi soldatini. Le mie prede le bracco da sola. Ma lo faccio a una condizione».

«Quale?»

«La ragazza è per me».

Ludivine rabbrividì nel suo nascondiglio.

«Cosa ne vuoi fare? Non possiamo tenerla in vita per molto».

«Mio figlio ha quattordici anni. È ora che diventi un uomo. Voglio regalarla a lui. Fargliela possedere, fargliela scopare, deve imparare a farla gemere come suo padre. E poi sarà lui a trasformarla in un trofeo».

Locard sospirò.

«D'accordo».

La donna sorrise sadicamente e si voltò per tornare nella bufera, seguita dall'uomo che l'aveva accompagnata.

Locard fissò il fratello perfetto di un tempo per un po' e poi scosse il capo con aria delusa, prima di uscire a sua volta.

Brussin era solo.

Ludivine si raddrizzò, pronta a lanciarsi su di lui. Segnon l'afferrò appena in tempo, prima che uscisse dal nascondiglio.

No! lesse sulle sue labbra. *No!*

Brussin estrasse una pistola da sotto il cappotto e la guardò intensamente. Un ghigno crudele sulle labbra.

La armò e se la infilò in tasca, dirigendosi verso le scale.

Stava andando verso le stanze dove dormivano Mikelis e Aprikan.

61.

Brussin si muoveva in fretta, le dita tremanti per l'eccitazione.

Raggiunse il secondo piano e andò verso le camere da letto.

Passò davanti alla porta della seconda scala, che si aprì alle sue spalle. Si voltò, aspettandosi di vedere uno degli scagnozzi di Locard a caccia dei gendarmi, e si trovò di fronte la ragazza, la bella bionda. Per la sorpresa, perse un istante prezioso.

Cercò di afferrare la pistola, ma lei gli sferrò un violento calcio ai genitali che lo paralizzò. Senza nemmeno toccare terra, il piede della ragazza si alzò in aria e la sua gamba si tese di scatto per centrarlo alla gola, con un colpo secco che lo spedì contro il muro.

Un attimo dopo un nero gigantesco gli afferrò i polsi e glieli torse, strappandogli un grido di dolore.

La bionda gli frugò in tasca e si impadronì della pistola, puntandogliela in faccia.

«Quanti sono là fuori?»

Brussin, stordito dai colpi, non era più completamente lucido. Voleva mentire, ma non ne aveva la forza.

«L'intera guardia del corpo di Locard».

«Quanti sono?»

«Una ventina...»

«Chi è al corrente?»

Brussin non capiva la domanda. Sentiva fitte dai polsi alle spalle, e poi il dolore ai testicoli, che saliva fino allo stomaco.

«Chi sa che avete deciso di ucciderci?» disse la bionda.

«Tutto il paese».

Lo colpì in faccia con il calcio della pistola, e questa volta Brussin quasi svenne.

Quando si riprese, era legato e imbavagliato con strisce di lenzuola, dentro un appartamento vuoto. Vide uscire il nero alto e la donna bionda, che lo fissava con rabbia a stento trattenuta.

Poi lei lo picchiò con violenza. Un colpo in piena faccia, con il calcio della sua stessa pistola. Il sangue caldo gli colò dal sopracciglio mentre il dolore si diffondeva.

Brussin gemette attraverso il bavaglio.

La pistola era puntata sull'occhio aperto. Si ammutolì all'istante.

Capì che non stava solo cercando di spaventarlo. Era davvero a un passo dal premere il grilletto.

Questa donna era al limite. Era pronta a passare dall'altra parte. Per un attimo Brussin dimenticò il dolore e la paura. Pensò con rammarico che avrebbe voluto incontrarla prima, in circostanze diverse, perché forse avrebbe potuto farci qualcosa con lei. Lo sentiva.

Alla peggio, gli sarebbe piaciuto un sacco stuprarla, la troia, e vederla piangere per poi implorarlo di ucciderla.

La pistola si avvicinò. Una bocca nera. Che aveva l'ultima parola.

La bionda gli sferrò un pugno carico di rabbia alla tempia e sparì.

*

Aprikan era sotto shock. Non parlava, si limitava a seguirli docilmente, fissando il vuoto.

Liberarono anche Mikelis e gli spiegarono la situazione.

Il criminologo non dubitò neanche per un attimo di ciò che Ludivine gli stava dicendo. Ascoltò con attenzione, senza rinunciare alla sua solita imperturbabilità. Poi, quando lei ebbe finito:

«Abbiamo bisogno di armi. Molte armi. Dobbiamo arrivare alle auto dei poliziotti canadesi. Hanno dei fucili a pompa».

«Sono andati da Malvoie e Coutant» disse Ludivine. «Se non facciamo qualcosa, li ammazzeranno».

Mikelis indicò la Beretta semiautomatica che lei aveva in pugno.

«Pensa di fermarli solo con quella?»

«Ha ragione» disse Segnon. «Prima di tutto ci serve qualcosa per difenderci, e nelle auto c'è la radio. Potremmo dare l'allarme, chiedere rinforzi!»

«Ma loro intanto uccideranno Malvoie e Coutant! E gli altri tre agenti della Sûreté! Abbiamo l'elemento sorpresa a nostro favore».

Fu Aprikan a prendere la decisione, tornando in sé. «Andiamo alle macchine. Morti, non serviamo a nessuno».

62.

Si spostarono in silenzio, cercando di non farsi notare.

Aprikan in testa con la Beretta in pugno, braccia tese in avanti. I corridoi rossi si estendevano a perdita d'occhio, il vento sbatteva contro le pareti di metallo. A ogni istante il pensiero che qualcuno stesse per sbucare fuori e crivellarli di colpi.

Non incrociarono nessuno.

Tutte le passerelle, i corridoi e le rampe delle scale erano illuminati, ma in giro non c'era nessuno.

Erano tutti fuori, di pattuglia nella tempesta per scovare i fuggiaschi, o a tenere d'occhio gli agenti della Sûreté. Ludivine ne era certa.

I quattro francesi raggiunsero l'atrio dal quale erano entrati alla sera, e videro i due pick-up della polizia parcheggiati esattamente dove li avevano lasciati. Una coltre di neve ricopriva il tetto e il parabrezza.

«Aspettate!» disse Mikelis, mentre Aprikan stava per uscire. «No, è una pessima idea. Probabilmente sono qui intorno da qualche parte, in agguato».

Il colonnello si liberò il braccio.

«Secondo me non c'è nessuno, con questa bufera di neve non riuscirebbero a vedere un bel nulla».

«Danno la caccia a due persone in fuga. Non è logico che pensino che il primo posto dove andranno sia dove ci sono le macchine? Un mezzo di fuga, la radio e le armi. Io dico che sono lì nascosti che ci aspettano».

«C'è solo un modo per scoprirlo» disse Segnon, e si alzò. Ludivine fu presa dal panico.

«Cosa stai facendo?»

«Chiamate i soccorsi e procuratevi le armi. Io creerò un diversivo...»

«No! Resta qui!»

Il colosso la spinse da parte.

«Non sai quanto corro veloce? Qui c'è un sacco di spazio, li seminerò e da solo troverò facilmente un nascondiglio dove rimarrò fino all'arrivo della cavalleria. Voi intanto tenete duro, appena vi scoprono vi staranno addosso».

Posò un bacio sulla fronte della collega per zittirla e uscì nel vento e nella neve. Un vortice d'aria bianca si infilò nel corridoio prima che le porte si chiudessero.

Segnon attraversò la strada a tutta velocità. Aveva appena raggiunto l'altro lato, quando due uomini sbucarono da dietro un cassonetto. Camminavano veloci, con passamontagna e occhiali da neve, il primo con un fucile di precisione a tracolla.

Segnon li vide subito.

Il primo uomo gli gridò qualcosa tra le raffiche di vento. Segnon cominciò a correre.

L'uomo imbracciò il fucile, ma il gendarme era già scomparso in una via laterale e i due cacciatori si precipitarono dietro di lui. La cortina di neve li inghiottì tutti insieme.

«È il momento» disse Aprikan.

Scattarono verso le due auto, curvi per non farsi vedere, e il colonnello alzò l'arma per prepararsi a rispondere al fuoco mentre Mikelis tirava la maniglia della portiera. A dispetto dei timori di Ludivine, era aperta.

«Mi occupo io delle armi, lei chiami via radio» disse decisa la gendarme, indicando il fucile nella rastrelliera centrale.

Era bloccato da una chiusura di sicurezza a chiave.

«Merda!»

Il braccio verticale che bloccava l'arma era solido e lei capì che era inutile cercare di forzarlo.

«Gli autisti hanno la chiave!» disse Aprikan. «Guardate sotto i sedili o nel cruscotto, non si sa mai».

Mentre Mikelis cercava di trasmettere una richiesta di soccorso, Ludivine perlustrò i due veicoli e trovò dei giubbotti antiproiettile, che distribuì ai suoi due compagni dopo avervi aggiunto una ulteriore piastra kevlar, in grado di fermare i colpi di armi di grosso calibro.

«So dove dorme uno degli autisti» disse. «Aspettatemi qui».

«No! Non dividiamoci!»

«Sarò meno visibile da sola. Sono piccola, posso sgusciare ovunque, conosco la strada. È più sicuro se voi restate qui».

Aprikan era incerto se darle il via. Guardò Mikelis alle prese con la radio e poi annuì.

«Prenda almeno questa» disse, porgendole la pistola. Lei scosse il capo.

«Vado e torno».

E si buttò a capofitto nella neve.

63.

Ludivine scivolava da un edificio all'altro, approfittando della bufera per sprofondare nella notte tra le pozze di luce.

Non riusciva a vederli, ma sentiva sempre più uomini in movimento, porte che sbattevano, passi veloci su gradini di metallo, finestre che si illuminavano all'improvviso. Erano sempre di più. E si stavano dando parecchio da fare.

Girando intorno a una piattaforma, si imbatté in un inceneritore che prima non aveva notato. I tre camini la fecero rabbrividire, quando ne immaginò l'uso. Quanti cadaveri erano scomparsi in quei forni? Quante decine, se non centinaia, di anime si erano posate sulle case di quel paese maledetto sotto forma di fuliggine?

Accelerò il passo.

Quando arrivò all'edificio dove aveva diviso la stanza con Segnon, ricordò che lì avevano rinchiuso Gert Brussin.

Aveva voglia di fargli una visitina, ma ci ripensò subito. Non era una buona idea.

Salì le scale, controllando a ogni pianerottolo che non ci fosse nessuno, e sporse la testa nel corridoio.

Regnava una calma quasi innaturale.

Erano tutti a caccia di Segnon, o a sorvegliare gli agenti della Sûreté?

Ludivine superò l'appartamento in cui erano stati chiusi dentro e socchiuse lentamente la porta di quello dove era stato aggredito l'autista. Era immerso nell'oscurità. Entrò, e si chiuse la porta alle spalle.

Nessun suono, nessun odore sospetto.

Si diresse verso la camera da letto, orientandosi grazie al chiarore dei proiettori esterni che filtrava dalla tenda. Anche lui aveva dimenticato di abbassare gli avvolgibili, ma questo non gli aveva salvato la vita.

Ludivine pestò qualcosa di appiccicoso. Una larga pozza nera ai suoi piedi. Non ebbe bisogno di accendere la luce per capire cos'era.

Il comodino era rovesciato, così come la piccola scrivania. L'autista era sul letto, in posizione fetale. Ludivine aveva notato che molte persone assumevano quella posizione, mentre agonizzavano. Una reminiscenza infantile. Una regressione per sfuggire al dolore, alla paura e alla morte. Una vana ricerca della protezione della madre.

La sua gola era uno squarcio aperto e trasudante nella penombra.

«Mi dispiace» gli disse sottovoce.

Gli chiuse le palpebre e rimase lì per un attimo, prima di rivolgere l'attenzione agli oggetti appoggiati su una sedia. Trovò le chiavi appese alla cintura.

Poi notò una forma nera che le era familiare.

Il calcio di una Glock.

Gli assassini avevano agito in fretta, senza particolari precauzioni e senza pensare. E non avevano ripulito la stanza.

Ludivine estrasse la semiautomatica e la strinse in pugno.

Adesso era pronta.

Mikelis moltiplicava gli appelli via radio.

«Nessuna risposta?» chiese Aprikan dalla portiera

aperta. Era rimasto di guardia fuori, nel caso arrivasse qualcuno del paese.

«Nessuna. Non so se è il maltempo, la distanza o la frequenza. Sto facendo tutto il possibile».

«Continui!»

Il colonnello valutò lo spessore della neve caduta dal loro arrivo. A occhio, erano almeno una ventina di centimetri. Con gli pneumatici adatti, la situazione era gestibile. Non appena Ludivine fosse arrivata, sarebbero andati a cercare Malvoie e Coutant e avrebbero potuto ripiegare su Radisson, in cerca di aiuto. Segnon era un uomo forte, avrebbe potuto resistere se avesse trovato un buon nascondiglio.

Aprikan stava per rivolgersi di nuovo a Mikelis, quando sentì uno scricchiolio di passi sulla neve battuta. Fece per voltarsi, ma la canna ghiacciata di un fucile gli premeva sulla guancia.

«Non ti muovere!» ordinò una donna avvolta in un piumino rosso, con il cappuccio tirato su per ripararsi.

Era bionda e doveva avere i capelli lunghi, da quel che Aprikan poteva vedere. Sulla quarantina, fissava la sua preda con uno sguardo penetrante da cui trasudava la soddisfazione.

«Tu, in macchina» disse la donna, con un marcato accento del Québec, «non muovere un dito o ti ritrovi le sue cervella sui piedi».

Il cuore di Aprikan batteva forte. Il respiro era affannoso.

Si era fatto fregare come una recluta.

Sentì crescere la paura. Il terrore di morire.

Poi, la fronte della donna bionda esplose. Un bouquet cremisi schizzò su Aprikan, e la donna cadde all'indietro.

Dietro di lui, Ludivine aveva ancora la pistola puntata.

Lo sparo era riecheggiato come un richiamo, come un grido.

Come una dichiarazione di guerra.

64.

Aprikan e Mikelis percorrevano una delle lunghe passerelle dipinte di rosso, entrambi armati di fucile a pompa. Ludivine era dietro di loro, a guardargli le spalle.

Erano diretti verso le stanze dove alloggiavano gli altri agenti della Sûreté du Québec. Prima di passare davanti a una finestra o a un balcone, si chinavano per evitare di essere individuati. Ludivine aveva visto altri uomini che passavano di corsa su altre passerelle o lungo la strada, e diverse motoslitte che sfrecciavano facendo rombare i motori. Era stato dato l'allarme. Tutti erano usciti, tranne le donne e i bambini al riparo da qualche parte, e tutti i cacciatori di Val-Segond erano impegnati nella caccia.

Loro erano le prede. E i predatori non mancavano.

Davanti a loro sentirono sparare. Doveva essere due edifici più in là. Una mezza dozzina di colpi di fucile, seguiti dagli schiocchi più secchi di armi di piccolo calibro. Meno di trenta secondi dopo vennero altre raffiche, poi i fuochi d'artificio si spensero.

«Viene dalle loro stanze, vero?» chiese Aprikan, ancora macchiato qua e là di sangue e schegge d'osso.

«Temo di sì» confermò Ludivine.

Rimasero immobili, senza sapere cosa fare.

Un altro boato riecheggiò nella notte, più tardi, come un colpo di grazia.

Poi Aprikan diede il segnale di avanzare.

Si avvicinarono con la massima cautela, e si nascosero non appena videro cinque uomini correre fuori in strada. Erano armati di tutto punto, fucili da caccia, fucili a pompa e almeno uno aveva un fucile d'assalto a tracolla.

Ludivine non aveva più molte speranze quando arrivò nel corridoio, di fronte alle porte aperte. L'odore di polvere da sparo aleggiava ancora, pungente. Le stanze erano illuminate e le ultime piume di un cuscino sventrato danzavano nell'aria.

Il sergente Coutant aveva ancora la pistola d'ordinanza in mano. Giaceva a faccia in giù, nella sua stessa materia cerebrale. Dietro di lui il suo superiore, l'ispettore capo Malvoie, era di traverso su un letto, crivellato di colpi.

Altri due agenti della Sûreté erano stati messi al muro e freddati con un colpo alla nuca.

Erano arrivati tardi.

Un uomo uscì dal bagno e si fermò di botto, sorpreso dalla presenza dei tre estranei. Cercò di estrarre il revolver che aveva alla cintura.

La rabbia e l'odio di Aprikan si concentrarono nel colpo di fucile che sollevò l'uomo da terra, squarciandogli l'addome. Lo sparo riecheggiò così forte nell'appartamento da far loro fischiare i timpani.

Nonostante il fischio nelle orecchie, Ludivine sentì qualcosa alle sue spalle. Percepì il pericolo e puntò la Glock verso il corridoio.

Due uomini stavano arrivando di corsa dall'estremità opposta, con i fucili in pugno.

La gendarme mirò al primo. Due proiettili al petto.

Il secondo rallentò per puntare il fucile.

Lei esplose altri quattro colpi a caso.

Il fumo si dissolse rapidamente.

I due uomini giacevano a terra, uno dei due gemeva.

Ludivine vide apparire un'altra figura, seguita da una seconda.

Una folata d'aria gelida le fece capire che le porte dell'edificio si stavano aprendo tutte nello stesso momento. Tonfo di passi sulle scale. I cinque uomini armati di tutto punto stavano tornando.

Ludivine fece un passo indietro proprio mentre un botto assordante riempiva il corridoio e un proiettile faceva esplodere un pezzo dello stipite della porta proprio accanto al suo occhio destro.

«Stanno arrivando da entrambi i lati!» esclamò, chiudendo di scatto la porta.

I tre francesi si inoltrarono nell'appartamento.

Erano in trappola.

Passi di corsa nel corridoio. Erano lì. Erano in tanti. Si stavano raggruppando per l'assalto finale.

Aprikan spostò il divano su cui giaceva uno dei poliziotti giustiziati per usarlo come riparo. Si inginocchiò, in posizione di tiro.

Quando la porta esplose, il primo uomo che apparve si fece staccare la testa da un colpo del colonnello. Il secondo si prese in pieno i pallettoni del fucile di Mikelis e fu colpito anche da Ludivine, che aprì il fuoco anche su un terzo assalitore, ferendolo e mettendolo in fuga.

Il fumo delle detonazioni non si era ancora dissolto che arrivò una tempesta di fuoco. I tre vedevano solo le canne delle armi maneggiate a distanza dal corpo, ma erano in parecchi a sparare alla cieca dalla soglia dentro l'appartamento, tenendosi al riparo.

Aprikan e Ludivine si gettarono a terra, ma Mikelis non fu abbastanza rapido: un proiettile vagante gli perforò la parte superiore del braccio sinistro, macchiando di sangue una foto incorniciata di un paesaggio naturale.

Il criminologo si strinse al petto il fucile a pompa soffocando un grido di dolore, furioso e spaventato insieme.

La pioggia di colpi solcò in lungo e in largo la stanza, distruggendo i mobili, staccando pezzi di intonaco dalle pareti, polverizzando le finestre e le suppellettili anonime, prima che il colonnello Aprikan alzasse il fucile per rispondere al fuoco, imitato da Ludivine.

Poi calò il silenzio.

L'edificio scricchiolava. Le tubature sibilavano, pezzi di vetro cadevano e si frantumavano sul pavimento. L'intero appartamento era immerso in una nuvola di polvere di intonaco e fumo delle detonazioni che pungeva le narici.

Ludivine sentì i passi di corsa nel corridoio. Ne arrivava un altro.

Puntò la Glock nel vano della porta, sparò tre colpi e alzò lo sguardo. Un giovane forse neanche ventenne era in piedi contro il muro, il volto contorto dal dolore e una mano sul petto, piena di sangue. Appena vide la gendarme la rabbia gli distorse ancora di più i lineamenti, e il braccio armato si alzò.

Un proiettile in fronte lo finì.

Ludivine spostò l'arma quel tanto per avere nel mirino lo spazio dove c'era stata la porta.

Non provava più nulla. Nessuna pietà. Nemmeno rabbia, in realtà. Solo un grande vuoto, riempito dal battito del suo cuore.

Voleva vivere. Era l'unica cosa che le importava. Sopravvivere.

Qualcuno bisbigliava nel corridoio, a meno che non fossero i suoi timpani straziati a ingannarla. Si stavano coordinando per il prossimo attacco?

Quanti ce n'erano ancora?

Quanti ne avrebbero dovuti uccidere, prima che capissero che era tutta una follia?

'Sono furibondi perché siamo a casa loro. Siamo una minaccia per il paradiso che si sono costruiti con tanta fatica, e sono pronti a tutto per proteggerlo...'

Il divano che faceva da trincea ai tre francesi prese a vibrare, sotto l'impatto del fuoco di un'arma automatica. L'aria si riempì di frammenti di gommapiuma, strappati via all'imbottitura.

Un fucile d'assalto. Cadenza di tiro: seicento colpi al minuto.

Li stavano prendendo di mira anche da dietro, dalle finestre già andate in frantumi nel primo scontro. I tiratori erano appostati nella casa di fronte.

Mikelis fu raggiunto da un secondo proiettile, questa volta alla coscia.

E prima di poter reagire, Ludivine si prese due colpi in pieno petto.

65.

Espulse tutta l'aria che aveva nei polmoni in una frazione di secondo. Le costole si incrinarono, e tre si fratturarono sotto l'impatto.

Ludivine aprì la bocca per inspirare, ma niente.

Uno shock all'altezza del cuore. Due colpi. Si sentiva come se fosse stata incornata al petto da un toro.

Non respirava.

Tutto intorno a lei si confondeva. Il pavimento si inclinava, il soffitto le cadeva addosso. Non riusciva a sentire più nulla.

Il dolore bruciante si diffuse allo stomaco e al collo.

Ludivine lasciò cadere la Glock e cercò di aggrapparsi a qualcosa, di aggrapparsi alla propria esistenza.

Stava morendo. Così velocemente e così lentamente allo stesso tempo. Incapace di fermare la morte e la sofferenza.

Si agitava, aprendo e chiudendo le dita sul vuoto. Sul nulla che la stava risucchiando.

E poi l'ossigeno tornò. Una lunga boccata d'aria la fece uscire dall'apnea. Il giubbotto antiproiettile si sollevò dal petto. Fumante.

Intorno a loro fioccavano i colpi, bucherellando le stanze da ogni direzione, e ogni colpo si avvicinava pericolosamente ai tre francesi. Era solo questione di secondi prima che finissero imbottiti di piombo.

Con la coda dell'occhio, Ludivine vide Aprikan alzarsi e puntare il fucile contro l'edificio di fronte. Il colonnello aprì il fuoco. Sparò fino alle ultime cartucce contro il tiratore, e Mikelis, per quanto ferito, riuscì a inginocchiarsi per dare manforte all'ufficiale. Un fuoco infernale si riversò sul tiratore folle.

Ludivine si rese conto che davano le spalle alla porta.

Gli spari erano cessati, l'assalto stava per iniziare. Forse erano già all'interno.

Si aggrappò al bordo del divano sventrato per rialzarsi, nonostante il dolore che le bloccava il petto e la costringeva a fare solo brevi respiri per non avere le vertigini.

Con una smorfia si tirò a sedere, la faccia all'altezza del divano. Espulse il caricatore per inserirne un altro, il penultimo, e armò la Glock.

Due uomini, sulla porta. Una carabina e un fucile a pompa. Prima che la gendarme avesse il tempo di sparare, i due avevano già dato il via alle danze.

Metà del cranio di Aprikan fu spazzata via dai pallettoni. Una nebbiolina liquida e rossastra di ossa, carne e materia grigia si sparse sul muro martoriato di colpi alle sue spalle.

Ludivine premette il grilletto due volte, in rapida successione, poi altre due. Un frammento del divano schizzò via a dieci centimetri dalla sua faccia e qualcosa le sfiorò la guancia, ma lei non batté ciglio.

Ancora due colpi.

La frenesia di morte si spense d'improvviso, coprendo di silenzio i corpi dei due assalitori e del colonnello.

66.

Ludivine aveva bloccato ciò che restava della porta con tutti i mobili semidistrutti che era riuscita ad accatastare, mentre Mikelis si fasciava la ferita alla coscia, che era la più grave.

Contarono le munizioni rimaste. Con quelle recuperate dai cadaveri dei nemici, ne avevano ancora abbastanza per tenere testa a un piccolo assedio.

Ma entrambi sapevano di non poter resistere lì a lungo. Erano feriti ed esausti, e ancora intrappolati.

Il corridoio era occupato da altri uomini, li sentivano. Ogni volta che Ludivine o Mikelis si azzardavano a dare un'occhiata dalle finestre sfondate, scorgevano qualche sagoma che correva lungo la strada, sulle passerelle vicine e nell'edificio di fronte.

Altre decine di cacciatori, che si stavano radunando e organizzando.

Più in là, si stavano radunando le motoslitte dell'intero paese.

Era già costato troppo andare all'assalto.

Erano ovunque.

Né Mikelis né Ludivine vedevano una via d'uscita.

Erano troppo in alto per saltare giù, e costeggiare la facciata come aveva fatto seguendo Segnon era fuori discussione per il criminologo, con la sua ferita. Per non parlare del fatto che sarebbero stati esposti al fuoco dei tiratori dall'altra parte della strada.

Erano in trappola. Costretti a strisciare.

Prima o poi dalla porta si sarebbe riversata una nuova ondata di assalitori, e questa volta sarebbero stati sopraffatti.

Erano due ore che aspettavano, spaventati a morte, senza sapere cosa fare. Due ore di lotta contro la paura, contro l'abbandono, contro la sofferenza.

Mikelis sanguinava ancora e la cassa toracica di Ludivine era in fiamme: il minimo movimento le faceva venire le lacrime agli occhi.

Il criminologo le prese la mano. Era pallido e sudato, nonostante il freddo e il vento che soffiava da ogni parte.

«Non lasci che la prendano viva» disse a voce bassa, ormai indebolito.

Lei ebbe uno spasmo e trattenne un singhiozzo.

«Non lo dica!»

«È la verità, Ludivine. Lo sa di cosa sono capaci».

«Ce la caveremo, vedrà».

Lui la fissò con quegli occhi grigi, e per la prima volta lei li trovò bellissimi. Scosse piano la testa.

«Mi dispiace» disse lui dolcemente.

«Rivedrà sua moglie e i suoi figli, Richard, glielo prometto».

Il suo respiro era affannoso.

Le strinse la mano senza aggiungere nulla. Gli occhi parlavano per lui.

Il cielo stava diventando rosa.

Il vento aveva congelato l'intero appartamento, ricoprendo la pelle dei cadaveri di una sottile pellicola di ghiaccio.

Ludivine e Mikelis non erano lontani dal subire la stessa sorte.

Aprikan era lì accanto a loro, irriconoscibile, senza metà della testa.

Allo spuntare dell'alba, in strada ricominciò una certa agitazione. La gendarme si avvicinò alla finestra. Mikelis cercò di fermarla, ma lei si tirò su quanto bastava per vedere fuori, nonostante il dolore alle costole rotte.

Non nevicava quasi più. La tempesta si era placata.

Giù, a una ventina di metri, si era appena fermato un pick-up con il cassone posteriore carico di taniche di benzina.

«Ci daranno fuoco» disse. «Sono pronti a tutto per prenderci».

Un gruppo di uomini cominciò a scaricare le taniche. Ludivine scorse Locard, che dirigeva la manovra da una certa distanza.

Non c'era speranza, Mikelis aveva ragione. Anche la loro richiesta di aiuto non era servita a nulla. Erano in troppi. Con troppa potenza di fuoco. Troppa determinazione. Anche se tutti i poliziotti di Radisson si fossero presentati di lì a un attimo, Markus Locard e la sua comunità, messi alle strette, avrebbero preferito battersi fino all'ultimo uomo piuttosto che arrendersi. Avrebbero fatto una strage, avrebbero distrutto quattro o cinque sfortunati veicoli della polizia in pochi minuti e poi avrebbero preparato la loro apocalisse. E con gente come loro, c'era da aspettarsi il peggio. Non si sarebbero limitati a morire nel loro angolo di mondo come una setta che era stata smascherata. No, avrebbero colpito ovunque. Con forza. Per scomparire con tutti gli onori. Per lasciare il segno. Per vendicarsi della società che li aveva rifiutati, anche lì nell'estremo Nord. Con omicidi di massa.

Ludivine strisciò fino all'ingresso e spostò uno dei cadaveri per prendergli il fucile da caccia. Era munito di un mirino di precisione. Tornò alla finestra, stringendo ancora i denti, lacrime di dolore agli angoli degli occhi.

«Cosa sta facendo?»

«C'è Locard di sotto».

Mikelis sospirò.

Ludivine non aveva più innocenza da preservare. La sua vita stava finendo lì. Lontano dalla civiltà. Lontano dai valori in cui credeva. Era in azione. Anche a costo che fosse l'ultima cosa che faceva su questa terra. Doveva agire, e basta.

Imbracciò il fucile, regolò il mirino e prese la mira con cura, controllando la respirazione per ignorare il dolore, poi sparò.

Tre volte.

Gli uomini in strada si gettarono nella neve.

Il tappo della benzina del pick-up era molto piccolo. Ludivine sapeva che la sua idea era folle, che aveva poche possibilità di successo, ma doveva provarci. Se il serbatoio era pieno, non sarebbe successo nulla. Ma se non lo era, lo spazio vuoto all'interno era saturo di vapori di benzina e aspettava solo una scintilla, provocata dall'attrito di un proiettile incandescente contro il metallo perché tutto...

L'indice premette quel tanto che bastava a esplodere un altro proiettile.

Il pick-up si sollevò in una colossale palla di fuoco. Ludivine tornò al riparo contro il muro.

«Non mi arrenderò» disse. «Se vogliono la mia pelle, dovranno pagarla cara».

Quando il soffio dell'esplosione fu passato, lei alzò la testa.

Locard era steso sulla neve, con tre persone su di lui, una delle quali era una donna. Un alone rosso lo circondava.

Ludivine vide che stava parlando.

Gli uomini si stavano riprendendo, e due taniche di benzina che erano già state portate via prima dell'esplosione sparirono a tutta velocità all'interno dell'edificio.

Il momento della verità si stava avvicinando.

Ludivine si rifiutava di morire così.

Avrebbe aspettato fino all'ultimo momento, ma avrebbe cercato di uscire. Armi in pugno. Si sarebbe buttata dalla finestra se fosse stato necessario, ma non avrebbe mai alzato le mani in segno di resa.

Sentì uno sparo, e un proiettile esploso dal tetto dell'edificio di fronte le sibilò appena sopra l'orecchio. Lei si appiattì al suolo, sentendo il calore del sangue che le colava sul collo.

Una ferita al cuoio capelluto.

Seguirono altre due detonazioni, e come se fosse un segnale una dozzina di armi si unirono al concerto per polverizzare l'appartamento. I due francesi erano in mezzo a un ciclone spaventoso, un vortice in cui polvere, intonaco, segatura, gommapiuma, neve, piombo rovente e sangue turbinavano intorno a loro.

Gli spari cessarono quasi nel medesimo istante.

Una tregua.

Mikelis e Ludivine rimasero a terra, le mani sulle orecchie, completamente storditi dalla violenza dell'assalto.

Lei capì che si trattava di un diversivo, per dare agli incendiari il tempo di allestire il rogo. Sapeva che era la fine.

Le fiamme sarebbero cresciute d'intensità, la temperatura sarebbe aumentata, il fumo li avrebbe asfissiati.

Potevano scegliere se morire lì o uscire fuori, per farsi crivellare di colpi dai nemici.

La gendarme aspettava di sentire il crepitio delle prime fiamme. Giurò a se stessa che quello sarebbe stato il segnale per congedarsi.

Non l'avrebbero arrostita viva. No. Rifiutava la morte, la sofferenza e il nulla totale. Voleva vivere ancora. Ridere, piangere, mangiare, godere, sentire con la pelle e con i sensi i semplici piaceri e dolori dell'esistenza. Non era affatto sazia della vita. Chiuse le palpebre.

'Nessuno è mai pronto a morire. Nessuno'.

Se quella era la fine della strada, per lei come per gli altri, Aprikan, Mikelis, Segnon... allora avrebbe dato loro un'ultima dura lezione. Voleva morire con dignità. In piedi.

Rafforzò la presa sulla pistola. Le lacrime le scendevano sul viso.

Strinse i pugni e si preparò a raccogliere tutto il coraggio del mondo. Ne avrebbe avuto bisogno.

Deglutì, e si girò a guardare Mikelis.

Sbatteva le palpebre, respirando a fatica. Era messo male ed era spaventato quanto lei. I loro occhi si incontrarono.

Sapevano entrambi che era finita. Il loro viaggio si interrompeva lì, alle prime luci dell'alba.

Restava solo da decidere come.

Lui le tese la mano, le dita coperte di sangue secco.

Lei la prese e la strinse con tutte le sue forze.

Lui annuì.

«Ora» sussurrò. «È ora».

Ludivine si puntellò sui gomiti per sollevarsi.

Scacciò via ogni speranza. Doveva farlo, per trovare il coraggio di alzarsi in piedi e fare ciò che stavano per fare. Ludivine si rese conto che per morire non serviva trovare il coraggio: bastava abbandonare ogni speranza.

Il cielo si riempì di boati.

E due elicotteri li sorvolarono rasoterra.

67.

La Royal Canadian Mounted Police prese d'assalto il paesino di Val-Segond in pochi minuti. Una dozzina di veicoli fuoristrada e quattro elicotteri scaricarono agenti armati delle forze federali da ogni parte.

Due autoblindo entrarono in paese e trasmisero un messaggio dagli altoparlanti, ordinando a tutti di deporre le armi.

Ludivine non poteva crederci. Era impossibile. Non potevano essersi organizzati così in fretta. Non capiva quello che stava vedendo.

Il primo colpo accese la miccia.

In un attimo, l'intero villaggio andò in fiamme.

Le imboscate si moltiplicarono per lunghe ore. I tiratori di Locard sembravano avere una riserva di munizioni inesauribile. Gli uomini della polizia federale non ebbero altra scelta che reagire.

Con il supporto dei dispositivi di localizzazione termica a bordo degli elicotteri, i tiratori furono abbattuti uno dopo l'altro.

Interi edifici furono consumati dalle fiamme, e Ludivine capì con stanca rassegnazione che alcune famiglie preferivano darsi la morte insieme, piuttosto che farsi arrestare.

La gendarme pensò a Segnon e si sentì stringere il

cuore. Pregò che fosse riuscito a nascondersi da qualche parte, lontano dalle fiamme.

Vedendo che Mikelis stava rapidamente peggiorando, si azzardò a prendere ciò che restava di un lenzuolo a brandelli e lo appese a un fucile che sporse da una delle finestre, per scuoterlo di tanto in tanto.

Gli spari si allontanarono e poi la barricata dell'appartamento venne sfondata.

Uomini in tenuta da combattimento piombarono su di loro, le armi puntate sui loro volti.

Ludivine rivolse loro un sorriso triste.

E perse conoscenza.

Ludivine non volle rimandare l'interrogatorio. Non appena si svegliò, chiese di vedere uno degli ufficiali della Polizia reale per spiegarsi. E per capire.

«Avete trovato un altro francese?» esordì. «Un uomo nero, alto e robusto?»

L'ufficiale era in uniforme da combattimento. Sulla cinquantina, secco ed energico, le ricordava il colonnello Aprikan. Subito provò un senso di vuoto allo stomaco.

«No, mi dispiace. Stiamo ancora circondando gli ultimi due quartieri in mano agli insorti».

«Come avete fatto ad arrivare così in forze e così in fretta?»

Il canadese esitò a rispondere, poi, forse colpito dallo stato in cui si trovava la donna, ritenne che meritasse di saperlo.

«Stavamo preparando l'operazione già da quindici giorni. Sorveglianza a distanza, monitoraggio delle loro abitudini, valutazione dell'arsenale in loro possesso. Stavamo elaborando un piano di azione per evacuare prima di tutto i bambini. In queste due settimane i miei uomini si sono avvicinati più volte, protetti dalla foresta, per studiare i dettagli dell'assalto».

«Lo sapevate?»

«Sì. E siamo intervenuti questa mattina, a causa della vostra chiamata radio della notte scorsa. Ci avete costretti ad affrettare i tempi, non eravamo ancora realmente pronti».

«Ma come l'avete scoperto? Avete seguito le tracce dei rapitori? Degli assassini?»

«Le confesso che noi non c'entriamo nulla. È stato un criminologo americano a portarci fin qui. Un investigatore privato. È stata la sua indagine a condurlo a Val-Segond».

«È qui? Posso vederlo?»

«Adesso?»

Ludivine non aveva bisogno di insistere, il suo sguardo era una risposta abbastanza convincente.

L'ufficiale tornò con un uomo dai capelli scuri sulla quarantina, dalla mascella squadrata. Ciocche di capelli gli ricadevano sulla fronte come artigli di corvo, teneva le mani nelle tasche di un pesante giubbotto di pelle. Al di là del suo aspetto attraente, Ludivine fu subito colpita dal suo carisma.

Il suo sguardo era così penetrante che si sentì quasi nuda di fronte a lui.

Lo stesso inquietante magnetismo di Richard Mikelis.

Ludivine si accorse subito che emanava la stessa ossessione. La stessa insaziabile ricerca. Era diverso dagli altri esseri umani. Il modo in cui si muoveva, il modo in cui posava gli occhi sulle cose come se le stesse avvolgendo con lo sguardo – tutto aveva uno scopo, un significato.

Un calcolatore lucido.

Emanava un'aura affascinante ma al tempo stesso inquietante, pensò la giovane donna, cercando di sostenerne lo sguardo.

Poteva incutere paura. Una paura terribile. Lei lo intuiva. Eppure tutto in lui sembrava sotto controllo. Persino il lato oscuro in cui fluttuavano costantemente i suoi pensieri era sotto controllo.

Sembrava un felino. Un predatore dalla grazia seducente.

Sapeva che era proprio come Mikelis in tutto e per tutto: capace di capire il peggio degli uomini, di mettersi al loro posto, di anticiparli, di dar loro la caccia.

Ludivine si rese conto che esistevano alcuni rari esemplari come lui. Predatori di predatori.

L'uomo tolse la mano destra dalla tasca e gliela tese.

E si presentò, parlando in inglese: «Il mio nome è Joshua Brolin».

68.

Un rapace si librava sopra la valle, le ali brune spiegate per scivolare sulle correnti d'aria con grazia ipnotica.

Tracciava cerchi sempre più piccoli.

Ludivine non gli toglieva gli occhi di dosso, seduta su uno sperone di roccia che dominava il pendio della montagna. Sotto, pascoli e conifere si alternavano sotto il sole primaverile. Le montagne di fronte erano in ombra. Immense rupi grigie, massi monumentali che dominavano la valle in un equilibrio quasi pericoloso. Cime innevate e picchi così alti che sembravano appartenere a un altro mondo, quello del freddo eterno, dei venti ancestrali e invisibili, traditi solo dagli strascichi di neve polverosa che si formavano sulla loro scia molto, molto lontano.

Luci e ombre.

Nella natura e nell'uomo.

Un'ape le ronzava nelle orecchie mentre le svolazzava intorno, prima di spostarsi verso un cespuglio di genziane blu brillante.

Ludivine provava una calma che raramente aveva provato prima d'allora. Quasi meditativa.

Aveva sperimentato la propria morte e questo l'aveva cambiata per sempre. Sapeva cosa significava perdere la speranza. Le ci era voluto molto tempo per riprendersi. Per ricominciare a vivere.

All'inizio aveva pensato che sopravvivere a Val-Segond avrebbe avuto un effetto benefico ed euforico, prima che la realtà la raggiungesse. Le cose erano andate molto diversamente. Un lungo tunnel di depressione.

C'era voluto un po' di tempo prima che i piccoli piaceri della vita quotidiana avessero di nuovo un senso, ma ora si sentiva più tranquilla, non si svegliava più fradicia di sudore nel cuore della notte. Rimaneva solo qualche ansia con il buio, di tanto in tanto. Il primo passo era stato fatto.

Il portachiavi dei New York Giants di Alexis era sempre nella sua tasca. Come tutti i ricordi di quell'ottobre che le aveva sconvolto la vita, e si era concluso con l'incontro con Joshua Brolin.

Un uomo che a volte la tormentava ancora. Tanto affascinante quanto spaventoso. Anche lui combatteva la stessa Congiura Primordiale che ossessionava Richard Mikelis, anche se non le aveva dato un nome. Un predatore di predatori che aveva capito che il mondo stava cambiando, che la società aveva voltato pagina ormai da decenni, che la violenza non era un fenomeno parallelo ma un indicatore, un linguaggio da comprendere per valutare il vero stato di una civiltà.

Sia Brolin che Mikelis sapevano che l'umanità non avrebbe potuto attraversare un secolo di violenza estrema e di guerre letali su scala globale senza avere un impatto sui caratteri rettiliani dell'umanità, sul riemergere di atavismi primitivi. Gli istinti crudeli e bellicosi che avevano permesso all'umanità di sopravvivere per centinaia di migliaia di anni in mezzo a una natura ostile, di salire gradualmente al vertice della catena alimentare, gli spietati istinti assassini che avevano guidato l'umanità per oltre il novantanove per cento della sua evoluzione come specie animale, prima di raggiungere l''Età della ragione'.

Qualcosa si era ridestato.

L'umanità stava attraversando un periodo di profonda crisi, e nessuno sembrava pronto ad ascoltarla. Era alle soglie di un grande sconvolgimento che tutti liquidavano con un cenno del capo, come se fosse solo una coincidenza, un epifenomeno privo di conseguenze. La società nel suo complesso sembrava preferire nascondere la testa sotto la sabbia e concentrarsi sull'ossessione del consumo, frustrata dalle ricorrenti crisi economiche.

Joshua Brolin aveva capito, come Richard Mikelis, che qualcosa di più oscuro stava accadendo negli arcani del mondo, nelle crepe della vita quotidiana e, sempre come Mikelis, aveva scoperto l'esistenza della Congiura Primordiale. Aveva seguito la pista dei rapimenti attraverso il confine americano fino ad arrivare a Val-Segond.

Se era ancora viva, Ludivine lo doveva a lui.

Ma sopravvivere non l'aveva rassicurata. Da quel giorno di ottobre, quando aveva avuto discusso con quel detective privato americano, le sue ultime parole avevano continuato a galleggiare in un angolo della sua coscienza.

'Pestilence e Val-Segond non sono casi isolati, signorina. Ce ne sono altri' aveva detto Brolin. 'Altrove. Forse anche meglio organizzati. Perché l'umanità non ha mai finito e non finirà mai di produrre emarginati, squilibrati, derelitti e perdenti, e loro capiranno che unendosi diventeranno una forza. Non si possono curare, perché non sono malati in senso medico, sono diversi, hanno costruito le loro esistenze sulle devianze di cui si fanno forti, e niente li può cambiare. Più la società si renderà conto che sono numerosi e incurabili, più diventerà radicale nei loro confronti. E più loro saranno costretti a unirsi per non soccombere. Ci sono altri paesini da qualche altra parte, altre comunità. Sono lì, intorno a noi, e si stanno organizzando, nell'ombra, in silenzio. Sono invisibili, e tutto ciò che abbiamo per rintracciarli è l'impronta della loro esistenza: i loro delitti'.

Ludivine aveva incassato il discorso come un pugno.

'E cosa accadrebbe se lei avesse ragione, se ce ne fossero sempre di più e se un giorno la società smettesse di chiudere gli occhi?' gli aveva chiesto.

Joshua Brolin aveva posato le sue iridi scure come le tenebre su quelle della gendarme, e lei si era sentita terribilmente vulnerabile.

'Accadrebbe quello che accade sempre quando due fazioni diverse si confrontano e non si capiscono. Si farebbero la guerra'.

Parole che le riecheggiavano ancora nella mente, come se fossero state pronunciate quella stessa mattina.

Non aveva più rivisto il detective privato, come se non fosse mai esistito, come se fosse stato tutto un sogno.

O un incubo.

La maggior parte dei residenti di Val-Segond erano morti nella battaglia contro la polizia federale canadese, rifiutando di arrendersi. La maggior parte delle famiglie si era barricata nelle case, per poi darvi fuoco. In assenza di servizi di emergenza efficienti sul posto, quasi tutti erano bruciati vivi.

Il villaggio era stato devastato dalle fiamme per due giorni.

Ludivine non era mai riuscita ad avere un computo esatto dei cadaveri trovati nelle settimane e persino nei mesi successivi. Si era fermata a più di cento, perché molti erano ormai solo cumuli di cenere. Anche i resti di Gert Brussin non avevano potuto essere identificati con certezza, il che le aveva causato svariate notti insonni finché non si era resa conto che nessuno poteva essere sfuggito all'assalto. Il paese, in fiamme e isolato dal gelo, era stato circondato dalla Polizia reale e nessuno sarebbe riuscito ad allontanarsi, con un qualunque veicolo, senza essere immediatamente individuato da uno degli elicotteri. Brussin era morto, così come Locard e i suoi seguaci.

La Val-Segond aveva ospitato pervertiti, assassini, stupratori, pedofili, tutto il peggio che la società potesse offrire, e loro avevano trovato un terreno comune. Per quasi trent'anni si erano riuniti poco alla volta, aiutandosi a vicenda, cacciando in lungo e in largo, coprendo le loro tracce, dandosi una struttura. C'era un orfanotrofio che accoglieva bambini Inuit per i pedofili, persino coppie che avevano procreato per alimentare la rete, e poi c'erano i camionisti che rapivano donne e talvolta uomini o adolescenti fin nel profondo sud degli Stati Uniti. Tutto era perfettamente orchestrato. Si reclutavano l'un l'altro attraverso segnalazioni di persone fidate, ex compagni di prigionia, poi era arrivato Internet. Si assumevano l'obbligo di uccidere l'uno per conto dell'altro per stringere un vincolo inscindibile, e in questo modo Val-Segond aveva prosperato per tutto quel tempo senza destare l'attenzione di nessuno, un remoto paesino su nel nord, in un territorio isolato, con una propria amministrazione, un proprio corpo di polizia e nessuno a cui rendere conto.

Ora era tutto finito. Anche l'assassino in Spagna, il conte Zaroff come lo aveva soprannominato Ludivine, era stato identificato e arrestato dalla polizia nazionale, nella periferia nord di Madrid.

Era tutto finito. A meno che Joshua Brolin non avesse ragione e ci fossero altri luoghi simili nel mondo. Altre comunità di mostri sanguinari.

In lontananza, il rapace si fermò per un breve attimo e calò bruscamente in picchiata per afferrare una preda tra gli artigli. Un battito d'ali, uno stridio di disperazione e l'uccello riprese il volo con un corpicino tra gli artigli. Il piccolo mammifero non era morto, non ancora, ma era immobile e silenzioso, rassegnato. Ludivine si alzò in piedi, le natiche ammaccate dalla pietra.

Più avanti, lungo il pendio, vide passare un colosso con un ragazzino sulle spalle. Segnon.

Era sopravvissuto. Si era rintanato in un buco per tutta la notte, fino a quando non era intervenuta la polizia canadese. Non era cambiato, era ancora gioviale e dedito alla sua famiglia. C'erano momenti di tristezza che lei, con l'occhio da collega, coglieva quasi di sfuggita, ma nel complesso la sua natura aveva preso il sopravvento in un breve lasso di tempo.

Ludivine salì lungo il pendio erboso, verso le risate dei bambini.

Le figure di Segnon, di Laëtitia e dei loro gemelli si mescolavano a quelle di Mikelis e della sua famiglia.

Il criminologo zoppicava, mentre portava un sacchetto di patatine alla moglie.

Erano tutto ciò che rimaneva di coloro che avevano dato la caccia a Gert Brussin e alla sua orda selvaggia. Tre testimoni del Male.

Ludivine infilò la mano nella tasca dei jeans e sentì il portachiavi con la punta delle dita.

Non riusciva a dimenticare Alexis, almeno non come avrebbe dovuto. Andava spesso a parlare con lui sulla sua tomba prima del tramonto, e da allora aveva condotto una vita solitaria.

Alexis le mancava. Non solo come collega, ma come un'altra anima solitaria in grado di capire la sua.

Ludivine raggiunse i partecipanti al picnic e Sacha, la figlia di Mikelis, gridò il suo nome e si precipitò a prenderla per mano, per condurla verso le coperte stese a terra.

La bambina voleva condividere il suo pranzo con la gendarme, si era innamorata di lei.

Un colpo di fulmine, anche quando era infantile, sfuggiva a ogni controllo.

Ludivine cedette e prese il piatto che Sacha aveva riempito per lei.

«Mangia!» ordinò la ragazzina bionda. «Perché mi sembra che ti stai un po' lasciando andare».

Mikelis e sua moglie risero, un po' imbarazzati.

Ludivine passò la mano tra i capelli della bambina. I bambini non si curavano delle apparenze.

«Su, mangia! Altrimenti non dai il buon esempio. I grandi devono dare il buon esempio ai piccoli».

Questa volta Ludivine non rise.

La piccola aveva ragione. Doveva riprendersi. Essere un punto di riferimento. Anche se il suo orizzonte sembrava raggelato, il suo ruolo di adulta, il ruolo di tutti gli adulti, era quello di essere responsabile. Per il bene dei più giovani.

E per non spaventarli.

Ludivine si sentì subito in colpa per essere stata così tetra.

Osservando le famiglie di Mikelis e Segnon una vicina all'altra, notò gli sguardi amorevoli sui loro volti mentre osservavano i gesti della loro prole.

La famiglia era un baluardo.

Di fronte alla violenza e alla morte.

Di fronte alla realtà del mondo.

Di fronte alla Congiura Primordiale.

Richard Mikelis lo aveva capito, quando aveva abbandonato la sua professione.

Eppure ce n'era bisogno, di persone come lui e come Joshua Brolin. Esseri ai confini della luce, loro stessi al limite, capaci di scrutare e comprendere le ombre. Esseri tenuti nella luce da qualcosa di infinitesimale, da una forza che andava oltre loro stessi, la forza di un nucleo solido, di un'unità plurima. Se Mikelis si fosse finalmente arreso, quanto avrebbe resistito Brolin? Sarebbe dovuto morire, per garantire alla società il livello minimo di vigilanza necessario alla sua sopravvivenza? Chi si sarebbe offerto volontario per un'esistenza così solitaria e angosciosa?

Joshua Brolin non aveva trovato la sua famiglia?

I figli di Segnon ridevano poco più lontano.

Il futuro era quello, pensava Ludivine, senza sapere se ne sarebbe mai stata capace, un giorno. O addirittura degna. E se invece fosse diventata anche lei un guardiano del limite, come il francese e l'americano? Creature restie a fermarsi, a rinunciare, ossessionate dal pericolo. Aveva la stoffa per riuscirci?

Per il momento, si sentiva ossessionata.

Perché i fantasmi esistevano, adesso lo sapeva, ed erano l'incarnazione dei nostri squilibri.

E lei ne aveva più d'uno.

Sacha sembrò intuire qualcosa, perché posò con cura il piatto di plastica sulla coperta e si avvicinò a Ludivine per abbracciarla.

Una bambina senza calcoli, piena di amore e pronta a condividerlo.

Una bambina com'era stata Ludivine, tanto tempo prima.

Sopra di loro, il rapace volteggiò più volte in cerchio. Lei non riusciva a staccare gli occhi da quei cerchi. L'uccello virò bruscamente e alla fine volò via, lontano.

Non era il momento di andare a caccia.

Non ancora.

I predatori erano sazi.

Almeno per un po'.

Ringraziamenti

Prima di tutto, ci tengo a chiarire che il villaggio di Val-Segond in Québec non esiste. Inizialmente, le mie ricerche mi avevano portato ad ambientare la trama in un luogo reale, ma visti gli orrori qui descritti e la responsabilità dei suoi abitanti, non potevo affidare loro un ruolo così terrificante, così ho preferito inventare il nome del villaggio in questione, utilizzando un luogo reale come fonte d'ispirazione.

Per esperienza, so che molti di voi si chiederanno se la procedura utilizzata dalla Gendarmeria per scoprire il numero di telefono della Bestia è vera. Ve lo dico qui, per soddisfare la vostra curiosità: sì, è possibile. All'epoca in cui questo romanzo è stato scritto, si trattava di una novità destinata a rivoluzionare molte indagini. In generale, e a meno che non mi sbagli, tutti i procedimenti tecnici descritti nei miei romanzi sono autentici. Annegare la finzione in un bagno di realtà è il modo migliore che conosco per darle sostanza, per renderla plausibile.

Vorrei anche scusarmi con la struttura del Bois-Larris per averla ritratta in questa luce a fini narrativi, e soprattutto con tutti i bambini nati in questo *Lebensborn* e i loro discendenti. Naturalmente, questa è solo una storia d'invenzione, e lungi da me pensare che questi bambini sarebbero diventati ciò che ho fatto di loro. Anche in questo caso, il processo romanzesco supera la realtà senza ombra di dubbio. E a proposito di romanzi, ad alcune delle teorie discusse qui dal personaggio di Richard Mikelis ho già fatto cenno nel mio *La Théorie Gaïa* (Albin Michel, 2008).

Alcune persone sono state preziose per il loro aiuto nella stesura di *Loro*.

Prima di tutto, vorrei ringraziare tutta la Sezione Ricerche di Parigi e in particolare Ollivier per i suoi commenti e consigli sui vari aspetti dell'indagine e sul realismo delle procedure. Ollivier, perdonami per aver lasciato Ludivine da sola al Bois-Larris, quando sarebbe stato più realistico farla agire in coppia! Ho fatto qualche concessione anche per quanto riguarda i Giants, non dimenticarlo!

Grazie a Sonia Draga, la mia fedele editor polacca, e a Marta Grzywacz per la loro assistenza in Polonia. Sonia mi ha sostenuto fin dall'inizio e parte di questo romanzo è nato da un viaggio a Cracovia di diversi anni fa e da una promessa che le avevo fatto. E che ho mantenuto!

Naturalmente, vorrei ringraziare tutto il team della mia casa editrice Albin Michel, a cominciare da Richard, che rende reale l'immaginario, semplificando tutto ciò che è complicato per un autore, e tutti coloro che lavorano dietro le quinte per far sì che questa storia possa viaggiare ovunque, e arrivare fino a voi.

Naturalmente, grazie a voi, lettori di tutto il mondo, per la vostra presenza, senza la quale tutto questo non avrebbe senso. Passate di tanto in tanto sul mio blog: www.maximechattam.com, o su Facebook: Maxime Chattam Officiel, o per ulteriori aggiornamenti quotidiani su X: @ChattamMaxime, e per darmi un po' di fiducia.

Infine, grazie a mia moglie Faustine, che è sempre presente, sempre, per ogni cosa, con le parole giuste e a volte, quando necessario, con lo sguardo giusto.

A presto, amici di parola.

Indice

SALANI
LE STANZE

Gianluca Antoni
Io non ti lascio solo

Enrico Pandiani
Lontano da casa

Viola Ardone
La ricetta del cuore in subbuglio

Imamura Natsuko
La donna dallà gonna viola

Anna Bardazzi
La felicità non va interrotta

Pino Imperatore
Tutti matti per gli Esposito

Corinna De Cesare
Ciao per sempre

François Morlupi
Come delfini tra pescecani

Silvia Montemurro
L'orchestra rubata di Hitler

Rosa Mogliasso
L'irresistibile simmetria della vendetta

Marco Steiner
Nella musica del vento

Pascal Engman
Femminicidio

SALANI
LE STANZE

Vittorio Macioce
Dice Angelica

Sandro Marenco
Dillo al Prof

Davide Mosca
Amare una volta

Guzel' Jachina
Figli del Volga

Giovanni Ferrero
Blu di Prussia e rosso porpora

Carola Carulli
Tutto il bene, tutto il male

Luca Trapanese
Le nostre imperfezioni

Valeria Gargiullo
Mai stati innocenti

François Morlupi
Nel nero degli abissi

Paolo Calabresi
Tutti gli uomini che non sono

Romano De Marco
La casa sul promontorio

Fabio Salamida
L'ultimo tram

SALANI
LE STANZE

Pablo Maurette
Il tempo è un fiume

Maria Beatrice Alonzi
Noi, parola di tre lettere

Valeria Tron
L'equilibrio delle lucciole

Nicolò Zuliani
Il colore della tempesta

Kristina Ohlsson
Rischio tempesta

Igor De Amicis
'O regno

Nella Frezza
Bugie di famiglia

Giancarlo Piacci
I santi d'argento

Vicente Vallés
Operazione Kazan

Natàlia Romaní
Il tempo della nostalgia

Mattia Villardita
Io e Spider-Man

Camilla Ghiotto
Tempesta

SALANI
LE STANZE

Sophie Haydock
Le fiamme

François Morlupi
Formule mortali

Malin Persson Giolito
Non lasciarmi cadere

Rosangela Percoco
A parte questo tutto bene

Eleanor Ray
Il bello di ogni cosa

Lia Celi
Carolina dei delitti

Stefania Crepaldi
Morire ti fa bella

Defne Suman
Il silenzio di Shahrazad

Florencia Etcheves
La cuoca segreta di Frida

Matteo Lena
L'ossessione del ragno

Luca Trapanese
Non chiedermi chi sono

Carmen Mola
La sposa gitana

SALANI
LE STANZE

Walter Vacchino
Ariston. La scatola magica

Martina Fuga
Diciotto

Kim Ho-Yeon
Il minimarket della signora Yeom

Chiara Bianchi
Il canto della fortuna

François Morlupi
Il gioco degli opposti

Janice Pariat
Tutto ciò che la luce tocca

Patrizia Violi
Il carico da undici

Valeria Tron
Pietra dolce

Ilenia Zedda
Se mi guardo da dentro

Giancarlo Piacci
Nostra signora dei fulmini

SALANI
LE STANZE
I SAGGI

Aa.Vv.
La tessitura del mondo

Bianca Pitzorno
Donna con libro

Andrea Kerbaker
La vita segreta dei libri fantasma

Alvar González-Palacios
Forse è tutta questione di luce

Salvatore Giannella
Michele Ferrero

Luca Briasco
Il re di tutti

Annarosa Mattei-Strinati
La regina che amava la libertà

Heikki Aalto-Alanen
Aino e Alvar Aalto

Salvatore Settis
Registro delle assenze

Questo libro è stampato col sole

Azienda carbon-free

Certificato PEFC
Questo prodotto è realizzato con materia prima da foreste gestite in maniera sostenibile e da fonti controllate
PEFC/18-31-226
www.pefc.it

Fotocomposizione: Alessio Scordamaglia

Finito di stampare
nel mese di ottobre 2024
per conto di Adriano Salani Editore s.u.r.l.
da Grafica Veneta S.p.A. di Trebaseleghe (PD)
Printed in Italy